ELLIS CORBET
Kalt lächelt die See

Über die Autorin

Ellis Corbet ist das Pseudonym einer erfolgreichen deutschen Autorin, die mit *Kalt lächelt die See* ihre Liebe zum Krimi mit der zu den Kanalinseln verbunden hat. Ellis Corbet verbrachte während ihres literaturwissenschaftlichen Studiums auch längere Zeit in Südamerika und Italien. Ihre Erlebnisse inspirierten sie zum Schreiben, und inzwischen lebt sie als freie Autorin in Stuttgart.

ELLIS CORBET

KALT LÄCHELT DIE SEE

EIN GUERNSEY-KRIMI

lübbe

Originalausgabe

Dieses Werk wurde vermittelt durch die
Literarische Agentur Thomas Schlück GmbH, 30161 Hannover.

Prolog

St. Peter Port, Guernsey

Das Wasser glitzerte träge in der Sonne, und Rob hielt für einen Moment schützend eine Hand über die Augen. Er hatte den Eindruck, dass sie mit dem Alter empfindlich geworden waren. Obwohl er eine Schirmmütze trug, unter der er trotz der frühen Uhrzeit zu schwitzen begann, schmerzte das gleißende Licht.

Über den Bug seines Bootes hinweg konnte er vor sich die Umrisse der Insel Herm erkennen, etwas weiter entfernt das deutlich größere Sark. Wenn er sich umdrehte, ragten hoch die Mauern von Castle Cornet auf. Die Festung lag auf einer kleinen vorgelagerten Insel, die längst in die Hafenanlagen von St. Peter Port integriert war. Rob diente sie als Orientierungsmarke, ähnlich dem Stand der Sonne.

Er war oft hier draußen mit seiner *Lady Anna*, dem einfachen Fischerboot, das wie er selbst schon bessere Tage gesehen hatte. Er mochte die Ruhe und den Frieden auf dem Wasser, auf dem kleinen Stück Meer zwischen Guernsey und Herm. Vor hunderten von Jahren war dieser Teil des Ärmelkanals noch trockenes Land gewesen, jetzt war die See warm in der Bucht von Malo. Rob liebte das Meer mit einer tiefen Sehnsucht, und seitdem er pensioniert war, verging kein Tag, an dem er nicht fischen ging. Zumindest nicht bei schönem Wetter. Heute hatte er Hoffnung auf Steinbutt gehabt, aber die Angelrute blieb so ruhig wie lange nicht mehr. In den letzten Tagen hatten die Fische gut gebissen, an diesem Morgen war der Fang eher mau. Ein einsamer Dorsch schwamm in seinem Eimer enge Runden.

Außer Robs eigenem Boot trieb nur noch ein Segler hier draußen, wahrscheinlich Touristen. Auf jeden Fall niemand, den er kannte, und er kannte die meisten.

Rob kniff die Augen zusammen. Das reine Weiß der Yacht vor ihm blendete, kein Vergleich zu seiner blaurostigen *Lady*. Wahrscheinlich waren an Bord verwöhnte Oxford-Jungs, die ihre Sommerferien auf Guernsey verbrachten. Oder ein neureiches Pärchen vom Kontinent, das sein Leben lang noch keinen fangfrischen Fisch gegessen hatte.

Rob kratzte sich am Kopf. Den ganzen Morgen hatte das Segelboot schon im Wasser getrieben, ohne dass er jemanden an Deck gesehen hatte. Ob alles in Ordnung war? Es kam immer mal wieder vor, dass Boote unter der Hand auch an Menschen ohne Segelschein verkauft oder verliehen wurden. Alles eine Frage des Preises. Vielleicht wussten die Landratten nicht, wie sie zurück in den Yachthafen kommen sollten.

Komisch nur, dass niemand an Deck stand.

Rob warf einen Blick in Richtung der Angelrute, aber da bewegte sich gar nichts. Heiß war es geworden in der Sonne. Sie brannte immer unerbittlicher, und das immer früher im Jahr. Schon um diese Uhrzeit.

Seufzend stand er auf, stützte dabei für einen Moment eine Hand in den Rücken und zog dann die Angelschnur ein. Heute würde sowieso keiner mehr beißen. Mal kurz nachzufragen, ob auf dem Segler alles okay war, konnte ja nicht schaden.

1. Kapitel

St. Peter Port, Guernsey

Der Anruf kam genau im richtigen Moment – oder im falschen, wie man's nahm.

Chief Inspector DeGaris schob gerade den Neuen nach vorn:»Das ist Detective Inspector Tom Walker.« Kate stand inmitten ihrer Kollegen und musterte Walker interessiert. So steif, wie er in die Runde nickte, erwartete sie beinahe, dass er gleich die Hacken zusammenschlug. Sie schätzte ihn auf Ende dreißig, ein paar Jahre älter als sie selbst. Seine blonden Haare waren kurz und akkurat frisiert, die Hosenbeine in feste Bundfalten gepresst und seine Krawatte ... Niemand außer dem Chief trug eine Krawatte, und selbst der tat das nicht gern. Nicht, dass der Rest seiner Truppe nachlässig gekleidet wäre, bei weitem nicht. Aber ja, aus Kates eigenem dunklen Pferdeschwanz löste sich hin und wieder eine Haarsträhne, selbst DeGaris krempelte mal seine Ärmel hoch ... Walker hingegen wirkte so, als würde kein einziges Staubkorn es wagen, sich auf seiner Hose niederzulassen. Oder falls es das doch tat, hatte er sicher eine ebenso steif gepresste Ersatzhose im Auto. Überkorrekt, das war das Wort, das sie suchte.

»DI Walker wird uns hier im Criminal Investigation Department unterstützen«, fuhr der Chief fort.»In diesem

Bereich hat er schon in London gearbeitet, und seine Expertise ist sicher willkommen.«

Kate stöhnte innerlich auf. London also, auch das noch. Nicht, dass sie etwas gegen London hatte. Nette Stadt, sie war schon zwei-, dreimal dort gewesen. Aber Londoner? Waren das Letzte. In den Pubs von St. Peter Port waren sie schon schwer zu ertragen, aber als Kollegen auf dem Revier, Himmel, verschone uns alle! Doch bevor sie mit den Augen rollen konnte, worauf DeGaris ihr diesen Walker ganz sicher ans Bein binden würde, klingelte glücklicherweise ihr Smartphone.

Sie trat zwei Schritte zur Seite und nahm den Anruf entgegen. Die abschätzigen Seitenblicke der Kollegen registrierte sie wie so oft, und sie fragte sich, wann ihr Verhältnis wohl wieder normal werden würde.

»Grandpa?«, begann sie das Gespräch.

»Du solltest mal zum Hafen kommen, Kleine.«

»Geht's dir gut?« Dass ihr Großvater sie während der Arbeitszeit anrief, war ungewöhnlich.

»Mit mir ist alles in Ordnung«, antwortete er unwirsch. »Aber Rob …«

»Was ist passiert?«, fragte sie schnell.

»Lass mich doch mal ausreden, Kind! Also, dieses Boot, das könnte dich interessieren«, sagte ihr Großvater.

Aus dem Augenwinkel bemerkte Kate, dass DeGaris den Konferenzraum verließ. Sie konzentrierte sich auf das Gespräch. »Welches Boot?«

»Eine Slup, neu. Wahrscheinlich Touristen, jedenfalls war die Takelung völlig …«

»Grandpa. Komm zum Punkt.« Sie liebte ihn, aber manchmal verlor er sich wirklich in Nebensächlichkeiten.

»Das Boot *ist* der Punkt, Kate!«

Sie atmete tief durch.

»Rob war heute früh fischen und …«

»Langlois!«, rief DeGaris, der in diesem Moment wieder den Raum betrat. »Es ist gerade schlecht, Grandpa. Ich ruf dich später zurück«, sagte Kate, unterbrach die Verbindung und blickte den Chief an. DeGaris deutete mit dem Zeigefinger zuerst auf sie, dann auf den Neuen. »Langlois, Walker, ich habe einen Einsatz für euch. Ich brauch euch am Hafen.«

*

Die Marina lag nur einen Katzensprung vom Polizeipräsidium entfernt, sodass sie aufs Auto verzichteten. Nachdem Kate sich Walker knapp vorgestellt hatte – DI Kate Langlois, 32 Jahre alt, geboren und aufgewachsen auf Guernsey, genauer gesagt direkt in St. Peter Port –, wartete sie auf eine Reaktion. Die jedoch ausblieb. *Aha. Einer von der ganz schweigsamen Sorte*, dachte Kate. Das konnte ja heiter werden. »Den Rest wirst du im Verlauf der Zeit kennenlernen«, fügte sie in dem Versuch, das Eis zu brechen, hinzu. »Im Team duzen wir uns übrigens alle. Ich bin also Kate.«

»Freut mich. Tom.«

Mehr nicht.

»Kriminalpolizei in London, hm?«, hakte sie nach. »Da wirst du dich auf Guernsey eher langweilen. Ihr habt wahrscheinlich alle naselang mit Mord und Totschlag zu tun. Wir auf Guernsey lieben es eher … gemütlich.«

»Gemütlich muss ja nicht gleich langweilig bedeuten«, antwortete er, aber was ein netter Kommentar hätte sein können, klang in Kates Ohren überheblich. Bildete sie sich das ein? Oder hatte Walker genauso viel Lust darauf, mit ihr zusammenzuarbeiten, wie sie auf den Londoner?

Als sie das Constables Office in der Lefebvre Street passierten, beschloss Kate, ihm ein bisschen Nachhilfe zu geben. Den meisten Engländern waren die Kanalinseln fremd, und insbesondere das Verwaltungssystem der Vogtei führte oft zu Verwunderung. Wenn Walker schon hier war, sollte er sich auch mit dem Bailiwick of Guernsey beschäftigen. Auf ihre Frage, was er darüber wusste, murmelte Walker ein paar Phrasen als Antwort, die ziemlich offensichtlich von Wikipedia oder aus einem Reiseführer stammten.

Kate musste grinsen.

»Wir gehören nicht zum Vereinigten Königreich, stimmt. Das Bailiwick of Guernsey ist direkt der britischen Krone unterstellt, mit dem Rest von euch haben wir nichts am Hut«, sagte sie frech. »Wir haben ein eigenes Parlament und sogar eigene Banknoten.«

Er schwieg einen Moment, dann blieb er stehen und deutete mit der Hand geradeaus über die See. »Und da drüben liegt Frankreich, ich weiß. Schön hier«, fügte er dann hinzu, und es klang ein bisschen verwundert.

Aber er hatte recht. Im Meer ragte imposant Castle Cornet von der Sonne beschienen zwischen hellblauen Wellen hervor. Aktuell herrschte Flut, und viele kleine und große Boote wiegten sich an ihren Anlegestellen im Hafenbecken. Die Masten leuchteten hell in der Sonne, bunte Bojen tanzten zwischen ihnen auf dem Wasser. Kate sog tief die Luft ein. Der Salzgeruch des Meeres war hier besonders deutlich. Das Hafenbecken von St. Peter Port wurde von den Gezeiten stark beeinflusst, es konnte vorkommen, dass sich das Meer bei Ebbe so weit zurückzog, dass die Boote komplett auf dem Trockenen lagen – für die meisten Touristen ein ungewöhnliches Bild.

St. Peter Port selbst war an einem Hang erbaut, an den sich die Häuser schmiegten. Vom Hafen bot sich so ein herrlicher Blick auf die Stadt mit der hellen Architektur, den roten Dächern und der Town Church mit ihrem grau-braunen Turm direkt an der großen Anlegestelle.

Kate ließ ihren Blick über das Pier gleiten. Selbst aus der Entfernung erkannte sie Detective Constable Lucas im Gespräch mit Rob und ihrem Großvater. *Ausgerechnet Lucas!*

Sein Vater war lange Zeit der amtierende Bailiff des Bailiwick of Guernsey gewesen, und diese Tatsache war ihm zu Kopf gestiegen. Dass er außerdem kein großer Fan von De-Garis war, Kates Vorgesetztem, mit dem sie eng zusammenarbeitete und der sie rückhaltlos unterstützte, erschwerte ihre Beziehung zu dem Detective Constable zusätzlich.

Kate wappnete sich innerlich für die Begegnung, während sie auf die Dreiergruppe zugingen. Und dann, nachdem sie auf ihre Begrüßung einen feindseligen Blick kassiert hatte, erfuhr sie endlich im Detail, weshalb DeGaris sie hergeschickt und Grandpa sie angerufen hatte: Rob war in der Frühe beim Angeln ein Segelboot aufgefallen, das ziellos im Wasser trieb. Aus Neugier, und weil er es als ehemaliger Feuerwehrmann einfach gewohnt war nachzufragen, ob alles in Ordnung sei, hatte er nach den Bootsbesitzern sehen wollen. Hier legte Rob eine dramatische Pause ein, bevor er Kate und DI Walker berichtete, was er DC Lucas eine halbe Stunde zuvor schon erzählt hatte: »Das Boot war leer.«

»Bis auf das Blut«, ergänzte Kates Großvater.

Rob nickte bedächtig und nahm seine speckige Baseballmütze vom Kopf. »Bis auf das Blut. Hugh hat recht. Da dachte ich, sag ich euch besser Bescheid«, schloss er seine Ausführungen, kratzte sich an der Glatze und setzte das Käppi wieder auf. Er war ein kleiner, drahtiger Mann mit grauem Bart und einem wettergegerbten Gesicht. Kate kannte ihn seit ihrer Kindheit, er war nicht nur Arbeitskollege ihres Großvaters gewesen, sondern auch schon immer einer seiner besten Freunde. Sie angelten gemeinsam, tranken Bier und rauchten. Meist schwiegen sie dabei und waren glücklich.

»Danke.« Kate lächelte ihm zu. »Das war eine gute Idee.« Blut auf einer ansonsten völlig leeren Yacht. Viele positive Interpretationsmöglichkeiten gab es hier nicht.

»Es könnt' schon ein Unfall gewesen sein«, meldete ihr Großvater sich erneut zu Wort. Hochgewachsen, mit noch vollem schlohweißem Haar beobachtete er mit geschürzten Lippen und Kennerblick das Boot, das jetzt im Hafen vertäut wurde.

Es schien tatsächlich brandneu zu sein, nirgendwo splitterte Holz ab, alles blinkte unbenutzt. *Aventura* stand in kursiver Schrift auf dem Bug. *Abenteuer*, dachte Kate, ja, das hatten die Segler offenbar gehabt. Mehr, als ihnen lieb war.

»Segelneulinge, die unsere Gewässer nicht gewohnt sind …«, fuhr ihr Großvater fort. »Also, wenn du mich fragst, Kate …«

»Entschuldigung«, unterbrach Walker nun. »Und Sie sind?«

Ausgerechnet jetzt hatte der neue Kollege beschlossen, zum ersten Mal etwas zu sagen. Kate unterdrückte ein Stöhnen.

Ihr Großvater zog die Augenbrauen zusammen. »Hugh Langlois, ehemals Chief Fire Officer«, sagte er und reckte das Kinn. »Und Sie?«

Da war er, Grandpas Stolz. Und sein Starrsinn. Die ihn, seit Kate denken konnte, begleiteten. Nach dem frühen Tod von Kates Vater hatte Hugh Langlois sich rührend um ihre Mutter Heidi, seine Schwiegertochter, und um Kate gekümmert.

Als Feuerwehrmann hatte ihr Großvater mehr als einmal in einer brenzligen Situation gesteckt, trotz seines Alters würde er sich von einem Jungspund wie Walker nicht beeindrucken lassen.

Bevor ihr Kollege sich also noch tiefer in die Nesseln setzen konnte, stellte Kate vor: »Mein Großvater. Grandpa, das hier ist Tom Walker, mein neuer Kollege. Gerade frisch auf Guernsey angekommen.«

»Na, das merkt man«, murmelte Rob, sicher nicht nur im Hinblick auf Walkers Londoner Akzent. Rob war, genauso wie sein Freund Hugh, ein urtypischer Einwohner Guernseys, starrsinnig, dickköpfig wie ein Esel und stolz darauf, ein solcher »Guernsey donkey« zu sein.

»Ich frage nur, wer Sie sind«, sagte Walker kühl und wandte sich an Kate. »Denn: Solltest du einen Fall bearbeiten, in den du so involviert bist?«

Involviert? »Du meinst, weil der Zeuge ein Bekannter meines Großvaters ist?«

»In London wärst du damit befangen. Wir würden jemand anderen einsetzen.«

Kate starrte Walker an. »St. Peter Port hat nicht mal zwanzigtausend Einwohner«, sagte sie. »Was glaubst du, wie viel ich hier zu tun hätte, wenn ich nur Fälle bearbeiten würde, in denen ich keinen der Beteiligten kenne?«

Walker setzte zu einer Entgegnung an, aber sie hatte jetzt wirklich keine Zeit für die Animositäten eines Londoners. »Wann hast du das Boot gefunden?«, fragte sie Rob.

Er blickte zum Himmel, kniff die Augen zusammen und wiegte seinen Kopf zweimal hin und her. »Halb acht. Plus minus ein paar Minuten. Ich bin dann hin, das hat auch ein paar Minuten gedauert, hab ein paarmal gerufen und ein bisschen geschaut, das Blut an Deck gesehen. Auf dem Boden und an der Reling. Da hat sich niemand in den Finger geschnitten, dafür war es deutlich zu viel. Ja, und dann bin ich zurück zum Hafen.«

»Haben Sie eine Uhr?«, fragte Walker. »Oder haben Sie die vergangenen Minuten am Stand der Sonne abgelesen?«

»Um acht habe ich im *Boathouse* das Telefon benutzt. Das ist das Restaurant da drüben«, erklärte Rob überdeutlich. »Das müsste ja nachzuverfolgen sein.«

DC Lucas blätterte eifrig in seinem Notizblock und bestätigte die Angabe. Jetzt war es kurz vor neun.

Walker reichte diese Information offenbar. »Wenn es ein Unfall war, ist es wahrscheinlich in der Nacht passiert«, sagte er dann.

Kate überlegte kurz. »Wenn es kein Unfall war, vermutlich auch.«

Ihre Gedanken wurden von der Ankunft des Scientific Support Department unterbrochen. Sie parkten ihren Van quer über zwei Parkplätze, und kurz darauf betraten drei Kriminaltechniker in Schutzkleidung den Pier. Kate erkannte Detective Inspector Rivers sofort: Dürr und hoch aufgeschossen stapfte er mit langen Schritten voran. Seine beiden Kollegen, ein älterer und ein ganz junger mit Brille, der wirkte, als sei er gerade eben mit dem Studium fertig, hasteten hinter ihm her in Richtung der *Aventura* und betraten schließlich das schwankende Schiff.

Erst wenn sie fertig waren, würden Kate und Walker die Yacht untersuchen dürfen. Bis dahin lohnte es sich herumzufragen, wem sie gehörte.

Als hätte er ihre Gedanken gelesen, sagte Rob in diesem Moment: »Die ist gemietet.«

Kates Großvater nickte zur Bestätigung.

»Okay.« Walker blickte die beiden alten Männer skeptisch an.

»Lass uns zum Büro des Hafenmeisters gehen«, sagte Kate eilig. Dort würden sie vielleicht erfahren, ob und wo das Schiff gemietet worden war, in Guernsey oder für einen mehrtägigen Trip, von England oder vom Kontinent aus. »Es ist dort drüben, am St. Julian's Pier«. Dort, wo auch die Autoparkplätze waren und die Fähren nach England, Frankreich und Jersey ablegten.

Sie verabschiedeten sich von DC Lucas, der in der Zwischenzeit den Pier überwachen würde, und von Rob und ihrem Großvater, die beschlossen, im nächsten Pub ein Pint »auf den Schreck« zu trinken. Was für ein Schreck ein leeres Segelboot für zwei ehemalige Feuerwehrmänner war, verkniff Kate sich zu fragen.

*

Zum St. Julian's Pier waren es zu Fuß auch nur wenige Minuten. Walker schwieg, und Kate fragte sich, was ihn nach Guernsey verschlagen hatte. Er wirkte nicht besonders interessiert an der Insel und ihren Gepflogenheiten. Fairerweise musste sie zugeben, dass sie sich auch nicht übermäßige Mühe mit ihm gegeben hatte. Aber irgendetwas an ihm – abgesehen von der Tatsache, dass er aus London stammte – störte sie. Überkorrekt nicht nur im Aussehen, überkorrekt auch im Verhalten, was seine Frage zu ihrer »Befangenheit« bewies.

Beinahe hätte sie missbilligend den Kopf geschüttelt, als er ihr die Tür zum Hafenbüro aufhielt.

Im Innern waren die Glastür und eine Wand mit den Fahrplänen der Fähren beklebt, eine Büropflanze fristete ihr Dasein auf einer Fensterbank zwischen Prospekten und Broschüren. Hinter der Theke saß zu Kates Überraschung Melanie Tardif und las in einer Broschüre. Kate überlegte, ob sie Walker darauf aufmerksam machen sollte, dass sie auch diese Zeugin kannte, diesmal aus der Schule.

»Hey, Mel«, begrüßte Kate die hoch aufgeschossene Brünette. »Lang nicht gesehen, wie geht's dir?«

Melanie musterte sie überrascht, offenbar brauchte sie einen Moment, um Kate einzuordnen. »Kate, richtig?«, fragte sie dann aber lächelnd. »Aus der Theatergruppe.« Sie lüpfte einen imaginären Hut.

Kate hatte die Rolle des Inspectors im Agatha-Christie-Stück gehabt. Wie bezeichnend. »Lange her ist das, hm?«

»Kann man sagen. Ich hab mittlerweile zwei Kinder.« Melanie drehte das Foto auf ihrem Schreibtisch in Kates Richtung, um ihr zwei goldige Mädchen mit Zahnlücken und Zöpfen zu zeigen. Doch bevor Kate nach deren Namen fragen konnte, meldete sich Walker zu Wort.

»Detective Inspector Tom Walker, es geht um die Segelyacht *Aventura*.« Er zückte tatsächlich seine Marke!

Kate biss sich auf die Zunge, um ihn nicht anzufahren. Sie hätte es lieber auf ihre Art gemacht, die war erfolgversprechender, als Mel einzuschüchtern.

Wie erwartet, blickte die nun auch unsicher von Kate zu Walker.

»Sie wissen doch, wem die Schiffe gehören?«, hakte er nach. »Wir suchen die *Aventura*.«

»Boote«, korrigierte Mel automatisch, machte ansonsten aber keinerlei Anstalten, Walkers Aufforderung nachzukommen.

»Also gut, wem gehört das *Boot Aventura*?«

Das wird nicht gutgehen. Das mit Walker als Partner wird nicht gutgehen, dachte Kate. Ihr würde der Kragen platzen und das eher früher als später. Was zum Teufel hatte sich DeGaris dabei gedacht, ihr diesen Kollegen als neuen Partner ans Bein zu binden?

Mel zögerte. »Ich weiß nicht, ob das nicht unter Datenschutz fällt.«

»Ich denke, es wird unter Behinderung polizeilicher Ermittlungen fallen«, gab Walker zurück.

Kate konnte sich nur mit Mühe zurückhalten. Sie rang sich ein Lächeln ab und fragte ihre Schulkameradin freundlich: »Mel, ihr habt doch sicher eine Teeküche, oder? Ich würde sterben für einen guten Kaffee. Würdest du ...«

»Klar.« Mel rutschte von ihrem Stuhl, warf Walker erneut einen verunsicherten Blick zu und verschwand nach hinten.

Ihr Kollege öffnete den Mund, doch Kate stoppte ihn mit einem Handzeichen. »So läuft das nicht auf Guernsey«, sagte sie bestimmt. »Die Leute reden, wenn du mit ihnen redest. Du brauchst niemanden einzuschüchtern. Zeugen wie Verbrecher zu behandeln, die einfach noch nicht erwischt worden sind, funktioniert vielleicht in London. Aber hier?« Sie schüttelte den Kopf. »Mach ein bisschen Smalltalk, frag nach den Kindern und Omas Schnupfen, dann erfährst du alles, was du wissen willst, und bekommst obendrein noch eine Zeugenaussage in drei weiteren offenen Fällen!«

Walker hielt ihrem Blick stand, während er seinen um Millimeter verrückten Ärmel zurechtzupfte. »Ich glaube nicht, dass ...«, begann er arrogant, doch Kate war in Fahrt.

»Lass mich das mit Mel machen, okay?«, unterbrach sie ihn. »Wenn wir in London sind, lass ich dir den Vortritt und halt mich komplett zurück. Aber hier ... lass mich das machen. Okay?«

Es war nicht okay für ihn, das war deutlich, so verächtlich wie er sie anblickte. Aber in diesem Moment kam Mel mit dem Kaffee wieder, und Kate hoffte einfach auf das Beste.

Und Walker hielt sich zurück, auch wenn der Blick, den er ihr zuwarf, mehr als finster war. Kate lenkte Melanies

Aufmerksamkeit wieder auf ihre beiden Mädchen – Zoe und Ivy – und erfuhr schließlich, was sie wissen wollte: Die *Aventura* war tatsächlich ein Mietboot. Sie gehörte der Guernsey Boats, bei deren Inhaber, Captain Peter Mahy, man Yachten aller Art chartern konnte, mit oder ohne Skipper. Kate bedankte sich, auch für die Nummer von Captain Mahy, die Melanie ihr noch schnell aufschrieb, und verabschiedete sich. Walker folgte ihr ohne ein weiteres Wort.

Nun stand er neben Kate auf dem Pier und wippte von der Fußspitze auf den Ballen, während sie Mahys Nummer wählte. Um Walker würde Kate sich später kümmern. Und DeGaris überreden, ihr jemand anderen zur Seite zu stellen. So, wie es im Augenblick aussah, würden sie beide zusammen auf keinen grünen Zweig kommen.

Ihr Anruf wurde entgegengenommen, und eine sonore Stimme begrüßte sie.

»Peter Mahy?«, fragte Kate und stellte den Anruf laut, nachdem sie sich vergewissert hatte, dass sich außer ihnen nur zwei Möwen auf dem Steg befanden. »Wir bräuchten eine Auskunft.«

Captain Mahy war nicht glücklich, dass sie ihn am Telefon nach sensiblen Daten fragte, aber er kannte ihren Großvater – natürlich, wer kannte den nicht? –, daher wusste er, dass sie tatsächlich Polizistin war und stimmte schließlich zu.

»Würde es etwas ändern, wenn Sie jetzt persönlich bei mir antanzen müssten?«, fragte er, ohne eine Antwort abzuwarten. Im Hörer raschelte es. Offenbar kramte er schon in seinen Unterlagen.

Kate konnte sich gerade noch verkneifen, Walker ein triumphierendes »Siehst du? So geht das« zuzuraunen. Doch als der Captain ihr den Namen der Person mitteilte, die die *Aventura* übers Wochenende gechartert hatte, zuckte sie zusammen. »Stephanie Hamon? *Die* Stephanie Hamon?«

»Also, ich weiß nicht, ob es nicht vielleicht noch eine davon gibt, das habe ich nicht gefragt«, antwortete Mahy. »Aber das werden Sie sicher rauskriegen. Dafür sind Sie ja bei der Polizei.«

Kate beendete das Gespräch, schob langsam ihr Smartphone in die Hosentasche und fuhr sich mit der Zungenspitze über die Lippen. »Wir müssen DeGaris informieren«, sagte sie ernst. »Wir haben ein Problem.«

*

Am Victoria Pier kam ihnen wenige Minuten später DeGaris schon entgegen. Der Chief musste sofort losgelaufen sein, Kate hatte ihn noch am Telefon Befehle brüllen hören. Jetzt strich er sich unruhig über seinen Fünftagebart, während er in der anderen Hand eine nicht angezündete Zigarette drehte. *Er sieht angespannt aus*, dachte Kate. Vor einem knappen Jahr hatte er mit dem Rauchen aufgehört, aber alte Gewohnheiten legte man nur langsam ab. Erst recht in Situationen wie diesen.

Immer noch wuselten die Männer der Spurensicherung in ihren Plastikanzügen auf dem Deck der *Aventura* herum. DC Lucas verscheuchte eine Touristenfamilie, deren Teenagerkinder die Szene zu filmen versuchten.

In diesem Moment vernahm Kate aufgeregte Rufe vom anderen Ende des Piers. Sie bemerkte zwei Männer und eine Frau, die Handys in die Höhe hielten. Einer rief lauter als der andere nach Chief Inspector DeGaris. Kate stöhnte auf. Offenbar waren die ersten Journalisten eingetroffen.

»Scheiße, die müssen wir loswerden«, murmelte sie.

»Lass mich das machen«, sagte Walker zu ihrer Überraschung sofort. »Wenn man in London eines gewohnt ist, dann, wie man mit einer Meute aufdringlicher Journalisten umgeht.« Damit wandte er sich um und ging, ohne ihre Antwort abzuwarten.

Kate war froh, sich nicht selbst mit der Presse abgeben zu müssen. Sobald der Name »Hamon« durchsickerte, würden sowieso alle Dämme brechen. Selbst Walker war kurz zusammengezuckt, als ihm die Tragweite bewusst geworden war, auch wenn er zugegeben hatte, mit den Details des alten Falles nicht vertraut zu sein.

DeGaris stellte sich neben Kate. »Guter Junge.«

»Hm«, versuchte Kate es mit einer nichtssagenden Antwort. Jetzt war nicht die Zeit für Diskussionen.

»Blut, sagst du?«, fragte DeGaris, und Kate wusste genau, worauf er hinauswollte: auf Blut, das er vor zwei Jahren im Haus der Hamons gesucht und nie gefunden hatte.

»Denkst du, es hat mit der Sache von damals zu tun?«, fragte sie dennoch und hielt angespannt den Atem an.

Die Sache. Das Understatement des Jahrhunderts. Die Nachricht von der Entführung Ava Hamons aus ihrem Kinderbett war um die ganze Welt gegangen. Kaum ein Polizist, ganz sicher jedenfalls keiner von den Kanalinseln und wahrscheinlich nicht einmal ein britischer, der den Fall nicht kannte. DeGaris war der leitende Ermittler gewesen. Kate selbst war nur am Rande beteiligt gewesen, hatte Adressen recherchiert, Telefonate geführt, aber nicht an der eigentlichen Ermittlungsarbeit mitgewirkt. Zu sehr war sie noch eingebunden gewesen in die Aufklärung eines anderen Falls. Jetzt wünschte sie sich, dichter dran gewesen zu sein.

»Kann gut sein«, nuschelte DeGaris endlich als Antwort und bat sie um Feuer.

Kate schenkte ihm lediglich einen langen Blick, woraufhin er die Zigarette zu ihrer Erleichterung ins Hafenbecken schnippte. »Dreckszeug«, murmelte er.

»Dieser Familie klebt Pech am Schuh«, überlegte Kate laut.

»Vielleicht ist es die gerechte Strafe«, entgegnete DeGaris. Er war immer der Meinung gewesen, dass die Hamons Ava getötet und die Leiche fortgeschafft hatten. Dass sie mit der »Mär von der Entführung« nur vertuschen wollten, dass Ava tot war. Doch es hatte nie Beweise gegeben. Weder für eine Entführung durch einen Fremden noch für Avas Tod durch die Hand der Eltern.

DeGaris hatte Zeit, Nerven und seine Ehe an den Fall verloren, aber er hatte ihn nicht aufklären können. Kate kannte ihn gut genug, um zu wissen, wie sehr die Situation ihn jetzt wieder anspannte. Aber wenn DeGaris eines war, dann entschlossen: Er würde sich nicht ein zweites Mal vergeblich die Zähne ausbeißen.

»Alles klar, ihr könnt«, rief Rivers ihnen in diesem Moment zu, dann verließen die Männer der Spurensicherung auch schon die *Aventura,* packten Tütchen, Kästen und Koffer in ihren Wagen und streiften sich die Schutzanzüge ab.

»Ich will die Ergebnisse heute Abend. Das hat allerhöchste Priorität«, sagte DeGaris bestimmt.

»Unmögliches wird sofort erledigt.« Rivers schlug mit einem Grinsen die Hacken zusammen. Er reichte ihnen Handschuhe, ebenso wie Walker, der im Laufschritt zu ihnen aufschloss.

»Wahrscheinlich ein Segelunfall unvorsichtiger Touristen«, sagte er atemlos. Die Schlagzeile würde auf jeden Fall morgen früh auftauchen, so viel passierte einfach nicht im Bailiwick of Guernsey. Ein Blick zum Ende des Piers verriet Kate aber, dass er mit seiner Londoner Taktik offenbar erfolgreich gewesen war, denn die Journalisten traten den Rückzug an. Nun würde ihnen zumindest niemand vor dem Präsidium auflauern.

»Gut gemacht«, murmelte sie und musste widerwillig anerkennen, dass er wirklich eine Hilfe gewesen war. Dann folgte sie ihm und dem Chief auf die leicht schwankende *Aventura*.

Das Boot war hell. Das war das Erste, was Kate auffiel. Der Schiffsrumpf war blendend weiß gestrichen, ebenso die Kajüte. Die Segel strahlten und der Boden an Deck war in einem so hellen Braun gehalten, dass er beinahe cremefarben schien. Die Yacht war so sauber, dass sie kaum jemals wirklich zur See gefahren sein konnte. Und genau deshalb sprang Kate sofort das dunkle Rot ins Auge. Am Heck, neben der Treppe, die in den Schiffsrumpf führte, war deutlich ein Fleck zu sehen. Sie ging daneben in die Hocke und schnupperte. Er war mittlerweile eingetrocknet, das Rot mehr ein Rostbraun als leuchtend, weshalb der Geruch nicht mehr ganz so stechend, aber dennoch unverkennbar metallisch war. Sie richtete sich auf, besah den Großbaum – ein unerfahrener Segler konnte leicht vom Wind überrascht werden, das Segel drehte sich plötzlich und der Großbaum streckte ihn nieder. Doch an dem Aluminium war nichts Auffälliges zu sehen, nicht das kleinste Tröpfchen Blut.

»Nichts«, sagte auch DeGaris, der mit Walker unter Deck gewesen war. Was hatten Rob und ihr Großvater gesagt? »Das Boot war leer. Bis auf das Blut.«

Mehr konnten auch sie nicht sagen.

2. Kapitel

Castel, Guernsey

Es waren Geister im Haus der Hamons. Geister der Vergangenheit, zu spüren in jedem Raum. Kate fröstelte trotz des sonnigen Tages, während sie jetzt durch die Zimmer schritt. Es war unglaublich, wie schnell sich die Dinge in den letzten Stunden entwickelt hatten.

Zunächst waren sämtliche Versuche, die Hamons zu erreichen, fehlgeschlagen. Auch auf ihr Klingeln hatte es keine Reaktion gegeben, das Anwesen lag totenstill da. Stephanie und Greg Hamon waren nicht zu Hause und nicht erreichbar – entweder, weil sie auf dem von ihnen gemieteten Boot einem Unfall oder Schlimmerem zum Opfer gefallen oder weil sie einfach einkaufen, auf Verwandtenbesuch oder mit anderen alltäglichen Dingen beschäftigt waren.

Madeleine Perchard, die zuständige Richterin, war schon drauf und dran gewesen, den Antrag auf einen Durchsuchungsbeschluss abzulehnen, ein bisschen Blut und die Tatsache, dass zu Hause niemand öffnete, reichten ihr dafür einfach nicht, bis Kate am Telefon noch einmal darauf hingewiesen hatte, dass es sich um *das* Ehepaar Hamon handelte. Dem war eine kurze Pause gefolgt, dann hatte Madeleine Perchard gesagt: »In zehn Minuten ist das Fax bei Ihnen.«

Und so bearbeiteten sie, bei der Vorgeschichte, nun offiziell einen Vermisstenfall.

Das Haus befand sich im Parish Castel im Nordwesten der Insel, wo die Strände ausladend und breit waren, mit hellem Sand, vielen Touristen und jungen Familien. Im Sommer ein Traum. Kate konnte sich gut vorstellen, dass man mit einer kleinen Tochter hier wohnen wollte, auch wenn sie selbst die rauen Steinklippen mit den schmalen Buchten in St. Martin vorzog.

Nachdem der Schlüsseldienst die Tür geöffnet hatte, hatte Kate Rivers in seiner unförmigen Schutzkleidung den Vortritt gelassen, denn auch im Haus der Hamons war zunächst die Spurensicherung dran. »Wie sollen wir uns um eure Aufträge kümmern, wenn ihr alle paar Minuten mit einem neuen kommt?«, hatte er augenzwinkernd gefragt. Rivers war einer der Besten, und Kate war froh, ihn in diesem Fall an ihrer Seite zu wissen. Sie mochte den langen, dünnen Mann, der täglich mehrfach aus seinem Labor im Nebengebäude für einen Kaffee vorbeikam, seit DeGaris im letzten Jahr beschlossen hatte, dass die Zeiten von schlechtem Kaffee zumindest in seiner Abteilung vorbei waren, einen Kaffeevollautomaten spendiert hatte und stetig für gute Bohnen sorgte. Außerdem war Rivers einer der wenigen Kollegen auf der Polizeiwache, der unbefangen mit Kate umging. Den Forensiker interessierten »die Querelen und alten Geschichten«, wie er es nannte, im Criminal Investigation Department nicht.

Sein junger Kollege, der ihn am Morgen schon zum Pier begleitet hatte, trat hinter Rivers ins Haus, und aus der Nähe wirkte er mit seinen dunklen strubbeligen Haaren und der Brille ein bisschen wie Harry Potter. Kate hatte leider seinen richtigen Namen vergessen.

Als sie dicht gefolgt von Walker das großzügige Wohnzimmer betrat – natürlich ohne etwas zu berühren, dazu hätte es Rivers' mahnenden Blick nicht gebraucht –, stand

DeGaris schon dort, die Lippen zu einem schmalen Strich zusammengepresst, die Hände in den Hosentaschen.

Die Hamons gehörten mindestens zur oberen Mittelschicht, was nicht zuletzt die Größe des Hauses und die Einrichtung zeigten. Das Wohnzimmer besaß eine Fensterfront zum Garten hinaus, die Möbel waren geschmackvoll in hellen Farben gehalten, und auf der Armlehne des grauen Sofas lag eine Stoffkatze.

Die Sonne fiel durch die klaren Scheiben, und dennoch durchfuhr Kate ein Schauder. War die kleine Ava tatsächlich hier gestorben?

»Wir sollten unbedingt mit dem damaligen Ermittler sprechen«, sagte Walker. »Wer war nochmal für den Fall verantwortlich?«

»Ich«, antwortete DeGaris brüsk, öffnete die Schiebetür zum Garten und trat auf die steinerne Terrasse hinaus.

In dem Blick, den Walker Kate zuwarf, lag neben Überraschung mehr als nur eine Spur Frustration. Er hatte recht, es wäre fair gewesen, ihm diese Information gleich mitzuteilen.

Sie folgte den beiden Männern auf die Terrasse. Auf der Rasenfläche stand ein Sandkasten, gerade groß genug zum Spielen für ein Kind. Kate ließ den Blick durch den Garten wandern. Er war wunderschön: Um die Rasenfläche herum rankten sich Beete, deren Blumen jetzt, Ende Juni in bunter Pracht standen. Außerdem gab es ein recht großes Gemüsebeet, in dem runde und grüne Salatköpfe aus der Erde guckten, daneben Kohlrabiknollen, gesäumt von verschiedenen Kräutern. Kate erkannte auf den ersten Blick Dill, Schnittlauch und, wenn sie nicht alles täuschte, Zitronenmelisse. Rote Erdbeeren leuchteten ein Stück daneben zwischen dem Grün ihrer Blätter, einen Strauch Johannisbeeren konnte Kate ebenfalls entdecken, und sie stellte sich vor, wie die kleine Ava von den Beeren genascht hatte. Ungewöhnlich für ein vermögendes Ehepaar wie die Hamons.

Doch es war offensichtlich, dass jemand viel Zeit und Liebe investierte, um den Garten zu pflegen. Neben der Terrassentür stand ein Paar hellgrüne Gummistiefel mit buntem Blumenmuster, wahrscheinlich Stephanies. Daneben das gleiche Paar für sehr kleine Kinderfüße.

DeGaris, der ihrem Blick gefolgt war, räusperte sich. »Ava gilt bis heute offiziell als vermisst, das wissen wir alle.«

»Aber?« Er begriff schnell, der Neue.

»Aber ich habe nie an eine Entführung geglaubt«, antwortete DeGaris bestimmt. »Und das tue ich auch jetzt nicht. Es gab keinerlei Einbruchsspuren im Haus der Hamons. Kein eingeworfenes Fenster, keine aufgebrochene Tür … Ich glaube, das Mädchen ist tot und die Eltern sind schuld daran. Wahrscheinlich die Mutter, sie war diejenige, die zuletzt nach Ava gesehen hat. Vielleicht ist ihr ein Fehler unterlaufen, vielleicht war da aber auch mehr.« Er blickte Walker an. »Wir haben jede Zeugenaussage geprüft, sind jedem Indiz gefolgt, jeder Theorie. Wir haben jede Möglichkeit durchgespielt, und davon gab es wirklich viele. Aber alle führten ins Nichts. Kein Beweis, nicht der geringste.«

»Nehmen wir zum Beispiel die Zeugenaussagen«, erläuterte Kate. »Jemand wollte gesehen haben, wie ein verdächtig aussehender Obdachloser in der Siedlung herumschlich. Jemand anderes eine alte südländisch wirkende Frau. Aber keine einzige der Security-Kameras in der Gegend hat einen Eindringling aufgenommen.«

»Und am Ende bleiben bis heute nur zwei Möglichkeiten«, schloss DeGaris: »Entweder, der Entführer war so gut vorbereitet, so professionell, dass er nicht die geringste Spur hinterlassen hat. Oder es waren die Eltern.«

Walker murmelte etwas Unverständliches, wahrscheinlich hatte er einiges über den Fall in den Zeitungen gelesen.

»Es gab einige Ungereimtheiten.« DeGaris atmete tief durch. »Ich will euch mal was zeigen. Kommt mit«, sagte er dann entschlossen. Er durchquerte das Wohnzimmer und führte Kate und Walker zielstrebig in den ersten Stock. Bad, Abstellkammer, Schlafzimmer der Eltern, registrierte Kate. Und das Kinderzimmer.

Er öffnete die Tür.

*

Ein Museum. Das war Kates erster Gedanke, als sie den Raum betrat. Alles lag da wie von Kinderhand benutzt: ein Teddybär auf dem Fußboden vor dem Kinderbettchen, ein Stapel Bauklötze in der Ecke auf einem buntgemusterten Spielteppich. Darauf war ein Zoo aufgebaut, mit Löwen, Giraffen, Zebras und Eisbären. Auf der Fensterbank stand eine kleine Pflanze, deren Namen Kate nicht kannte, aber sie blühte rosa. Eine Gießkanne stand daneben, gerade eben groß genug für eine Zweijährige.

Alles war so, als hätte gerade eben ein Kind aufgehört zu spielen, als würde es gleich wiederkommen. Kate vermutete, dass hier seit damals nichts verändert worden war, und nahm sich vor, das anhand der Fotos von diesem schicksalhaften Abend zu überprüfen. Eine Sache allerdings war anders: Stephanie – oder Greg – Hamon hielt den Raum zwar sauber, die feine Staubschicht auf dem Jengaturm, den Geruch nach Staub und vor langer Zeit gewaschener Bettwäsche konnten sie jedoch nicht verhindern.

DeGaris öffnete ein Fenster. »Der 11. April 2019, 19 Uhr«, begann er. »Die Hamons waren bei den Nachbarn, Emily und David Baynes, zum Essen eingeladen. Die beiden waren enge Freunde der zurückgezogen lebenden Hamons. Mittlerweile sind sie wohl die einzig verbliebenen Freunde. David Baynes ist Unternehmer, hat ein Vermögen mit einer Software-Firma gemacht. Er müsste mittlerweile 46 oder 47 Jahre alt sein, Emily Baynes war bei ihrer Hochzeit vor knapp drei Jahren gerade volljährig.« Er hielt kurz inne, dann deutete er über die Gartenhecke auf das Haus dahinter. Von ihrer Position aus war nur die eine Seite zu sehen, doch das reichte aus, um dessen Größe zu ermessen. Es mochte ein Einfamilienhaus sein, aber Kate war sicher, dass eine Familie nicht so viel Platz brauchte. *Auch die Hamons hätten mit deutlich mehr als drei Personen in ihrem Haus wohnen können*, dachte Kate.

»Da sie nur zu den Nachbarn wollten, ein paar Schritte entfernt, und das Babyphone bei Ava mit entsprechender Reichweite am Bettchen stand, nahmen die Hamons ihr Kind nicht mit und brachten es hier ins Bett.«

»Wie alt war Ava?«, fragte Walker.

»Zweieinhalb.«

Walker nickte, doch seine Miene spiegelte, was er vom Verhalten der Hamons hielt.

Aus irgendeinem Grund verspürte Kate das Bedürfnis, das Ehepaar zu verteidigen. »Es ist ja wirklich nicht weit. Und wenn ich mich richtig erinnere, ist Stephanie Hamon auch ein- oder zweimal nach Hause gegangen, um nach ihrer Tochter zu sehen.«

»Das Babyphone«, sagte DeGaris. »Das Babyphone hat nichts gemeldet. Ava hat ruhig geschlafen, nicht geweint, nicht geschrien, sie scheint nicht einmal aufgewacht zu sein. Alles war ruhig. Bis 22:30 Uhr, als die Hamons schließlich nach Hause kamen.«

»Haben sie direkt die Polizei gerufen?«, fragte Walker.

DeGaris zuckte die Schultern. »Niemand hat so genau

auf die Uhr geschaut. 22:30 Uhr ist eine Schätzung. David Baynes sprach von 22 Uhr, Stephanie Hamon konnte keine genaue Aussage machen, Greg Hamon und Emily Baynes meinten, es sei ›ungefähr‹ halb elf gewesen. Der Anruf bei uns ging um 22:52 Uhr ein.«

Walker zog erstaunt die Augenbrauen hoch. Kate konnte förmlich sehen, wie er die Zeitspanne überschlug. Die hatte auch DeGaris und sein Team beschäftigt: Es waren über zwanzig Minuten vergangen, möglicherweise sogar eine knappe Stunde, nachdem Stephanie und Greg Hamon nach Hause gegangen waren und bevor sie die Polizei gerufen hatten.

Wenn man ihnen wohlgesonnen war, konnte man glauben, dass sie zunächst das Haus und den Garten abgesucht und erst danach die Polizei alarmiert hatten. Es konnte aber auch etwas passiert sein, und das war DeGaris' Theorie: Das Kind war gestorben, und die Hamons hatten in Panik die Leiche versteckt und erst im Anschluss den Notruf gewählt.

Wie man es drehte und wendete, es gab kein eindeutiges Ergebnis.

»So viele Möglichkeiten«, schlussfolgerte auch Walker. »Ich hätte aber noch eine Frage zu den Aussagen der Zeugen, die Unbekannte auf dem Gelände gesehen haben wollen«, hakte er nach. »Deuten diese Beobachtungen nicht doch auf eine Entführung hin?«

DeGaris schnaubte. »Unbekannte! Die südländisch wirkende Frau, kaum verhohlener Antiziganismus, und sobald es um vermutete Kindesentführung geht, tauchen diese Vorurteile immer wieder auf. Die Großmutter eines Nachbarkindes war zum Babysitting da.«

»Und der unbekannte Obdachlose?«

»Der *Landstreicher*«, zitierte DeGaris die damalige Aussage. »Eine wenig glaubwürdige Zeugin.« Er deutete mit einer Handbewegung an, dass die Frau getrunken hatte. »Bei einer ersten Befragung will sie überhaupt nichts gesehen haben. Erst nachdem die Hamons ihre tränenreichen Fernsehauftritte absolviert hatten« – eine weitere Handbewegung deutete an, was DeGaris *davon* hielt –, »meldete sie sich mit dem Hinweis, dass sie doch einen Mann gesehen hätte. Und ja, er sei ihr gleich verdächtig vorgekommen, abgehalftert, was hatte er hier in dieser ›guten‹ Gegend zu tun gehabt?«

»Gleich verdächtig«, wiederholte Walker sarkastisch.

»Ja. Nur dass, wie schon erwähnt, keine einzige der CCTV-Kameras diesen angeblichen Landstreicher aufgezeichnet hat«, fuhr DeGaris fort. »Und an Sicherheitskameras herrscht hier in dieser Gegend wahrlich kein Mangel.«

»Könnte eine davon manipuliert worden sein?«

»Wir haben Spezialisten an die Sache gelassen: Nein, das ist ausgeschlossen. Ganz zu schweigen davon, dass es im Haus keinerlei Einbruchsspuren gab. Die Fenster waren zu. Und niemand sonst einen obdachlosen jungen Mann hier in der Siedlung gesehen hatte. Kurz und gut: Besagte Zeugin war eine Mischung aus Snobistin und Wichtigtuerin.«

Kate wusste nur zu gut, was er meinte. Mit Letzteren hatten sie es häufiger zu tun. Es gab die Wichtigtuer und die Hilfsbereiten, wobei Letztere die Polizeiarbeit mindestens ebenso, wenn nicht sogar schlimmer beeinträchtigten. Kindesentführungen setzten in jedem Menschen Mitgefühl frei, man wollte helfen, etwas tun, und die Hilfsbereiten waren einfach zur falschen Zeit am falschen Ort: Jeder zufällige Spaziergänger wurde zum Tatverdächtigen, jedes Kind zum Opfer. Und dann hatte die Polizei plötzlich über dreihundert Hinweise, von denen sie jedem einzelnen nachgehen mussten, während die Spur des wahren Täters immer mehr verloren ging. Wo die Hilfsbereiten nur vage

Angaben machten und oft schnell klar war, dass sich dahinter eine Sackgasse verbarg, waren die Wichtigtuer sich absolut sicher, die gesuchte Person gesehen zu haben. Irgendetwas in ihrem Gehirn verknüpfte Erinnerungen falsch, und meist stellte sich, erst nachdem die Polizei eine ganze Arbeitswoche mit voller Belegschaft investiert hatte, heraus, dass sie eigentlich gar nichts gesehen hatten.

Kate stieß einen Seufzer aus. Wenn sie nicht aufpassten und die Presse Wind von den Hamons als Mieter des verwaisten Segelbootes bekam, dann würden sie sich die nächsten Wochen nur noch mit Wichtigtuern und Hilfsbereiten herumschlagen.

DeGaris war offenbar Ähnliches durch den Kopf gegangen. »Drei Tage hat sie uns gekostet. Drei verdammte Tage.«

»Hätte man die Kleine denn noch retten können?«

»Tja, das ist die Eine-Million-Pfund-Frage, nicht?« DeGaris trat einen Schritt vom Fenster des Kinderzimmers zurück. »Aber nein. Wenn ich ehrlich bin: nein. Irgendetwas ist an diesem Abend ganz fürchterlich schiefgelaufen bei den Hamons, und dann war Ava tot. Stephanie und Greg sind kluge Leute, sie Architektin, er Arzt. Sie haben alles daran gesetzt, dass man die Leiche ihrer Tochter nicht findet, und sie haben es geschafft.« Er atmete hörbar ein. »Nein, wir hätten Ava nicht mehr retten können. Aber wir hätten sie finden können, das ja.« Erneut unterbrach er sich, doch seine folgenden Worte schienen mehr an sich selbst gerichtet, als für Kate und Walker bestimmt zu sein. »Bergen«, sagte er leise. »Mehr nicht.«

Kate schwieg, auch Walker sagte nichts, während DeGaris seinen Blick aus dem Fenster schweifen ließ.

»Schon komisch«, murmelte Kate schließlich, »dass ausgerechnet die Hamons jetzt verschwunden sind. Das kann doch kein Zufall sein.«

Walker zuckte mit den Schultern. »Es gibt auch Leute, die werden zweimal vom Blitz getroffen.«

DeGaris jedoch schüttelte seine Starre ab. »Wir sollten uns anhören, was Freunde und Verwandte über die Ehe der beiden erzählen. Der Tod eines Kindes ... selbstverschuldet ... Das zehrt an den Nerven, die liegen dann auch schnell mal blank, irgendwann ist die Ehe zerrüttet, und dann reicht ein kleiner Anlass, um alles explodieren zu lassen.«

»Du meinst, er hat sie getötet? Oder sie ihn?«

Doch eine Antwort blieb DeGaris Kate schuldig, sie wurden unterbrochen von Rivers, der auf die ihm eigene charmante Art und Weise vom unteren Stockwerk aus fragte: »Hey, DeGaris! Seid ihr da oben festgefroren?«

*

»Wir sind so weit«, erklärte der Kriminaltechniker, als sie kurz darauf die blitzsaubere Küche betraten. Sein Kollege, das Harry-Potter-Double, ließ einen Koffer zuschnappen. »Auf den ersten Blick nichts Auffälliges, allerdings haben wir ein paar Dokumente gefunden, auch einige Briefe. Da könnte was Interessantes dabei sein.«

»Wenn ihr damit fertig seid ...«, begann DeGaris, doch Rivers fiel ihm ins Wort und beendete den Satz:

»Bekommt ihr selbstverständlich alles auf den Schreibtisch.« Er winkte ab. »Habt ihr in den nächsten Tagen. Da wir hier durch sind, dachte ich, ihr wollt vielleicht selbst nochmal alles anschauen.«

Natürlich wollten sie das, auch wenn Kate sich unwohl fühlte in diesem unseligen Haus, in dem sie aus allen Fugen, Ritzen und Löchern Unglück zu vernehmen meinte.

»Weshalb sind die Hamons eigentlich nicht weggezogen?«, fragte sie DeGaris. Aus diesem Mausoleum der Trauer, wo jedes Möbelstück, sogar die Wände für immer an das Verschwinden, wenn DeGaris recht hatte, an den Tod der kleinen Ava zu erinnern schienen.

Ihr Vorgesetzter zuckte mit den Schultern. »Als Buße? Aus Reue? Ich kann es dir nicht sagen.«

Walker öffnete die Kühlschranktür, in der eine angebrochene Tüte Milch, fettarm, in der Tür stand. Die Spülmaschine war halb voll mit schmutzigem Geschirr. Jemand, der so reinlich war wie die Hamons, wenn man von den fleckenlosen Fliesen, der blank geputzten Arbeitsfläche ausging, würde vor einem längeren Urlaub die Spülmaschine laufen lassen, sei sie auch halb leer. Die Hamons hatten keine lange Reise geplant, das war Kate klar. Und es passte zu dem, was Captain Peter Mahy gesagt hatte: Die Hamons hatten das Boot übers Wochenende gemietet, vermutlich hatte es ein kurzer Trip sein sollen, ein kleiner Törn von einigen Stunden, raus aufs Wasser, den Tag genießen, vielleicht eine Nacht auf der Yacht verbringen. Kate überlegte, ob sie das wohl überhaupt noch konnten, die Hamons, den Tag genießen. So wie ihr Großvater und Rob, einfach sitzen, schweigen, Gott einen guten Mann sein lassen.

»Witzig«, murmelte Walker, klang aber alles andere als amüsiert, während er Rivers und seinen Leuten hinterhersah, die das Haus verließen. »Da muss ich mich von London auf die Kanalinseln versetzen lassen, um meinen ersten High Profile Case zu bearbeiten.«

*

Nachdem sie auch eine knappe Stunde später keine weiteren Hinweise entdeckt hatten, verließen sie ein wenig enttäuscht das Haus der Hamons. Kate fiel das Nachbarhaus ins Auge, das weiß über hohe Fuchsienhecken hinausragte. »Wir sollten den Baynes einen Besuch abstatten«, sagte sie.

Walker nickte und musterte sie. »Glaubst du, das Segelboot hat etwas mit damals zu tun?«, fragte er dann.

»Du nicht?«

»Gute Frage.« Er blickte zu DeGaris.

Doch ihr Vorgesetzter reagierte nicht. DeGaris bildete sich selten vorschnell eine Meinung. Er war ein hervorragender Polizist, der erst alle Fakten sammelte, bevor er anfing, Theorien zu entwickeln. Hatte er sich dann für eine entschieden, war es allerdings fast unmöglich, ihn von einer anderen zu überzeugen.

»Wir klingeln«, sagte er lediglich und ging voran über den geschotterten Weg zur weißen Haustür.

Doch auf ihr Klingeln regte sich nichts. »Wahrscheinlich sind sie bei der Arbeit«, murmelte Kate. Das war das Naheliegendste, und doch beschlich sie ein seltsames Gefühl. DeGaris wirkte ebenfalls skeptisch. Kate klingelte noch einmal, sie warteten.

»Du hast sicher recht«, sagte DeGaris nach einem Blick auf die Uhr.

Kate sah sich um. Der Garten der Baynes würde im Gegensatz zu dem der Hamons keinen Preis gewinnen, aber hier hatte jemand zumindest vor der Haustür liebevoll einen großen Topf mit Guernseylilien platziert. Kate war sicher, die gleichen drüben gesehen zu haben, vielleicht hatte Stephanie Hamon einen Ableger an ihre Nachbarn verschenkt.

»Ich schau mich mal um.« Sie betrat vorsichtig die Rasenfläche und stellte sich schließlich auf die Zehenspitzen, um in ein kleines Seitenfenster zu sehen. Doch sie konnte nichts erkennen. Auch als sie das Haus einmal umrundete, wirkte alles verlassen.

Sie würden später noch einmal wiederkommen. DeGaris würde ohnehin einen Streifenwagen vor dem Haus der Hamons postieren, der konnte auch die Baynes' im Blick haben – schließlich wäre es nicht das erste Mal, dass verschwunden geglaubte Personen wieder auftauchten.

3. Kapitel

St. Peter Port, Guernsey

Zurück in St. Peter Port ließ Kate ihre Kollegen schon einmal ins Präsidium gehen. Sie selbst huschte noch schnell in ihre Stammbäckerei in The Pollet, eine für Autos gesperrte und mit bunten Blumen und Wimpeln geschmückte Einkaufsstraße. Sie entschied sich für ein paar Cornish Pasties. Seitdem sie nicht mehr gemeinsam mit den Kollegen in die Kantine zum Essen ging, futterte sie sich durch die Bistros und Cafés des Viertels, und dieses Gebäck aus Cornwall war derzeit ihr Favorit. Sie hatte das unbestimmte Gefühl, dass ihre Mittagspause heute ausfallen würde, da schlug sie besser gleich zu. Kate sog tief den Algengeruch des frischen Gebäcks ein. *Meer zum Essen*, dachte sie, und biss noch auf dem kurzen Weg ins Präsidium in das erste Pasty. Den Rest würde sie sich mit DeGaris und ja, selbst mit Walker teilen. Rivers mochte die mit Fleisch oder Muscheln gefüllten Teigtaschen ebenfalls gerne, damit konnte sie ihn immer leicht bestechen. *Win-win*, dachte sie, als sie durch das Tor der alten Steinmauer auf den Parkplatz des Präsidiums trat. »Island Police« war dort neben dem Wappen von Guernsey zu lesen, das aus drei goldenen englischen Leoparden auf einem roten Schild bestand. Kate lächelte. Die Verbrechensrate auf der Insel war niedrig, sogar vor Taschendieben mussten Touristen sich nicht besonders fürchten, auch wenn es natürlich immer ratsam war, auf seine Wertsachen zu achten. Die Sicherheit, welche die Polizei den Einwohnern von Guernsey vermittelte, weckte in Kate ein Gefühl von Geborgenheit.

Ganz in der Nähe, auf Herm, befand sich das kleinste Gefängnis der Welt, offiziell eingetragen im Guinness-Buch der Rekorde: Es hatte nur eine einzige Zelle, und selbst die stand schon seit langer Zeit leer. Auf Sark hingegen gab es seit 1856 eines der wohl kleinsten »aktiven« Gefängnisse: Es bestand aus zwei Zellen. Kate erinnerte sich an die Spannung, die sie als Kind empfunden hatte, als ihr Großvater ihr erzählt hatte, dass die erste Insassin eine junge Magd gewesen war, die zu drei Tagen Haft verurteilt wurde, nachdem sie ein Taschentuch gestohlen hatte. Da sie Angst vor der Dunkelheit in der fensterlosen Zelle hatte, ließ man ihre Zellentür offenstehen. Als »Wärterinnen« saßen drei Frauen auf Stühlen neben der Zelle, die während dieser Haftstrafe stickten, strickten und den neuesten Klatsch und Tratsch austauschten, auch mit der jungen Magd. Heutzutage diente das Gefängnis hauptsächlich als Ausnüchterungszelle. Verurteilte, die mehr als drei Tage abzusitzen hatten, wurden nach Guernsey überführt.

Kate mochte diese Geschichten, auch wenn die Kanalinseln natürlich kein Idyll ohne jegliches Verbrechen waren. Gerade heute war das offensichtlich. Mit der Ruhe und Sicherheit war es erst einmal vorbei. Wie hatte Walker es genannt? Ein High Profile Case.

Nachdenklich betrat sie die Polizeistation. Im Flur begegnete ihr Detective Sergeant Claire Miller mit einer Dose Cola in der Hand. Kate war überrascht, denn Miller verabscheute das Getränk. Dafür konnte es nur einen Grund geben.

»Du hast mit DeGaris gesprochen?«, fragte Kate.

»Jup. Bin auch im Investigation Team.«

Also stimmte Kates Vermutung: Miller stellte sich auf einen langen Tag ein. Dem viele weitere folgen würden. Kate freute sich, dass die fröhliche Miller in ihrem Team war. Sie war ihr so viel lieber als einer der anderen Kollegen. Kate hatte ein paarmal hervorragend mit ihr zusammengearbeitet und war auch nach der Arbeit schon mehrfach mit der sechs Jahre älteren Miller auf ein Bier im Pub gewesen. Auch DeGaris schätzte ihre Professionalität, und so war es kein Wunder, dass er sie ins Team beordert hatte.

Jetzt griff die Kollegin mit dem rundlichen Gesicht und den ungestümen Locken beherzt zu, als Kate ihr die Tüte mit den Pasties entgegenhielt. »Ausgerechnet die Hamons«, nuschelte sie nach dem ersten Bissen. Ihre Miene wirkte besorgt, das Blitzen war aus ihren dunklen Augen verschwunden. Miller war kurz nach ihrer zweiten Elternzeit in die Crime Unit gewechselt, und nach der Geburt ihres Sohnes keine zwei Wochen zurück gewesen, als die kleine Ava Hamon verschwand. Ihre ältere Tochter Olivia war im gleichen Alter wie Ava. Kate wusste, dass das Verschwinden des Mädchens die sonst so lebensfrohe Miller sehr bewegt hatte, dennoch hatte sie stets ihre Professionalität bewahrt und wie alle anderen versucht, den Fall zu lösen. Leider bis heute vergeblich.

»Langlois!«, rief in diesem Augenblick DeGaris aus seinem Büro. Kate nickte der Kollegin kurz zu und eilte den Gang hinunter.

In DeGaris' Büro legte sie die Tüte mit den Pasties auf den Schreibtisch und nahm Walker gegenüber Platz.

»Im Team sind wir drei und DS Miller, unterstützt von DC Lucas«, informierte DeGaris knapp und kam dann sofort zur Sache. »Das Haus der Hamons und nebenbei auch das der Baynes muss observiert werden. Miller organisiert das gerade, Lucas hilft bei den Laufarbeiten. Ihr beide müsst nochmal mit Peter Mahy und dem Hafenbüro sprechen«, wies DeGaris sie an. »Wann hat die *Aventura* den Hafen verlassen, wann ist sie gemietet worden, für wie lange?«

Kate, die sofort fürchtete, Walker könnte Mel endgültig verprellen, sagte schnell: »Ich kümmere mich darum.«

»Gut. Walker, du sprichst in der Zeit mit den Angehörigen. Und durchleuchtet unbedingt die Büros von Stephanie und Greg Hamon. Sprecht mit den Leuten, mit Freunden, mit Bekannten, und sucht nach allem, was mit diesem Ausflug zu tun haben könnte: Wie lange hatten sie frei, wo wollten sie hin und so weiter, jeder noch so kleine Hinweis ist hilfreich.«

Walker nickte kurz und erhob sich. »Sonst noch was?«, fragte er lediglich.

»Wirbelt keinen Staub auf«, sagte DeGaris. »Vor morgen Nachmittag will ich mich nicht mit Presseinterviews abgeben müssen.«

Mit diesen Worten war die Besprechung beendet. DeGaris griff nach einem Pasty und warf die Tüte mit dem letzten Stück Walker zu, der damit in den Flur verschwand.

Kate folgte ihm mit dem Blick. Ein ›Danke‹ wäre nett gewesen, aber mit Manieren schien es der neue Kollege nicht so zu haben. Und genau darüber, über Walkers Manieren und vor allem seine Arbeitsweise, die völlig inkompatibel mit Kates eigener war, wollte sie jetzt mit dem Chief sprechen. Sie erhob sich und schloss DeGaris' Bürotür.

»Was hältst du von Walker?«, fragte er, bevor sie ihr Anliegen vorbringen konnte. Als hätte er ihre Gedanken gelesen.

Kate atmete tief durch. »Na ja, das Abwimmeln der Journalisten hat er gut hingekriegt«, gab sie zu. »Und bei den Hamons hat er immerhin mal zugehört. Aber wenn du meine ehrliche Antwort hören willst: nicht viel.«

DeGaris zog die Augenbrauen hoch. »Er macht gute Arbeit. In London …«

»In London! Das ist vielleicht das Problem«, unterbrach Kate. »Hier auf Guernsey benimmt er sich unmöglich, verschreckt Zeugen und fährt mir dauernd in die Parade.«

DeGaris sagte nichts, sah sie nur schweigend an.

Kate wusste nur zu gut, was dies als Antwort bedeutete. »Wir brauchen ihn, stimmt's?«, sprach sie ihre Vermutung laut aus und seufzte. »Verdammter Mist.«

»Er kommt mit Auszeichnung und auf Empfehlung seiner Vorgesetzten.« DeGaris hielt ihrem Blick stand, als er hinzufügte: »Ich werde einen Polizisten mit seinem Rang nicht von einem Fall abziehen, bei dem wir ihn bitter benötigen, nur weil du Vorurteile gegenüber London und dessen Einwohnern hegst.«

»Es geht nicht um meine Vorurteile gegenüber Londonern!«

»Kate.« DeGaris atmete tief durch. »Komm wieder zu mir, wenn du eine klare Beschwerde hast. Und bis dahin: Arrangier dich mit Walker. Vielleicht merkst du dann ja, dass er doch gar nicht so schlimm ist, wie du denkst.«

*

Als Kate ihr Büro betrat, das sie ab jetzt offenbar mit Walker teilte, war er fleißig bei der Arbeit. Ein Notizbuch mit eng beschriebenen Zeilen lag neben seinem Computer, an dem er aufmerksam den Bildschirm betrachtete. »Ihr habt einen Wissensvorsprung«, murmelte er, ohne hochzublicken. »Ich weiß viel zu wenig über diesen Fall. Also, außer den Schlagzeilen. Schon gar nichts Internes.« Er trug eine Lesebrille, deren Etui allerdings nicht auf seinem peinlich aufgeräumten Schreibtisch zu sehen war, wie Kate mit geschultem Blick erkannte. Offenbar hatte er es sogleich wieder weggesteckt. Kate fragte sich, ob dieser übertriebene Ordnungssinn nicht schon wieder mehr Arbeit verursachte, als er einsparte.

»Die IT hat dir schon alles eingerichtet?«, wollte sie wissen.

»Scheint so. Anmelden konnte ich mich auf jeden Fall, und Internet funktioniert auch.« Er starrte weiterhin konzentriert auf den Bildschirm. »Es gibt ein Buch über den Fall, wusstest du das?«

»*Die ganze Wahrheit.*« Kate nickte. »Von einem Journalisten, der sich in den Fall verbissen hat.«

»Er kommt aber zum gleichen Schluss wie DeGaris.« Walker sog die Unterlippe durch die Zähne ein. »Und das ist interessant, denn eigentlich dreht sich der Aufmacher des Buches nur darum, wie schlecht die Polizei ihre Arbeit gemacht hat.«

Auch eines von DeGaris' Traumata, dachte Kate. *Dieser Fall hat ihn echt fertiggemacht.* »Ich weiß. Der Typ war ein Arschloch. Was er reißerisch als ›bahnbrechende Erkenntnisse seiner Arbeit‹ bezeichnet, war alles längst offiziell Grundlage der Ermittlungen.«

»Ja, er schreibt auch wie ein Arschloch«, bemerkte Walker trocken. »Ich hab mir kurz die Leseprobe angeguckt.«

»Ich hab's mir erspart.« Kate schob den Berg Papiere von alten Fällen auf ihrem Tisch zur Seite. »Ich geb dir alle Infos zu dem Fall. Aber neben dem Hafen müssen wir dringend mit dem Umfeld Kontakt aufnehmen. Familie. Arbeitskollegen. Freunde. Wir brauchen eine umfassende Liste.« Anfangen konnten sie mit den Personen, die sie damals im Fall der vermissten Ava befragt hatten.

»Das Paar lebt zurückgezogen, seit dem Verschwinden der Tochter kann man beinahe von Isolation sprechen«, las Wal-

ker vor, was gerade auf seinem Bildschirm stand. »Die Liste wird also vermutlich recht überschaubar werden.«

»Die ganze Wahrheit? Sehr vertrauenswürdig«, sagte Kate. Er hatte dennoch nicht ganz unrecht: Die Laufarbeit damals hatte viel im Befragen von Nachbarn und Bekannten bestanden, vor allem dem befreundeten Ehepaar Baynes, Stephanies Familie und Gregs Partnern im Tennisclub. Die Liste war dennoch überschaubar. *Aber besser eine kurze als keine Liste*, dachte Kate.

»Zumindest weiß ich nun, dass Ava adoptiert war«, sagte Walker mit einem Blick, den Kate nicht ganz deuten konnte. Sollte das ein Vorwurf sein?

»Spielt das eine Rolle?«, fragte sie zurück und hörte selbst, dass ihr Ton leicht aggressiv war.

»Wenn es um DNS-Proben geht, ist das eine relevante Information«, sagte er und bedachte sie mit einem langen Blick.

In diesem Augenblick klingelte sein Telefon, und Kate atmete unmerklich auf. Offenbar die Personalabteilung, denn er gab seine Daten durch.

Sie musste sich zusammenreißen, DeGaris hatte klargestellt, dass Walker und sie gemeinsam am Fall arbeiten würden, damit war die Sache fürs Erste erledigt. Ein Kleinkrieg war unprofessionell, und wenn Kate etwas nicht war, dann unprofessionell.

Nachdem Walker nach wenigen Sätzen den Telefonhörer wieder aufgelegt hatte, rief er auf seinem Bildschirm das Aktensystem auf. So akribisch, wie Kate ihn kennengelernt hatte, würde er die Akte zum alten Fall im Laufe der nächsten Tage – oder sogar Stunden – komplett durchgehen, anstatt sich auf das zu verlassen, was er von ihr erfahren konnte.

Sie ließ sich auf ihren Schreibtischstuhl fallen und nahm ihre eigenen Aufgaben in Angriff.

Zunächst wählte sie die Nummer des Hafenbüros und sprach noch einmal mit Mel. Akribisch notierte sie sich die abgefragten Informationen: Die *Aventura* war registriert worden, als sie am Samstagnachmittag um 16:30 Uhr den Hafen verlassen hatte. *Vor zwei Tagen*, dachte Kate.

»Und es war definitiv das Ehepaar Hamon selbst?«, hakte sie nach, um auszuschließen, dass Stephanie Hamon die Yacht für jemand anderen gemietet hatte.

»Sie haben ihre Ausweise vorgelegt. Soll ich dir die Kopie schicken?«

Kate bedankte sich für die Hilfsbereitschaft und gab Mel ihre E-Mail-Adresse. Es dauerte keine zwei Minuten, da meldete ihr Posteingang eine neue Nachricht, und Kate konnte überprüfen, dass kein Irrtum vorlag.

Kate rief noch einmal Captain Mahy an. Seinen Angaben entnahm sie, dass der Törn offenbar recht kurzfristig geplant gewesen war – Stephanie Hamon hatte das Boot am letzten Mittwoch gemietet und das Geld sofort überwiesen.

»Bis wann hatte sie das Boot denn gemietet?«, fragte Kate.

Peter räusperte sich. »Eigentlich bis Sonntag.«

Kate merkte auf. »Und da ist Ihnen gestern gar nicht aufgefallen, dass das Boot fehlt?«

Es dauerte einen Moment, bis er antwortete. »Ein ganz dummer Zufall«, gab er schließlich kleinlaut zu. »Ich bin erst gestern Abend von einem Törn zurückgekehrt, und meine Mitarbeiterin, die die Rückgabe der Yacht überprüfen sollte, ist krank geworden, was ich aber erst heute früh erfahren habe. Ich wollte gerade los, um selbst nachzuschauen, da haben Sie angerufen. Ich habe es dann trotzdem unter der von Stephanie Hamon angegebenen Nummer versucht, sie aber nicht erreicht.«

»Verstehe.« Die Hamons waren also mindestens seit fünfzehn Stunden vermisst. Kate klickte den Kugelschreiber, dessen Mine nicht wieder zurückfahren wollte, auf ihren Notizblock. »Wissen Sie, wo sie hinsegeln wollten?«

»Ein Trip um die Inseln. Sie hat von Papageientauchern geredet, deshalb bin ich von der Richtung Alderney ausgegangen.«

Ein klassisches Ausflugsziel also, dachte Kate. Nordwestlich von Alderney lag Burhou Island, eigentlich viel zu klein für eine Insel, aber ein Vogelparadies auch für Trottellummen und Sturmwellenläufer. Vor allem aber die Papageientaucher, drollige schwarz-weiße Vögel mit bunt gemusterten Schnäbeln, hatten es den Einwohnern und Touristen angetan. Obwohl die Anzahl der Tiere wegen des Klimawandels und der Überfischung der Meere stetig sank, konnte man in der Zeit von März bis Mitte Juli zahlreiche Exemplare dabei beobachten, wie sie sich auf den Felsen tummelten. Auch Kate liebte diesen Anblick jedes Jahr aufs Neue.

Sie bedankte sich bei Captain Mahy und legte nachdenklich den Hörer auf. Was, wenn die Hamons wirklich dort gewesen waren? Es würde sicher nicht leicht werden, Spuren zu finden, aber sie nahm sich vor, auf jeden Fall ein Boot loszuschicken, zumindest in die Nähe. Naturschutzorganisationen würden ihnen die Hölle heiß machen, wenn sie jemanden nach Burhou Island selbst entsendeten, denn im Augenblick war Brutsaison, daher war es verboten, die Insel zu betreten. Übernachten konnte man dort ansonsten lediglich in einer einfachen Fischerhütte. Die Vermietung lief über das Hafenbüro in Alderney, es konnte sicher nicht schaden, dort einmal nachzufragen. Vielleicht gab es auch Aufzeichnungen der Webcam, mit der die Papageientaucher beobachtet werden konnten.

Kate griff erneut zum Telefon, aber wie zu erwarten gewesen war, ließ Alderney nicht mit sich reden: Die Brutstätten der Vögel durften nicht gestört und Burhou Island nicht betreten werden. Man versprach ihr aber, die Augen offen-zuhalten und bei der Webcam, die – Kate stöhnte innerlich auf – natürlich keine Aufzeichnungen machte, genauer hinzusehen, ob man irgendetwas Auffälliges entdeckte. Große Hoffnungen hatte Kate allerdings nicht. Wenn etwas im Sichtfeld der Kamera passiert wäre, hätten sich längst aufgeregte Vogelbeobachter rund um den Globus bei ihnen gemeldet.

Der Beamte bot ihr zudem an, sich auch auf Alderney einmal umzuhören, vielleicht hatte ja jemand etwas be-merkt. Kate nahm das Angebot gerne an, bedankte sich und beendete das Gespräch. Sie überlegte kurz, Richterin Madeleine Perchard zu informieren, entschied sich dann aber dagegen, die Spur war noch zu schwach. Sie würden im Ernstfall ganz sicher die Befugnis bekommen, das Vo-gelrefugium zu betreten, um Verletzte oder gar Tote zu bergen, aber im Moment gab es nur einen einzigen kleinen Hinweis von Captain Mahy, und selbst der bestand bloß aus einer Vermutung.

Nachdenklich blickte sie zu Walker. Er las völlig vertieft in den Unterlagen des Vermisstenfalls Ava Hamon, kurz nahm er seine Brille ab, rieb sich die Nase und setzte sie dann wieder auf, um sich erneut in die Lektüre zu stürzen. Schließlich blickte er auf. »Keine Einbruchsspuren an Haus- und Balkontür, nicht einmal ein geöffnetes Fenster. Keine einzige Spur, kein Staubkorn an einem anderen Platz. Wie soll jemand das Kind entführt haben? Nein, das macht kei-nen Sinn. Die Eltern müssen etwas vertuschen.«

»Den Hamons konnte nie etwas nachgewiesen werden.« Auch wenn DeGaris das bis heute bereute. Er hatte Stepha-nie im Visier gehabt. Die Mutter war zweimal während des gemeinsamen Essens bei den Baynes hinübergegangen, um nach Ava zu sehen. DeGaris und sein Team vermuteten, dass dabei möglicherweise etwas geschehen war. Ein Kissen, das aufs Gesicht der Tochter gerutscht war, vielleicht.

»Ich habe eben noch einmal bei ihnen zu Hause angerufen, aber immer noch niemanden erreicht.« Der Drucker surrte und Walker stand auf, um nach dem Papier zu greifen, das das Gerät ausspuckte. Dann drückte er Kate das Blatt mit Adressen in die Hand.

»Die Arbeitsplätze der Hamons haben sich nicht geändert«, erklärte er. »Doktor Greg Hamon, Arzt, unterhält immer noch seine eigene Praxis, Stephanie Hamon, Architektin, hat ihr Büro hier in St. Peter Port. Im Gegensatz zu ihrem Mann hat sie aber keine Angestellten. In Greg Hamons Praxis ist das Telefon besetzt: Er hat zwei fest angestellte Arzthelferinnen, gut möglich, dass wir die beiden dort antreffen. War heute Vormittag schon jemand da?«

Kate schüttelte den Kopf. DC Lucas hatte nur angerufen, um in Erfahrung zu bringen, ob Greg Hamon dort war, was die Arzthelferin verneint hatte.

»Ich übernehme das.« Kate steckte ihr Smartphone in die hintere Tasche ihrer Jeans.

»Warte, hier ist noch ein interessanter Fakt: Im Gegensatz zu damals arbeitet Greg Hamon mittlerweile allein in der allgemeinmedizinischen Praxis. Sein früherer Partner wird nicht mehr auf der Webseite aufgeführt.« Walker stand ebenfalls auf. »*Das Paar lebt zurückgezogen, seit dem Verschwinden der Tochter kann man beinahe von Isolation sprechen*«, zitierte er noch einmal spöttisch »Die ganze Wahrheit«.

Kate hielt inne. Wahrscheinlich hatte diese Information nichts zu bedeuten, aber ein *interessanter Fakt* war es in der Tat, wie Walker es ausgedrückt hatte. Sie nickte ihm zu. »Du sprichst noch einmal mit den Angehörigen? Nimm Miller mit, sie kennt die Leute noch von damals.«

4. Kapitel

St. Mary, Jersey

Margaret zählte das Geld in das kleine Schälchen auf der Theke, es dauerte, weil die Arthritis es ihr schwer machte, die Finger ohne Schmerzen zu beugen. Vier Pfund achtzig, das war fast alles, was sie hatte. Zwei einzelne Pfundnoten, grüne Scheine mit dem Brunnendenkmal auf dem Liberation Square von St. Helier, steckten noch zusammengefaltet im Portemonnaie.

»Alles in Ordnung, Margaret?« Die junge Kassiererin, Margaret konnte sich ihren Namen nie merken, blickte sie besorgt an. Jenny, oder vielleicht hieß sie Sophie, hatte eines dieser neumodischen Tattoos an ihrem Handgelenk. Margaret schaute hin und sofort wieder weg. Sie waren neugierig im Dorf, das war gefährlich.

»Jaja.« So schnell sie konnte, verstaute Margaret Brot, Milch und Kartoffeln in ihrer Einkaufstasche. Nahrhafte Lebensmittel, das war wichtig. Zwei Pfund noch, und sie wusste nicht, wie lange sie damit noch auskommen musste. Kieran brachte ihr schon lange kein Geld mehr. Das Mädchen hatte das getan, immer wieder, hastig zugesteckte Scheine, große Scheine, die immer geholfen hatten. Das gute Kind. Sie hatte Margaret erzählt, was sie vorhatte, und Margaret hatte sie unterstützt. Kieran sollte nichts davon erfahren, Margaret hatte ihr schwören müssen, ihm nichts zu erzählen. Seitdem waren drei Wochen vergangen, in denen sie Emily nicht mehr gesehen hatte. Wo war sie? Margaret wusste es nicht. Und sie hatte Angst, Kieran danach zu fragen.

*

Cobo, Guernsey

Dr Hamons Praxis befand sich im Küstendorf Cobo in der Gemeinde Castel im Westen der Insel. Hier lag die Cobo Bay, ein Paradies für Surfer und Sonnenanbeter, mit kristallklarem Wasser und weißen Sandstränden. Erst ganz im Norden der Bucht ging der helle Sand in felsigen Untergrund über. Kate mochte die Gegend.

Da die Praxis nah am Strand lag, vermutete Kate, dass der Arzt neben einem regulären Patientenstamm viele Touristen behandelte. *Nicht die schlechtesten Voraussetzungen für geschäftlichen Erfolg*, dachte Kate. In direkter Nachbarschaft, unmittelbar hinter der Küstenstraße, lagen Hotels, Ferienwohnungen und Tea Rooms.

Als Kate die Praxis betrat, war eine der Arzthelferinnen, eine hübsche junge Frau, mollig mit dunklen Locken, gerade dabei, einen wütenden Patienten zu beruhigen.

»Dr Hamon ist leider überraschend erkrankt«, sagte sie, während sie mit hochrotem Kopf ein paar Zahlen auf einem Terminkärtchen notierte und es dem älteren Herrn vor der Anmeldung reichte, der sich so leicht aber nicht abspeisen ließ.

»Da muss es doch eine Vertretung geben«, wetterte er. »Und weshalb haben Sie mir nicht Bescheid gesagt?«

»Leider war …«, begann die junge Frau, doch der aufgebrachte Mann hörte ihr gar nicht zu.

»Ich war heute das letzte Mal bei Ihnen«, meckerte er. »Ich werde den Arzt wechseln, hören Sie?«

Das könnte unter Umständen ohnehin nötig werden, dachte Kate, biss sich aber auf die Zunge.

Nachdem der Patient die Praxis mit großen Schritten verlassen hatte, wandte sich die Arzthelferin mit leicht verzweifeltem Ausdruck an Kate. »Haben Sie einen Termin? Es tut mir furchtbar leid, aber heute …«

»Detective Inspector Kate Langlois«, unterbrach Kate sie und zückte ihren Dienstausweis.

Die Wangen der Arzthelferin, die gerade eben noch hochrot gewesen waren, erblassten. »Ist Dr Hamon …?« Es gelang ihr nicht, den Satz zu beenden.

»Er ist also nicht krank, wie Sie eben behauptet haben?«, fragte Kate zurück.

Das Mädchen sah sie unglücklich an. »Was hätte ich denn sagen sollen? Er ist heute Morgen einfach nicht aufgetaucht, und ich erreiche ihn nicht. Eine Nachricht hat er auch nicht hinterlassen, zumindest habe ich keine gefunden.« Sie blickte Kate verzweifelt an. »Das passt überhaupt nicht zu ihm, deshalb habe ich mir schon den ganzen Morgen Sorgen gemacht, aber Sie sehen ja, was hier los ist. Die Polizei hat heute früh auch schon angerufen und nach Dr Hamon gefragt, aber nichts weiter gesagt. Was ist denn passiert?«

»Wir wissen es nicht«, sagte Kate so ruhig wie möglich. »Wir wissen nur, dass er möglicherweise in einen Unfall verwickelt sein könnte. Ich hatte gehofft, hier mehr darüber herauszufinden. Wir brauchen Ihre Hilfe.«

Die junge Frau strich eine verschwitzte Strähne ihrer dunklen Locken hinters Ohr und nickte. Dann antwortete sie bereitwillig auf sämtliche von Kates Fragen.

Aziza Manuel, so hieß sie, arbeitete seit vier Jahren für

Dr Hamon. Sie hatte nach der Schule die Ausbildung bei ihm gemacht, und er hatte sie anschließend eingestellt. Die unzähligen Notizzettel und Dokumentenakten auf ihrem Tisch deuteten an, dass sie den ganzen Vormittag an der Front gekämpft, Termine abgesagt, neue Termine ausgemacht und die Patienten, die in der Praxis aufgetaucht waren, beruhigt hatte. Auch ohne Kates Nachricht, die sie sichtlich erschütterte, hätte sie eine Pause gebrauchen können. Nun war sie bitter nötig, und Kate fragte sich, wo eigentlich ihre Kollegin steckte.

Aziza schloss die Praxistür von innen ab, stellte das Telefon auf den Anrufbeantworter um und holte zwei Tassen Tee aus der Küche.

»Die Frage, ob Dr Hamon Urlaub geplant hatte, erübrigt sich wohl«, sagte Kate, als sie eine davon entgegennahm. »Wissen Sie, ob er am Wochenende manchmal segeln gegangen ist?«

»Segeln?« Aziza war sichtlich überrascht. »Nein. Seine Frau segelt gerne, aber er begleitet sie selten. Eigentlich mag er das nicht.« Sie zog die Augenbrauen zusammen. »Hatten Sie nicht etwas von einem Unfall gesagt?«

Kate erzählte ihr von dem Segelboot, sparte das Blut, das man dort gefunden hatte, aber aus. »Deshalb dachte ich, er sei vielleicht regelmäßig segeln gegangen«, schloss sie. »Vielleicht wollte er dieses Mal Vögel beobachten? Auf Burhou Island?«

»Oh, die Papageientaucher! Die mag ich sehr!« Ein flüchtiges Lächeln stahl sich auf Azizas Gesicht. »Ich lasse hier manchmal auf dem Bildschirm im Wartezimmer die Webcam mit den Papageientauchern laufen, das ist eine tolle Methode, um besorgte Patienten abzulenken. Wenn denn Tiere zu sehen sind.« Ihre Wangen färbten sich leicht rötlich. *Clever und engagiert*, dachte Kate, *mit einem Faible für Tiere.*

»Aber um Ihre Frage zu beantworten«, sagte Aziza schließlich. »Nein. Dr Hamon hat sich weder fürs Segeln noch für die Vögel sonderlich interessiert. Im Gegensatz zu seiner Frau. Mrs Hamon ist auch begeistert von den Tieren. Und ihre Tochter hatte diesen niedlichen Plüsch-Puffin …« Verlegen brach sie ab, und Kate musste lächeln.

Sie forderte die junge Frau auf, von ihrem Chef zu erzählen. Natürlich hatte Kate im Zuge des Ava-Falles einiges über Greg Hamon gehört, er galt, zumindest bis zum Verschwinden seiner Tochter, als freundlich und umgänglich. Er hatte Charme und das gewisse Etwas, das Menschen dazu brachte, ihm zu vertrauen. Ein unschätzbarer Vorteil in seinem Beruf. Was aber war heute, gut zwei Jahre später? Wie sehr hatte ihn das Verschwinden seiner Tochter verändert?

Kate selbst hatte den Arzt nie getroffen, dennoch war ihr zumindest sein durchaus beeindruckendes Äußeres vertraut. Auf den Fotos, die sie im Zuge der Ermittlungen durchgesehen hatte und die dann zahlreich in den Zeitungen abgedruckt worden waren, und auch bei Fernsehauftritten, war er stets an der Seite seiner Frau, ein wunderschönes, noch recht junges Ehepaar Mitte dreißig. Mit dunklem Haar und breiten Schultern war er wie ein typischer Sonnyboy, wenn die Trauer um den Verlust seiner Tochter nicht gewesen wäre, die ihm eine Schwermut verlieh, die ihn noch attraktiver machte. Kate wusste von ihrer Cousine Holly, die als Journalistin bei der Guernsey Press arbeitete, von einer beeindruckenden Anzahl an Liebesbriefen, die Dr Greg Hamon nach seinen zahlreichen Fernsehinterviews erhalten hatte.

Jetzt schmunzelte Kate, denn auch seine Mitarbeiterin schien seinem Charme erlegen zu sein: Lebhaft beschrieb Aziza die Gutherzigkeit ihres Chefs, der seine Patienten aus reiner Nächstenliebe behandelte, seinen Scharfsinn und die Tiefe, die durch das schlimme Erlebnis noch deutlicher zu spüren geworden war, dazu seine Großzügigkeit, mit der er den beiden Mitarbeiterinnen sowohl ein gutes Gehalt zahlte als auch flexible Arbeitszeiten gewährleistete. *Alles in allem ein Traummann*, dachte Kate beinahe belustigt. Die Schwärmerei der jungen Frau war offensichtlich.

»Oh, und er macht gerne Sport. Er spielt Tennis und Squash.«

»Mit Freunden?«

»Er spielt meist mit Dr Hobbs. Sie haben früher zusammengearbeitet.«

Der Partner, der, anders als in der Zeit von Avas Verschwinden, nun weder auf der Webseite noch auf dem Klingelschild auftauchte. Dafür aber beim Tennis.

»Früher?«, hakte Kate nach. »Wann früher?«

Aziza starrte in ihre Teetasse. »Sie haben sich bis vor ungefähr zwei Jahren die Praxis hier geteilt, aber dann haben sie sich gestritten.«

Kate ließ den Stift sinken, mit dem sie sich Notizen gemacht hatte. »Wissen Sie, worum es ging?«

Aziza blickte sie unsicher an. »Nein, Dr Hamon hat mir nichts gesagt, aber Regina, meine Kollegin, also, Regina meint, es ging ums Geld.«

Kate machte sich eine kleine Notiz. Sie würden Dr Hobbs danach fragen.

»Aber sie verstehen sich wieder gut, seit Anfang des Jahres spielen sie wieder gemeinsam Tennis«, schob Aziza schnell hinterher.

»Die Auflösung der Gemeinschaftspraxis war vor ungefähr zwei Jahren, sagten Sie. Also kurz nachdem Ava verschwand?«

Aziza nickte. Dann schluckte sie und legte beide Hände um die Teetasse, als wolle sie sich wärmen. »Das mit Ava war schlimm«, murmelte sie. »Das hat Dr Hamon das Herz gebrochen.« Sie schwieg einen Moment. »Und dann haben sie geschrieben, dass er und seine Frau die Kleine vielleicht selbst ...«, sagte sie zornig. »Was sind das für schreckliche Menschen, die sowas behaupten!«

Kate widersprach nicht, doch Aziza schien das Bedürfnis zu verspüren, ihren Chef weiter zu verteidigen. »Wissen Sie, er hat Ava vergöttert. Sein Büro war geradezu gepflastert mit Bildern von der Kleinen. Dr Hamon hatte nichts mit der Sache zu tun«, sagte sie eindringlich. »Das müssen Sie mir glauben.«

»Deswegen bin ich auch nicht hier«, versuchte Kate sie zu beruhigen. »Aber wenn Sie sagen, dass er sehr gelitten hat ... Ist es denn mit der Zeit nicht besser geworden? Sie wissen schon: Zeit heilt alle Wunden.«

Die junge Frau überlegte. »Ja, es wurde besser«, sagte sie schließlich. »Zuerst war er ziemlich verstört, hat nächtelang nicht geschlafen. Er war immer völlig übermüdet, wenn er herkam, wollte aber unbedingt arbeiten. Er brauchte vielleicht auch die Routine. Und ... nun ja ...« Sie zögerte. »Außerdem gab es ja Rechnungen zu bezahlen.«

Natürlich. Das liebe Geld, das angeblich auch bei seiner Trennung von Dr Hobbs zu diesem Zeitpunkt eine Rolle gespielt hatte.

»Unter diesen Umständen ist er manchmal vielleicht nicht sehr aufmerksam gewesen«, hakte Kate nach. »Gab es Patienten, die unzufrieden waren? Ist ihm vielleicht sogar ein Fehler unterlaufen? Eine falsche Diagnose, eine falsche Behandlung?«

Aziza schüttelte den Kopf. »Dr Hamon ist ein hervorragender Arzt.« Sie betonte, dass alle ihren Arbeitgeber liebten und niemand einen Grund hätte, ihm etwas Schlechtes zu wollen.

»Wie ist denn das Verhältnis von Dr Hamon zu seiner Frau?«, wechselte Kate das Thema.

»Oh.« Die Frage schien Aziza zu überfordern.

»Gibt es Probleme?«, hakte Kate nach.

»Ich weiß nicht.« Aziza stand auf und stellte ihre leere Tasse auf der Anrichte hinter sich ab. »Dr Hamon hat immer nur gut von seiner Frau gesprochen«, sagte sie schließlich steif. Alles an ihr verdeutlichte, dass sie nicht darüber reden wollte. Interessant.

Kate spürte jedoch, dass sie an dieser Stelle im Moment nicht weiterkam, und beschloss, das Thema zu wechseln. Noch gab es keinen Grund, die junge Frau unter Druck zu setzen. »Sie arbeiten üblicherweise hier zu zweit, richtig? Sie und Regina«, fragte sie freundlich.

»Richtig.« Die junge Frau entspannte sich sichtlich und setzte sich wieder hin, während sie in der Folge erzählte, wie sie und ihre ältere Kollegin sich gemeinsam um Telefon und wartende Patienten kümmerten. Meist war es Aziza, die Dr Hamon mit den Patienten im Untersuchungszimmer zur Hand ging, während Regina den Papierkram erledigte.

»Und wo ist Ihre Kollegin jetzt?«

»Als Dr Hamon heute Vormittag nicht aufgetaucht ist, hat sie entschieden, nach Hause zu gehen. Wir würden heute ja nicht gebraucht, hat sie gesagt.«

Das Chaos bei Kates Eintreffen zeugte allerdings vom Gegenteil.

»Ich bin aber geblieben«, sagte Aziza mit Nachdruck. »Was soll Dr Hamon denn denken, wenn er zurückkommt?«

Falls er zurückkommt, dachte Kate.

Abschließend befragte sie die junge Frau noch, was sie am Wochenende gemacht hatte. Aziza schien nicht ganz klar zu sein, dass Kate damit ihr Alibi überprüfen wollte. Sie berichtete, dass sie noch bei ihren Eltern wohnte. Am Samstagabend sei sie mit Freundinnen ausgegangen, in eine Bar, und am Sonntag an den Strand. An beiden Abenden hatte sie zuvor mit ihren Eltern gegessen.

Kate ließ sich noch Adresse und Telefonnummern von Azizas Eltern sowie die ihrer Kollegin Regina geben, dann verabschiedete sie sich von der jungen Frau. Sie beschloss, ihr Glück direkt bei Regina zu versuchen.

Aziza schaltete den Anrufbeantworter aus, nur um sogleich vom Telefonklingeln wieder in das gleiche Chaos gestürzt zu werden, das sie vor Kates Besuch zu bewältigen versucht hatte.

*

Regina Kipbury war das genaue Gegenteil ihrer jungen Kollegin Aziza Manuel: groß, hager und schlecht gelaunt. Die von grauen Strähnen durchzogenen Haare hingen kraftlos herunter, die Nase war etwas zu lang für das schmale Gesicht.

Die Nachricht, dass Dr Hamon möglicherweise einen Unfall erlitten hatte, nahm sie ohne jegliche Regung entgegen, sie sagte oder fragte auch nichts. Nachdem sie Kate missmutig in die Küche geführt hatte, rührte sie nun unentwegt in ihrem Topf mit Conger Soup. Ihr Mann hätte einen anstrengenden Job, nuschelte sie, und bräuchte eine anständige Portion Deftiges in den Magen. Der intensive Geruch nach Aal, Zwiebeln und Kohl erfüllte den Raum.

»Riecht gut«, lobte Kate nicht ganz ehrlich, während sie überlegte, wann sie diese dicke Suppe aus Meeraal zuletzt gegessen hatte. Es war auf jeden Fall lange her, vermutlich bei Grandpa. Nicht einmal ihre Mutter hatte dieses Gericht noch gekocht, ihr war wie Kate die gebratene oder frittierte Version von Fisch lieber. *Eigentlich schade*, dachte Kate, *dass solche Traditionen nach und nach verloren gehen.* Denn das Gericht fand man heute auch in Restaurants nur noch selten auf der Speisekarte, dabei war es früher sehr beliebt gewesen, die Fischer waren mit ihren Karren von Haus zu Haus gezogen, um die Meeraale zu verkaufen. Heutzutage wurde Meeraal immer noch häufig gefangen, aber statt ihn zu verzehren, benutzte man ihn vor allem als Köder. Kate rief sich zur Ordnung. Sie war nicht wegen alter Rezepte hier. Auch wenn es davon hier eine Menge gab, wie sie nach einem Blick auf ein Bord mit unzähligen Kochbüchern feststellte.

Sie wandte sich an die Arzthelferin. »Wie lange arbeiten Sie schon für Dr Hamon?«, fragte sie.

»Seit etwa acht Jahren, seit er gemeinsam mit Dr Hobbs die Praxis gegründet hat. Da bin ich gewechselt. Sie sehen ja, ich wohne gleich nebenan.«

»Praktisch«, sagte Kate. »Haben Sie den Wechsel je bereut?«

Regina zuckte mit den Schultern, was wohl heißen sollte, dass ein Doktor wie der andere war. Auch den Patienten, mit denen sie arbeitete, schien sie wenig Sympathie entgegenzubringen. »Jeden Tag ein anderes Wehwehchen«, schimpfte sie und drehte den Herd herunter. »Und immer gleich zum Arzt. Ein heißer Tee mit einem Schuss Rum und dann früh ins Bett hilft besser gegen jede Erkältung als alles, was Sie in der Apotheke kriegen können.« Sie schüttelte den Kopf.

Kate fragte sich, weshalb jemand ohne jegliche soziale Fähigkeiten ausgerechnet einen Beruf im Gesundheitswesen wählte.

»Haben Sie etwas von einem Ausflug mitbekommen,

den Dr Hamon geplant hatte? Oder einem Urlaub?«, arbeitete sie sich weiter vor.

Regina schnaubte. »Dann wäre ich wohl kaum heute früh zur Arbeit erschienen.«

Kate fragte sich, ob die Frau so wütend war, weil sie an einem unverhofft freien Tag gestört wurde, oder ob mehr dahintersteckte. »Wann haben Sie Ihren Chef das letzte Mal gesehen?«

»Am Freitag. Um dreizehn Uhr habe ich Feierabend gemacht.« *Wahrscheinlich auf die Minute genau*, dachte Kate.

»Er saß im Büro, Aziza hatte ebenfalls noch zu tun. Ich habe mich umgezogen, ihnen ein schönes Wochenende gewünscht und bin nach Hause gegangen.«

»*Mochten* Sie Dr Hamon?«

Regina funkelte Kate wütend an. »Wenn Sie damit fragen wollen, ob ich einen Grund hätte, ihn zu ermorden, dann kann ich Ihnen nur sagen, dass diese Idee völlig absurd ist.«

»Das habe ich nicht andeuten wollen.« Aber interessant, welchen Weg Regina Kipburys Gedanken genommen hatten. »Wie kommen Sie darauf, dass Greg Hamon ermordet wurde? Hatte er Feinde?«

»Feinde? Nein, nein, eher das Gegenteil.« Sie lachte verächtlich auf.

»Was meinen Sie damit?« Kate konnte es sich ungefähr denken, die Frage war nur: War Regina eifersüchtig, dass die Frauen Dr Hamon nachliefen?

»Da müssen Sie schon meine Kollegin fragen«, antwortete Regina schmallippig.

Ah, daher wehte der Wind. »Das werde ich, aber jetzt würde ich gerne Ihre Meinung dazu hören«, sagte Kate betont freundlich und lauschte in der Folge dem Wortschwall über Reginas Kollegin und die Patientinnen, der sich über ihr entlud. Auch wenn die Arzthelferin jegliches eigene

Interesse an Dr Hamon bestritt, so war es doch auffallend, dass sie Azizas Ausschnitt auf der Arbeit zu tief, ihre Röcke zu kurz und ihre Nägel zu bunt fand. Kate selbst war die junge Frau kein bisschen freizügiger gekleidet vorgekommen als andere Frauen in ihrem Alter. Aber Regina hatte ihre Kollegin diesbezüglich offenbar auf dem Kieker. *Wahrscheinlich misst sie die Sommerröcke mit dem Millimetermaß ab dem Knie*, dachte Kate.

Auch für Patientinnen, die versuchten, ihren Chef um den Finger zu wickeln, hatte Regina nur Verachtung übrig, der sie bissig Ausdruck verlieh, während sie wütend mit einem Kochlöffel in ihrem Eintopf rührte. Das verdampfte Wasser sammelte sich als Tropfen an der Scheibe des geschlossenen Küchenfensters.

Regina hatte wenig Privates mit Greg Hamon gesprochen, bestätigte sie auf Kates Frage, dennoch war er auch ihr nicht sonderlich verändert vorgekommen in den letzten Wochen. Als Kate das Gespräch auf Hamons verschwundene Tochter lenkte, korrigierte Regina sogleich: »Adoptivtochter.« Dann neigte sie den Kopf leicht zur Seite. »Jetzt, wo ich so darüber nachdenke, fällt mir doch jemand ein, der ihn gehasst haben könnte: seine Frau.«

Kate horchte auf. »Seine Frau? Gab es Streit?« Also doch!

»Da war wenig Liebe übrig zwischen den beiden. Offene Streitereien waren selten, aber gezischelte Vorwürfe, eisiges Schweigen und ja, einmal habe ich auch eine Explosion erlebt, als sie ihn auf der Arbeit aufgesucht hat. Im Gegensatz zu ihr hat Dr Hamon sich ja doch recht schnell vom Verlust des Kindes erholt. *Er* hatte wieder seinen Spaß.«

Kate hakte nach, aber mehr als die Andeutung, dass Greg Hamon seine Frau betrogen hatte, war aus ihr zu dem Thema nicht herauszukriegen. Kate notierte sich die Tatsache, dass beide Arzthelferinnen bei den Fragen rund um die Ehe der Hamons gemauert hatten. Ganz passte die Aussage auch nicht zu dem gemeinsamen Segeltörn, zu dem das Ehepaar aufgebrochen war: Allein auf hoher See zählte für die meisten Menschen zu einem romantischen Urlaub.

»Weshalb haben Dr Hobbs und Dr Hamon die Gemeinschaftspraxis aufgelöst?«, wechselte Kate nun das Thema.

Aber auch hier beließ Regina es bei Andeutungen und Plattitüden. »Geld regiert nun mal die Welt«, sagte sie lediglich und blickte sich mit verkniffenem Mund in ihrer winzigen Küche um. *Neid*, dachte Kate, *Neid auf den besser verdienenden Chef.*

Kate beschloss, das Gespräch zu beenden. Es war auch dringend Zeit für frische Luft. »Wie haben Sie das Wochenende verbracht?«, fragte sie abschließend.

»Mit meinem Mann.« Regina war am Samstagvormittag allein auf dem Markt gewesen, die restliche Zeit hatten sie gemeinsam verbracht. Kate hatte keinen Grund, diese Aussage anzuzweifeln. Regina Kipbury war keine Verdächtige, und Kate sammelte nur Informationen.

*

Bevor sie ins Präsidium zurückkehrte, machte Kate einen kleinen Abstecher zum Cobo Beach. Ihr schwirrte der Kopf, sie musste nachdenken. Und das klappte am besten, wenn sie sich bewegte. Hier an der Saline Bay erstreckte sich ein Sandstrand über mehr als anderthalb Kilometer vom Cobo Beach in Richtung Norden bis zur Landzunge mit der Festung Grandes Rocques Fort. Das Meer war so blau und der Sand so weiß wie an der Côte d'Azur. Nur die Felsen, die aus dem Meer ragten, als hätten in grauer Vorzeit ein paar Riesen sie einfach fallenlassen, unterschieden die Saline Bay deutlich von den Stränden am Mittelmeer. Auch wenn das Blau des Wassers heute ruhig und klar dalag, konnte die See an anderen Tagen doch rau und dunkel sein, als deutliches Zeichen, dass hinter der geschützten Meeresbucht, in der die Kanalinseln lagen, der offene Atlantik wartete.

Kate ließ Sandstrand, Touristen und Einheimische hinter sich, nahm den kleinen Weg hinauf zum Fort und kletterte dort schließlich abseits des Weges auf die vorgelagerten Felsen. Konzentriert setzte sie einen Fuß vor den anderen, um nicht abzurutschen und sich an den spitzen Steinen zu schneiden. Mit den Ruinen der Festung im Rücken setzte sie sich schließlich auf einen der Felsen und atmete tief durch. Möwen kreischten am Himmel, und eine einzige Wolke wurde vom Wind aufs offene Meer geblasen.

Was hatten die Hamons dort draußen gesucht? Ruhe und ein bisschen Frieden, um dem Trubel zu entgehen? Oder hatten sie gar versucht, einander mit dem Segeltörn wieder näherzukommen? Und wie hing das mit dem Ava-Fall zusammen? Hing es überhaupt damit zusammen?

Der erste High Profile Case seines Lebens, hatte Walker gesagt. Er als Londoner hatte sicher mehr Erfahrung, was Mordfälle anging. Aber was die Arbeit auf einer kleinen Insel anging, da musste er wirklich noch einiges lernen. Und ausgerechnet Kate sollte ihm das beibringen. Sie schloss für einen Moment die Augen.

Es war klar gewesen, dass DeGaris ihr den Neuen als Partner zur Seite stellen würde, sie hatte es schon vor Walkers Ankunft gewusst. Beim Criminal Investigation Department arbeiteten sie in der Regel in Zweierteams, und seit ihr Partner Pete vor etwas über einem halben Jahr aus dem Polizeidienst entlassen und vor Gericht gestellt worden war, hatte es DeGaris schon mit diversen Kollegen als Partner für sie versucht. Doch die meisten kannten ihre Geschichte, besser gesagt, sie kannten Petes Geschichte, und vertrauten Kate nicht. Jedes Mal aufs Neue hatte Kate sich beweisen müssen, musste es auch jetzt immer wieder. Dabei war doch Pete das faule Ei gewesen!

Aber sie hatte nichts gemerkt, hatte nicht im Traum daran geglaubt, dass ihr ehemaliger Partner wirklich etwas mit der Drogenszene am Hut hatte, sie hatte ihn darum immer unterstützt und verteidigt. Das war auch der Grund, warum sie noch immer von einigen Kollegen misstrauisch beäugt wurde – denn wie konnte es sein, dass sie jahrelang eng mit ihm zusammengearbeitet hatte, ohne etwas zu merken? Steckte sie am Ende doch selbst mit drin?

Die Einzigen in ihrer Abteilung, die von Anfang an bedingungslos hinter ihr gestanden hatten, waren DeGaris und Miller. DeGaris' Wort hatte Gewicht, und er hatte auf den Tisch gehauen, offenes Mobbing traute sich keiner. Doch das war auch gar nicht nötig. Es reichte, wenn die Gespräche verstummten, sobald sie hinzukam. Wenn die Kollegen die Kaffeeküche nicht schnell genug verlassen konnten, sobald sie eintrat. Warum war sie geblieben? *Wahrscheinlich, weil ich genau solch ein störrischer Esel bin wie Grandpa*, dachte Kate lächelnd.

Jetzt also Walker. DeGaris dachte wahrscheinlich, er hätte es ganz schlau eingefädelt mit dem Neuen, der von all dem nichts wusste. Sie würde über kurz oder lang mit Walker reden müssen – erfahren würde er die Geschichte mit Pete ja sowieso. Sie wischte sich über die Augen, trotz der Wärme blies am Meer immer ein Wind, hier am Strand war er besonders scharf.

Es war ohnehin Zeit. Nach einem letzten Blick aufs Meer erhob sie sich und machte sich auf den Weg.

*

St. Peter Port, Guernsey

Als Kate zurück ins Präsidium kam, lehnte ihr »Lieblings-
kollege« in der Tür zu ihrem Büro. Detective Sergeant
Leonhard Batiste war eigentlich ein guter Polizist, aber
übertriebener Ehrgeiz, gepaart mit einer ausgeprägten El-
lenbogenmentalität machten ihn nicht gerade zum Team-
player. Dass DeGaris eine Sonderkommission zum Fall der
verschwundenen Hamons mit Kate und dem Neuen be-
stückte statt mit ihm selbst, nagte ganz sicher an Batistes
Ego. Abgesehen davon, dass er die Sache mit Pete immer
noch zum Anlass nahm, so oft es ging gegen Kate zu sti-
cheln. DeGaris hatte ihm deutlich gemacht, dass er große
Stücke auf Kate hielt – niemand war für seinen Partner und
dessen Verhalten verantwortlich. Batiste hatte die »Vor-
zugsbehandlung« Kates durch den Chief nur noch wüten-
der werden lassen, und so redete er sie schlecht, wo er nur
konnte. Und offenbar war sein neuestes Ziel, Walker gegen
sie aufzubringen. Kate spürte Wut in sich aufwallen: Batiste
würde schon dafür sorgen, dass Walker alles erfuhr, und
zwar in seiner Version. So viel zu DeGaris' Hoffnung, mit
Walker jemanden zu haben, der unvoreingenommen mit
Kate zusammenarbeitete.

Als Kate an ihm vorbeiwollte, hielt er es nicht für nötig,
ihr Platz zu machen. Kindergarten.

»Danke«, sagte Walker in diesem Moment zu ihm und
ordnete einen Stapel Papiere so, dass jedes Blatt exakt aufei-
nanderlag. »Ich weiß deine Hilfsbereitschaft zu schätzen.«

Hilfsbereitschaft? Das waren ja ganz neue Töne. Kate
musste die Frage ins Gesicht geschrieben stehen, denn Walker erklärte: »Batiste hat uns angeboten, unsere Einsatzgruppe zu verstärken.«

»Uns?« Kate starrte Batiste fassungslos an, der finster

zurücksah. Also hatte sie mit ihrer Vermutung richtiggelegen. »Wenn du mich ausbooten willst, sprich mit DeGaris«, sagte sie kalt.

»Wie du willst«, antwortete er leichthin.

»Batiste, beweg deinen Hintern und halt uns nicht von der Arbeit ab«, grummelte Miller, die in diesem Augenblick ebenfalls auftauchte. Einer schlecht gelaunten Miller wollte niemand widersprechen, nicht einmal DeGaris, und so zog Batiste tatsächlich ohne ein weiteres Wort ab. Nur einen weiteren finsteren Blick in Kates Richtung konnte er sich nicht verkneifen.

Es war offensichtlich, dass Walker etwas fragen wollte, aber Miller scheuchte sie auf: DeGaris wollte eine Lagebesprechung.

Er verlor wie gewohnt keine Zeit und bat Kate, mit ihrem Bericht zu beginnen, nachdem alle Platz genommen hatten.

Kate fasste kurz das Wesentliche ihrer Befragungen zusammen.

Dabei interessierten DeGaris am meisten die von den beiden Angestellten genannten Eheprobleme. »Dazu sollten wir auf jeden Fall mehr herausfinden«, sagte Kate und schloss ihre Ausführungen mit der Bemerkung: »Aziza Manuel vergöttert Dr Hamon. Bei ihrer Kollegin Regina Kipbury bin ich mir nicht ganz sicher, ob sie ihrem Chef eher ihre Arme oder eine Schlinge um den Hals legen würde.«

»Könnte er eine Affäre mit Aziza gehabt haben?«, fragte Walker.

»Hm.« Kate zögerte. »Ausschließen kann ich es nicht. Aber auf mich hat es eher wie eine jugendliche Schwärmerei gewirkt. Unschuldig. Aber Regina Kipbury … Sie lügt«, fügte Kate hinzu. »Irgendetwas ist mit ihr … nicht in Ordnung.«

»Vielleicht ist sie einfach frustriert. Die Frage ist, warum?«, fragte DeGaris. »Oder ist sie grundsätzlich Misanthropin?«

»Wahrscheinlich beides«, sagte Kate ehrlich. »Aber ich bin sicher, da steckt mehr dahinter. Zwischendurch hatte ich den Eindruck, es blitzte Wut durch.«

»Wut, worauf?«, fragte Miller.

»Wenn ich das wüsste …« Kate hob entschuldigend die Schultern.

»Okay.« DeGaris wandte sich an Walker. »Haben die Eltern etwas Brauchbares erzählt?«

Hatten sie nicht. Walker fasste kurz das Gespräch zusammen, das er und Miller gemeinsam geführt hatten. Kate war froh, dass die erfahrene Kollegin widerspruchslos mit ihm gegangen war. Abgesehen von der Tatsache, dass sie die meisten involvierten Personen schon aus dem Vermisstenfall Ava kannte, hatte sie ein Händchen für Menschen und die emotionale Seite ihres Jobs. Miller an seiner Seite zu haben, wenn man schlechte Nachrichten überbringen musste, war für alle ein Trost.

Greg Hamons Mutter war schon vor einigen Jahren verstorben. Sie hatte ihren Sohn allein großgezogen, der Vater war unbekannt. Margery und Basil Barington, Stephanie Hamons Eltern, hatten nichts von einem geplanten Urlaub gewusst. Das deckte sich mit dem Chaos, das Kate in der Arztpraxis vorgefunden hatte: Der Segeltörn war offenbar nicht länger als bis zum Sonntag geplant gewesen.

Die Eltern, so erzählte Walker, hatten sich gewundert, dass ihre Tochter sich nicht wie üblich am Sonntag bei ihnen gemeldet hatte, und waren deshalb sofort bereit, eine Vermisstenanzeige aufzugeben.

»Captain Mahy sagte mir, das Boot sei letzte Woche gemietet worden. Am Mittwoch«, sagte Kate. »Vielleicht hatte

Stephanie den Törn als Überraschung für ihren Mann geplant?«

»Oder es sollte keine so große Sache sein. Ein Tag auf See, einmal ins Wasser springen und zurück«, merkte Walker an. Einmal nach Alderney, Burhou Island, und wieder nach St. Peter Port. Das konnte man locker an einem Tag erledigen.

Greg habe nie viel mit dem Segeln anfangen können, Stephanie hingegen sei gelegentlich gesegelt, berichtete Walker, was auch Kate schon von Aziza Manuel erfahren hatte. Offenbar hatte sie zusammen mit ihrem Vater mit Anfang zwanzig das Hobby entdeckt und es für gemeinsame Vater-Tochter-Aktivitäten genutzt. Die beiden hatten den Segelschein gemacht und waren hin und wieder zu einem gemeinsamen Wochenende auf seinem Boot aufgebrochen. Stephanies Mutter vermutete, dass ihre Tochter an diesem Wochenende einfach einmal rauswollte. Avas Verschwinden belaste sie immer noch sehr, auch wenn sie nach außen hin funktionierte, hatte sie erzählt. Sie habe sich auch weiterhin um ihren Garten gekümmert, an jeden Geburtstag gedacht und die Katze entfernter Nachbarn gefüttert, wenn diese im Urlaub waren. Aber echte Freude hatte Stephanies Mutter zum letzten Mal gesehen, als Ava noch lebte: Im Regen waren sie spazieren gegangen, von Pfütze zu Pfütze gesprungen und hatten ausgelassen gelacht.

Seitdem sei in Stephanie ein Feuer erloschen. Zuerst gedimmt, war es mit der Zeit schließlich ganz ausgegangen.

»Meint sie …«, begann Kate.

»Sie schien einen Selbstmord durchaus in Betracht zu ziehen«, bestätigte Miller leise. Der Gedanke war Kate bei Greg Hamon auch schon in den Sinn gekommen. Möglicherweise hatten sie es hier mit einem erweiterten Suizid zu tun. Für einen Augenblick sprach niemand ein Wort.

Dann atmete DeGaris hörbar aus. »Unfall, Selbstmord oder ein Verbrechen?« Er fuhr sich mit der Hand über die Stirn. »Miller, ich will eine lückenlose Überwachung dieses Hauses. Und wenn um drei Uhr nachts jemand herumschleicht, dann ...«

»... hast du mich um drei Uhr eins am Telefon, verstanden, Sir«, beendete Miller seinen Satz.

»Und ihr«, wandte DeGaris sich an Walker und Kate, »ihr dreht jedes Staubkorn um. Wir müssen wissen, wer auf diesem Boot war. Sie waren beide zusammen im Hafenbüro, aber sind sie auch beide an Bord gegangen? Fotos sind raus?«

Kate nickte. Sie hatten Fotos von Stephanie und Greg Hamon an alle Polizeistationen auf den Inseln gegeben. Vielleicht ergab sich etwas.

»Ich funke die Küstenwache an, sie sollen die Augen offenhalten und alles nach Überlebenden absuchen, vor allem in den Gewässern rund um Alderney. Wir sollten auch eine Anfrage an die Kapitäne der Linienboote und der regelmäßig verkehrenden Schiffer rausschicken. Vielleicht haben wir Glück, und sie finden was oder jemand hat was gesehen. Burhou Island hattest du gesagt, richtig?«, sagte DeGaris.

»Ja«, bestätigte Kate. Sie wusste nur zu gut, worauf er hinauswollte: Um Alderney herum herrschten starke Strömungen, allen voran die Hauptströmung mit dem bezeichnenden Namen »The race«. Sie verlief südlich der Insel in Richtung Le Hague auf dem französischen Festland und konnte eine wahnsinnige Geschwindigkeit entwickeln. Kates Großvater erzählte ihr gern »von einem gewaltigen Sturm mit zwanzig Knoten«, in den er einmal geraten war. In der Realität waren es vermutlich eher zwölf gewesen, was jedoch beeindruckend genug war, wie Kate fand. Zudem waren die Gewässer in Küstennähe äußerst klippenreich. Es war ein gefährliches Segelgebiet – zahlreiche Wracks lagen auf dem Grund vor Alderneys Küste.

DeGaris trommelte mit den Fingern auf den Tisch. »Es fehlen Indizien«, sagte er finster. »Haben wir schon mit der Bank gesprochen? Wir brauchen Auskünfte über Kontobewegungen. Vergesst die Telefongesellschaften nicht, die sollen uns die Verbindungen schicken.«

Ein lautes Klopfen an der offenen Tür unterbrach ihn. »Indizien? Sagte jemand gerade Indizien? Das ist mein Stichwort.« Breit grinsend trat Rivers ein, wie üblich eine Tasse Kaffee in der Hand.

»Habt ihr schon was?«, fragte DeGaris sofort.

»Wie man's nimmt.« Rivers legte seinen Kopf schräg. »Das Ergebnis der Blutanalyse braucht noch ein bisschen. Aber ihr glaubt nicht, was wir bei den Hamons gefunden haben.«

Alle Augen richteten sich auf den langen, dünnen Kriminaltechniker, der den Moment wie üblich auskostete und erst umständlich einen großen Schluck Kaffee trank.

»Soll ich meinen Telefonjoker anrufen?«, fragte DeGaris genervt.

Rivers zog grinsend ein in Plastik gehülltes Blatt Papier hervor und reichte es ihm. »Küchenschublade, zwischen der Werbung eines Lieferdienstes und dem Abfallkalender.«

»Was zum …«, begann DeGaris, während er lautlos las.

Neugierig reckte Kate den Hals, und als sie die Worte, in ungelenker Handschrift geschrieben, erkennen konnte, hielt sie für einen Augenblick den Atem an: *Ava lebt.*

5. Kapitel

St. Peter Port, Guernsey

Also doch. Ava. Der Schatten der Vergangenheit lag über diesem neuen Fall.

»Kein Unfall und auch kein Selbstmord«, entschied Kate. »Da steckt mehr dahinter.«

Walker fuhr sich über die Stirn.

DeGaris sah sie alle drei scharf an. »Das darf keinesfalls an die Presse gelangen, bevor wir nicht wissen, was es zu bedeuten hat.« Er betrachtete das Papier eingehend. »War es in einem Briefumschlag?«

Rivers verneinte.

»Hm.« DeGaris schürzte die Lippen. »Sucht im Müll danach. Wenn ihnen diese Nachricht als Brief geschickt wurde, will ich wissen, von wem. Wo wurde er aufgegeben? Wann wurde er aufgegeben?«

»War es denn überhaupt ein Brief?« Walker deutete auf das Papier. »Kann das nicht einfach eine Notiz sein? Zum Beispiel von Stephanie Hamon, die sich die Worte als Stütze aufgeschrieben hat?«

Rivers schüttelte den Kopf. »Handschriftenvergleich. Anhand eines Terminkalenders und verschiedener Einkaufszettel können wir das ausschließen. Weder Stephanie noch Greg Hamon haben diese Worte hier geschrieben.«

»Lasst uns einfach mal annehmen, dass die Hamons

die Wahrheit gesagt haben und Ava tatsächlich entführt wurde«, begann Kate. »Nur als Gedankenspiel«, fügte sie schnell hinzu, als DeGaris protestieren wollte. »Gehen wir einfach mal davon aus, sie lebt tatsächlich noch. Wer sollte solch einen Brief schreiben? Der Entführer? Das halte ich für ausgeschlossen.« Es wäre eine wunderbare Lösung des Falls, eine *einfache*. Aber weshalb sollte jemand, der mehr als zwei Jahre lang komplett unsichtbar geblieben war, an dessen Existenz niemand glaubte, vermutlich nicht einmal die Journalisten, die Stephanie und Greg Hamon zu einem Interview nach dem anderen eingeladen hatten, plötzlich zugeben, ein Verbrechen begangen zu haben?

»Ja, das ist unwahrscheinlich«, stimmte DeGaris ihr zu.

»Und egal wie vorsichtig ein Entführer ist, mit so etwas macht er sich angreifbar«, sagte Miller.

»Es grenzt ja an Dilettantismus, ohne Not so einen Brief zu schreiben«, mischte sich auch Walker ein.

»Außer natürlich, er hat seiner Meinung nach zu wenig Aufmerksamkeit für seine Genialität erhalten«, mutmaßte Kate. Bei Serienmördern war es manchmal so, dass ihr Ego verlangte, dass man ihre Taten ausreichend würdigte. Jeder Artikel streichelte ihr Selbstbewusstsein, ihr Gefühl von Überlegenheit und Genialität – dieser Illusion gaben sie sich gerne hin. Bisher hatte Kate allerdings noch nicht von Kindesentführern gehört, die mit ihrer Tat prahlten.

»Ein dilettantischer Entführer mit Größenwahn«, warf Rivers sarkastisch ein. »Na, kein Wunder, dass wir ihn nicht fassen konnten, er war einfach zu genial.«

DeGaris warf ihm einen warnenden Blick zu.

»Könnte es also jemand gewesen sein, der Ava irgendwo gesehen hat?«, spann Kate ihre Überlegungen weiter. »Aber weshalb geht diese Person dann nicht zur Polizei? Weshalb sollte jemand die Hamons direkt kontaktieren?«

69

»Vielleicht, um Geld zu erpressen?«, schlug Walker vor.

Unwillkürlich wanderten Kates Gedanken zu Regina Kipbury. Dass die Arzthelferin so ein Geheimnis für sich behalten würde, konnte Kate sich nicht vorstellen.

»Bei der Presse könnte man solch eine Information sicher ebenfalls für viel Geld verkaufen«, mutmaßte Kate. Nein, das ergab vorne und hinten keinen Sinn. Die Person, die den Brief geschrieben hatte, musste etwas anderes damit bezwecken. Nur was?

»Gibt es Fingerabdrücke?«, fragte sie.

»Mehrere«, antworte Rivers. »Ich vermute, von den Hamons. Ob noch von jemand anderem … Wir sind dran. Ergebnisse morgen.«

»Spätestens«, grummelte DeGaris.

Rivers blickte auf seine Armbanduhr und strahlte. »Ach, natürlich, bis Mitternacht bleiben uns ja noch sechs Stunden.«

»Hast ja jetzt grad erst einen Kaffee geholt«, gab DeGaris zurück.

»Du hast Glück, dass du diese Maschine spendiert hast.« Rivers nahm das Papier wieder an sich. »Wenn das hier vorbei ist, mach ich drei Wochen Urlaub. Und dann häng ich drei dran, Überstundenabbau.«

DeGaris lächelte schwach, als Rivers sich zurück auf den Weg in die Forensik machte.

Kate rieb sich die Stirn. Es würde für alle noch ein langer Tag werden, und weitere lange Tage würden folgen.

Nachdenklich ging sie zurück in ihr Büro, gefolgt von Walker. Eine Weile saßen sie schweigend auf ihren Stühlen, beide tief in Gedanken versunken. »Ava lebt«, sagte Kate schließlich. »Was auch immer das zu bedeuten hat, es ist ein Hinweis auf eine Verbindung dieser beiden Fälle.«

Walker schien nicht überzeugt. »Na ja, es kann alles Mögliche bedeuten«, sagte er. »Ein Scherz, den sich jemand erlaubt hat.«

»Ziemlich grausamer Scherz.«

»Oder jemand hat sich eingebildet, das Kind gesehen zu haben. Ein Wichtigtuer? Schwer zu sagen. Aber nur der Satz *Ava lebt*, ohne einen Hinweis darauf, wo sie sich aufhält, klingt nicht nach einer glaubwürdigen Nachricht. Wahrscheinlich ist es ein Zufall, den wir nun versuchen, passend zu machen.«

»Aber das Blut an der Reling war kein Zufall«, sagte Kate energisch. »Die Hamons waren doch nicht bloß drüben auf Alderney am Strand baden, während ihr Boot abgetrieben wurde!« Ein Gedanke drängte sich ihr auf. »Was, wenn es eine Drohung ist?«

»Du meinst, jemand weiß, was an dem Abend passiert ist? Und möchte die Hamons so erpressen?«

In diesem Moment klingelte Kates Telefon.

»Guernsey Press, darf man fragen, was Sie heute im Haus der Hamons gemacht haben? Gibt es neue Entwicklungen im Fall der vermissten Ava?«

Wo hatten die das nun wieder her? »Sie sind der Erste, den wir informieren werden, sobald wir mehr wissen«, sagte Kate und legte grußlos den Hörer auf. »Wo zum Geier kommen die immer so schnell her?«

»Drei Streifenwagen und eine Gruppe in Plastik gehüllter Kriminaltechniker sind leider nicht ganz unauffällig.« Walker kniff die Augen zusammen. »Wieso werden die von der Zentrale durchgestellt?«

Kate stöhnte. Sie musste es ihm sagen, er würde es ja ohnehin erfahren. »Meine Cousine Holly arbeitet bei der Guernsey Press.« Bevor Walker erneut seinem Missfallen an den Querverbindungen auf Guernsey Ausdruck verleihen konnte, fügte Kate hinzu: »DeGaris wird es hassen, aber wir werden um eine zeitnahe Pressekonferenz nicht herumkommen. Aber was präsentieren wir ihnen? Die nackten Fakten?«

Walker tippte sich mit dem Kugelschreiber ans Kinn. »Das wird ihnen nicht reichen. DeGaris könnte die Aufmerksamkeit zunächst nochmal auf das verschwundene Kind legen, auch wenn ihm das nicht gefallen wird. Aber es verschafft uns ein bisschen Luft für den Fall der verschwundenen Eltern.«

»Der möglicherweise mit dem Fall des verschwundenen Kindes zusammenhängt«, erinnerte Kate ihn.

Doch bevor Walker antworten konnte, stand mit einem Mal DeGaris im Türrahmen. Er schwieg einen Moment, dann sagte er: »Wir beraumen für morgen eine PK ein. 9:30 Uhr. Wir gehen mit dem Verschwinden der Hamons in die Offensive. Die Presse bekommt so oder so Wind davon, wir müssen ihnen einen Schritt voraus sein.« Ohne den Blick von Kate zu nehmen, fügte er hinzu: »Walker, das übernimmst du.«

Kate traute ihren Ohren nicht. »Was?«, wollte sie fragen, und »Bist du verrückt?«, schluckte die Worte aber herunter. Sie blickte zu Walker, der ebenfalls überrascht wirkte.

Sie dachte an die Spannungen mit ihren Kollegen außerhalb ihrer kleinen Einsatzgruppe. An Walker, den sie prinzipiell ablehnte, und an DeGaris, der ihn ihr unterjubeln wollte. Obwohl er aus London kam. Und dann ging ihr plötzlich auf, dass die Idee eigentlich gar nicht so schlecht war. Walker war neu, aus England. Er war unvoreingenommen, ihm würde man keine Vorwürfe machen können. Und er konnte gut mit der Presse umgehen, wie er am Pier bewiesen hatte.

»Gute Idee«, sagte sie schließlich lächelnd.

Und wieder war auf Walkers Gesicht völlige Verblüffung zu lesen.

✶

Was für ein Tag! Es kam Kate vor, als wären seit heute früh mindestens dreihundert Stunden vergangen, auch wenn es gerade einmal zwölf waren. Sie hätte an diesem ersten Abend des neuen Falls nichts lieber getan, als in ihrer kleinen, aber viel zu teuren Wohnung auf der Couch zu liegen und irgendeine belanglose Sendung im Fernsehen anzusehen, für die sie kaum drei Gehirnzellen brauchte.

Aber sie wusste, wenn sie die Verabredung mit Laura absagte, würde die Freundin vermutlich eine halbe Stunde später vor ihrer Wohnungstür stehen – und in Lauras schwangerem Zustand wollte sie ihr die steilen Gassen der Altstadt von St. Peter Port nicht zumuten.

Die lebenslustige Blondine war in der Schule in Kates Parallelklasse gewesen, auch sie hatte Kate, wie Mel, in der Theatergruppe kennengelernt. Und auch wenn ihre Interessen nicht gegensätzlicher hätten sein können – Kate, die Sportliche, Laura, der Bücherwurm –, so hatte sich eine enge Freundschaft zwischen ihnen entwickelt, die bis heute anhielt.

Und immer noch waren sie beide so unterschiedlich wie Tag und Nacht, auch bezogen auf die Lebensumstände: Laura, glücklich verheiratet und mit dem zweiten Kind schwanger, und Kate, deren Beziehungen in den letzten Jahren nie länger als eine Handvoll Monate gehalten hatten … Aber vielleicht war genau das auch das Geheimnis ihrer Freundschaft, Gegensätze zogen sich an.

Kate hüpfte zu Hause noch schnell unter die Dusche, um den Staub des Tages abzuwaschen, dann schlüpfte sie in Jeans, T-Shirt und flache Schuhe. *Noch so ein Gegensatz*, dachte Kate. Laura trug mit Vorliebe Kleider, nie ohne Rüschen, Blümchen oder bunte Muster.

Zu Fuß brauchte Kate von ihrer Innenstadtwohnung etwa eine Viertelstunde bis zu dem Restaurant direkt an der Küste südlich des Hafens, in dem sie verabredet waren. Sie vermied den Weg über den Hafen, zu groß war die Gefahr, ins Grübeln über den Fall zu geraten. Als die kleine Mauer in Sicht kam, dahinter die Terrasse des Restaurants, hielt Kate einen Moment inne. Von hier aus hatte sie einen herrlichen Blick aufs Meer und das malerische Castle Cornet. *Jetzt, im Sommer, wirkt es wirklich charmant, kein Wunder, dass unser Wahrzeichen die Touristen anzieht*, dachte Kate beim Anblick der normannischen Burg, die ursprünglich zur Verteidigung gegen die Franzosen gebaut worden war. Aber bei einem der letzten Winterstürme hatte sie sich gefragt, wie man sich auf der Burg, die einst der Sitz des Gouverneurs gewesen war, wohl gefühlt haben musste, wenn eisige Wellen sich an den Mauern brachen, der Sturm tobte und die Gischt sprühte. Zumal die kleine Insel Cornet Rock bis zu den Napoleonischen Kriegen nur per Boot erreichbar gewesen war. Ein Blitzschlag hatte im Jahr 1627 die Wohnräume zerstört, bei dem Brand waren zahlreiche Menschen ums Leben gekommen. *Kein Wunder, dass spätere Gouverneure den Sitz ins Innere von St. Peter Port verlegt hatten*, dachte Kate bei dem Gedanken an die Bäume und eine freundliche Rasenfläche, die das Government House umgaben. Sie selbst hatte Castle Cornet zuletzt als Kind besucht und war im Beisein ihres Großvaters durch die Ausstellungen zur Geschichte der Festung und zum Militär geschritten. *Ein eher langweiliger Ausflug*, dachte Kate lächelnd und machte sich daran, die Terrasse des Restaurants zu erklimmen.

Laura, die wie üblich schon vor ihr eingetroffen war,

winkte ihr zu. Bei dem Anblick ihrer breit grinsenden Freundin war Kate froh, doch nicht die Couch und das schlechte Fernsehprogramm vorgezogen zu haben. Mit einem bunten Getränk in der Hand, wahrscheinlich einer wilden Saftmischung in Anlehnung an einen Cocktail, die das Zehnfache kostete von dem, was sie wert war, saß Laura unter einem weißen Sonnenschirm und genoss die Aussicht.

Kate begrüßte ihre Freundin mit einer Umarmung. »Hey, na, wie geht's dir? Was macht das Kleine?«

»Oh, alles gut! Ich liebe es, schwanger zu sein«, schwärmte Laura. »Patrick hat in den letzten Monaten nicht einmal gemurrt, wenn er sich um Liam kümmern soll. Heute Abend kocht er Spaghetti, ich bin gespannt, wo ich überall noch Tomatensoße finden werde, wenn ich nachher nach Hause komme.« Sie lachte.

Nachdem Kate ebenfalls ein buntes Getränk, aber mit Alkohol, bestellt hatte, lehnte Laura sich in ihrem Stuhl zurück. »Aber Schluss jetzt damit, in den nächsten Stunden will ich endlich mal ein Gespräch führen, das sich *nicht* um Kleinkinder dreht. Erzähl, was machen die Verbrechen auf der Insel?«

Jetzt musste auch Kate lachen. »Du weißt, dass ich dir dazu nichts sagen darf.«

Laura war mindestens genauso neugierig wie Holly. Im Gegensatz zu Kates Cousine hakte sie jedoch nicht weiter nach. Als ehemalige Bankerin kannte sie sich mit dem Thema Schweigepflicht aus und respektierte Kates Aussage.

»Aber rate mal, wen ich heute im Hafenbüro getroffen habe. Hat auch schon zwei Kinder, beides Mädchen.«

Laura überlegte kurz, legte den Zeigefinger an ihre Wange und ging die Lebensläufe ihrer ehemaligen Schulkameradinnen durch.

»Melanie Tardif!«, rief sie schließlich. »Ihre Mädels, genau! Ich hab sie damals im Babyschwimmkurs wiedergetroffen. Ich war mit Liam da, sie mit ihrer Zweiten, wie hieß sie gleich, Zoe?« Laura unterbrach sich. »Jetzt sind wir ja doch wieder bei den lieben Kleinen«, sagte sie grinsend.

Der Kellner kam und stellte Kate ihren Cocktail hin. Süß, künstlich und genau das Richtige.

»So, und jetzt erzähl mal, was sonst noch auf der Arbeit los ist«, sagte Laura. »Bei mir gibt es diesbezüglich ja nicht viel zu berichten.« Sie hatte ihren Job in der Bank schon vor der ersten Schwangerschaft gehasst, war ständig mit ihrem cholerischen Chef aneinandergeraten und dann froh gewesen, in Elternzeit gehen zu können, aus der sie nicht mehr zurückgekehrt war. »Aber ich habe neulich DeGaris im Supermarkt gesehen. Das ist ja schon ein gutaussehender Mann. Er hat sowas … Melancholisches.«

Als melancholisch hätte Kate DeGaris nun wirklich nicht beschrieben, aber Laura romantisierte gern.

»Er ist geschieden und rasiert sich nicht mehr täglich, wahrscheinlich meinst du das«, sagte Kate daher amüsiert. »Wir haben übrigens seit heute einen neuen Kollegen.«

»Oho. Alter, Aussehen, Beziehungsstatus?«

»Laura!«

»Ich mein ja nur.« Unschuldig zuckte ihre Freundin die Schultern. »Sag nicht, du willst nicht auch endlich über Ryan hinwegkommen. Die beste Rache ist eine neue Liebe.«

»Ich bin über Ryan hinweg! Das ist vier Jahre her, wir waren nicht mal zwei Jahre zusammen und ich habe Schluss gemacht«, beharrte Kate.

»Genau. Vier Jahre her. Und sag mir mal, wie oft warst du wirklich verliebt in den letzten vier Jahren?«

Kate schwieg.

Laura saugte an ihrem Strohhalm und klimperte mit den Wimpern.

76

»Der neue Kollege kommt übrigens auch aus London«, versuchte Kate, das Thema zu wechseln. Ob es besser war, nun wieder auf Tom Walker zu kommen, wusste sie allerdings nicht. Laura konnte ganz schön hartnäckig sein, wenn sie Romantik witterte.

»Oooh, da hat er ja gleich einen Stein bei dir im Brett«, kicherte sie jetzt.

Kate wusste, was sie dachte. London, genau wie Ryan. Sie nahm einen weiteren Schluck ihres Cocktails. »Ich habe keinerlei Interesse an ihm. Ich weiß noch nicht einmal, ob wir gut zusammenarbeiten können.«

»Na, du musst ihn ja nicht gleich heiraten. Fürs Erste reicht auch eine Sommerromanze.«

»Mir reicht eine professionelle Zusammenarbeit.«

»Meinetwegen auch das.« Laura seufzte theatralisch. »Dann halt kein Flirt am Arbeitsplatz, ich habe verstanden.« Sie legte den Kopf schräg und bedachte Kate mit einem langen Blick. »Na komm, gib ihm eine Chance. Du bist Profi!«

Kate nickte lediglich zur Antwort. Zu dem Schluss war sie auch schon gekommen.

Zufrieden hob Laura ihr Glas und zwinkerte Kate zu. »Dann würde ich sagen, trinken wir auf dich und den Mann, der dich zu einer Sommerromanze verführen kann, wo auch immer er ist!«

*

Fermain Bay, Guernsey

Er saß am Strand, ein Glas Rotwein in der Hand, und ließ sich die Füße vom lauen Meerwasser umspülen. Vor drei Wochen hatte er die Ferienwohnung in St. Martin bezogen, ein hübsches kleines Häuschen mit einer urigen Küche und einem dunkelbraunen Holztisch, in denen die verschiedenen Besitzer seit Jahrzehnten Kerben und Macken hinterlassen hatten. Er mochte es, die Kratzer mit den Fingern nachzufahren und die Geschichte des Tisches zu spüren.

Vor allem aber mochte er den Strand. Jeden Tag kam er hierher, zur Fermain Bay an der Südküste Guernseys, die rau und zerklüftet und wildromantisch war. Die Bucht lag versteckt hinter einem kleinen Wäldchen, von Klippen eingeschlossen, und konnte nur per Boot oder zu Fuß erreicht werden, vom Hafen in St. Peter Port brauchte Nicolas zu Fuß am naturbelassenen Küstenweg eine knappe Stunde. Bei Ebbe bot sie einen wunderschönen weißen Sandstrand, bei Flut konnte man gleich ins kristallklare Wasser springen. Er liebte die Gezeiten hier auf Guernsey, die der Insel alle paar Stunden ein gänzlich anderes Gesicht gaben. Auch in seiner Heimat, der Normandie, wechselten sich Ebbe und Flut ab, veränderten das Bild jedoch nicht so dramatisch wie hier, wo ganze Strandabschnitte manchmal im Meer verschwanden oder umgekehrt ein Hafen austrocknete. Trotz seiner verborgenen Lage war die Fermain Bay nicht unbekannt oder einsam, nein, sie schien im Gegenteil sehr beliebt zu sein, vor allem bei den Einheimischen. Nicolas genoss das Kinderlachen, selbst die Musik der Jugendlichen, die viel zu laut und nicht nach seinem Geschmack war. Es war Leben. Jetzt war es schon nach acht, zu spät für die Kinder, die Familien, und selbst die meisten Jugendlichen waren schon nach Hause gegangen. Außer ihm befanden sich nur noch drei Teenager am Strand und ein Pärchen, und alle fünf waren so mit sich selbst beschäftigt, dass sie nicht einmal den romantischen Ausblick aufs Meer genießen konnten.

Nicolas stützte seine linke Hand auf. Seine helle Hose hatte er ebenso hochgekrempelt wie die Ärmel seines blauen Hemdes. Die Abendluft war lau, der Himmel färbte sich dunkler, und vor dem Horizont bildeten die kleinen weißen Schaumkronen der Wellen unregelmäßige Muster, denen er mit dem Blick folgte, bis sie sich im Sand um seine Füße herum brachen. Er hatte nichts zu tun. Nichts, außer das Meer zu beobachten, die salzige Luft einzuatmen und hin und wieder einen Schluck vom schweren Rotwein zu nehmen, der seine Sinne angenehm betäubte. Die Flasche hatte er ein kleines Stück entfernt schüttelfest in den Sand gestellt, aber er wollte sich nicht betrinken, nein, er wollte den Strand genießen, weiter hier sitzen und das Meer spüren. Aber diese entspannte Müdigkeit, die ihm der Rotwein bescherte ... Er hatte schließlich Ferien. Ein ganzes Semester lang Urlaub, und der Plan war, die nächsten Wochen nichts weiter zu tun als das, was er hier heute Abend tat.

Nicolas fuhr sich durch seine Haare, die allein von der Sonne in den letzten Tagen noch heller und mittlerweile auch einen Tick zu lang geworden waren, und atmete die salzige Seeluft ein. Es war die richtige Entscheidung gewesen hierherzukommen. Von Tag zu Tag fühlte er sich leichter, von Tag zu Tag spürte er, wie die Anspannung von ihm wich. Seine Träume waren nicht mehr so unruhig, er wurde aufmerksamer, was seine Umgebung anging, und er hatte das Gefühl, endlich wieder frei atmen zu können. Er nahm einen weiteren Schluck von seinem Wein. Während er den Cabernet genoss – auch im Sommer kam er nicht von seiner Liebe zu schweren Weinen los –, dem Geschmack auf seiner Zunge nachspürte und die Zehen bewegte, die von den Wellen gekitzelt wurden, fiel sein Blick auf etwas Kleines, das rechts von ihm im Sand immer wieder überspült wurde. Ein Zweig? Eine Alge? Oder spielte seine Fantasie ihm einen Streich? Waren es die letzten Monate, die ihn nicht losließen? Doch das Ding ging nicht weg, es verschwand nicht, es verschwamm nicht, und so gestand er sich schließlich ein, dass es real war.

Nicolas stieß einen Seufzer aus, dann stellte er sein Weinglas im Sand ab und stand langsam auf. Das Ding gehörte hier nicht hin. Es musste sich jemand kümmern. Und offenbar war dieser Jemand er, zumindest für den Augenblick.

6. Kapitel

St. Peter Port, Guernsey

Als Kate am nächsten Morgen ins Präsidium kam, waren Walker und DeGaris mit der Feinabstimmung für die Pressekonferenz beschäftigt. Jetzt war sie froh über diese Entscheidung des Chiefs, denn Kate hatte am Zeitungsstand gesehen, dass es ihnen am Vortag eindeutig nicht gelungen war, die Sache unter Verschluss zu halten: »Erneuter Schicksalsschlag beim Drama-Ehepaar?«, titelte eine große Boulevardzeitung.

Kate grüßte im Vorbeigehen und setzte sich an ihren Schreibtisch. Als Erstes kontaktierte sie das Hafenbüro von Alderney und erkundigte sich nach Neuigkeiten. Der Mitarbeiter, der seiner Stimme nach zu urteilen noch recht jung war, konnte ihr jedoch keine mitteilen. Niemand hatte etwas um Burhou Island oder auch auf Alderney beobachtet, es waren auch keine Verletzten oder Ertrunkenen angeschwemmt worden. Er versprach Kate hoch und heilig, sie umgehend anzurufen, sollte jemandem die *Aventura* aufgefallen sein. *Jung, denkt mit, engagiert – so jemanden könnten wir bei uns auch gebrauchen*, dachte Kate, als sie den Hörer auflegte. DeGaris beschwerte sich ständig über das augenscheinliche Desinteresse der frischgebackenen Absolventen der Polizeischule, die kaum selbst nachdachten.

Von DS Miller war noch keine Nachricht eingegangen,

81

also ging Kate davon aus, dass die Hamons bisher nicht nach Hause zurückgekehrt waren. Dennoch wählte Kate die Nummer der Kollegin.

»Weder die Hamons noch die Baynes' gesehen«, berichtete Miller sofort, ohne Kate zu begrüßen.

Kate stöhnte innerlich auf. Mit dem Auftauchen der Hamons hatte sie nicht wirklich gerechnet, dass die Baynes' aber ausgerechnet jetzt ebenfalls nicht erreichbar waren, war … ungünstig. Telefonisch hatten sie es gestern schon versucht, berichtete Miller. Emily Baynes hatte offenbar eine neue Telefonnummer, David Baynes sein Handy ausgeschaltet, im Büro war er nicht erreichbar. Weitere Nachbarn hatten bestätigt, dass David Baynes häufig unterwegs war; zudem war Ende Juni, Urlaubszeit, die Abwesenheit des Ehepaares war also nichts Ungewöhnliches und eigentlich kein Grund zur Beunruhigung. Dennoch hatte Kate sich von den beiden, die mehr oder weniger als Einzige engeren Kontakt zu den Hamons hielten, zeitnah Informationen erhofft.

»Ich hab ein ganz seltsames Bauchgefühl«, murmelte sie.

»Ein kinderloses Ehepaar, das seine Freiheit genießt. Du wärst heute doch auch sicher lieber an der Adria«, neckte Miller.

Kate lachte. »Mir würde ein freier Tag an Les Amarreurs reichen.« Blaues Meer, weißer Strand und graue Steine. Hellrote Dächer, die über die grasbewachsenen Dünen hinauslugten, verschiedenfarbige Fischerboote, die das bunte Treiben komplettierten, und am Abend konnte man bei einem Barbecue den Sonnenuntergang über dem Meer beobachten …

»Ich finde es also noch nicht ungewöhnlich, dass die Baynes' nicht zu Hause sind!«, riss Miller sie aus ihren Gedanken. Kate versuchte, ihr ungutes Gefühl abzuschütteln. Doch ein leichtes Magengrummeln blieb.

Sie würden einfach weiter ihre Fühler ausstrecken müssen. Kate verabschiedete sich von Miller, die sie ohnehin in Kürze bei der Pressekonferenz sehen würde, auch wenn sie beide nicht auf dem Podium sitzen würden. Sie hatte davor noch eine knappe halbe Stunde, und wenn sie noch einen Umweg über die Kaffeeküche nehmen wollte, musste sie sich sputen.

*

Die Aula des Polizeipräsidiums war nicht besonders groß, ganz im Gegensatz zum öffentlichen Interesse an dem Fall. Man hatte zwischen den weißen Säulen, die die Lobby stützten, ein Podium aufgebaut, davor für die Pressevertreter etwa dreißig Stühle, mehr fanden nicht Platz. Und so standen die Reporter nun auch dicht gedrängt um die Klappstühle herum. Kate beschloss, die Konferenz aus sicherem Abstand zu verfolgen. Doch bevor sie hinter eine der Säulen schleichen konnte, tauchte plötzlich wie aus dem Nichts ihre Cousine auf.

»Holly«, ächzte Kate. Sie liebte ihre Cousine, aber im Zusammenhang mit ihrem Job war sie einfach anstrengend. Erst recht, wenn es um polizeiliche Themen ging. Kate war sofort auf der Hut.

Holly lächelte strahlend, wie immer tadellos gekleidet und mit beneidenswert glänzenden Haaren.

»Lieblingscousinchen!«

»Die Auswahl ist nicht groß«, gab Kate zurück und konnte sich ein Grinsen nicht verkneifen. Holly gelang es doch immer wieder, sie zum Lachen zu bringen. Dabei hatte sie recht: Sie beide waren in der Tat die einzigen Enkelinnen ihres Großvaters. Beide Einzelkinder, beide von alleinerziehenden Müttern großgezogen. Sie hatten in ihrer Kindheit und Jugend viel gemeinsam erlebt, fast wie Schwestern, und das hatte sie fest zusammengeschweißt.

»Lange nicht gesehen«, plapperte Holly munter weiter und gab Kate zur Begrüßung zwei angedeutete Küsse auf die Wangen. »Wir müssen uns unbedingt häufiger treffen!«

Kate schob sie ein Stück von sich. »Ich würde ja jetzt sagen, dass ich im Moment wenig Zeit habe, weil ich gerade in einen wichtigen Fall verwickelt bin. Aber ich nehme an, genau um den geht's dir?«, sagte sie amüsiert.

»Ach, Papperlapapp.« Holly winkte ab. Dann beugte sie sich vor: »Aber ein Abend mit etwas Alkohol wäre wirklich genau das Richtige für dich. Zum Entspannen.«

Nun lachte Kate laut auf. »Du hättest beim Geheimdienst anheuern sollen.«

»Ein winzig kleiner O-Ton? Die Ermittlerin, die damals schon Avas Verschwinden untersuchte – wie geht sie nun mit diesen Entwicklungen um?«

»Ich habe Avas Verschwinden damals nicht untersucht«, korrigierte Kate, doch Holly winkte ab.

»Selbe Polizeistation. Also, wie wär's übermorgen zum Abendessen bei mir? Cousinchen, wir haben uns so viel zu erzählen!«

Kate winkte lachend ab. Es war immer lustig mit Holly, und trotz ihrer unterschiedlichen Berufswahl verstanden sie sich im Grunde hervorragend. Doch genau das war die Crux: Holly machte einen tollen Job als Journalistin, Kate war eine gute Polizistin. Und damit begegneten sie sich oft auf gegenüberliegenden Seiten eines Interessenkonflikts.

Glücklicherweise wurde Kate einer Antwort enthoben, als Walker und DeGaris aufs Podium traten.

»Wir sprechen später«, raunte Holly ihr zu und zischte schnell zu einem Platz, der ihr inmitten der Reporter freigehalten worden war.

84

»Na, wenn das mal keine Drohung ist«, murmelte Kate amüsiert. Dann zog sie sich hinter eine der Säulen zurück und ließ ihren Blick durch den Raum gleiten. Auf dem Podium selbst saß Walker, den Hemdkragen gestärkt, eine Nadel an der Krawatte, und obwohl DeGaris ihn mit seiner Größe um einiges überragte, strahlte er kaum weniger Präsenz aus als der Chief. Zwei uniformierte Beamte waren rechts und links positioniert, um etwaige Zwischenfälle zu verhindern.

Der steife Walker wirkte so unnahbar wie seit seiner Ankunft, nur dass seine Unnahbarkeit sich jetzt nicht gegen Kate richtete, sondern gegen die gesammelte Meute an Fernseh-, Radio- und Zeitungsreportern, die ihn mit Fragen bombardieren würde. Und in diesem Zusammenhang war seine Distanziertheit kein Nachteil. Kate bemerkte, dass die Guernsey Press gleich drei Reporter plus einen Fotografen geschickt hatte, Holly prominent in der Mitte. Mikrofone von BBC Guernsey und ein Fernsehteam der ITV News waren ebenfalls da, und – sie hatte es geahnt – Reporter aus England. Für die Hamons interessierten sich auch die großen Zeitungen.

DeGaris, der seinen Fünftagebart für die Presse gestutzt hatte, räusperte sich, begrüßte die anwesenden Journalisten und übergab an den Kollegen. Walker formulierte sein Statement, das aus der nüchternen Beschreibung des verwaisten Segelbootes bestand, das vom Ehepaar Stephanie und Greg Hamon, auf tragische Weise bekannt geworden durch das Verschwinden ihrer Tochter Ava, gemietet worden war. Ansonsten versuchte er, so wenig wie möglich preiszugeben. Und das gelang ihm erstaunlich gut, aller folgenden Fragen zum Trotz. DeGaris wirkte entspannt, er hatte die Linke in die Hosentasche geschoben, aber Kate kannte ihn gut genug, um zu wissen, dass sich dort eine Packung Marlboro befand.

Sie konnte nicht umhin, Respekt für seine Entscheidung zu empfinden: Es war ein kluger Schachzug, Walker ins Kreuzfeuer der Presse zu stellen. Kate hätte hundert Pfund gewettet, dass die Neugier der anwesenden Journalisten sich auf Walker fokussieren würde: Was machte der Londoner hier auf Guernsey? War er als Experte hinzugezogen worden? DeGaris als leitender Ermittler würde zunächst in den Hintergrund treten, und das war gut. So würde kein Kleinkrieg ausgefochten, nachdem DeGaris damals die Eitelkeiten des ein oder anderen Reporters verletzt hatte.

Miller gesellte sich zu Kate und stemmte eine Hand in die Hüfte. »Der ist gut«, raunte sie, »der Londoner Jungspund.«

Walker hatte gerade die Frage eines Journalisten zu Ava Hamon hervorragend pariert und mit einem undurchdringlichen Pokerface behauptet, dass »nach derzeitigem Ermittlungsstand kein Zusammenhang mit dem Vermisstenfall erkennbar« sei.

Widerstrebend musste Kate zustimmen. »Er ist unerträglich, aber wenn er auf deiner Seite ist, ein echtes Ass im Ärmel.«

»Du brauchst einen Partner, auf den du dich verlassen kannst«, sagte Miller schlicht.

Kate schnaubte. »Ja, das wäre mal eine schöne Abwechslung.«

»Ach, verdammt, Kate, Entschuldigung.« Miller blickte sie ernst an. »Du weißt, wie ich das meine.«

Kate nickte. »Ja, ich weiß. Aber ob man sich auf den Londoner verlassen kann?« Kate musste insgeheim zugeben, dass sie gerade begann, Walker nicht ganz so unmöglich zu finden. So weit, ihn zu mögen, war sie aber nun wirklich nicht. *Na komm, gib ihm eine Chance,* kamen ihr Lauras Worte in den Sinn. *Reibungslose Zusammenarbeit.*

Die nächste Frage an Walker ließ sie beide aufhorchen.

»Wird der Fall Ava Hamon jetzt neu aufgerollt? Und wie steht Chief Inspector DeGaris dazu?« Holly.

Kate verfluchte ihre Cousine insgeheim. Dass dieses Biest aber auch immer so auf Zack sein musste! Und dass mit der Frage auch der Vorwurf der Schlamperei durch DeGaris im Raum stand, gefiel Kate ganz und gar nicht. Aber Holly würde niemals einen Gang zurückschalten, selbst Kate zuliebe nicht, darüber hatten sie schon oft genug geredet.

»Aktuell gibt es keinerlei Hinweise auf einen Zusammenhang«, wiederholte Walker. »Chief Inspector DeGaris hat ein wachsames Auge über die Ermittlungen, und wir sind ihm für seine Expertise im Fall Ava Hamon dankbar.«

Kate atmete auf. Oh ja, Walker konnte Pressekonferenzen. Doch ihre Erleichterung war nur von kurzer Dauer.

»Vielleicht können Sie die Ermittlungsfehler von damals wiedergutmachen – meinen Sie das?« Jetzt schien Holly nur noch auf Krawall gebürstet zu sein, und Kate hielt den Atem an.

»Wir gehen zum aktuellen Zeitpunkt der Ermittlungen von einem tragischen Unfall aus«, schaltete sich DeGaris nun ein.

»Die werden sich eh was zusammenspinnen«, sagte Miller mit einem Nicken in Richtung der Journalisten. »Da sind die wie Bluthunde. Sobald sie nur die kleinste Chance auf eine Schlagzeile wittern, verbeißen sie sich in die Sache und lassen nicht mehr los.«

Holly hatte schon wieder ihre Hand erhoben.

In diesem Moment verkündete DeGaris das Ende der Pressekonferenz, ignorierte weitere Wortmeldungen inklusive Hollys und verließ mit Walker zusammen das Podium.

»Gib mir Rückendeckung«, raunte Kate Miller eilig zu und zog sich schnell zurück, bevor ihre Cousine sie erneut aufspüren konnte.

*

Doch kaum hatte sie ihr Büro betreten – Walker war noch nicht zurück –, hörte sie Schritte auf dem Flur.

»Inspector Langlois?« Der Mann, der dort in ihrer Tür stand, sah unverschämt gut aus. Anders konnte Kate es nicht beschreiben. Groß und schlank mit blonden Haaren, die ihm in sein sonnengebräuntes Gesicht fielen. Auch sein Hals und seine Arme waren gebräunt, ein weißer Streifen an seinem Handgelenk zeugte davon, dass er normalerweise eine Uhr trug. Offenbar war der Mann viel draußen.

»Nicolas Arture, man hat gesagt, Sie könnten mir vielleicht weiterhelfen.« Er lächelte entschuldigend, wobei sich Grübchen in seinen Wangen bildeten. Sein Englisch war fehlerfrei, aber an dem weichen Akzent, der die einzelnen Wörter des Satzes wie zu einem Teppich verwob, konnte Kate erkennen, dass er aus Frankreich kam.

»Worum geht es denn?«

»Ich habe etwas gefunden.«

Kate setzte an, ihn ins Fundbüro zu schicken, die Kollegen hatten sich wohl einen Scherz erlaubt, da hielt er eine Plastiktüte in die Höhe.

Darin lag, fein säuberlich verpackt, ein menschlicher Finger. Aufgedunsen, bläulich, wie eine Requisite aus einem Horrorfilm. »Shit«, entfuhr es Kate.

»Er ist übrigens echt. Falls Sie sich das fragen.«

Kate starrte ihn an. Er hatte den Finger untersucht?

»Ich habe ihn am Strand gefunden. Er … schwamm wohl ein paar Tage im Meer«, erklärte er weiter. »Ich schätze, in etwa zwei. Aufgrund der Größe, vor allem der Breite des Fingernagels, sehen Sie hier«, er deutete auf die Fingerspitze, die so weit aufgedunsen war, dass kaum noch etwas zu erkennen war, »würde ich behaupten, dass es sich um den Finger eines männlichen Erwachsenen handelt. Nicht mehr ganz jung, aber auch noch nicht alt. Zwischen Mitte dreißig und Anfang vierzig, nehme ich an.« Er blickte Kate an. »Haben Sie vermisste Personen, auf die meine grobe Beschreibung zutrifft?«

Kate dachte unwillkürlich an Greg Hamon. Sie mühte sich, ihre Überraschung abzuschütteln. »Hören Sie, Mr …«

»Arture, aber nennen Sie mich gern Nicolas.« Sein Lächeln offenbarte wieder die Grübchen.

»Sind Sie bei der Polizei?«

Jetzt lachte er. »Gott bewahre. Ich bin Professor für Archäologie.«

Es kam nicht oft vor, dass Kate nicht wusste, was sie sagen sollte. Aber dieser Mann hatte sie in ihrem kurzen Gespräch öfter überrascht, als das selbst ihrem Großvater gelang. Dabei schien Grandpa diesbezüglich einen Meisterkurs belegt zu haben. Kate beschlich jedoch die leise Ahnung, dass Nicolas Arture, Professor für Archäologie, diesen Kurs ebenfalls mit Bestnoten abgeschlossen haben musste.

»Ich werde den Finger analysieren lassen«, sagte sie schließlich so ruhig wie möglich und nahm ihm die Plastiktüte ab. »Vielen Dank. Falls wir noch Fragen haben: Wie kann ich Sie erreichen?«

Er nannte ihr eine französische Handynummer, die sie sich notierte.

»Sie machen hier Urlaub?«

»Ein Urlaubssemester. Ich habe ein Haus gemietet, in St. Martin, nicht weit vom Strand. Ich wollte auf Guernsey Forschungen betreiben.«

»Oh, an was forschen Sie?«

»Hauptsächlich daran, wie es ist, am Meer zu sitzen.« Er lächelte, wobei sich erneut seine Grübchen zwischen den Bartstoppeln zeigten. »Ich brauche dringend Erholung.«

Die Frage »Wovon?« lag Kate auf der Zunge, aber sie waren nicht hier, um zu plaudern. »Und am Strandabschnitt bei St. Martin haben Sie den Finger gefunden? Wo genau?«, kam sie stattdessen zurück zum Thema.

»In der Fermain Bay, gestern Abend, als es etwas ruhiger war. Ich kann Ihnen die Stelle gerne zeigen.«

Die Fermain Bay gehörte zu den schönsten Stränden der Insel. Kate konnte sich vorstellen, wie der Professor dort gesessen und die abendliche Sonne genossen hatte. Bis sein Blick auf das grausame Fundstück fiel. Sie war sich sicher, dass es hilfreich sein konnte, den Ort zu sehen, wo er den Finger aus den Wellen geholt hatte.

»Heute Abend gegen acht?«, fragte der Professor. »Wir können uns dort am Strandcafé treffen.«

Kate spürte, dass sie errötete, als sie sich vorstellte, mit diesem Mann am Abend einen Strandspaziergang zu machen, und sie wollte gerade darauf bestehen, jetzt gleich zu fahren, als Walker das Büro betrat. Er öffnete den Mund, als wollte er etwas sagen, doch als er den Finger in der Plastiktüte sah, schloss er ihn abrupt. Kate nickte ihm kurz zu, dann wandte sie sich noch einmal an den Professor. »Heute Abend um acht«, bestätigte sie.

»Werden Sie mich informieren, wenn Sie den Besitzer des Fingers gefunden haben?«, fragte Nicolas Arture zum Abschied.

Wenn sie ihn finden würden. Was das Meer nicht freiwillig hergab, behielt es oft für immer.

*

»Deine Theorie vom Strandurlaub der Hamons ist hiermit hinfällig«, sagte Kate, als sie Walker die Plastiktüte hinhielt. »Außer natürlich, Greg macht es nichts aus, ohne seinen Finger zu baden.« Zugegeben, wenn es überhaupt Greg Hamons Finger war. Eigentlich wollte sie nicht vorschnell davon ausgehen, auch wenn die Indizien dafür sprachen.

»Wir brauchen die DNS«, sagte Walker, ohne auf ihren Seitenhieb einzugehen.

»Rivers sollte auch bald die Blutanalyse für uns haben.« Kate griff zum Telefon, um in der Forensik nachzufragen.

»Ein Finger?« Bei der Aussicht wurde Rivers ganz aufgeregt und versprach, sofort vorbeizukommen.

»Was für eine Begeisterung Körperteile bei dir auslösen können«, sagte Kate leicht angewidert und beendete das Gespräch.

Keine fünf Minuten später stand der Kriminaltechniker mit einer Mappe unter dem Arm in ihrem Büro. Ohne die Dokumente abzulegen, griff er nach der Plastiktüte und begutachtete den Finger. »Aufgedunsen«, murmelte er. »Sieht nach unregelmäßigen Wundrändern aus. Ich schätze, ein männlicher Finger. Wahrscheinlich ist die Person zwischen ...«

»Mitte dreißig und Anfang vierzig«, ergänzte Kate.

Rivers kniff die Augen zusammen. Aber er ließ ihre Aussage unkommentiert und fuhr fort: »Ich würde sagen, er lag ...«

»... etwa zwei Tage im Meer?«, unterbrach Kate ihn erneut.

»Verdammt, Langlois, verdirb mir nicht den Spaß an meiner Besserwisserei.«

Kate grinste. »Der Professor hatte recht.« Sie setzte Rivers und Walker kurz ins Bild, wo und von wem der Finger gefunden worden war.

»Kein schlechtes Auge«, stimmte Rivers zu. »Genaueres habe ich dann ...«

»Morgen.« Diesmal war es Walker, der den Kriminaltechniker unterbrach.

»Oder übermorgen.« Beleidigt verschränkte Rivers die Arme vor der Brust. »Braucht ihr mich überhaupt noch, wenn ihr ohnehin alles selber beantworten könnt?«

»Aber natürlich!«, rief Kate. »Wer soll uns sonst unseren Kaffee wegtrinken?«

Rivers seufzte theatralisch. »Aber ich bin ja noch aus einem anderen Grund hergekommen«, sagte er dann umständlich. »Also: zuerst die gute oder die schlechte Nachricht?«

»Die schlechte«, sagte Kate gleichzeitig mit Walker, der allerdings »die gute« forderte.

»Immer die Optimistin«, kommentierte Rivers kopfschüttelnd. »Okay, zuerst die gute.« Er rieb seine Hände aneinander. »Wir haben die Fingerabdrücke auf dem Blatt Papier genauer analysieren können.«

»Das ist ja großartig«, sagte Walker und ließ sich auf seinen Stuhl fallen.

Auch Kate war begeistert. Aber die Sache hatte sicher einen Haken, dafür kannte sie Rivers gut genug. »Und die schlechte Nachricht?«

»Tja.« Er zuckte mit den Schultern. »Der einzige Abdruck, den wir zuordnen konnten, ist von Stephanie Hamon. Ihren Daumen haben wir zweifelsfrei rechts unten auf dem Brief gefunden.«

Kate nickte, das war keine Überraschung, der Brief hatte bei den Hamons in der Küchenschublade gelegen, mindestens einer der beiden musste ihn angefasst haben. »Weiter gibt es vier verschmierte Fingerabdrücke und drei saubere, die wir jedoch nicht zuordnen können.«

Walker blickte ihn sichtlich interessiert an. »Auch nicht zu Greg Hamon?«

Rivers sah ihn ungläubig an. »Nein, natürlich auch nicht zu Greg Hamon! Das hätte ich wohl erwähnt.«

Gut zu wissen, dass ich nicht die Einzige bin, der Walkers Überkorrektheit auf die Nerven geht, dachte Kate. »Danke, Rivers, damit können wir wirklich was anfangen.« Sie nahm die Papiere entgegen, die er ihr reichte. »Wir haben drei Abdrücke, wenn auch keine Treffer. Und auch Stephanies Daumenabdruck ist hilfreich«, versuchte sie, das Positive zu sehen. »Damit wissen wir, dass sie den Brief in der Hand hatte und den Inhalt also kennt. Da es nur den einen Abdruck gibt, nehme ich an, sie hat das Papier, nachdem sie es bekommen hat, nur noch sehr behutsam angefasst. Vielleicht mit Handschuhen«, überlegte sie. »Aber weshalb ist sie damit nicht zur Polizei gegangen?« Sie hatte es für wichtig genug befunden, es nicht weiter anzufassen, es auch ihren Mann nicht anfassen lassen, und dann? Hatte sie den Brief in ihre Küchenschublade gelegt. Warum? Was hatte sie damit vorgehabt? Hatte sie überhaupt etwas damit vorgehabt?

Walker lehnte sich in seinem Stuhl zurück. »Ich habe die Akte gelesen, so sauber kann kein Einbrecher arbeiten. Ich bin überzeugt davon, dass DeGaris recht hat. Diesen Entführer gab es nie und die Fernsehinterviews waren bloße Scharade. Ein Schauspiel, um die Öffentlichkeit auf ihre Seite zu ziehen. Oder wer weiß, vielleicht auch, um sich selbst einzureden, dass es so gewesen wäre. Wenn es stimmt, was DeGaris vermutet, dann ist Ava tot, und die Eltern sind schuld daran. Wahrscheinlich Stephanie seiner Theorie nach, da sie nach dem Kind gesehen hat.«

»Er hat ihnen nie etwas nachweisen können.« Das war

auch einer der Gründe, weshalb der Fall dem Chief bis heute nachhing.

»Wenn so ein Brief auftaucht, warum geht sie dann damit nicht zur Polizei, das würde sie doch entlasten?«, überlegte Walker laut.

Das hatte Kate sich ebenfalls schon gefragt.

»Zumal mit fremden Fingerabdrücken darauf! Denn natürlich würden wir den Spuren nachgehen.« Walker schwieg einen Moment. »Andererseits birgt ein solcher Brief natürlich auch ein Risiko, denn wir würden eben auch herausbekommen, wenn jemand sich einfach wichtigmachen will und die Spur damit ins Nichts führt.«

»Also, wenn ich mein Kind getötet hätte«, warf Rivers ein, »dann würde mich so ein Brief ziemlich aus der Bahn werfen. Erst einmal würde ich mein Urteilsvermögen anzweifeln und dann würde ich ihn als Drohung auffassen. Oder als Erpressung.«

»Auch ein guter Punkt.« Walker deutete mit seinem Stift auf den Kriminaltechniker.

»Oder sie hatte kein Vertrauen mehr in die Polizei, die sie als Verdächtige behandelt hat«, brachte Kate eine weitere Möglichkeit ins Spiel. »*Wenn* Ava *nicht* gestorben ist, sondern tatsächlich entführt wurde.« Glaubte sie das? Dass noch die, wenn auch geringe, Chance bestand, Ava lebend zu finden? Vor ein paar Wochen hätte sie die Frage mit einem resoluten Nein beantwortet. DeGaris würde es immer noch tun. Dabei hatte sich mittlerweile doch gar nichts geändert, oder doch? Aber der Brief. »Ava lebt«. Nur diese Worte. Warum?

»In jedem Fall wollte sie sicher herauskriegen, wer diesen Brief geschrieben hat«, sagte Walker.

»Und ob.« Kate wandte sich an den Kriminaltechniker. »Rivers, habt ihr schon was zum Blut?«

»Geduld ist eine Tugend«, zitierte er grinsend. »Aber heute Nachmittag weiß ich mehr. Versprochen.«

Er verabschiedete sich, um sich an die Untersuchung des Fingers zu machen.

Walker seufzte. »Am wahrscheinlichsten ist, dass sich jemand einen Scherz erlaubt hat«, sagte er.

»Ziemlich grausamer Scherz.«

»Warum nicht? Ein Wichtigtuer.« Walker schwieg einen Moment, Kate konnte förmlich sehen, wie es in ihm arbeitete. »Oder ... Was hat der Chief doch gleich gesagt? Dass eine Ehe so etwas erst einmal aushalten muss. Die Entführung beziehungsweise den Tod eines Kindes. Was, wenn sie es nicht ausgehalten hat?«, fragte Walker.

»Die Ehe?«

»Ja. Greg Hamons Verzweiflung hat sich über die Zeit angestaut, und jetzt nimmt er Rache.«

»Nicht ein Brief an beide, sondern ein Brief nur an Stephanie.« Kate schluckte. »Aber wäre es dann nicht eher logisch gewesen, so etwas zu schreiben wie ›Ich kenne die Wahrheit‹ oder eben ›Ava ist tot‹?«

»Nicht, wenn er sie damit verletzen wollte. Die Grausamkeit der Wirklichkeit mit einer irrealen Hoffnung vergleichen?«

»Wie passen dann die unbekannten Fingerabdrücke ins Bild?«, fragte Kate.

»Ich weiß nicht. Jemand, der ihm geholfen hat. Seine Arzthelferin?« Walker suchte in seinen Unterlagen. »Hast du nicht erzählt, sie vergöttert ihren Chef? Sie hat den Brief eingetütet und abgeschickt.«

Kate war nicht überzeugt. »Ja, Aziza fand ihren Chef ziemlich gut, und das ist ihm mit Sicherheit nicht verborgen geblieben. Aber das ist doch kein Schreiben an die Krankenkasse, mit dem man seine Angestellte beauftragt!«

»Er rastet aus und tötet seine Frau auf diesem Segelboot«, schloss Walker, als hätte er ihren Einwand nicht gehört. »Das ist doch ohnehin unsere Arbeitshypothese.«

»Das ist *deine* Arbeitshypothese«, betonte Kate. »Ich habe noch nicht genug Fakten gesammelt, um eine Arbeitshypothese aufzustellen. Und wenn Greg Stephanie getötet hat, weshalb haben wir dann *seinen* Finger gefunden? Vorausgesetzt, es ist seiner. Ihrer ist es auf alle Fälle nicht.«

»Aber ob es sein Finger ist, wissen wir eben auch noch nicht«, sagte Walker, der endlich gefunden zu haben schien, was er suchte. Er hielt sein Notizbuch in die Höhe. »Hier, eine Randbemerkung von DS Miller, eine Vernehmung der Hamons drei Monate nach Avas Verschwinden: *Das Ehepaar, das händchenhaltend in jede Fernsehkamera blickt, die sich ihm bietet, wirkte im heutigen Gespräch gar nicht mehr harmonisch. Sie fällt ihm ins Wort, er kommuniziert hauptsächlich durch abfällige Gesten.*« Triumphierend klappte er das Notizbuch zu.

»Ich bestreite ja nicht, dass die Ehe am Ende war«, antwortete Kate. »Ich bestreite nur, dass es so einfach war. Vielleicht hat ja auch Stephanie Greg ermordet.« Damit würde zumindest der gefundene Finger Sinn machen, wenn er wirklich Greg gehörte. Bilder schoben sich vor Kates inneres Auge. Die Frau, die mit ihrer Tochter in großen und kleinen Gummistiefeln die Blumen goss. Die Frau, die besagte Tochter auf dem Gewissen hatte. Das Blut, der Finger. Verdammt, sie brauchten die Ergebnisse!

Walker fuhr sich mit der Zungenspitze über die Oberlippe. »Auch eine Möglichkeit«, gab er zu. »Ich habe unter der Voraussetzung gedacht, dass DeGaris' Vermutung richtig ist und Stephanie Hamon Ava auf dem Gewissen hat. Aber möglicherweise ist es anders abgelaufen.«

»Vielleicht war Greg schuld an ihrem Tod, und Stephanie hat sich gerächt. Sie war auch diejenige, die das Boot gemietet hat.« Kate schwieg einen Moment, während sie die Gedankenkonstrukte in ihrem Kopf zusammensetzte. »Es könnte aber natürlich auch sein, dass die beiden Fälle überhaupt nichts miteinander zu tun haben«, gab sie schließlich nachdenklich zu. »Dass es ein ganz normaler Mord war.« Sie unterbrach sich. »Himmel, jetzt benutze ich schon Wörter wie *normaler Mord.*« Was dieser mysteriöse Fall aus ihnen machte!

Walker beugte sich interessiert vor. »Ich weiß, was du meinst. Aber das glaubst du nicht, oder? Dass es nichts miteinander zu tun hat?«

Bevor Kate antworten konnte, streckte DeGaris seinen Kopf zur Tür hinein. Sie setzten ihn eilig über den Fund am Strand ins Bild.

»Ist es Greg Hamons Finger?«, schloss auch er sofort.

»Rivers hat die Ergebnisse hoffentlich morgen. Also: Worauf konzentrieren wir uns?«, fragte Kate. »Wir haben hier so viele Fäden in der Hand. Zu viele. Wir müssen irgendwo mit dem Entwirren anfangen.«

»Oder wir widmen uns einem anderen Knäuel«, sagte DeGaris.

Kate wusste nicht, worauf er hinauswollte. »Um in unserer Metapher zu bleiben: Ich hab den Faden verloren.«

»Kein Herumgestochere in alten Fällen, das können wir getrost den Journalisten überlassen. Wenn wir die ganze Ava-Sache noch einmal neu aufrollen, verzetteln wir uns nur. Konzentrieren wir uns auf die Faktenlage: ein Segelboot, zwei vermisste Personen. Wenn das Ehepaar nicht Hamon heißen würde, was würden wir tun?«

7. Kapitel

St. Mary, Jersey

Von ihrem kleinen Garten aus konnte Margaret das Telefonhäuschen sehen. Ihr Blick blieb daran haften. Jemand hatte das Gelb der kleinen Zelle mit Farbe besprüht. Graffiti. Kieran hatte das in seiner Jugend getan, mit seinen Freunden. Sie hatten zu viel Alkohol getrunken, und dann waren sie durch die Stadt gezogen. Mülltonnen hatten sie umgetreten, Blumen zerstört und immer wieder Häuser mit Farbe entstellt. Sie waren erwischt worden, natürlich. Aber es war nichts passiert, natürlich nicht. Nur waren sie irgendwann an Drogen geraten. Und das hatte Folgen gehabt.

Margaret schnäuzte sich. Die Telefonzelle war gestern noch nicht bemalt gewesen. Letzte Woche hatte sie telefoniert. Von dort aus, sie hatte sich nicht getraut, ihren eigenen Apparat zu benutzen. Kieran hatte es dennoch herausbekommen, und Margaret wusste nicht, was damit ins Rollen gekommen war.

Sollte sie noch einen Versuch wagen? Oder sollte sie einfach warten? Warum kam sie nicht, Margaret hatte doch alles gut erklärt! Mit steifen Fingern zog sie das zerknitterte Blatt Papier heraus, auf dem die Nummer notiert stand. Zwei Tage würde sie noch warten. Zwei Tage, und dann würde sie wieder anrufen.

St. Peter Port, Guernsey

Zeugenbefragungen. Wer konnte etwas wissen? Das war immer die Ausgangsfrage. Nachdem sie am Vortag vergeblich mit Stephanies Familie und Greg Hamons Angestellten gesprochen hatten, versuchte Kate es nun also mit dem ehemaligen Geschäftspartner von Dr Hamon. Die phasenweise schwierige Beziehung zwischen den beiden legte durchaus nahe, dass Dr Hobbs Greg Hamon nicht nur wohlgesonnen war.

Seine Praxis befand sich mitten in St. Peter Port unweit der Trinity Church. Die helle Kirche, die gegen Ende des 18. Jahrhunderts als Chapelle de la Trinité gebaut worden war, lag an dem mit Blumen und Bäumen bepflanzten Platz gleichen Namens, dem Trinity Square. Die Kirche selbst war sicher nicht die eindrucksvollste auf Guernsey, aber Kate mochte das umliegende Viertel mit seinen verwinkelten Gässchen und den vielen kleinen Läden. Sie liebte es, mit ihrer Mutter samstagsvormittags dort zu bummeln. Auch jetzt genoss sie den Anblick der bunten Fassaden und der farbenfrohen Blumen, die die Hauswände schmückten.

Als Kate den Hausflur betrat und sich der Geruch eines benachbarten Asia-Imbisses mit dem von Desinfektionsmitteln mischte, kam ihr der Gedanke, dass sie nach Ende der Ermittlungen von Arztpraxen erst einmal die Nase voll haben würde.

Auch bei Dr Hobbs saß eine junge Frau hinter dem Empfangstresen. Eine Brille mit runden Gläsern und der kantig geschnittene Pony ihrer roten Haare gaben ihr ein extravagantes Aussehen. Hätte Kate sie auf der Straße getroffen, hätte sie sie für eine Kunststudentin gehalten. Ihr Namensschild wies sie als Megan Colwell aus. Sie verabschiedete gerade eine Patientin mit den Worten »*Au perchoin!*«, und

Kate musste unwillkürlich lächeln. Es war ungewöhnlich, dass jemand in dem Alter Guernésiais sprach, die alte Sprache der Insel, die aus dem Normannischen stammte. Heutzutage beherrschten sie nur noch wenige Einwohner, und siebzig Prozent von ihnen waren älter als vierundsechzig. Kate selbst verstand fast alles, brachte aktiv aber nur wenig zustande. In der Schule kam jedes Kind mit den »Rimes Guernesiaises« des Dichters George Métivier in Berührung, aber ohne ihren Großvater lägen Kates Sprachkenntnisse wahrscheinlich gerade einmal etwas über null. Kate schmunzelte. Einen großen Vorteil hatte es, in ihrer Kindheit viel Zeit mit Grandpa verbracht zu haben: Der Französischunterricht in der Schule war ihr deutlich leichter gefallen, auch wenn ihr in der Grammatik immer noch häufig typische Guernésiais-Formulierungen unterliefen. Man konnte sie verstehen, das war die Hauptsache.

»*Banjour*«, grüßte Kate, und auch wenn die Arzthelferin daraufhin lächelte, teilte sie ihr sogleich mit, dass ein Termin heute schwierig sei, Dr Hobbs sei leider sehr beschäftigt, was ein Blick ins Wartezimmer, in dem mehr als zehn Leute saßen, bestätigte. Mit einer beinahe entschuldigenden Geste zückte Kate ihren Ausweis, und keine zehn Minuten später saß sie Dr Hamons ehemaligem Partner im Untersuchungsraum zwei gegenüber.

Dr Hobbs schien zumindest nicht weniger erfolgreich zu sein als Dr Hamon, wenn man von der geschmackvollen Einrichtung der gesamten Praxis ausging, die durchaus teuer wirkte. Wie in den meisten Arztpraxen dominierte Weiß, das jedoch immer wieder durch Farbtupfer aufgelockert wurde, seien es Bilder in knalligen Farben an den Wänden oder der rote Designersessel, in dem Dr Hobbs hinter seinem Schreibtisch saß. War bei Dr Hamon alles schon länger in Gebrauch, wirkte an manchen Stellen abgenutzt oder auch eher praktisch, so glänzte hier jeder Gegenstand inklusive des Kugelschreibers auf dem Klemmbrett nahezu brandneu.

Im Gegensatz zu Greg Hamon war Eric Hobbs klein und kahlköpfig. Er empfing Kate mit einem breiten Lächeln, das eine Spur künstlich wirkte.

»Sie haben ja sicher schon Zeitung gelesen«, begann Kate, nachdem sie sich begrüßt hatten.

»Ich habe heute Morgen natürlich sofort versucht, Greg anzurufen«, bestätigte Hobbs. »Leider vergeblich.« Er starrte auf das Blatt Papier vor ihm, ein Vordruck für Patienteninformationen, und Kate hatte den Eindruck, er überlegte seine nächsten Worte sorgfältig. »Was, glauben Sie, ist passiert?«, fragte er schließlich.

»Das versuchen wir gerade herauszufinden.«

»Sie haben doch sicher eine Theorie.« Er blickte sie neugierig an und stützte die Ellenbogen auf dem Schreibtisch ab. Dabei rutschte der Ärmel seines weißen Pullovers etwas hinunter, und eine goldene Uhr kam zum Vorschein. Sie sah teuer aus.

Kate lächelte schwach. »Erzählen Sie mir von Greg Hamon. Sie waren Geschäftspartner und Freunde, richtig?«

»Tennispartner nicht zu vergessen, Greg und ich haben schon die tollsten Dinge auf dem Platz erlebt.« Hobbs hatte ein dröhnendes Lachen, das Kate ihm bei seiner kleinen Statur gar nicht zugetraut hatte. Dann wurde er ernst. »Bevor Sie es von jemand anderem erfahren: Wir hatten mal eine gemeinsame Praxis, dann hat Greg allein arbeiten wollen, und ich war sauer. Das war vor etwa zwei Jahren. Mittlerweile haben wir unseren Streit beigelegt, und hey, ich habe diese superschicke neue Praxis, also Ende gut, alles gut!« Mit einer ausladenden Geste deutete er auf den Raum.

Kate ließ sich von seiner Angeberei nicht beeindrucken.

»Was war der Auslöser für den Streit?«, bohrte sie stattdessen nach.

»Vielleicht …« Er fuhr sich über die Glatze. »Vielleicht können wir die Formalitäten gleich erledigen, und ich schaue, ob ich ein Alibi habe«, versuchte er, ihrer Frage mit einem abrupten Themenwechsel auszuweichen.

Kate ließ es sich nicht anmerken, aber seine Art machte sie misstrauisch. Er wirkte sehr offen – vielleicht sogar etwas zu offen? Sie würde das im Auge behalten.

»Dazu kommen wir später noch. Ich würde jetzt gern den Auslöser für den Streit erfahren«, hakte sie nach. »Was war der Grund für die Entscheidung von Dr Hamon, beruflich getrennte Wege zu gehen?«

»Wenn ich das wüsste!« Er seufzte theatralisch auf, schwieg einen Moment und legte dabei die Stirn in Falten, als überlege er. Dann zuckte er überdeutlich mit den Schultern und äußerte als Grund schließlich Dr Hamons Ruhebedürfnis.

»Sein Ruhebedürfnis?« Kates ungläubiger Tonfall war nicht zu überhören.

Hobbs wand sich ein wenig, sprach von unterschiedlichen Interessen außer dem Tennis. »Glauben Sie mir, ich kann es mir nicht erklären!«, sagte er schließlich.

Nein, das konnte Kate ihm nicht glauben. »Es gab also kein Zerwürfnis zwischen Ihnen, das der beruflichen Trennung vorausging, wollen Sie mir das weismachen?«

»Wir verstanden uns blendend! Nur sind danach die Pferde mit mir durchgegangen.« Er sah sie verlegen an, und auch diesmal war etwas in seinem Verhalten, das sie aufmerken ließ. Er wollte aufrichtig zerknirscht wirken, und doch war da etwas in seinem Blick … etwas Lauerndes?

»Sie haben bis vor wenigen Monaten keinen Kontakt mehr mit Ihrem ehemaligen Freund gehabt. Da kommt es mir seltsam vor, dass es keinen Auslöser für einen Streit mit so nachhaltigen Folgen gegeben haben soll«, insistierte sie.

»Was soll ich sagen: Wir sind wohl beide Sturköpfe.« Er schenkte ihr erneut ein gewinnendes Lächeln, während er das Handgelenk mit der schweren Uhr schüttelte, als wolle er sie ein wenig verschieben. Dann wurde seine Miene plötzlich ernst. »Erst Ava verschwunden, und jetzt Greg. Gibt einem doch zu denken.« Erneut hatten seine Gedanken einen großen Sprung gemacht. Doch damit nicht genug. »Wussten Sie, dass er eigentlich gegen die Adoption war?«

Interessant. Kate mühte sich, ihre Überraschung nicht offen zu zeigen.

Hobbs stieß ein leises Lachen aus. »Ja, Stephanie hat ihn ein halbes Jahr lang bearbeitet und alle Register gezogen. Sie ist unfruchtbar, müssen Sie wissen.«

Wieder stieß Kate sich an seiner aufgesetzten Offenheit. Medizinische Diagnosen mochten für Ärzte Allerweltsnachrichten sein, aber sie fand es dennoch befremdlich, wie freimütig er diesbezüglich über die Ehefrau seines Tennispartners sprach.

»Sie wollte immer schon Kinder, und wenn Sie mich fragen, war sie in der leider zu kurzen Zeit, die ihr dafür vergönnt war, auch eine verdammt gute Mutter.«

Kate schwieg, abwartend, worauf er hinauswollte. Er wirkte beinahe wehmütig, als er hinzufügte: »So viel Lebensfreude. In beiden, Ava und Stephanie. Sie haben den Regen geliebt, das muss man sich mal vorstellen. Da gibt es ein Meer vor der Haustür und die beiden lassen sich lieber von oben nassregnen.«

Er schien die Hamons gut gekannt zu haben, besser, als Kate vermutet hatte. Als er nicht weitersprach, hakte sie noch einmal nach: »Dr Hamon wollte kein Kind?« *Und hätte es unter Umständen besser gefunden, diesen Zustand wieder herzustellen?* War es das, was er ihr sagen wollte? Damals hatte niemand so etwas verlautbaren lassen. *Damals war ja auch noch alles in Ordnung zwischen Greg Hamon und Eric Hobbs.*

Allerdings hatte Aziza es völlig anders dargestellt. Wollte Hobbs seinen ehemaligen Partner nun in schlechterem oder die Arzthelferin ihren Chef in besserem Licht darstellen?

Kate sah den Mann ihr gegenüber an, der jetzt wieder ein Lächeln auf seinem Gesicht trug.

»Da war Greg mir immer ähnlicher als seiner Frau.« Er streckte die Hände aus, legte sie dann auf die Armlehnen seines Designersessels und blickte Kate an. »Glauben Sie, er ist tot?«

Was will er mit diesen Themenwechseln verbergen? Wovon ablenken?

»Ich glaube gar nichts«, erwiderte Kate sachlich. »Ich versuche, die Wahrheit herauszufinden.«

»Haben Sie dabei schon mal darüber nachgedacht, dass ihm etwas Besseres eigentlich gar nicht passieren kann? Greg Hamon verschwunden, tot. Der ganze traurige Ruhm liegt hinter ihm. Keine Presse mehr, die ihn wegen der Entführung jagt, keine Polizei, die versucht, ihm etwas anzuhängen. Oh, und natürlich keine Ehefrau, die Gott weiß was von ihm will. Nein, Greg ist tot und hat keinen Stress mehr.«

Wollte er …? Ja, augenscheinlich wollte er andeuten, dass Greg Hamon den Unfall auf See nur vorgetäuscht hatte. Kate versuchte, in seiner Miene zu lesen, die immer noch offen wirkte, als wolle er lediglich seine Überlegungen mit ihr teilen, um ihr zu helfen.

Kates Gedanken rasten. In gewisser Weise hatte er sogar

recht. Was war der Verlust eines Fingers im Vergleich zum Verlust einer Tochter? Eines ungestörten Lebens? »Interessanter Ansatz«, beschied sie knapp.

Kate würde das auf jeden Fall mit dem Team besprechen. Auch über Hobbs würde sie sprechen, der lange nicht so offen war, wie er vorgab zu sein. *Vor allem nicht an den Stellen, die mich interessiert haben.* Vielleicht hatte er die Auflösung der Gemeinschaftspraxis noch nicht verwunden, vielleicht waren die Verletzungen zu tief, die sein Geschäftspartner ihm beigebracht hatte. Vielleicht sogar schon vorher.

»Schreiben Sie gern Briefe?«, fragte sie dann. Abrupte Themenwechsel konnte sie auch.

Aber falls er derjenige gewesen war, der den Hamons die Nachricht *Ava lebt* geschickt hatte, so ließ er sich nichts anmerken. »Briefe?« Er lachte. »Die Rechnungen schreibt meine Assistentin. Oder meinen Sie, ich sollte mal wieder einen Liebesbrief schreiben?« Er zwinkerte ihr zu.

Kate verzog lediglich den Mund zur Antwort. »Was haben Sie denn am Wochenende gemacht?«, kam sie stattdessen auf sein Alibi zurück.

»Am Samstag war ich mit meinem Freund Matt verabredet, den können Sie gern fragen. Und am Sonntag waren meine Frau und ich wandern. Mit dem Bus nach La Rousse und von dort aus an der Küste entlang zurück nach St. Peter Port.« Kate kannte die Strecke entlang der felsigen Nordküste Guernseys. Eine wunderschöne Wanderung, für die man einige Stunden brauchte und die ihm ein Alibi verschaffte. Wenn sie die Ehefrau als glaubwürdig einstuften.

»Falls sich Dr Hamon bei Ihnen melden sollte, rufen Sie bitte sofort an.« Kate reichte ihm ihre Karte und verabschiedete sich.

Entweder besitzt Dr Hobbs keinen Filter und ist völlig unschuldig, oder er ist ein großartiger Schauspieler mit einem hinterhältigen Ziel, dachte Kate. Als sie draußen auf die Straße trat, wusste sie, zu welcher Version sie tendierte: Sie glaubte Dr Hobbs kein Wort.

✳

Von der Arztpraxis ins Präsidium wählte Kate die George Street, eine der schmalen, steilen Seitengassen von St. Peter Port. Als sie die Treppen zur Little Saint John Street hinunterging, meldete ihr Handy eine eingehende Nachricht. Sie war von Laura.

»Ich hab die Schlagzeilen gesehen. Unglaublich, diese beiden sind wirklich vom Unglück verfolgt!« Ein paar Sekunden später schob sie hinterher: »Glaubst du an einen Zufall?«

»Wird sich zeigen«, schrieb Kate unverbindlich zurück. »Tomatensoße schon aufgewischt?«

»In Liams Haaren«, war die Antwort. Und dann: »Wie läuft's mit dem neuen Kollegen?«

»Ich habe ihn noch nicht aus dem Büro geschmissen.«

Laura wurde für einige Augenblicke als offline angezeigt, schließlich folgte: »Ich sehe eine tiefe und innige Liebe am Horizont.«

Kate schickte ihr als Antwort den Smiley mit der herausgestreckten Zunge und steckte lächelnd ihr Handy zurück in die Hosentasche. Laura war einfach unverbesserlich.

Nach einem Blick auf die Uhr beschloss sie, einen kurzen Abstecher zum Markt zu machen und sich ein Eis zu gönnen. Der Umweg würde sie nicht mehr als fünf Minuten kosten. Erwartungsvoll bog sie auf den Marktplatz ein, der im 18. Jahrhundert unmittelbar hinter der Town Church, der Hauptkirche der Insel, erbaut worden war. Auf der freien Fläche standen auch heute Tische und Stühle der zahlreichen Pubs, dazu Marktstände mit Obst, Gemüse, frischen Eiern und touristischen Souvenirs, und über den Platz zogen sich als Schmuck Wimpel in allen Farben. Gegenüber einem überdachten Säulengang konnte man auf Bänken verweilen und das bunte Treiben genießen. Kate fand einen Eisverkäufer, der mit einer großen Truhe unter einem Sonnenschirm im Schatten stand, und entschied sich für eine fruchtige Sorte mit Orange, die sie an ihre Kindheit erinnerte und Tage am Strand, damals, als ihr Vater noch lebte. Die Orange war eine Geschmacksexplosion aus »sauer« und »künstlich«, und Kate fuhr genüsslich mit der Zunge über ihre Lippen. Das Eis in der Hand nahm sie die Constitution Steps, eine schmale Treppengasse, die hinauf zur Clifton Street führte. Zwischen hohen Häusermauern hatte sie einige Stufen zu bewältigen, zwischendurch blitzte die Sonne hervor, als sie an einer niedrigeren Gartenmauer vorbeikam. Kate freute sich über die orangeroten Blüten, die aus den grünen Ranken auf dem Mäuerchen hervorsprossen.

Doch die Ablenkung war nur von kurzer Dauer, schnell schoben sich Gedanken an den Fall dazwischen. Allen voran natürlich Dr Hobbs, der sie so ganz offensichtlich auf seine Seite ziehen wollte und dabei mindestens ebenso offensichtlich etwas zu verbergen hatte. Greg Hamon hatte ihn aus der gemeinsamen Praxis geworfen, ohne dass es einen Anlass gegeben haben sollte? Kate konnte das nicht glauben.

Der Vanillekern ihres Fruchteises schmolz und tropfte auf ihren rechten Handrücken. Schnell steckte sie den Rest in den Mund und zupfte mit der linken Hand ein Taschentuch aus der Hosentasche.

Auf den letzten Metern bis zum Präsidium rekapitulierte sie noch einmal die zeitlichen Fakten, die sie bisher gesammelt hatten:

Die *Aventura* hatte am Samstagnachmittag abgelegt, sie hatte um 16:30 Uhr den Hafen verlassen, gefunden worden war sie von Rob am gestrigen Montag vor 8 Uhr. Wenn man von der Hypothese ausging, dass beide, Stephanie und Greg Hamon, das Boot betreten hatten, konnte ihr Verschwinden schon drei Tage zurückliegen. Mit jedem weiteren Tag verloren sich die Spuren immer mehr. Kate dachte an den Finger. Vielleicht konnte Rivers' Analyse helfen, den Zeitrahmen für einen möglichen Zwischenfall noch weiter einzugrenzen – wenn der Finger tatsächlich von Greg Hamon stammte und nicht von einem Fischer, der sich deswegen gerade im Princess Elizabeth Hospital in Jersey behandeln ließ.

Gedankenverloren warf Kate den klebrigen Eisstiel in den Papierkorb vor dem Eingang des Präsidiums und betrat das Gebäude.

*

In ihrem Büro saß Walker mit Lesebrille am PC, DeGaris hatte es sich in Kates Abwesenheit auf ihrem Schreibtischstuhl gemütlich gemacht und studierte eine dünne Aktenmappe. Miller sah ihm über die Schulter.

»Du hast Rivers um fünf Minuten verpasst«, sagte DeGaris und klopfte mit dem Knöchel des Zeigefingers auf die Dokumente in seiner Hand.

Kates Aufmerksamkeit war sofort geweckt. »Das Ergebnis der Blutuntersuchung? Von der *Aventura*? Endlich!«

DeGaris nickte mit geschürzten Lippen. »Keine Übereinstimmung.« Er reichte ihr die Unterlagen.

Das konnte doch nicht wahr sein! »Keine Übereinstimmung mit Greg Hamons DNS?«, hakte sie nach.

»Keine Übereinstimmung mit der DNS von Greg Hamon, keine mit der von Stephanie Hamon«, präzisierte Walker.

Kate war ehrlich überrascht. »Was? Wie kann das sein?« Eilig blätterte sie die Dokumente durch. Es stimmte. Das ließ nur einen Schluss zu: »Es war noch jemand auf dem Schiff?« Sie blickte auf.

»Scheint so. Die beiden waren nicht allein.« DeGaris stand auf.

Kate fuhr sich über die Augen. Diese Information änderte alles! Sie war relevant, sie war ... eine dritte Person! Damit hatten sie alle nicht gerechnet. So sehr waren sie bisher von einem Ehedrama ausgegangen, dass sie überhaupt nicht in Betracht gezogen hatten, dass es noch jemanden anderen an Bord gegeben hatte. Wie hatten sie das übersehen können?

»Aber wer ...?« Ihre Gedanken rasten. »Hobbs!«, fiel ihr dann ein. Hobbs, der am Sonntag »wandern« war, ohne Alibi. Hatte er eine Verletzung gehabt? Zu sehen gewesen war keine, aber das musste nichts bedeuten. Er war Arzt, er konnte eine eventuelle Wunde selbst versorgt haben.

Eilig erzählte sie ihren Kollegen von dem Gespräch mit Greg Hamons ehemaligem Partner.

»Und wenn er Hamon wirklich geholfen hat, seinen eigenen Tod zu fingieren?«, überlegte Walker. »Ist das realistisch?«

»Was? Der talentierte Mr Ripley?« DeGaris machte eine unwirsche Bewegung mit der Hand.

Kate verkniff es sich, ihren Vorgesetzten über den korrekten Inhalt des Buchs von Patricia Highsmith aufzuklären: Identitätsdiebstahl lag hier nicht vor, Dr Hobbs war eindeutig Dr Hobbs gewesen.

»Es klingt im ersten Moment völlig verrückt, aber je länger ich darüber nachdenke ...«, sagte Walker. »Die Hamons konnten wirklich keinen Schritt gehen, ohne dass man sie irgendwo erkannt hat. Ich kann mir schon vorstellen, dass man daraus fliehen will.«

»Beide dann?«, fragte Miller.

Das wiederum konnte Kate sich nicht vorstellen. Bauchgefühl. »Stephanie war diejenige, die die Fernsehinterviews vorangetrieben hat damals«, sagte sie.

»Um von sich abzulenken«, warf Walker ein, der offenbar DeGaris' Kommentare aus der Akte im Kopf hatte.

»Vielleicht. So oder so ist sie die Standhafte der beiden. Eine Stephanie Hamon läuft nicht weg«, sagte Miller.

»Möglich. Erinnert ihr euch an das Haus? Das Kinderzimmer, komplett unberührt«, sagte Kate.

»Jemand gießt die Pflanze, aber die Spielsachen liegen noch haargenau so, wie sie am besagten Abend vorgefunden wurden«, ergänzte Walker. »Ich habe die Fotos überprüft.«

DeGaris strich sich über seinen Bart. »Haben wir mittlerweile die Baynes' erreicht?«

»Zu Hause sind sie noch nicht aufgetaucht«, antwortete Miller. »Aber ich habe mit jemandem in David Baynes' Abteilung gesprochen«, fuhr sie fort und wandte sich an Walker: »Baynes ist Geschäftsführer von einem Software-Unternehmen mit Sitz in Birmingham. Bay-Tec«, erläuterte sie.

»Cleverer Name«, kommentierte er sarkastisch.

»Knapp dreißig Mitarbeiter, ein enges Führungsteam«, ergänzte DeGaris aus dem Gedächtnis.

Miller nickte. »Dort ist er jedenfalls ebenfalls nicht zu erreichen. Aber«, sie blickte in die Runde, »mir wurde gesagt, er sei auf Geschäftsreise in Singapur. Ich habe mir seine Mobilnummer bestätigen lassen, doch offenbar stellt er sein Handy in Meetings gern aus.«

»Und seine Frau?«, fragte Kate sofort. Wieder beschlich sie das ungute Gefühl, das sich bei jeder Erwähnung der Baynes' in ihr breitmachte. »Ist sie mit ihm dorthin gereist?«

»Das weiß ich noch nicht. Baynes hat Aufenthalt und Flüge in Singapur selbst gebucht, deshalb konnte mir seine Kollegin keine Auskunft geben.«

»Was ist mit anderen Kontakten? Der Familie?«

Kate erinnerte sich, dass Emily ihr aus DeGaris' Erzählungen damals eher schüchtern vorgekommen war, distanziert. Zu ihrer Familie in England hatte sie, wenn überhaupt, nur wenig Kontakt gehabt.

»Ich habe mit ihrer Mutter gesprochen. Sie war verwirrt, dass wir auf Guernsey nach Emily suchen. Anscheinend wusste sie gar nichts vom Umzug ihrer Tochter hierher«, sagte Walker.

Kate horchte auf. »Aber die Baynes' wohnen doch schon lange hier.«

»Drei Jahre«, warf DeGaris ein.

Warum erzählt eine Tochter ihrer Mutter nicht, dass sie umgezogen ist?

Walker zuckte mit den Schultern. »In Birmingham bei ihrer Familie ist sie jedenfalls nicht. Eine Arbeitsstelle hat sie nicht, sie ist Hausfrau.«

»In der alten Akte gab es nicht viele Kontakte. Aber die Baynes' standen damals auch nicht im Fokus der Ermittlungen«, ergänzte DeGaris. »Miller, versuch herauszufinden, was Emily in ihrer Freizeit gemacht hat. Und mit wem.«

Miller nickte.

Kates unangenehmes Gefühl in ihrer Magengegend verstärkte sich.

DeGaris trommelte leicht mit seinen Fingern auf dem Schreibtisch herum. »Es ist Sommer«, sagte er. »Auch ein Urlaub wäre nicht abwegig.«

»Vielleicht ein Segeltörn«, murmelte Kate.

Sie schwiegen einen Moment, hingen ihren Gedanken nach. Kate sah zur Uhr. »Ich muss langsam los, ich treffe den Professor, der den Finger gefunden hat.«

»Alles klar. Mach ein Foto von der Stelle für die Spurensicherung.« De Garis erhob sich.

Kate nickte. Rivers hatte zwar abgewinkt, als sie ihm den Fundort genannt hatte, denn Spuren würde er im Wasser nicht mehr finden. Doch wer wusste schon, was ihm dann doch plötzlich ins Auge fiel. Rivers konnte vielleicht nicht zaubern, aber seine Arbeit war schon nah dran.

»Ich habe nicht mehr viel Hoffnung, dass die Hamons oder die Baynes' zufällig zu Hause auftauchen«, sagte Miller seufzend. »DC Lucas hört sich weiter am Yachthafen um, ob jemand am Samstagnachmittag irgendetwas Ungewöhnliches beobachtet hat.«

DeGaris nickte ihr zu, zückte sein Handy und verließ das Büro.

Kate blickte ihm hinterher. Keine Zigaretten mehr, nur ein entschlossener Zug um den Mund. Jetzt war er wieder drin im Fall, das gefiel ihr.

Sie ließ sich auf ihren Bürostuhl fallen. *Vor vier Tagen zuletzt gesehen. Seitdem verschwunden. Wir hätten längst etwas hören müssen*, dachte Kate und fuhr ihren Rechner herunter.

Als auch Miller sich verabschiedet hatte, wandte sie sich an Walker, der erneut auf seinen PC-Bildschirm starrte. »Mach doch Schluss für heute«, sagte sie. »Später muss es nicht werden.«

»Und was mach ich dann zu Hause? Allein in einer Wohnung, in der noch die Hälfte der Möbel fehlt?«, entgegnete ihr Kollege. »Über den Fall nachgrübeln. Da kann ich gleich hierbleiben und was Sinnvolles tun.« Er deutete auf den PC. »Da drin schlummern zum Beispiel die Listen der

Telefongesellschaft mit allen Gesprächsverbindungen und wollen von mir ausgedruckt und durchforstet werden.«

Kate lächelte leicht, sie war ja genauso: Wenn sie an einem Fall arbeitete, dann ließ er sie auch nach Feierabend nicht los. »Tja, wir sind ja selbst schuld«, sagte sie zu Walker. »Hätten wir mal einen stinknormalen Bürojob angenommen. Dann hätten wir Zeit, um Möbel zu kaufen.«

Er lachte. »Das wäre was für dich? Excel-Tabellen führen, Dokumente abheften?«

»Gott bewahre.«

»Siehst du? Was ist eine fehlende Couch im Tausch gegen einen aufregenden Job?«

Belustigt schüttelte Kate den Kopf, bevor sie sich endgültig von Walker verabschiedete. Vielleicht war der neue Kollege ja tatsächlich nicht so übel. Zumindest schienen sie auf der gleichen Wellenlänge zu liegen, was die Einstellung zur Arbeit anging.

★

Fermain Bay, Guernsey

Kate brauchte Bewegung. Von St. Peter Port würde sie eine gute Dreiviertelstunde bis zur Fermain Bay zum Treffen mit dem ungewöhnlichen Professor brauchen. Sie konnte es nicht genau erklären, aber die Aussicht, den gutaussehenden Mann außerhalb des Präsidiums zu treffen, ließ ihren Magen einen kleinen Hüpfer vollführen. Wo das wohl herkam?

Der Küstenpfad, den Kate so liebte, führte von dort weiter an den Klippen entlang bis zur Südküste Guernseys. Meist lief sie einmal die Woche diesen Weg, gemeinsam mit Laura, die nach ihrer ersten Schwangerschaft den Sport entdeckt hatte, um ihr ursprüngliches Gewicht wieder zu erreichen.

Kate liebte es seit jeher zu laufen, am liebsten schnell, immer im Rhythmus ihres Herzens. Das half ihr, freier zu atmen, zu denken und zu fühlen. Mit Laura konnte sie ihr Tempo nicht laufen, dafür genoss sie dann immer ausgiebig die Aussicht: Im Mai verwandelten die Blüten der Waldhyazinthen, auch »Hasenglöckchen« genannt, den Klippenweg in ein Meer aus Blau.

Entschlossen machte sie sich auf den Weg. Sie musste von St. Peter Port bis zur Fermain Bay zunächst in südlicher Richtung marschieren, die letzten vierhundert Meter bis zur Bucht konnte sie ohnehin nur noch zu Fuß zurücklegen. Ein dicht bewachsener Pfad, auf dem schon die Schönheit des dahinterliegenden Meeres zu erahnen war, führte zum Strand. Kate war gerade auf den schmalen Weg eingebogen und genoss das Summen aufgeregter Insekten in den Büschen rechts und links, als ihr Smartphone klingelte. Holly. Sie drückte sie weg. Neugierige Journalistenfragen konnte sie jetzt nicht gebrauchen.

Gleich darauf klingelte das Telefon erneut, und Kate wollte auch diesen Anruf schon wegdrücken, als ihr auffiel, dass »Mum« auf dem Display angezeigt wurde.

»Darling, Grandpa hat mir alles erzählt, wie schrecklich!«, rief ihre Mutter sofort nach der Begrüßung. Kate stöhnte innerlich auf. Ihre Mutter wusste nur zu gut, dass sie Kate nicht ausfragen konnte, dennoch war es ihr, typisch für die Familie Langlois, völlig unbekannt, etwas auf sich beruhen zu lassen.

»Meine Freundin Jessica, du kennst sie, wir waren gemeinsam in der Jugendgruppe der Kirche«, setzte ihre Mutter an, »jedenfalls war Jessica erst letzte Woche bei ihrer Friseurin, und die wiederum, das glaubst du nicht, hat eine Nichte, die mit Stephanie Hamon zur Schule gegangen ist!«, rief sie triumphierend.

Kate schmunzelte. Bei ihrer Mutter Heidi waren es immer die Bekannten der Freunde der Verwandten von …
und jeder hatte etwas zu erzählen. Weil sie sich auch in alles einmischte, kannte sie von der Supermarktkassiererin über den Postboten bis zur Bibliothekarin einfach jeden. Heidi war Krankenschwester, und im Beruf wie auch im Privatleben besaß sie diese einzigartige Mischung aus Ernsthaftigkeit und Fürsorge, die die Menschen dazu brachte, ihr einen Apfel mehr beim Einkauf auf dem Markt in den Korb zu legen oder ihr jeden Klatsch und Tratsch zu erzählen, für den sie eine große Schwäche und immer ein offenes Ohr hatte. Ganz sicher kompensierte Heidi Langlois damit auch die Tatsache, dass sie beruflich der Schweigepflicht unterstand.

»Jessica meint, es könnte Selbstmord sein.«

»Mum!«

»Ich sag ja nur. Ich hab sie heute beim Einkaufen getroffen, und da sind wir ins Reden gekommen.«

Natürlich. Kate konnte sich nur zu gut vorstellen, welche abstruse Richtung dieses Gespräch um Stephanie Hamon mit Jessica angenommen hatte. »Mum, ich bin unterwegs«, unterbrach sie deshalb.

»Natürlich, Schatz, du musst arbeiten.« Es klang fast entschuldigend. »Aber morgen Abend kommst du zum Essen, ja? Grandpa wird auch dabei sein.«

Seit dem Tod von Kates Vater vor zweiundzwanzig Jahren war kein Tag vergangen, an dem Grandpa nicht bei Kates Mutter oder Kate selbst vorbeigeschaut hatte. In St. Peter Port, auf ganz Guernsey gab es im Grunde keine weiten Entfernungen, und Grandpas Häuschen lag zu Fuß nicht einmal zehn Minuten von der Wohnung ihrer Mutter entfernt.

Kate war zehn gewesen, als ihr Vater gestorben war. Er fehlte ihr bis heute. In ihrem Großvater aber hatte sie dennoch eine Vaterfigur gehabt, wofür sie immer noch unendlich dankbar war.

Trotzdem zögerte sie, die Einladung anzunehmen. »Ich weiß nicht, Mum, der neue Fall, wir haben so viel zu tun.«

»Es gibt Royal Jerseys mit Fisch«, lockte ihre Mutter sie mit der Kartoffelsorte von den Nachbarinseln, von der sie wusste, dass Kate ihr kaum widerstehen konnte.

So auch heute. »Welcher Fisch? Steinbutt?«, hakte Kate nach.

»Was immer dein Großvater fängt. Oh, und ich habe Holly verboten zu kommen«, fügte Heidi hinzu.

Jetzt musste Kate lachen. Ihre Mutter kannte sie einfach zu gut. »Okay, okay, ich komme«, stimmte sie schließlich zu. »Aber ich werde kein Wort über den Fall verlieren«, drohte sie lachend. Nicht, dass sie das jemals tun würde, das barg insbesondere im Hinblick auf ihre Cousine zu viele Risiken. Nur Grandpas Expertise kam ihr hin und wieder recht, der stellte jedoch keine Fragen und konnte schweigen wie ein Grab. Vielleicht konnte sie ihn bei der Gelegenheit in einer ruhigen Minute nach seiner Meinung zur Strömung fragen, um Aufschluss darüber zu erhalten, aus welcher Richtung der Finger gekommen sein konnte.

»Dann lade ich Holly doch ein«, gab ihre Mutter ebenfalls lachend zurück.

»Bloß nicht. Wenn ich schon im Moment auf dem Präsidium keine Ruhe vor ihr habe …« Kate verabschiedete sich und steckte ihr Handy ein. Zumindest würde es morgen Abend etwas Anständiges zu essen geben. Wenn Kate in einen Fall vertieft war, nahm sie zwischen Lieferdienst und Dosenravioli viel zu wenig Nahrhaftes zu sich, das sie mit viel zu viel Koffein herunterspülte.

*

Es war ein milder Abend. Die Sonne würde bald am Horizont verschwinden, aber noch war es hell genug, dass der Strand von einigen jungen und auch älteren Pärchen bevölkert war. Die französische Familie mit den kleinen Kindern, die Nicolas in den letzten Tagen schon oft hier gesehen hatte, war bereits nach Hause gegangen, die Eltern hatten die Kinder mit Pommes frites gelockt, damit sie den langen Rückweg so klaglos wie möglich auf sich nahmen. Auf der Terrasse des Strandcafés genossen noch eine Handvoll Gäste ihre Drinks, und draußen auf dem blaugrünen Wasser schaukelten zwei weiße Segelboote im Meer. Die kleinen Schaumkronen der Wellen glitzerten, bevor sie an den Strand rollten.

Nicolas blickte der dunkelhaarigen Polizistin entgegen, die barfuß auf ihn zukam, ein Paar Turnschuhe in der rechten Hand. Der Wind spielte mit ein paar Haarsträhnen, die sich aus ihrem Pferdeschwanz gelöst hatten, ihre Wangen waren gerötet, und Nicolas fand, die bis zu den Knien hochgekrempelten Jeans und das locker um ihre schlanke Figur sitzende T-Shirt standen ihr ausnehmend gut. So wirkte sie weniger wie eine Polizistin und mehr wie eine Frau, mit der er gern ein Glas Wein trinken würde.

Er fragte sich, was für eine Begrüßung angemessen wäre, aber dann stand sie einfach vor ihm, lächelnd, hielt sich mit der einen Hand die Haare aus dem Gesicht und sagte: »Hi.«

»Hi.« Seine sprachliche Kompetenz erstaunte ihn selbst immer wieder. Der Sarkasmus weniger. Der begleitete ihn seit Jahren ständig.

»Danke, dass Sie sich die Zeit nehmen«, sagte sie jetzt.

»Oh, ich wäre ohnehin heute hier. Ich habe noch zu tun.«

Sie zog die Augenbrauen hoch.

»Sehen Sie die Wellen dort?« Er deutete auf eine steinige Stelle, an der sich die Schaumkronen brachen. »Die habe ich noch nicht zu Ende beobachtet.«

Detective Inspector Langlois sah ihn wieder auf diese Art und Weise an, wie sie es schon auf der Polizeistation getan hatte. Mit einer Mischung aus ungläubig und amüsiert, und einem halben Lächeln. Nicolas entschied, dass er es mochte.

»Kommen Sie, hier entlang.« Er führte sie den Strand hinunter, direkt am Wasser entlang, sodass ihre Füße von den weichen Wellen umspült wurden. Er liebte das Gefühl, hatte es schon als Kind geliebt. In der Normandie verbrachte er so viel Zeit wie möglich am Strand, aber hier, in Guernsey, war alles so viel farbiger. Die Sonne wärmer, die Wellen freundlicher, das Meer glitzernder und der Strand heller. Vielleicht war es auch nur sein Empfinden nach der dunklen Zeit der letzten Jahre.

»Sie sind oft hier an der Fermain Bay?«, fragte Detective Langlois ihn, als hätte sie seine Gedanken gelesen.

Er nickte und blieb stehen. »Fast jeden Abend. Es ist sehr friedlich. Beruhigt meine Gedanken.«

Das schien ihr Interesse zu wecken.

»Außer natürlich, wenn ich einen Finger finde«, fügte Nicolas hinzu. »Das ist alles andere als beruhigend für meine Gedanken.«

Sie lachte und hielt sich gleich die Hand vor den Mund. Sie war vorsichtig, das merkte er an der Art und Weise, wie sie ihre Schultern hochzog, während sie langsam weiterging. Sie wollte entspannt wirken, war es aber nicht. Trotz der Wellen, trotz der tief stehenden Sonne.

»Wissen Sie mittlerweile, wem der Finger gehört?«, fragte er, weil es ihn interessierte. Doch eine Antwort ließ auf sich warten.

»Und würden Sie es mir sagen, wenn Sie es wüssten?«, schob er also hinterher.

Jetzt lachte sie erneut, überrascht. »Sie lesen wohl nicht viel Zeitung?«, fragte sie. »Oder hören Radio?«

»Ich habe Urlaub. Ich versuche es zu vermeiden, wo eben möglich.«

»Hmmm.« Sie nickte. »Wenn es um das Beruhigen von Gedanken geht, ist das sicher die beste Taktik. Meine Gedanken wären bestimmt froh, nichts von der Presse hören zu müssen.«

»So schlimm?«

Sie seufzte. »Schlimmer. Meine Cousine ist eine von denen. Aber um auf Ihre Frage zurückzukommen: Ich weiß noch nicht, wem der Finger gehört, aber ich habe eine Vermutung.«

»Der Fall des vermissten Ehepaars?«

»Sie lesen ja doch Zeitung!«

Nicolas grinste. »Nein, aber dort vorn gibt es eine Strandbar. Man kann eigentlich nichts kaufen, ohne dass der Besitzer ein Gespräch beginnt.« Er zwinkerte ihr zu.

»Ah, und da wollen Sie natürlich nicht unhöflich sein.« Sie grinste frech, und Nicolas befand, dass er auch dieses Grinsen mochte.

Er hob in gespielter Unschuld die Hände. »Und jetzt weiß ich so ziemlich alles über die Hamons, was ich nie wissen wollte. Sie gehen also davon aus, dass es sein Finger ist?«

Detective Langlois zögerte.

»Sie müssen mir nichts sagen. Obwohl Sie es ruhig tun könnten, ich kann gut schweigen. Auch wenn ich bisher hauptsächlich geredet habe.«

Sie biss sich auf die Lippen, aber ein Lächeln zupfte an ihrem Mundwinkel.

»Wir sind übrigens da.« Der Strand war nicht lang, und

jetzt breitete Nicolas die Arme aus, um ihr den geschützten Platz am Ende der Bucht zu zeigen, an dem er die letzten Abende im Sand gesessen und das Meer beobachtet hatte. »Ich habe ihn genau dort gefunden.« Ein paar Schritte weiter vorn hatte er mit Muscheln den Ort markiert. Sie waren mittlerweile weggespült worden. Gut, dass er auch ohne Muscheln wusste, wo die Stelle gewesen war.

Detective Langlois zückte ihr Handy, schoss Fotos und markierte die Stelle schließlich bei Google Maps. Sie sog die Unterlippe zwischen die Zähne, während sie konzentriert etwas in ihr Handy tippte.

»Wo genau haben Sie das Boot gefunden?«, fragte er, als sie wieder hochblickte.

»Vor St. Peter Port, knappe zwei Meilen nordwestlich.«

Er sah zum Horizont. »Andere Richtung.«

»Ja.« Sie schob die Hände in ihre Hosentaschen, ihre Schultern waren jetzt ein klein wenig lockerer. »Die Strömung spielt einem manchmal ganz schöne Streiche. Zumindest schimpft mein Großvater immer gern darüber und macht sie verantwortlich, wenn die Fische nicht beißen.«

»Hm.« Nicolas schaute aufs Meer hinaus. »Sie sollten das im hinteren Kopf behalten, oder wie sagt man?«

»Im Hinterkopf, genau.« Detective Langlois lächelte.

Er ließ sich in den Sand sinken. »Wollen Sie es auch mal versuchen?«

»Was versuchen?«

»Ich glaube, das Meer hat die Antworten auf die meisten Fragen«, sagte er und klopfte einladend mit der Hand auf den Sand neben sich. Für den Bruchteil einer Sekunde dachte er, sie würde jetzt den Kopf schütteln und nach Hause gehen, aber dann setzte sie sich doch.

»Das glaube ich auch«, sagte sie und ließ ein wenig Sand durch ihre Finger gleiten, während sie aufs Meer hinausblickte. Ein weiterer Segler war zu den Booten dazugestoßen, jemand sprang mit einem lauten Platschen ins Wasser, eine Frauenstimme schrie hell auf. »Aber es behält sie meist für sich.«

Damit hat sie wohl recht, dachte Nicolas. Vielleicht war das sein Geheimnis, der Grund, weshalb es so beruhigend wirkte. Möwen kreischten, die Wellen plätscherten, der Wind zauste an seinem Haar. Es war friedlich.

»Weshalb sind Sie hier?«, fragte Detective Langlois.

»Hier am Strand oder hier auf Guernsey?«

Sie drehte sich zu ihm. »Beides.«

Nicolas überlegte. Dann fragte er anstelle einer Antwort: »Wussten Sie, dass Ihr Name französischen Ursprungs ist?«

Der abrupte Themenwechsel schien sie nicht zu stören. »Das ist nicht unüblich. Bei unserer Geschichte.«

»Nein, das ist es nicht«, stimmte er ihr zu. »Und er bedeutet *die Engländerin.* Das passt ebenfalls.«

Gleichmäßig rollten die Wellen über den Strand. Nicolas entschied sich schließlich doch für eine ehrliche Antwort. »Ich brauchte eine Auszeit«, kam er auf ihre Frage zurück.

Für einen kurzen Augenblick runzelte sie die Stirn, dann schien sie seinem Gedankengang zu folgen.

»Etwas Schlimmes?«, fragte sie leise. Sie war Polizistin, kein Wunder, dass sie seinen Unterton gehört hatte. Eine gute Polizistin.

Nicolas nickte, und für die nächsten Minuten blickten sie beide schweigend aufs Meer.

8. Kapitel

Sorel Point, Jersey

Michael steckte die Hände in die Taschen seines Parkas und beschleunigte seinen Schritt. »Reverend, Sie müssen sich mehr bewegen«, hatte Dr Eloy gesagt. Roses gutes Essen, die Kekse der Chorleiterin Mrs Hastings und ein Leben, das zwischen Altar und Schreibtisch stattfand, hatten ihre Spuren hinterlassen. »Ein Bäuchlein ist mit sechzig Jahren in Ordnung, hier und dort ein Kilo zu viel.« Immerhin das gestand Dr Eloy ihm zu. Aber dann hatte sie betont, dass sie ein Bäuchlein meinte, keinen Bauch, und dass er mindestens zwanzig Kilo abnehmen sollte, wenn er innerhalb der nächsten Jahre nicht massive Probleme mit seinen Knien bekommen wollte. Deshalb war er ja überhaupt bei ihr vorstellig geworden: die Knie. Neuerdings schmerzten sie schon am Vormittag, und abends im Bett war es unerträglich. Er hatte es so lange wie möglich ertragen, eine Schmerztablette genommen, dann zwei, aber letzte Woche, als Rose ihm einen Auflauf vorbeibrachte, war sie länger geblieben als üblich. Sie hatte ihm einen Zettel auf den Tisch gelegt, mit einem Datum und einer Uhrzeit, und ihr Mund hatte dabei diesen Ausdruck gehabt, weshalb er sich nicht getraut hatte zu widersprechen. *Also, Dr Eloy, Bewegung.* Zwei Meilen am Tag sollte er marschieren, in möglichst schnellem Tempo, und sich langsam auf vier Meilen steigern. Heute war sein zweiter Tag, er war noch nicht einmal bei der Hälfte der Strecke, und er schnaufte schon wie eine alte Dampflokomotive. Dr Eloy hatte ihm versichert, es würde ihm von Tag zu Tag leichter fallen, aber er befürchtete, dass es eher umgekehrt lief.

Dort vorne war endlich der Leuchtturm. Das Sorel Point Lighthouse selbst war nicht besonders eindrucksvoll, der vormals karierte Anstrich mittlerweile schnödem Weiß gewichen. Aber Michael mochte die raue Wildheit des Küstenvorsprungs, und der Leuchtturm bot ihm die Möglichkeit, sich für einige Augenblicke hinzusetzen. Etappenziele, die hatte er sich gestern gesucht. Jeweils fünf Minuten Pause gönnte er sich an der alten Eiche, am Sorel Point Lighthouse und schließlich im kleinen Café an der Route du Nord, von wo es zum Pfarrhaus nicht mehr weit war.

Zwanzig Yards noch. Zehn. Erleichtert sank Michael auf den kleinen Mauervorsprung. Vielleicht sollte er noch einmal mit Dr Eloy sprechen, vielleicht würde am Anfang langsames Spazierengehen reichen. Seine Knie hatten gestern Nachmittag durch die ungewöhnliche Betätigung gebrannt wie Feuer. Michael hielt sich die Seite, es stach, und er versuchte, regelmäßig ein- und auszuatmen. Dr Eloy hatte ja recht. Er fühlte sich wie ein alter Mann, dabei hatte er noch ein knappes Jahrzehnt Berufstätigkeit vor sich. Michaels Blick schweifte zum Meer. Die Wellen brachen sich an den rotgelben Klippen, hier ging es steil bergab. Spärliches Grün führte hinunter zu den Felsen, dazwischen Steine, und dann, dort unten am Wasser, etwas Schmutzig-Rotes. Ja, dort unten war etwas, es sah aus wie … ein Pullover? Michael stand auf, starrte entsetzt hinunter, aber seine Augen spielten ihm keinen Streich. Da unten lag ein Mensch.

Er blickte nervös auf das unwegsame Gelände, die Felsen,

den Abstieg. Um diese Zeit waren außer ihm noch keine Spaziergänger unterwegs, er hatte keine Wahl. Wollte sie nicht einmal haben. Er war zur Kirche gegangen, um sich um die Menschen zu kümmern, er hatte noch nie eine notleidende Person im Stich gelassen. Während er sich an den beschwerlichen Abstieg machte, die Proteste seiner Knie ignorierte, fragte er sich, ob er Rose nicht hätte ernster nehmen sollen, nicht nur mit seinen Gelenken. Sie erinnerte ihn in regelmäßigen Abständen daran, dass er sich über ihren Neffen so ein Smartphone besorgen sollte. Roses Neffe arbeitete in einem dieser Läden und sprach andauernd davon, wie einem die kleinen Dinger das Leben erleichterten, aber bisher hatte Michael keinen wirklichen Nutzen darin gesehen. Doch als er beim nächsten Stein ausrutschte, falsch aufkam und vor Schmerzen aufstöhnte, wünschte er sich nichts sehnlicher als diesen neumodischen Schnickschnack in seiner Manteltasche, um die Feuerwehr zu rufen.

*

St. Peter Port, Guernsey

Um halb sieben klingelte Kates Wecker, und sie tastete übernächtigt nach dem Smartphone. Sie war gestern viel zu spät heimgekommen. Am Strand mit Nicolas Arture hatte sie die Zeit vergessen. Auch wenn sie zu Anfang noch nicht recht gewusst hatte, was sie von ihm halten sollte, so hatte sie sich doch nach einer kleinen Weile schon so wohlgefühlt wie lange nicht mehr. Trotz seiner eigenen Art oder gerade deswegen? Sie wusste nicht genau, ob sie diese Frage überhaupt näher betrachten wollte, schlug stattdessen ihre Decke zurück und quälte sich aus dem Bett. Nein, es gab deutlich dringendere Anliegen als diesen ungewöhnlichen französischen Archäologen. Kate putzte sich die Zähne, dann sprang sie unter die Dusche, die sie zum Schluss auf kalt stellte. Sie japste nach Luft, ihre Kopfhaut prickelte, aber das eisige Wasser hatte ihre Lebensgeister geweckt.

Eine dritte Person auf dem Boot. Wer konnte das gewesen sein? Wem gehörte der Finger? Und was hatte all das mit Ava zu tun? Wenn es überhaupt etwas mit dem Kind zu tun hatte.

Kate zog sich an, fuhr sich einmal mit der Bürste durch die Haare und band sie noch feucht zu einem Pferdeschwanz zusammen. Um fünf nach sieben verließ sie ihre kleine Wohnung in der Altstadt von St. Peter Port. Die zentrale Lage hatte ihren Preis, nicht nur finanziell: Über einer Kneipe gelegen, hatte Kate sich an ständigen nächtlichen Lärm – und an Ohrstöpsel – gewöhnen müssen. Trotzdem hätte sie ihre Wohnung gegen nichts in der Welt eingetauscht. Wenn sie aus der Haustür trat, stand sie gleich auf dem Kopfsteinpflaster der kleinen Altstadtgässchen, drei Häuser links ein kleines Café, in dem sie morgens ihren Coffee to go und ein Croissant holte. Sie war eine typische »Villais«, wie man auf Guernésiais die Einwohner von St. Peter Port nannte. Auch ihr Grandpa war hier geboren worden, ihr Vater, genau wie ihre Mutter. Die Sonnenstrahlen des frühen Morgens tauchten die Häuserfront in warmes Licht, und der Tag wirkte so freundlich, als gäbe es keine ungelösten Verbrechen.

Mit einem Kaffeebecher in der Hand betrat Kate um kurz vor halb acht das Präsidium. Miller kam ihr entgegen, ihr Smartphone am Ohr, hektisch gestikulierend. Zwischen wütendem Zischen in den Hörer schenkte sie Kate ein Lächeln. Kate lächelte zurück. Miller, die mit ihren Locken und der Stupsnase harmlos aussah, konnte die Liebenswürdigkeit in Person sein. Aber niemand im Präsidium, DeGaris eingeschlossen, wollte es sich mit ihr verscherzen. Denn sie konnte im wahrsten Sinne des Wortes furchteinflößend sein. Kate beneidete die Person am anderen Ende von Millers Leitung wahrlich nicht.

In der Tür zu ihrem Büro musste Kate Walker ausweichen, der in genau diesem Augenblick herauskam. Er wirkte müde, unter seinen Augen lagen tiefe Ringe, Frisur und Anzug saßen dennoch wie üblich tadellos. Kate nickte ihm zu, dann drängte sie sich an ihm vorbei ins Büro, während er den Weg zur Teeküche einschlug.

Der Anrufbeantworter auf ihrem Schreibtisch blinkte und vermeldete trotz der frühen Uhrzeit schon mehrere Anrufe von der gleichen Nummer, die offenbar eingegangen waren, noch bevor jemand im Büro war. Rivers!

Kate rief sofort zurück. »Der Finger?«, fragte sie atemlos, kaum dass der Kriminaltechniker das Gespräch angenommen hatte.

»Exactamente.« Sie konnte sein Grinsen durch die Leitung hören. »Rate.«

Wenn er so selbstzufrieden klang, gab es nur eine Möglichkeit. »Greg Hamon.«

»Deine Trefferquote wird besser. Warum nicht immer so?«

»Ach, halt die Klappe.« Kate lachte. »Aber mal im Ernst: Danke, damit kann ich echt was anfangen.«

»Mit meiner nächsten Information bist du sogar noch einen Schritt weiter: Der Finger wurde erst post mortem abgerissen. Ich kann dir nicht sagen, was die Ursache dafür war, aber er ist abgerissen, nicht abgeschnitten; die Wundränder sind ausgefranst, nicht sauber. Vielleicht ein Tier, ein Felsen, das Meer kann manchmal ganz schön heftig sein.«

Post mortem, dachte Kate. Greg Hamon war also tot?

Und dann hatte er seinen Finger verloren. Was war passiert? Und wann?

»Kannst du mir irgendwas über den Zeitpunkt verraten?«

»Vermutlich am Wochenende, Samstag oder Sonntag, weiter eingrenzen kann ich es leider nicht.«

»Das bringt mich jetzt zwar kein Stück weiter, aber danke dir.« Sie schwieg einen Moment. »Ich würd gern nach Burhou Island«, murmelte sie dann. »Offenbar hat Stephanie beim Bootsverleih angegeben, dass sie Papageientaucher beobachten will.«

Die Küstenwache und die Linienboote hatten immer noch nichts und niemanden gefunden und nichts Auffälliges gemeldet. DeGaris stand in engem Kontakt mit ihnen.

Rivers sog tief die Luft ein. »Das solltest du dir gut überlegen. Denn wenn du damit falschliegst, schafft es nicht einmal die neue Nervensäge, dir die Presse vom Hals zu halten. Und ist schlechte Presse echt was, was ausgerechnet du gebrauchen könntest?«

Kate schluckte. Sie wusste, er meinte es nur gut, dennoch schmerzten seine Worte.

»Wie sicher ist der Hinweis auf die Vögel?«, fragte Rivers nun. »Stephanie Hamon könnte gelogen haben.«

»Oder sich umentschieden. Vielleicht hatten sie auch mehrere Ziele.« Kate rieb sich die Nasenwurzel. »Aber irgendwie müssen wir doch versuchen einzugrenzen, wo der Finger herkommt.«

»Gibt's auf Alderney nicht einen Funkmast?«, fragte der Forensiker. »Wenn sich eines der Handys dort eingewählt hat, wäre Burhou Island kein Schuss ins Blaue mehr.«

Natürlich! Greg und Stephanie Hamons Handys! Mit an Sicherheit grenzender Wahrscheinlichkeit hatte zumindest einer von ihnen sein Smartphone auf dem Segelboot dabeigehabt. Man konnte mit den Dingern heutzutage sogar navigieren. Auch wenn Grandpa das für albernen Schnickschnack hielt, so waren sie auf einer Yacht doppelt hilfreich. Und Walkers Listen der Telefongesellschaft konnten ihnen ganz sicher nicht nur Daten über die geführten Gespräche, sondern auch über eingeloggte Stationen liefern.

»Rivers, du bist der Beste!«

»Als ob es dafür noch weitere Beweise gebraucht hätte«, grummelte der Forensiker. »Richterin Perchard wird euch mehr Zugeständnisse machen müssen«, fuhr er fort. »Vielleicht bekommt ihr sogar einen Suchtrupp.« Bevor er auflegte, versprach er ihr seine Ergebnisse schriftlich, und tatsächlich meldete ihr E-Mail-Account kurz darauf mit einem leisen Pling den Eingang einer Mail.

Im gleichen Moment hörte sie Schritte im Flur. »Walker!«, rief Kate aufgeregt.

Doch statt ihres Partners schob DS Leonhard Batiste seinen Kopf in ihr Büro. »Vielleicht ein Austausch, das wäre doch was«, sagte er. »Wir behalten Walker und du gehst nach London?«

Verpiss dich, wollte sie sagen, aber er war die Mühe nicht wert. Ignorieren, das hatte Miller ihr geraten, und bisher kam sie damit halbwegs weiter.

»Apropos Walker.« Batiste schien es sich dort in ihrem Türrahmen gemütlich machen zu wollen. »Hast du schon wieder einen Partner aus den Augen verloren? Keine Ahnung, was er hinter deinem Rücken treibt?«

Damit war die Grenze erreicht. »Spar dir den Quatsch, Batiste, und verschwinde«, fauchte sie.

Handymasten, versuchte sie, ihre Gedanken zu fokussieren. Walker hatte die Listen doch ausdrucken wollen. Sie stand auf, drehte Batiste den Rücken zu und suchte auf Walkers Schreibtisch in seinen Unterlagen.

»Was machst du denn da?«, ertönte plötzlich Walkers Stimme wütend hinter ihr. Im nächsten Moment riss er ihr die Papiere aus der Hand.

»Oh, oh«, kommentierte Batiste feixend, der in den Raum getreten war, um Walker Platz zu machen. »Wusstest du, dass deine neue Kollegin nicht ganz sauber ist, Tom?«

»Wenn du nicht augenblicklich verschwindest«, zischte Kate.

»... was dann? Rennst du dann wieder zu Papa DeGaris?«

»Dass du bei ihm nicht weiterkommst, wurmt dich wirklich, hm?«, fragte Kate mit einer gewissen Portion Genugtuung.

Jetzt mischte sich auch Walker ein. »So viel Zeit, wie du allein heute zum Plaudern übrig hast, Batiste, hatte ich in den ganzen letzten Monaten nicht.« Er rückte seine perfekt sitzende Krawatte zurecht, ohne den Blick von Batiste zu wenden. »Vielleicht sollte man DeGaris tatsächlich darauf aufmerksam machen.«

Batiste verzog verächtlich den Mund. »Ich mein's nur gut, Walker«, sagte er. »Überleg dir gut, wem du hier vertrauen kannst.« Damit verschwand er.

Kate war überrascht, dass Walker für sie eingesprungen war. »Danke. Aber du musst mich nicht verteidigen«, sagte sie bestimmt. »Ich bin durchaus selbst in der Lage, mit Schwierigkeiten umzugehen.«

»Daran zweifle ich nicht«, bemerkte er trocken.

»Dann sind wir uns ja einig. Dein Mitleid mit der armen kleinen Kollegin vom Land kann ich nämlich nicht gebrauchen.«

»Und ich kann's nicht gebrauchen, dass du meine Ordnung durcheinanderbringst«, antwortete Walker und legte seine Papiere zurück auf den Schreibtisch, nicht ohne sie vorher so zurechtzuschütteln, dass sie genau aufeinanderlagen. Dann hob er den Kopf. In seinem Blick lag ehrliches Interesse, als er fragte: »Aber was war das denn jetzt schon wieder? Was ist sein Problem?«

Kate atmete tief durch. Er würde ohnehin von ihrer Vergangenheit mit Pete erfahren, es war an der Zeit, dass sie ihn einweihte, und zwar mit ihrer Version der Geschichte. Dann lag es an ihm, zu reagieren und die Zusammenarbeit mit ihr entsprechend zu gestalten. »Weißt du was?«, wagte sie sich schließlich vor. »Wie wäre es, wenn wir heute mal eine richtige Mittagspause machen? Und ein bisschen reden. Es gibt einen ganz netten Pub in der St. Julian's Ave.«

»Das ist aber nicht der mit der Fleischverlosung, oder?«, hakte Walker nach.

Kate musste lachen. Die Verlosung von Fleisch fand meist freitags- oder samstagsabends statt, und man konnte dabei den sonntäglichen Braten gewinnen, was einem Londoner vielleicht ein bisschen eigentümlich erscheinen mochte. Dabei gab es nicht nur einen Pub, der solche Veranstaltungen organisierte, und dennoch war es jedes Mal rappelvoll. »Keine Sorge«, sagte Kate. »Aber dann weiß ich ja schon, wohin wir dich mit den Kollegen an deinem Geburtstag ausführen.«

Walker schüttelte entsetzt den Kopf.

»Du lebst jetzt auf Guernsey. Mitgefangen, mitgehangen.«

»Mir reicht schon der viele Fisch«, murmelte Walker. Doch bevor Kate ihrerseits nun entsetzt den Kopf schütteln konnte, brachte er das Thema zurück auf den Fall. »Was hattest du denn gerade gesucht?«, fragte er und klopfte mit der Hand auf seine nun wieder akkurat geordneten Papiere.

»Die Handymasten.« Sie setzte ihn über die Ergebnisse der Kriminaltechniker ins Bild. »Der Finger wurde post mortem abgerissen«, schloss sie.

»Verdammt.« Walker ballte eine Hand zur Faust.

Kate fragte sich, ob wirklich einer von ihnen erwartet hatte, die Hamons lebendig zu finden, nach mittlerweile fünf Tagen auf See, ohne eine Spur. *Wie sich die Geschichte zu wiederholen scheint*, dachte Kate geistesabwesend. Spurlos war Ava verschwunden, spurlos nun auch ihre Eltern. Wie hieß es doch gleich: Die Hoffnung stirbt zuletzt. Es war absurd, in ihrem Beruf, mit ihrer Erfahrung, und dennoch war die Nachricht vom Tod Greg Hamons wie ein Schlag in die Magengrube. Da ging es Walker offenbar nicht anders als ihr.

»Wenn Greg tot ist … wie hoch sind die Chancen der Küstenwache, Stephanie noch lebend aufzugreifen?«, fragte Walker und reichte ihr schweigend die Unterlagen der Telefongesellschaft.

»Die Küstenwache sucht jetzt also nach einer Leiche, vielleicht zwei«, murmelte Kate. Die Bilder und Informationen der beiden Hamons waren an alle Krankenhäuser und Polizeistationen auch der umliegenden Küsten gegeben worden. Die Chancen, Stephanie lebendig zu finden, schwanden mit jedem Tag mehr. Kate seufzte, dann konzentrierte sie sich auf das, was sie nun tun konnten. Sie stellte sich ans Fenster und ging die engen Zeilen der Telefonverbindungen durch. Hier und da hatte Walker mit Bleistift ein paar Anmerkungen zu den Verbindungen gemacht, jetzt aber waren erstmal die Funkmasten wichtig.

Wo also hatte man die Handys der Hamons zuletzt geortet? Kate verfolgte die Zahlenkolonnen. Am Samstag waren sowohl Stephanies als auch Gregs Handy zunächst vom Sendemast in Cobo registriert worden, dort in der Nähe wohnten sie. Dann von drei Sendemasten im Landesinneren, wahrscheinlich auf der Fahrt nach St. Peter Port, und schließlich von den Sendemasten der Stadt selbst. Im Anschluss: nichts. Der letzte Empfang, den beide Handys aufwiesen, war St. Peter Port, um kurz nach fünf. »Sie sind nie auf Alderney geortet worden – falls sie überhaupt dorthin wollten«, informierte sie Walker.

Kate schloss für einen Moment die Augen. Wieder eine Sackgasse. Ob sie ihre Handys ausgeschaltet oder ins Meer geworfen hatten, ob jemand anderes etwas mit den Geräten getan hatte – Fakt war, dass es nach ihrem Auslaufen aus dem Hafen von St. Peter Port keine Ortung mehr gab. Frustriert starrte Kate auf die Zahlen. Plötzlich kam ihr ein Gedanke. »Warum eigentlich erst so spät?«, murmelte sie.

»Was?«, fragte Walker.

Kate deutete auf das Papier. »Melanie vom Hafenbüro hat mir gesagt, dass die *Aventura* um sechzehn Uhr dreißig den Hafen verließ. Das würde sich decken mit der Tatsache, dass um siebzehn Uhr der letzte Kontakt zu einem Funkmast bestand. Ich habe da bisher nicht weiter drüber nachgedacht, aber das macht keinen Sinn.«

Walker musterte sie aufmerksam.

»Wenn du einen Ausflug planst und dafür übers Wochenende ein Boot mietest, noch dazu ohne die Option auf eine Verlängerung, da Greg Hamon am Montag wieder arbeiten wollte…«, sie schwieg einen Moment. »Also, du hast einen Ausflug vor, Samstag. Oder Samstag und Sonntag, eine Übernachtung. Wann fährst du los?«

Walker nickte langsam. »Nicht erst am Samstagnachmittag. Schon gar nicht, wenn ich nur den Samstag fahren will.«

»Eben. Wie weit kommt man dann? Je nach Wind hätte es sein können, dass sie Alderney oder ein anderes Ziel erst mitten in der Nacht erreichen, ein weiter entferntes Ziel sogar erst am nächsten Morgen? Dann hätten sie dort höchstens einen Tag zur Verfügung gehabt.«

»Seltsam.«

»Genau. Wo also wollten sie hin? Wollten sie überhaupt irgendwohin?«

»Keine Ahnung. Das fragen wir am besten auch das Ehepaar Baynes«, sagte Walker.

»Wo sind die überhaupt? Haben wir da endlich jemanden an die Strippe gekriegt?«

»Immer noch nicht.« Walkers Tonfall ließ keinen Zweifel, dass es ihm inzwischen genauso wenig wie Kate gefiel, die beiden nicht auftreiben zu können. »Ich habe David Baynes' Eltern kontaktiert, mehr als ›er ist in Singapur‹ wussten die aber auch nicht. Aber sie gehen davon aus, dass seine Frau ihn begleitet.«

»Ach?«

»Angeblich würde er sich die Chance, seine reizende junge Frau zu beeindrucken, nie entgehen lassen. Das ist ein direktes Zitat.«

Wahrscheinlich sollte Kate Erleichterung empfinden angesichts der Tatsache, dass die beiden einfach nur in Ostasien andere Luft schnupperten. Stattdessen regte sich Misstrauen.

»Miller soll sich um das Hotel kümmern«, entschied sie. »Und da anrufen. Sie soll sich nicht abwimmeln lassen. Die sollen ihn meinetwegen unter der Dusche hervorzerren, aber ihm verdammt nochmal endlich ein Telefon in die Hand drücken!«

Walker grinste.

Zum ersten Mal, seit sie ihn kannte, sah er wirklich belustigt aus, auch wenn sie nicht wirklich wusste, warum. Kate fand, es stand ihm. »Was?«, fragte sie dennoch.

»Ich hab dich nur noch nicht fluchen gehört«, sagte er.

»Hier war es angebracht.«

Jetzt lachte er. Doch gleich darauf war seine Miene wieder ernst. »Was wolltest du sonst noch? In Bezug auf die Telefonverbindungen?«

»Die bist du gestern noch durchgegangen, oder?«

»Nur die letzte Woche vor dem Verschwinden der Hamons.« Er zuckte die Schultern. »Keine Auffälligkeiten.«

»Danke.« Vielleicht konnten sie in einer ruhigen Minute auch weitere Wochen zurückverfolgen. Auf jeden Fall würde sie DeGaris noch über den aktuellen Ermittlungsstand informieren. Aber jetzt mussten sie zuerst Stephanie Hamons Eltern über den Tod ihres Schwiegersohns in Kenntnis setzen.

*

Sorel Point, Jersey

Es war eine Frau, und sie war viel zu kalt. Als Michael seine Hand an ihren Hals gelegt hatte, hatte er zunächst gedacht, sie sei tot. Doch dann, ganz schwach, flatternd wie ein aus dem Nest gefallener Vogel, hatte er einen Puls gespürt. Aber die Kälte machte ihm Sorgen, so kalt sollte ein Mensch nicht sein. Er zog seine Jacke aus und wickelte die Frau darin ein. Der Wind pfiff, und Michael zog die Schultern zusammen. Er drehte sich um und blickte die schroffe Klippe hinauf. Wie er den Aufstieg schaffen sollte, war ihm nicht klar. Aber wenn er sie nun hier liegenließ, um Hilfe zu holen, wäre sicher nicht einmal mehr ein schwacher Puls zu fühlen, sobald man sie endlich geborgen hätte.

Ihm blieb keine andere Möglichkeit. Wenn er sie nach oben zum Leuchtturm trug, waren in der Zwischenzeit vielleicht andere Spaziergänger gekommen, Menschen, die ein Handy bei sich trugen und einen Krankenwagen rufen konnten.

Sein Knie pochte. Es fühlte sich dick und heiß an, und jede Belastung schmerzte. Später. Dafür war später noch Zeit. Michael biss die Zähne zusammen, ging in die Hocke und fasste die Frau unter. Zum Glück war sie leicht. Dennoch war jeder Schritt eine Tortur.

Der mit dünnem Gras bewachsene Untergrund war steil, die Küste fiel hier schroff ab, und immer wieder fanden sich Steine, auf denen er ausrutschen, das Gleichgewicht verlieren konnte. Die Brandung dröhnte, und Michael dachte an nichts anderes mehr als an rauf, rauf, rauf, im Rhythmus der Schritte. Die Schmerzen ließen ihn aufstöhnen, die Anstrengung trieb ihm den Schweiß auf die Stirn, und der Pullover klebte an seinem Rücken. Aber schließlich hatte er es geschafft.

Der Leuchtturm. Behutsam ließ er die Frau von seinen Armen gleiten und bettete sie, immer noch eingewickelt in seine Jacke, auf den Mauervorsprung, auf dem er vorher gesessen hatte. Vorsichtig fühlte er noch einmal ihren Puls. Sein eigenes Blut rauschte in seinen Ohren, sein Atem ging stoßweise, deshalb fiel es ihm zunächst schwer, sich darauf zu konzentrieren. Aber der Puls war noch vorhanden. Wenn er es nur noch ein Stückchen weiter, zum Parkplatz schaffte, dort waren mittlerweile sicher Leute. Er musste nur einen Moment ausruhen. Sein gesamter Körper protestierte, vor seinen Augen tanzten schwarze und rote Punkte. Aber er hatte sie in Sicherheit gebracht. Fürs Erste. Er musste nur … musste nur einmal zu Atem kommen.

Keuchend ließ er sich neben sie sinken und sah sich mühsam um. Inzwischen musste doch jemand hier sein. Am Leuchtturm war immer irgendjemand! Aber das Wetter, das heute ausnahmsweise kühl und regnerisch war, und die frühe Uhrzeit schreckten die Menschen ab. »Hilfe!«, krächzte er.

Er musste nach Hause, sein Auto holen. Nein, den Notarzt rufen. Nach Hause, den Rettungsdienst rufen, zurückkommen. Schweiß hatte sich in seinem Nacken gesammelt, und ein Windstoß erinnerte ihn daran, dass mit jeder Sekunde wertvolle Zeit verstrich. Er zog seine Jacke enger um die bewusstlose Frau in der Hoffnung, das würde reichen. Michael begann, sich hochzuwuchten. Da öffnete die Frau ihre Augen. Sie konnte den Blick nicht fokussieren, die Lider flatterten, fielen zu, sie strengte sich an, um sie erneut zu öffnen.

Michael griff nach ihrer Hand. »Haben Sie keine Angst. Ich hole Hilfe.«

Ein Laut. Er konnte nicht sagen, ob sie Schmerzen hatte oder ihm etwas mitteilen wollte. Er musste sich auf jeden Fall beeilen.

»Ich bin gleich wieder bei Ihnen. Halten Sie nur noch ein bisschen durch. Der Notarzt kommt schnell.«

Erneut ein Laut, krächzend, sie bewegte ihre Lippen. Michael beugte sich zu ihr.

»Kein … Krankenhaus«, keuchte sie.

»Sie sind unterkühlt, Sie brauchen einen Arzt.«

»Kein … Arzt.« Sie war am Ende ihrer Kräfte.

»Hören Sie«, begann er sanft, doch sie schloss wieder die Augen.

»Gefahr.« Nur noch ein Hauch.

Michael fuhr sich durch die Haare. Drückte noch einmal ihre Hand und stand auf. »Ich helfe Ihnen«, flüsterte er.

Dann beeilte er sich, zu einem Telefon zu gelangen.

9. Kapitel

Forest, Guernsey

Eine halbe Stunde nach ihrem Aufbruch standen Kate und Walker mit der Hiobsbotschaft vom Tod des Schwiegersohns vor der Haustür der Baringtons. Stephanie Hamons Eltern lebten in Forest, einem hübschen kleinen Städtchen, das, wie der Name schon sagte, auch über einen Wald verfügte. Bekannt war es vor allem durch das German Occupation Museum, das über den Alltag in den Kriegsjahren bis zur Befreiung informierte. Kate war mit der Schule einmal da gewesen, häufiger allerdings hatte sie hier eine der romantischsten Buchten Guernseys besucht: Die Petit Bot Bay lag eingerahmt von begrünten Felsen und dem kleinen Waldstück geschützt an der Südküste, das Wasser klar, und bei Ebbe kam statt des Kiesstrands ein weicher Sandstrand zum Vorschein.

Das Haus der Baringtons, am Rande des Ortes gelegen, war wie das der Hamons alles andere als klein. Kate zog unwillkürlich den Vergleich zur Wohnung ihrer Mutter. Von dort wanderten ihre Gedanken zu Greg Hamon, der zwar nun als Arzt arbeitete, aber als Sohn einer alleinerziehenden Mutter ähnlich aufgewachsen war wie sie selbst. Was hatte Greg Hamon über den familiären Hintergrund seiner Frau gedacht? *Konfliktpotenzial, wohin man sieht*, dachte sie, während Walker schon auf die Klingel drückte.

Margery Barington, Stephanie Hamons Mutter, öffnete ihnen die Tür. Sie war eine elegante Frau, schlank, in einem Kleid, das ihre Figur betonte. Die silbernen Fäden, die sich durch ihre Haare zogen, standen in Kontrast zu ihren sehr ebenmäßigen Zügen, als hätte man einer jüngeren Frau die Haare gefärbt, um sie älter aussehen zu lassen. Sie war um die sechzig, hatte Walker ihr gesagt, und Kate fragte sich, ob Margery künstlich nachgeholfen und hier und dort etwas hatte straffen lassen. Es gab Frauen in ihrem Alter, die man damit beschreiben konnte, dass sie früher einmal sehr schön gewesen waren. Auf Margery Barington traf das nicht zu: Sie war schön, immer noch und ohne Einschränkung. Die Sorge um ihre Tochter hatte ihr seit dem letzten Gespräch mit Walker und Miller schlaflose Nächte beschert, das war an den Schatten unter den leicht geröteten Augen deutlich zu erkennen. Trotzdem bewahrte sie Haltung, als sie Kate und Walker mit geradem Rücken und eleganten Schritten durch einen großzügigen Flur ins Wohnzimmer führte. Eine große Verandatür ließ das Sonnenlicht herein und gewährte einen Ausblick in den Garten. Van Goghs Schwertlilien hingen über dem grauen Sofa, auf dem Walker und Kate Platz nehmen sollten.

»Hübsch haben Sie es hier«, kommentierte Kate die Einrichtung.

»Mein Mann liebt Van Gogh. Ich habe eher etwas für echte Blumen übrig.« Ohne zu lächeln, deutete sie auf den Garten, der in prächtiger Blüte stand. Um eine sattgrüne Rasenfläche rankten sich Beete, deren gelbe, rosafarbene und blaue Blumen ihre Kelche in die Sonne hielten. Eine steinerne Gartenmauer, auf der in bewusst alt aussehenden Blechtöpfen immergrüne Pflanzen standen, grenzte den Garten vom Nachbargrundstück ab. Stephanie schien die Liebe zum Garten von ihrer Mutter geerbt zu haben, auch wenn Margery Barington nicht so aussah, als hätte sie sich jemals im Leben die Hände schmutzig gemacht. Vielleicht beschäftigte sie einen Gärtner. Ihre Liebe zur Gartenarbeit schien Stephanie also nicht von ihrer Mutter geerbt zu haben. Kate fragte sich, wie der Garten mit kleinen Kinderfußspuren aussehen würde.

»Wir müssen Ihnen leider mitteilen, dass Ihr Schwiegersohn verstorben ist«, unterbrach Walker das Vorgeplänkel.

Wenn die Information Margery beeindruckte, so ließ sie es sich nicht anmerken. Sie sah ihn teilnahmslos an, und als er von Greg erzählte, von der Tatsache, dass man seinen Finger gefunden hatte, nickte sie nur. Ihre Trauer hielt sich offenbar in Grenzen. Blieb neben der alles umfassenden Sorge um ihre Tochter kein Platz für den Schwiegersohn, oder steckte mehr dahinter? Kate beobachtete die Frau aufmerksam, als Walker betonte, dass Greg wahrscheinlich schon seit einigen Tagen tot war. Keine Reaktion.

Erst auf seine Worte, dass sie weder von seiner Leiche noch von Stephanie eine Spur hatten, drang anscheinend zu ihr durch, dass Gregs »Unfall« möglicherweise auch ihre Tochter betraf, und so etwas wie Erschrecken zeigte sich auf ihrem Gesicht. Aber auch das wurde augenblicklich zur Seite geschoben, als sie ihnen den Tee einschenkte und Milch hinzugab. Sie war offenbar eine Meisterin im Verdrängen.

»Sie haben von Stephanie nichts gehört?«, fragte Margery, als sei ihre Tochter nur einen Telefonanruf entfernt.

Es tat Kate leid, ihre Hoffnung enttäuschen zu müssen. Sie nahm einen Schluck Tee.

»Wie schmeckt er Ihnen?«, fragte Margery, anscheinend krampfhaft darum bemüht, das Gesprächsthema von ihrer Tochter weg auf unverfängliches Geplauder zu lenken. »Ein Lady Grey mit feiner Rosennote. Eine neue Mischung.«

»Er ist hervorragend«, sagte Kate, auch wenn sie keine Ahnung von Tee hatte. Sie bevorzugte den Koffein-Boost eines guten Kaffees.

»Nicht wahr?« Margery Barington gab noch einen Schuss Milch in ihren Tee. »Genauso mild und fruchtig wie der übliche Lady Grey und durch die Rosennote zusätzlich noch blumig.« Über den Rand ihrer Tasse blickte sie nach draußen, wo sich gerade eine Elster auf der Terrasse niedergelassen hatte. Sie flatterte aufgeregt mit den Flügeln und keckerte. In einem Schälchen auf dem Boden befand sich Wasser, und sie spritzte es sich aufs Gefieder, bevor sie ins Hausinnere spähte, nervös einige kleine Hüpfer machte und schließlich davonflog.

Kate merkte, dass Walker ungeduldig wurde. Er tippte mit dem Zeigefinger an den Rand seiner Untertasse.

»Wie war denn die Ehe Ihrer Tochter?«, fragte er unvermittelt. Margerys Gesichtsausdruck blieb verschlossen. »Weshalb interessiert Sie das?«, wollte sie lediglich wissen.

»Ihr Schwiegersohn ist tot. Ihre Tochter ist verschwunden«, sagte Kate so ruhig wie möglich. »Wir gehen aktuell allen Spuren nach.«

»Wie meinen Sie das?«

»Mochten Sie Ihren Schwiegersohn?«

Die Frage war nicht als Überraschungsmoment gedacht, aber Margery wirkte dennoch erstaunt. Sie blinzelte, nahm einen weiteren Schluck Tee – *vermutlich um Zeit zu gewinnen*, dachte Kate – und sagte dann: »Ich kenne Greg schon so lange, natürlich gehört er zur Familie.«

»Wie lange genau?« Mit schwammigen Angaben konnte man Walker nicht kommen, schon gar nicht als Ausflucht.

Kate unterdrückte ein Schmunzeln.

Margery blinzelte wieder. »Er und Stephanie haben sich an der Universität in England kennengelernt. Obwohl sie beide von den Kanalinseln stammen. Wie das Leben manchmal so spielt, nicht wahr?«

Kate nickte höflich. Walkers Miene blieb unbeweglich. »Sie hat ihn recht bald nach Hause mitgebracht, in den Ferien. Das muss so ...« Sie kniff die Augen zusammen. »Ja, genau, an Weihnachten 2012 war das.«

»Wie war Ihr erster Eindruck?«

»Von Greg?« Sie lachte etwas gekünstelt. »Er studierte Medizin. Ein anständiger junger Mann.«

»Gab es Streit zwischen den beiden? In letzter Zeit?«

»Als Mutter der Ehefrau wird man darüber ja als Letztes informiert.« Sie lachte erneut gekünstelt, und Kate beschlich der Verdacht, dass die Mutter der Ehefrau deutlich besser informiert war, als sie zugab.

»Die Ehe lief nicht gut«, sagte Walker, »das haben verschiedene Seiten bestätigt.«

Margery Baringtons Mund zuckte. Kate und Walker warteten. Schließlich schluckte Margery schwer. »Basil, mein Mann, hat Greg geliebt. Er war auch wirklich eine gute Partie mit seiner eigenen Praxis. Aber Stephanie ...« Sie blickte auf ihre Hände im Schoß. »Sie hat ihm Vorwürfe gemacht, wegen Ava«, flüsterte sie schließlich. »Mit ihrem Vater wollte sie nicht darüber sprechen, aber mir hat sie anvertraut, dass sie ... dass sie sich entfremdet hatten.« Nervös rutschte sie auf ihrem Stuhl nach vorn. »Aber in den letzten zwei Wochen etwa ging es besser«, sagte sie. »Wissen Sie, ich dachte lange, sie sei depressiv ... oder ... wahrscheinlich war sie auch depressiv«, der Begriff war Margery Barington sichtlich unangenehm. »Wir haben uns Sorgen gemacht, ihr Vater und ich, wir hatten sogar die Befürchtung, dass sie sich etwas antun könnte.« Sie atmete tief durch. »Aber vor Kurzem war sie wieder ... Ja, beinahe wieder fröhlich.«

Kate und Walker tauschten einen Blick. Es kam durchaus vor, dass Menschen mit Depressionen den Entschluss fassten, sich umzubringen, und mit dieser Entscheidung fiel eine Last von ihren Schultern, und ihre Laune änderte sich schlagartig von schwermütig in fröhlich. Oft wurde diese Stimmungsänderung nicht als das Alarmzeichen wahrgenommen, das sie darstellte, sondern das Umfeld war glücklich, dass die Depression überwunden schien. Als Arztgattin hatte Stephanie Hamon es unter Umständen bei Bedarf sogar leichter, an bestimmte Schlafmittel und andere Medikamente zu gelangen.

»Danke«, sagte Walker, wohl um seine Anerkennung zu zeigen, dass Margery über ihren Schatten gesprungen war und ihnen diese Information mitgeteilt hatte.

»Wir wollten Sie noch etwas anderes fragen«, übernahm Kate die Gesprächsführung mit einem Thema, das nicht mit Walker abgesprochen war. »Glauben Sie, dass Ihre Enkeltochter noch lebt?«

Sie bemerkte im Augenwinkel, wie Walker sich versteifte.

»Ich habe nie daran gezweifelt.« Margery Barington schenkte sofort Tee nach, ihr Rücken war sehr gerade, der Blick jedoch abgewandt. *Eine Übersprungshandlung. Sie will etwas verdrängen*, schoss es Kate erneut durch den Kopf.

»Gibt es einen Grund für diese Annahme?«, fragte sie ruhig.

»Zwei.« Margery hob ihre Hand und verdeutlichte mit zwei gespreizten Fingern die Anzahl Gründe auch visuell. »Zum einen: Weshalb sollte sich jemand solche Mühe machen, in diese Nachbarschaft einzudringen, die vor Sicherheitsmaßnahmen nur so strotzt, wenn man kein Lösegeld erpressen will?« Sie wartete, bis Kate und Walker genickt hatten, auch wenn diese der Beweisführung nur sehr bedingt folgen konnten. Davon abgesehen, dass damals offenbar niemand in die Nachbarschaft eingedrungen war, war niemals eine Lösegeldforderung eingegangen. Aber einer trauernden Mutter zu sagen, dass ihr Enkelkind wohl durch die Hand der Eltern gestorben war, brachte nicht einmal der taktlose Walker fertig.

»Zum anderen ist Avas Leiche bis heute nicht aufgetaucht. Und das wäre sie mittlerweile, hätte jemand sie umgebracht.«

Auch jetzt verzichtete Kate darauf, sie auf das Offensichtliche hinzuweisen, nämlich, dass es unzählige Möglichkeiten gab, eine Kinderleiche so zu verstecken, dass sie niemals gefunden wurde. Sie fragte sich, ob Margery Barington ihre Gründe selbst glaubte oder nur glauben wollte. Oder ob sie noch weitaus dunklere Dinge damit aus ihrem Gedächtnis verbannen wollte.

Nachdenklich betrachtete Kate das glatte Gesicht mit dem geschmeidigen, kinnlang geschnittenen Haar der Frau vor ihr.

Walker erkundigte sich noch einmal nach dem kurzfristigen Segeltörn, aber das hatte er schon vor zwei Tagen getan, und es gab keine neue Antwort für sie.

»Ich zermartere mir den Kopf! Aber ich weiß beim besten Willen nicht, wo sie hinwollte und weshalb.« Ihr Blick schien aufrichtig. Fahrig wischte sie ein Staubkorn vom Tisch.

»Wen würde Stephanie zu so etwas mitnehmen?«

»Greg.«

»Natürlich.« Kate nahm einen weiteren Schluck Tee. »Aber außer Greg?«

»Nein, Sie verstehen nicht.« Margery Barington legte ihre Handflächen aufeinander. »Es gab niemanden mehr außer Greg. Sehen Sie, Stephanie war immer beliebt, schon als Kind hatte sie viele Freundinnen. Später als Teenager war sie der leuchtende Anziehungspunkt ihres sozialen Zirkels, ein Social Butterfly.« Sie machte eine Pause, in der sie sich mit der Zungenspitze über die Lippen fuhr.

»Und dann kam Greg«, half Kate ihr auf die Sprünge.

»Verstehen Sie mich nicht falsch.« Zum ersten Mal in diesem Gespräch hatte Kate das Gefühl, die echte Margery Barington zu sehen. Die Angst um ihr Kind lag nicht mehr als Trauerschleier um sie herum, nackte Panik sprach aus ihren Augen. »Er war nicht gewalttätig, auch nicht verbal. Sie hatten eine gute Beziehung. Aber Stephanie hat ihre Freundschaften vernachlässigt. Nach und nach, bis es nur noch ganz, ganz wenige gab.« Sie schwieg einen Moment. »Dabei muss ich sagen, dass sie immer schon gern allein war – trotz ihres Freundeskreises hat sie häufig Ruhe gebraucht. Sie hat als Kind viel Zeit im Garten verbracht, im Schatten gelesen oder mir meine Beete umgegraben.« Bei der Erinnerung lächelte Margery leicht. Dann atmete sie tief durch und fügte hinzu: »Nun, irgendwann gab es für Stephanie jedenfalls fast nur noch sie und Greg. Ich glaube, ihm gefiel das auch gut so. Er hat wenig Bedürfnis nach anderen Menschen gehabt. Ein Kind wäre für Stephanie von Anfang an die Krönung ihrer Verbindung gewesen, deshalb wollte sie so unbedingt eines und deshalb …« Sie unterbrach sich.

»Deshalb?« Walker zog die Augenbrauen hoch.

»Deshalb haben sie dann später auch ein Kind adoptiert.« Sie hatte die Worte wohlüberlegt gewählt, und sie waren nicht das gewesen, was sie ursprünglich hatte sagen wollen. Kate hätte hundert Pfund gewettet, sie hatte von Stephanies Kinderwunsch sprechen wollen – im Gegensatz zu dem nicht vorhandenen von Greg. Dr Hobbs hatte es schon erwähnt, und er schien recht zu behalten: Greg Hamon hatte Ava nicht gewollt. Die Fotos, von denen Aziza gesprochen hatte ... Möglicherweise hatte sogar Stephanie die in Gregs Büro aufgehängt?

»Ava war ihr Ein und Alles. Sie war solch ein kleiner Sonnenschein. Aufgeweckt, herzlich, sie war Stephanie so ähnlich, man konnte gar nicht glauben, dass sie adoptiert war!« Jetzt kam Leben in Margery Barington. »Stundenlang waren die beiden draußen, bei jedem Wetter. Ava hatte diesen knallroten Regenhut, Rotkäppchen hat mein Mann sie deshalb genannt. Sobald sie laufen konnte, ist sie immer zur Terrassentür und hinaus in den Garten.« Gedankenverloren lächelte sie, dann wurde ihre Miene ernster, traurig, und sie fuhr langsamer fort: »Nach der Entführung«, die Pause vor dem letzten Wort war beinahe unmerklich, »hat Stephanie sich auch von den wenigen Freundinnen zurückgezogen, die ihr noch geblieben waren«, endete Margery Barington. »Wie kann man nach so etwas auch über die Banalitäten des Alltags reden? Kinderbilder anderer ansehen? Geburtstage feiern?«

Es schien tatsächlich unvorstellbar, und unabhängig davon, ob DeGaris recht hatte mit seiner Vermutung oder nicht, konnten die Eltern eines verschwundenen Kindes wahrscheinlich nie wieder glücklich werden.

»Mit den Nachbarn hatten sie noch Kontakt?«, fragte Kate schließlich.

Stephanies Mutter nickte. »Emily, ja, die Einzige, mit der Stephanie noch gesprochen hat. Ein nettes junges Mädchen. Sie hat Ava geliebt, und die Kleine freute sich immer, wenn sie vorbeikam. Ich glaube, deshalb war sie für Stephanie so wichtig, deshalb war sie die Einzige, die Stephanie noch ertragen hat. Sie war auch die Einzige, die über Ava sprechen durfte. Sonst hat Stephanie allein bei der Erwähnung ihres Namens den Raum verlassen.« Margery Barington wirkte mit einem Mal müde. Als hätte sie all ihre Kraft für dieses

Gespräch gebraucht, und Kate hatte Mitleid mit der Frau, die nun mit ihrer Tochter das Gleiche durchmachte, was sie vor über zwei Jahren schon mit der Enkelin durchlitten hatte. Ob es dieses Mal ein besseres Ende geben würde?

Kate bedankte sich für den Tee und das Gespräch und versprach auf Margerys Blick hin, der plötzlich so zerbrechlich wirkte wie die feinen Porzellantassen, alles daranzusetzen, Stephanie zu finden.

Nachdenklich verließen sie das Haus.

»Ist dir aufgefallen, dass sie keine Frage zu Greg wirklich beantwortet hat?«, fragte sie Walker auf dem Weg zum Auto. »Sie hat aufgezählt, was ihr Mann von ihm dachte, wie Stephanie ihn geliebt hat. Aber nicht ein Mal, ob sie ihn mochte oder nicht. Seltsam, oder?«

»Vielleicht hatte sie keine Meinung zu ihm?«

»Jede Mutter hat eine Meinung zum Ehemann ihrer Tochter«, widersprach Kate. »Wenn sie sagt, sie hat keine, dann hat sie einfach keine gute. Was ist überhaupt mit ihrem Mann? Meinst du, es lohnt sich, ihn noch einmal zu befragen?«

»Hm.« Walker schloss den Wagen auf, ohne jedoch einzusteigen, und lehnte sich mit den Armen ans Autodach. »Er schien mir nicht recht involviert in die Familie, etwas distanziert. Ja natürlich, er liebt seine Tochter, hätte alles für sie getan und so weiter und so fort«, er machte eine wegwerfende Handbewegung, »aber dafür, dass sie das Segeln als Hobby teilen, hatte er erstaunlich wenig Ahnung von ihrem Leben.«

Kate stieg ins Auto, schnallte sich an und startete den Motor. Sie dachte darüber nach, was Stephanies Mutter ihnen über ihre Tochter und den Schwiegersohn erzählt hatte. Auch sie hatte keine engen Freunde aufzählen können, von Dr Hobbs hatte sie gar nicht erst gesprochen. Es hatte nicht danach geklungen, als würden die Hamons einfach jemanden zu einem Segeltörn einladen. Es gab nur noch eine Person, die engen Kontakt mit Stephanie hatte, und die war verschwunden. Ausgerechnet jetzt. »Vielleicht war es doch nicht Hobbs auf diesem Boot«, sagte sie nachdenklich.

»Das Blut der unbekannten Person? Ich dachte, der Arzt hätte etwas zu verbergen und nur ein schwaches Alibi.«

»Hobbs war seltsam«, stimmte Kate zu, als sie den ersten Gang einlegte. »Beinahe, als würde er mich absichtlich auf eine Fährte locken wollen.« Was natürlich eher dafür sprach, dass er involviert war. »Aber findest du seine Idee eines untergetauchten Ehepaares wirklich völlig abwegig?«

»Wie aus einem Film, das schon. Und jetzt wissen wir ja, dass Greg Hamon tot ist. Vielleicht wollte er damit von etwas anderem ablenken. Aber sag nicht, du hast dir noch nie gewünscht, dein altes Leben hinter dir zu lassen, irgendwo neu anfangen zu können, wo dich niemand kennt.«

Nach der Sache mit Pete wäre das für eine Weile in der Tat ziemlich verlockend gewesen, dachte Kate. Und wie sah es eigentlich bei Walker aus? Er hatte sich aus London nach Guernsey versetzen lassen, nicht gerade ein Katzensprung. Dabei schien er hier auf der Insel niemanden zu kennen, er verbrachte seine Abende im Büro. Er hatte also nicht *her*gewollt, er hatte aus London *weg*gewollt. Doch bevor sie mit einer Gegenfrage antworten konnte, fuhr Walker fort: »Und weißt du, wie viele verschwundene Menschen genau das tun, ein neues Leben anfangen? Die meisten von ihnen haben nicht einmal so einen guten Grund wie Dr Greg Hamon.«

★

112. Seit alle Menschen Handys besaßen, gab es kaum noch öffentliche Telefonzellen, und so war Michael, so schnell sein erschöpfter Körper und sein geschundenes Knie es zuließen, nach Hause gehastet. Endlich sprang die Haustür auf! Die Frau hatte er bewusstlos am Leuchtturm zurückgelassen, sie brauchte dringend einen Rettungswagen. In den Flur, zum Telefon! 112. Mit zittrigen Fingern wählte er die Nummer. Schon nach dem ersten Klingeln meldete sich eine Männerstimme.

»Ich …« Michael rang um Luft. *Kein … Krankenhaus*, hatte sie geflüstert. *Kein Krankenhaus* und *keinen Arzt.* Er fuhr sich über die schweißnasse Stirn.

»Sir? Wie kann ich Ihnen helfen?«

Das war doch Wahnsinn! Sie konnte sterben!

»Sir?«

Gefahr. Angst hatte sie gehabt, große Angst.

»Entschuldigen Sie.« Schwer atmend legte Michael den Hörer auf. *Kein Krankenhaus.* Er war nicht umsonst Reverend. Das, was man ihm erzählte, blieb bei ihm und nur bei ihm. Und er half Menschen auf die Art, wie sie es wollten. Er hoffte nur, er beging damit jetzt keinen großen Fehler – *er* würde ihn nicht mit dem Leben bezahlen müssen.

»Verdammt!« Michael hatte nichts gegen Flüche per se. Er nutzte sie nur üblicherweise nicht. Aber dieser Moment war weit entfernt von allem Üblichen. Was sollte er tun?

Wärme, schoss es ihm durch den Kopf, *zuerst muss sie warm werden.* Er würde sie mit seinem Auto abholen, in Decken wickeln und ihr eine Wärmflasche geben.

»Michael?«

Er schreckte zusammen. Rose! Natürlich. Sie war genauso eine Frühaufsteherin wie er und hatte versprochen, ihm einen Auflauf vorbeizubringen. Er hatte es in der Aufregung völlig vergessen. Michael hastete zur Tür und wurde dabei schmerzhaft an sein Knie erinnert.

»Bist du gestürzt?« Rose drängte sich an ihm vorbei in den Flur. Ihr entging nie etwas. Seit dreißig Jahren war sie die gute Seele von St. John's, organisierte die Gemeindefeste, verteilte die Aufgaben der übrigen Ehrenamtlichen. Nach Helens Tod vor drei Jahren war sie Michaels Stütze gewesen, und noch immer sorgte sie dafür, dass er genug aß und schlief, dass er Ruhepausen hatte ebenso wie einen geregelten Tagesablauf. Sie hielt mittlerweile sogar seinen Haushalt in Schuss, wofür er sich ein wenig schämte. Sie hatte Augen und Ohren wie ein Luchs. Und genau deshalb musste er sie jetzt loswerden.

»Ich wollte gerade die Schmerzsalbe holen.«

»Soll ich Dr Eloy anrufen?«

»Nein! Nein.« Er fuhr sich durch die Haare und zwang sich zur Ruhe. »Mir geht es gut, Rose, es ist alles in Ordnung. Nur ein wenig …« Seine Gedanken rasten auf der Suche nach einer Ausrede. »Vielleicht lege ich mich ein bisschen aufs Ohr.«

»Das ist eine gute Idee. Und ich komme später noch einmal vorbei, um nach dir zu sehen.«

»Nein!« Wieder viel zu laut.

Rose blickte ihn irritiert an.

»Das ist bestimmt nicht nötig.« Er zwang sich zu einem Lächeln. »Wenn es schlimmer wird, rufe ich dich an.« Mit seiner Hand in ihrem Rücken geleitete er sie nach draußen.

»Michael, wirklich, ich fühle mich nicht wohl, dich jetzt allein zu lassen«, protestierte Rose.

»Das, was ich jetzt am dringendsten brauche, ist Ruhe.« Das war noch nicht einmal gelogen.

»Ruf später wenigstens an.«

»Heute Nachmittag.« Das konnte er tun, das würde sie beruhigen. »Oh, und danke für den Auflauf, Rose.«

Er schloss die Tür und anschließend seine Augen, zählte bis zehn und atmete hörbar aus. Dann schlich er in die Küche zum Fenster, wo er die Gardine ein kleines Stück zur Seite schob. Rose war schon die Auffahrt hinaufgegangen und schloss das Gartentor. Erleichtert holte Michael zwei dicke Decken und die Autoschlüssel und schlich nach draußen. Wärme, eine Kanne Tee, noch mehr Decken. Und dann würde er die Frau aufmerksam beobachten, alle halbe Stunde ihre Temperatur messen, und wenn die in drei Stunden noch so niedrig war, würde er sie ins Krankenhaus bringen, egal, ob sie das wollte oder nicht.

10. Kapitel

St. Peter Port, Guernsey

Kate hatte für die Mittagspause absichtlich keinen der üblichen Pubs rings ums Präsidium herum gewählt, auch um zu vermeiden, zufällig Kollegen zu treffen. Mit ihrer Portion Fish'n'Chips setzte sie sich Walker nun schräg gegenüber, der schon an einem Stück Burger kaute.

Die riesige Bar dominierte mit dem dunklen Holz und den Flaschentürmen, die sich dahinter aufbauten. An den hellen Wänden hingen Fotos von Mitarbeitern und Gästen bei Veranstaltungen und Geburtstagen, Spiegel und zwei große Fernseher, die ein Rugbymatch ohne Ton zeigten. Nichts war neu, vieles war vom Flohmarkt und die verschiedenfarbigen Barhocker hatten schon deutlich bessere Zeiten gesehen, aber gerade das machte das Flair dieses Pubs aus, wie Kate fand. Kein Ort für Treffen mit Laura, die es gern luftiger und romantischer mochte, aber gut geeignet für ihre Dates, denen sie damit gleich klarmachte, dass sie der äußere Schein nicht interessierte, dass sie nichts mit Hochglanz anfangen konnte, sondern das Interessante im Kaputten, im Angeschlagenen, im Gebrochenen und Reparierten sah. Dass es dennoch mit keinem dieser Dates langfristig geklappt hatte, wollte sie lieber nicht näher beleuchten, der Richtige war einfach noch nicht dabeigewesen. Ob sie ihn tatsächlich finden wollte ... nun, darüber würde sie ein anderes Mal nachdenken. Jetzt war sie hier zu einer Dienstbesprechung, und so konzentrierte sie sich auf das hervorragende Essen. Das war ein weiterer Grund, weshalb sie den Pub so mochte. Die Pommes frites waren genau richtig knusprig mit genau der richtigen Menge Essig, und der frittierte Fisch butterweich in seiner knackigen Hülle.

»Super«, lobte Walker mit vollem Mund und nickte in Richtung des Burgers, den er doch tatsächlich mit Messer und Gabel aß!

Sie hatten sich nach den letzten Tagen ein anständiges Mittagessen verdient – mit viel Fett und noch mehr Geschmack.

»So, und nun erzähl«, sagte Walker, nachdem er sich den Mund mit der Serviette abgewischt hatte. Das tat er nach jedem Bissen, und Kate fragte sich, ob er wohl Desinfektionsmittel in der Hosentasche mit sich herumtrug. Sie ließ sich Zeit und nahm einen Schluck von ihrer Cola. Jetzt hatte sie den ganzen Vormittag Zeit gehabt, um sich auf das Gespräch vorzubereiten, und wusste dennoch nicht, wie sie es anfangen sollte.

Am besten mit der Tür ins Haus fallen.

»Mein ehemaliger Partner war in Drogendeals verwickelt«, begann sie. »Pete hat uns alle belogen und betrogen, über Jahre. Mich, DeGaris und den Rest der Kollegen. Wir hatten keine Ahnung«, sagte sie und wusste selbst, wie schwer es für ihn sein musste, das zu glauben. Doch er schaute sie nur aufmerksam an, wartete auf die Fortsetzung.

»Ich konnte mich immer auf ihn verlassen, er war ein guter Partner. Dachte ich jedenfalls. Aber dann …« Sie griff nach einer Pommes und legte sie dann doch wieder hin. »Wir anderen haben die Geschichte im Nachhinein zusammengesetzt: Es hat vor etwa fünf Jahren angefangen. Pete hatte sich von seiner Frau getrennt, musste Unterhalt zahlen und …« Sie schwieg einen Moment. Sie war immer noch wütend auf Pete, so wütend, und verletzt. Nie hätte sie gedacht, so hintergangen zu werden. Ein weiterer Nagel im Sarg ihrer »Lass niemanden zu nah an dich heran«-Geschichte, wie Laura es gern formulierte. »Er brauchte wohl Geld«, sprach sie weiter. »Es fing damit an, dass er bei Lieferungen wegsah. Dann hier und da einen Tipp über geplante Aktionen der Polizei fallen ließ. Irgendwann verschwanden beschlagnahmte Beweisstücke aus der Asservatenkammer und große Prozesse platzten.« Am Nebentisch ließ sich eine Familie nieder, Touristen offenbar, wie Kate aus den Turnschuhen und Rucksäcken schloss. Sie senkte ihre Stimme. »Es hat viel zu lange gedauert, bis wir Pete auf die Schliche gekommen sind.« Wie hatte es passieren können, dass sie nichts gemerkt hatte? Jahrelang hatte sie eng mit ihm zusammengearbeitet, ihm vertraut. Und er hatte dieses Vertrauen gnadenlos missbraucht. »Seitdem … liegt das Klima bei unseren internen Meetings irgendwo zwischen dem Gefrierpunkt und Trockeneis.«

»Sie glauben, du hast da mit dringesteckt?« Walker, der sich ihre Erzählung schweigend und ohne nachzufragen angehört hatte, runzelte die Stirn.

Darüber hatte Kate sich mehr als einmal den Kopf zerbrochen. Bis gerade eben hätte sie nicht gedacht, dass ihr Walkers Meinung dazu wichtig wäre. Bis gerade eben war er nur ein Kollege, ein Londoner, der kam und ging, wie diese Großstädter das eben so taten. Aber der Gedanke, dass er Batistes oder Lucas' Meinung teilen könnte … Nein, sie wollte, dass er ihre Sicht der Dinge zumindest kannte. »Nein, ich glaube nicht wirklich«, sagte sie ehrlich. »Wahrscheinlich übertragen sie ihre Enttäuschung über Petes Verrat einfach auf mich. Wir haben alle mit ihm zusammengearbeitet, ihm alle vertraut.« Anders ging es nicht bei ihrer Arbeit. »Aber

ich stand ihm am nächsten, ich hätte es besser wissen sollen.«
Und sie konnte es ihnen nicht verdenken, schließlich machte
sie sich noch heute diesen Vorwurf selbst.

Sie räusperte sich. »Es ist besser geworden in der letzten Zeit.« Immerhin das musste sie zugeben. »Vor einem
halben Jahr, als Pete aufflog … der morgendliche Gang ins
Büro war ein Spießrutenlauf.«

»Hm.« Walker pickte ein Stück Tomate auf, das aus seinem Burger gerutscht war. »Wie kam es raus?«

»DeGaris. Er ist ein guter Ermittler.«

»Nach der alten Akte und seiner bisherigen Arbeit zu
urteilen, ja. Kann ich nur unterstreichen«, antwortete Walker. »Und er hat eine gute Menschenkenntnis.« Er schwieg
einen Moment. »Batiste, er hat dich noch aus einem anderen Grund auf dem Kieker. Neid vielleicht? Er scheint dich
bei DeGaris ausbooten zu wollen. Aber da wären wir wieder beim Chief und seiner Menschenkenntnis.«

Er lächelte Kate an, die spürte, wie ihre Wangen rot wurden. Sie arbeiteten erst wenige Tage miteinander, aber das
Lob nahm sie dankbar an.

»Du bist auch kein so übler Polizist für einen Großstädter«, sagte sie und hatte das Gefühl, eine tonnenschwere
Last sei von ihr gefallen.

*

Als sie den Pub verließen, verspürte Kate das dringende Bedürfnis, sich kurz die Beine zu vertreten, um die Müdigkeit
zu vertreiben, die nach dem Mittagessen mit aller Macht
zurückkam. Trotz der Cola.

»Hast du schon die Sightseeing-Tour durch die Stadt gemacht?«, fragte sie Walker, als sie durch die Rue Hauteville
gingen.

»Ich bin am Sonntag erst angekommen.«

Das erklärte die fehlenden Möbel.

»Du hättest doch auch später, zum Monatsbeginn, anfangen können.«

»Und die Fortsetzung des spannendsten Vermisstenfalls aus dem gesamten letzten Jahrzehnt verpassen?« Er sah sie mit gespieltem Entsetzen an. »Andererseits: Ich habe fünfunddreißig Jahre meines Lebens in London verbracht und war weder im Buckingham Palace noch im Tower.«

»Nicht dein Ernst!«

»Doch. Und ich bezweifle, dass ich in einer freien Woche den Hop-on Hop-off Bus über Guernsey genommen hätte.«

Kate musste kichern. »Den hättest du auf Guernsey in der Tat vergeblich gesucht.« Londoner!

Erneut zuckte er mit den Schultern, jetzt wirkte es beinahe verlegen.

»Okay, aber so einfach kommst du damit nicht durch«, fuhr Kate amüsiert fort. »In einer Großstadt läuft das wahrscheinlich unter Coolness, aber wir befinden uns in St. Peter Port eigentlich in einem größeren Dorf. Hier nennen wir so etwas bloß Ignoranz.« Sie zeigte dann auf die unscheinbare Villa, die vor ihnen lag. »Das Hauteville Haus, in dem Victor Hugo sein Exil auf Guernsey verbrachte. Sein Schreibzimmer befindet sich ganz oben, von dort hat man einen zauberhaften Blick auf den Hafen und Castle Cornet. Angeblich war es sein Lieblingsort, weil man bei klarer Sicht bis nach Frankreich blicken kann.«

»Gut zu wissen. Ich werde dann, falls mich mal das Heimweh übermannen sollte, an der Nordküste nach England Ausschau halten«, kommentierte Walker trocken.

Kate musste lachen. »Gekauft hat er das Haus für seine Geliebte«, sagte sie. »Eine Pariser Schauspielerin, mit der er sein Exil auf Guernsey genossen hat. Sie haben sogar ihre Initialen im Victoria Tower verewigt. Da war seine Frau längst zurück in Frankreich. Auch so eine Ehe, die offensichtlich kaputt war.« Es war eine Berufskrankheit, dass sie überall und ständig Parallelen zu ihren aktuellen Fällen sah. Sie zog die Nase kraus, als sie sich an ein weiteres Detail aus Hugos Leben erinnerte: »Ihr erstes gemeinsames Kind ist kurz nach der Geburt gestorben.«

»Es ist kein Mythos, dass der Tod eines Kindes eine Ehe zerstört«, pflichtete Walker ihr bei. »Eine Affäre ist da die logische Konsequenz.«

Überrascht von der Wendung ihres Gesprächs blickte Kate ihren Kollegen an.

»Regina Kipburys Andeutungen«, sagte sie langsam. »Glaubst du …?«

»Nichts ausschließen«, antwortete Walker in DeGaris' Worten. Er hatte recht. In diesem Stadium der Ermittlungen durften sie nichts ausschließen.

Kate nahm sich vor, den Gedanken im Hinterkopf zu behalten. Wenn Greg Hamon eine Geliebte gehabt hatte, würden sie sie auftreiben.

*

St. Peter Port, Guernsey

Als sie etwa fünfzehn Minuten später das Präsidium betraten, kamen ihnen zwei Kollegen entgegen, in der Hand jeweils eine Tüte mit Cornish Pasties. Kate musste grinsen.

Eine gestresste DS Miller befand sich im Flur vor DeGaris' Büro in einer intensiven Diskussion mit DC Lucas. Sie winkte Kate und Walker gleich zu sich. »Ich hab mit dem Hotel in Singapur gesprochen.« Sie kramte in ihrer Hosentasche nach einem Schmierzettel. »Baynes ist dort tatsächlich abgestiegen, in einem Doppelzimmer mit seiner Frau.« Eine Welle der Erleichterung durchfuhr Kate.

»Sie haben versprochen, ihm die Nachricht zu hinterlassen, dass er dringend zurückrufen soll«, endete Miller und stieß einen Fluch aus, als ihr Smartphone klingelte. Mit einem Handzeichen bedeutete sie Lucas zu warten, während sie den Anruf annahm. »Ach du liebes bisschen, nein, nein, natürlich nicht, wir holen sie sofort ab«, sagte sie gleich darauf. Kate wusste, dass Millers Tochter Olivia die Kita nicht mochte, was sich hin und wieder in Wutanfällen äußerte, bisweilen sogar in psychosomatischen Hautausschlägen und Erbrechen. Millers Mann erledigte auch deshalb seinen Bürojob meist im Homeoffice, und er war auch derjenige, der die beiden Kinder in die Betreuung brachte und dort wieder abholte. Dennoch war es immer Claire Miller, die die Anrufe bekam. Alte Strukturen waren wohl nur langsam aufzulösen.

DC Lucas machte sich schulterzuckend auf den Weg den Flur hinunter. Miller würde in der nächsten halben Stunde erst einmal mit der Organisation ihrer Kinderbetreuung beschäftigt sein.

Kate ging in ihr Büro, Walker nahm noch den kleinen Umweg über die Kaffeeküche.

Eine ruhige Minute, die hatten sie gerade, und Kate beschloss, die Telefonverbindungen der Hamons ab Anfang Mai akribisch durchzugehen, wie Walker es für die letzten Tage vor ihrem Verschwinden bereits getan hatte. Vielleicht würden sie Unregelmäßigkeiten finden, Auffälligkeiten, irgendetwas, das ihnen einen Hinweis liefern konnte. Kate glaubte nicht wirklich daran, aber sie wollte kein noch so kleines Indiz übersehen.

Als Walker wenige Minuten später mit einer Tasse in der Hand an seinen Schreibtisch zurückkehrte, schlug sie ihm vor, sich zunächst auf die Handyverbindungen zu konzentrieren, und bat ihn um die Hälfte der Papiere.

»Hier.« Er reichte sie ihr.

Kate ließ ihren Blick über die Listen gleiten. Darauf wurden Telefonate mit der jeweiligen Nummer und ihrer Dauer angezeigt. SMS hatten die Hamons offenbar nicht geschrieben, das fiel Kate sogleich auf. Entweder sie telefonierten lieber, oder sie benutzten einen der vielen Kurznachrichtendienste wie WhatsApp, mit denen auch sie selbst ihre Unterhaltungen mit Laura oder Holly führte. Bei diesen Apps gab es jedoch keine Chance, ohne die Handys an den Inhalt zu kommen.

Eine Weile überprüften sie schweigend Zeilen, Nummern und Gesprächsdauern.

Dann meldete sich plötzlich Walker zu Wort. »Das ist interessant«, murmelte er.

Kate horchte auf.

»Ich habe hier doch gerade Stephanie Hamons Handyverbindungen, richtig?«

Kate nickte.

»Weshalb wollte Dr Hobbs die Frau seines Tennispartners sprechen?«, fragte er langsam.

Das war in der Tat interessant. »Zeig mal.«

Er reichte Kate die Papiere. Tatsächlich. Sowohl von seiner Praxisnummer als auch von seinem privaten Handy, dessen Nummer auf der Karte stand, die er Kate mitgegeben hatte, waren vor etwas mehr als drei Wochen Anrufe erfolgt.

»Vielleicht hat er Greg nicht erreicht und es über diesen Umweg probiert?«

»So oft? Und weshalb hätte Stephanie Hamon außerdem ihn anrufen sollen?« Walker beugte sich vor und deutete auf die Zeilen, die bewiesen, dass Stephanie Hobbs kurz darauf ebenfalls kontaktiert hatte.

»Vielleicht hat sie die Nummer nicht erkannt und zurückgerufen?«

Walker zog skeptisch die Augenbrauen hoch. Kate blätterte vor und zurück. Insgesamt waren fünf Anrufe erfolgt von bzw. an Stephanie Hamons Handynummer, alle innerhalb von fünf Tagen. Der letzte lag drei Wochen zurück. Kein einziger weiterer Anruf seitdem.

»Ich frage ihn.« Kate hätte wetten können, dass Hobbs eine harmlose Erklärung einfallen würde. Und tatsächlich, nachdem sie ihn ans Telefon bekommen und auf die Anrufe angesprochen hatte, erklärte er: »Ich habe ihre Nummer natürlich, für Notfälle. Greg hatte sich beim Tennis mal einen Bänderriss zugezogen, das muss vor etwa vier Jahren gewesen sein. Seitdem habe ich Stephanies Nummer eingespeichert.«

»Und nun haben Sie sie kontaktiert. Weshalb?«

»Ich erinnere mich nur, dass ich Greg fragen wollte, wann wir verabredet waren. Ich hatte es mir nicht genau aufgeschrieben. Und als ich ihn nicht erreicht habe, muss ich es wohl bei Stephanie probiert haben.«

»Das erste Gespräch hat etwas über vier Minuten gedauert. Das letzte drei.«

»Sie hat mir jeweils Greg ans Telefon geholt.«

Kate zwang sich zur Ruhe. »Mit Stephanie selbst haben Sie also nicht gesprochen?«, hakte sie nach.

»Smalltalk, natürlich, wie es ihr geht, was die Arbeit macht, der Garten, das Übliche.«

»Und Sie haben ansonsten keine engere Beziehung zu Stephanie Hamon?«

»Nein.« Das kam sehr entschieden. »Ich sehe sie alle Jubeljahre einmal auf dem Tennisplatz. Mehr nicht.«

Kate bedankte sich für die Kooperationsbereitschaft, was eine glatte Lüge war, dann beendete sie das Gespräch.

Sie glaubte Hobbs kein Wort, der Mann hatte etwas zu verbergen. Und nun diese Telefonate so kurz vor dem Verschwinden des Ehepaars … »Ich denke, wir sollten seine Mitarbeiterin mal fragen«, sagte sie zu Walker. »Vielleicht weiß sie auch etwas über eine Verletzung, die er sich beim Wandern zugezogen hat.«

Sie überlegte. Die Praxis schloss um siebzehn Uhr. »Ich glaube, es ist gut, erst einmal allein mit Megan Colwell zu sprechen. Wenn wir es geschickt anstellen, können wir sie nach Feierabend allein erwischen. Weißt du was? Ich werde auf dem Weg zu meiner Mutter an der Praxis vorbeigehen.«

»Ich könnte dich begleiten«, schlug Walker vor, wurde aber von DeGaris unterbrochen, der in diesem Moment schmallippig das Büro betrat.

»Walker, ich brauch dich morgen Nachmittag nochmal für eine Pressekonferenz.«

Kate seufzte und schielte zu ihrem Handy. Der nächste Anruf von Holly würde nicht lange auf sich warten lassen. »Dann lass uns noch schnell die restlichen Handytelefonate durchgehen, und dann kümmerst du dich darum, wie du die Presse am besten in Schach hältst.« Sie lächelte aufmunternd. »Ich berichte dir dann morgen von meinem Treffen mit der Arzthelferin.«

Walker stieß einen Seufzer aus und beugte sich wieder über die Listen. Sie arbeiteten eine Weile schweigend, fanden aber nichts mehr von Belang. Kurz nach vier erhob Kate sich. Sie wollte auch versuchen, Miller noch einmal zu erwischen.

∗

Claire Miller saß an ihrem Schreibtisch, die Wangen noch gerötet von der Aufregung.

»Alles Idioten«, schimpfte sie leise vor sich hin, als Kate ihr Büro betrat.

»DC Lucas?«, fragte Kate scheinheilig nach, und Millers Anspannung löste sich in Gelächter.

»Ich meinte meinen Mann und die Erzieherinnen«, sagte sie immer noch kichernd. »Aber …«

»Aber Lucas könnte man durchaus auch in Betracht ziehen für diese Bezeichnung«, vervollständigte Kate ihren Satz grinsend.

»Manchmal raubt auch er mir den letzten Nerv«, bestätigte Miller seufzend. Dann fuhr sie mit ihren Händen über die Oberschenkel. »Olivia hat hohes Fieber«, sagte sie.

Kate lehnte sich ans Fensterbrett. »Dann geh doch nach Hause. Wir kommen den Rest des Nachmittags sicher ohne dich klar.«

Aber Miller schüttelte den Kopf, sodass ihre Locken wippten. »Da wären wir dann wieder bei Lucas und der Frage, ob er nicht auch ein Idiot ist. Die Bänder der Überwachungskamera vom Hafen sind immer noch nicht da, und er schafft es einfach nicht, denen Feuer unterm Hintern zu machen.«

Kate musterte ihre Kollegin prüfend. Was es für eine Kraftanstrengung war, diesen Job mit Kindern zu erledigen, unterschätzten wahrscheinlich alle hier, inklusive Kate selbst.

»Ich übernehm das«, sagte sie. »Und du kümmerst dich jetzt um Olivia.«

*

Doch das mit dem Feuermachen gestaltete sich in der Tat schwieriger als gedacht. Bei der CCTV-Firma hatte es eine Verwechslung gegeben, sodass zunächst die falschen Dateien herausgesucht worden waren. Anschließend war ein Kollege erkrankt, und der Fehler war nicht aufgefallen. Sie würden aber alles daran setzen, dass die Polizei die Videos der Überwachungskameras vom fraglichen Samstagnachmittag so schnell wie möglich bekäme, versprach man Kate hoch und heilig. Sie klebte Miller ein gelbes Post-it mit der entsprechenden Nachricht und den Kontaktdaten auf den Computerbildschirm. Dann brach sie in Richtung Trinity Square auf.

Kate wollte gern außerhalb der Praxis mit der jungen Angestellten von Dr Hobbs sprechen, die sie bei ihrem ersten Besuch dort bereits kurz kennengelernt hatte. Kate fürchtete, dass Megans Arbeitsplatz sie möglicherweise einschüchterte, wenn es um ehrliche Antworten auf Fragen zu ihrem Arbeitgeber ging. Also hatte Kate beschlossen, so zu tun, als käme sie zufällig vorbei, und betrachtete nun eingehend die Auslage eines Schmuckgeschäfts, während sie wartete. Sie schmunzelte, als sie bemerkte, dass sie sich dabei selbst fast wie eine Verbrecherin vorkam. Ein paar Schritte weiter befand sich ein Buchladen, dessen Schaufenster Kate anschließend ansah, dann kehrte sie zurück zum Juwelier. Dr Hobbs hatte die Praxis etwa zehn Minuten zuvor verlassen und war zügig die Straße hinuntergeeilt, ohne sie zu bemerken. Seine Mitarbeiterin war hoffentlich noch oben, wahrscheinlich räumte sie ein bisschen zusammen, fuhr den Computer herunter und spülte Teetassen ab.

Kate überlegte, ob sie nicht doch klingeln sollte, da öffnete sich die Haustür, und die junge Frau trat heraus. Zwei vorbeilaufende junge Männer drehten sich sofort zu ihr um.

Doch Megan hatte keinen Blick für sie übrig, sie schulterte ihre kleine weiße Handtasche, prüfte noch einmal, ob die Tür auch wirklich geschlossen war, und machte sich dann schnellen Schrittes auf den Weg die Mansell Street hinunter.

Kate eilte ihr nach. Zu ihrem Glück stellte Megan sich an der Schlange einer Eisdiele an, und als sie mit ihrem Becher zurück auf die Straße trat, befand Kate die Gelegenheit für günstig und rempelte die junge Frau leicht an der Schulter an. »Oh, entschuldigen Sie, ich habe Sie gar nicht … Hey!« Kate trat einen Schritt zurück und hoffte, die Überraschung auf ihrem Gesicht wirkte nicht zu gespielt. »Ich kenne Sie doch. Arbeiten Sie nicht für Dr Hobbs?«

Die junge Frau hatte Kate offenbar erkannt, denn sie nickte vorsichtig.

»Was für ein Zufall! Ich bin auf dem Weg zu meiner Mutter, sie wohnt in der Nähe.« Kate gestikulierte in Richtung der Trinity Church, auch wenn es nicht ganz der Wahrheit entsprach, so war es doch auch nicht komplett gelogen.

»Aber wissen Sie was? Ich wollte ohnehin noch mit Ihnen sprechen, hätten Sie vielleicht kurz Zeit?«

Die junge Frau nickte zögerlich und steckte sich einen Löffel voll Schokoladeneis in den Mund. Verlockend. Kate überlegte, sich auch einen Becher zu gönnen, aber dann dachte sie an den Blick, den ihre Mutter ihr schenken würde, wenn sie nicht halb verhungert über ihr Essen herfiel, und verzichtete. Beim nächsten Mal.

»*Mercie bian*«, bedankte Kate sich in der Hoffnung, einen guten Einstieg ins Gespräch gefunden zu haben.

»Oh.« Besonders gesprächig schien Megan nicht zu sein.

»Mein Großvater.« Lachend zuckte Kate mit den Schultern.

Jetzt lächelte Megan vorsichtig. Schließlich strich sie sich mit der Hand, die den Löffel hielt, eine rote Strähne aus dem Gesicht, dann sagte sie: »Ich finde es wichtig, dass unsere Sprache nicht verloren geht. Guernsey ist unsere Heimat. Und dann haben wir Großbritannien, die Globalisierung, auf dem Kontinent die EU. Alles ist so … unübersichtlich. Und alle sprechen nur noch Englisch. Da ist es schön, etwas Eigenes zu haben. Etwas, was uns an unsere Wurzeln erinnert, unsere Geschichte.«

Kate ließ Megan reden. Sie wollte der jungen Frau das Gefühl geben, in ihr eine gute Zuhörerin zu haben, der sie einiges anvertrauen konnte, zum anderen fand sie ihre Ausführungen wirklich interessant.

Megans Wangen waren leicht gerötet, ihr Eis schmolz vor sich hin. Sie wirkte etwas verlegen, als sie den Löffel wieder hineintauchte. »Aber entschuldigen Sie, jetzt habe ich … Sie wollten mich etwas fragen?«

»Oh, ich freue mich immer, wenn ich mein klägliches Guernésiais anwenden kann! Mein Großvater verzweifelt schon an der Bildung, die er mir zuteilwerden lassen wollte.« Kate lächelte und die junge Frau gluckste.

»Meiner ist genauso«, sagte sie. »Aber es ist schön, dass die alten Leute es weitertragen.«

»Es gibt ja sonst viel zu wenig Möglichkeiten. Aber Sie haben recht, ich wollte Sie tatsächlich etwas fragen. Es geht um Dr Hobbs' ehemaligen Arbeitskollegen, Dr Hamon. Kennen Sie den?«

Megan schüttelte den Kopf. Sie hatte instinktiv reagiert, ohne zu zögern, und Kate glaubte ihr.

»Und haben Sie seine Frau vielleicht schon einmal gesehen? War sie vielleicht Patientin in der Praxis?«

»Dr Hamons Frau?« Erneutes Kopfschütteln.

Schade. Aber eigentlich hatte Kate nichts anderes erwartet.

»Dr Hobbs war am letzten Wochenende wandern«, griff

Kate einen anderen Faden auf. »Hatte er am Montag vielleicht eine Verletzung davon?«

»Eine Verletzung?« Sie war sichtlich überrascht.

»Ja. Ist er zum Beispiel gehumpelt? Oder hatte er eine Abschürfung am Arm? Einen steifen Rücken? Oder bewegte er sich einfach nur in Schonhaltung?«

»Nein, nichts dergleichen.« Megan überlegte, schüttelte dann aber erneut den Kopf. »Er wollte gestern sogar noch zum Tennis.«

Wieder eine Sackgasse, wenn auch nicht ganz überraschend. Selbst wenn er seine Verletzung vor Megan hätte verbergen können, wäre er fit genug gewesen für ein Tennisspiel? Die Menge an Blut, die sie auf dem Schiff gefunden hatten, musste von einer größeren Wunde stammen.

Kate bedankte sich. »*À la perchoine!*«, sagte sie zum Abschied, bevor sie sich in Richtung Trinity Church aufmachte. Ihre Mutter hatte sicher schon alles vorbereitet, und um ehrlich zu sein, hatte Kate mittlerweile auch wieder Hunger.

»Warten Sie!«, hörte sie Megans Stimme, kaum dass sie ein paar Schritte gelaufen war. Etwas an ihrem Tonfall ließ Kate sofort herumfahren.

Megan stand wie angewurzelt vor einem der Zeitungsständer. *Hat er wieder zugeschlagen?*, las Kate die Schlagzeile einer der Zeitungen, die sie üblicherweise ignorierte, während sie neben die junge Frau trat. Es ging ganz offensichtlich um das Verschwinden der Hamons, denn auf der Titelseite war groß ein altes Foto des Ehepaares gedruckt.

»Das ist Mrs Hamon?«, fragte Megan sichtlich verwirrt. »Sie kam mir gleich so bekannt vor«, murmelte sie, dann blickte sie Kate in die Augen. »Mir hat sie sich als Ms Pace vorgestellt.«

11. Kapitel

Es hatte also nicht nur Anrufe gegeben zwischen Stephanie Hamon und Dr Hobbs. Ganz offensichtlich hatte sie den Arzt sogar persönlich aufgesucht. Die Tatsache, dass sie sich bei ihrem Praxisbesuch als Ms Pace ausgegeben hatte, machte die ganze Sache für Kate noch interessanter. Laut Megan Colwell war Stephanie Hamon zweimal in die Praxis gekommen. Zum ersten Mal vor knapp fünf Wochen, anschließend ein zweites Mal vor knapp drei. Da war sie sogar ohne Termin aufgetaucht und hatte trotz eines vollen Patientenkalenders nicht einmal im Wartezimmer Platz nehmen müssen. Die zweite Zeitangabe stimmte mit den Anrufen auf der Liste überein. Stephanie Hamon und Eric Hobbs hatten vor ein paar Wochen engeren Kontakt gehabt. Aber weshalb?

Bei ihrem Besuch in der Praxis hatte Stephanie Megan gebeten, ihrem Chef die Ankunft von Ms Pace zu melden.

»Sie wirkte aufgeregt, das weiß ich noch«, hatte Megan gesagt. »Sie ist sich immer wieder nervös durch die Haare gefahren, ihr Blick ging hin und her. Sie war schön«, fügte Megan hinzu, »wirkte aber erschöpft. Und irgendwie getrieben.«

Gleich darauf hatte Dr Hobbs sie zu sich gerufen. In dem Moment war es Megan seltsam vorgekommen, üblicherweise informierte ihr Chef sie über Besucher außerhalb des offiziellen Terminkalenders. Aber sie hatte die Begebenheit

166

schnell wieder vergessen. Bis zum Anblick der Titelseite dieses Boulevardblatts im Zeitungsständer.

Vielleicht hatten auch Kates Fragen die Begegnung wieder in ihr Bewusstsein und das Foto überhaupt in Verbindung mit der ominösen Ms Pace gebracht. Manchmal brauchte es den richtigen Zeitpunkt, um das Gehirn auf eine bestimmte Spur zu bringen. Es war also ein glücklicher Zufall gewesen. Nur: Inwieweit brachte Kate das weiter? Hobbs hatte schon bei den Anrufen bestritten, mit Stephanie Hamon in Kontakt gewesen zu sein. Er würde sich auch in Bezug auf den Besuch irgendeine Ausrede ausdenken oder ihn schlichtweg leugnen, selbst wenn sie ihn mit einem Videobeweis konfrontierten. Und es war äußerst fraglich, ob sich solch ein Videobeweis überhaupt auftreiben ließ, denn die Straßen in St. Peter Port waren zum einen nicht überall und durchgehend überwacht, zum anderen wurden die Bänder regelmäßig gelöscht und überschrieben. Was sein Alibi und eine mögliche Verletzung betraf, war Kate nach wie vor unsicher. Sie mussten mit seiner Frau sprechen. Wenn sie geschickt fragten, etwas Druck ausübten, knickten die meisten Gefälligkeitsalibis ein. Sie würde Miller bitten, sich darum zu kümmern. Und ob er tatsächlich Tennis gespielt oder nur im Club an der Bar einen Kaffee getrunken hatte, ließ sich auch überprüfen.

Aber um was ging es hier? Was war das Motiv? Stephanie Hamon und Dr Hobbs hatten möglicherweise zusammengearbeitet. Stephanie hatte das Boot gemietet und hätte Hobbs so die Gelegenheit geben können, ihren Mann zu töten. Aber weshalb? Und warum jetzt? Zwei Jahre nach Avas Verschwinden und ein halbes Jahr nach der Versöhnung zwischen Greg Hamon und Eric Hobbs? War der alte Streit zwischen den beiden Ärzten überhaupt Grund genug, einen Mord zu begehen? Es war nicht so, als hätte Dr Hamons Entscheidung, allein zu arbeiten, Hobbs mittellos zurückgelassen. Natürlich, er hatte seine Praxis neu einrichten müssen, und dabei schien er alles andere als sparsam vorgegangen zu sein. Aber reichte das als Motiv? Oder war es umgekehrt und Stephanie war auf ihn zugekommen? Aber auch hier war wieder die Frage, warum – auf der Suche nach Hilfe, um aus ihrer Ehe zu entfliehen? Besonders altruistisch hatte Hobbs nicht gewirkt.

Kate rieb sich die Stirn und stapfte unruhig weiter. Es war alles so verworren. DeGaris hatte schon recht, sie brauchten den Anfang des Fadens, um das Knäuel entwirren zu können. Doch im Moment standen sie noch vor einem dichten Knäuel, bei dem einzelne Fäden nur ansatzweise zu erkennen waren.

Als Kate das Ende von La Petite Fontaine erreichte, war sie zutiefst unzufrieden. Aber der heutige Abend war für ihre Familie reserviert, um den zwielichtigen Dr Hobbs würde sie sich morgen kümmern.

Sie ließ ihren Blick über das helle Reihenhaus gleiten, in dem ihre Mutter im zweiten Stock wohnte. Der Balkon war über und über mit Blumen bepflanzt. Bilder aus ihrer Kindheit erschienen in Kates Kopf, als sie ihrer Mum beim Einpflanzen, Gießen und Umtopfen geholfen hatte. Sie musste an Stephanie und Ava denken, die den Erzählungen nach ebenso glücklich gemeinsam gegärtnert hatten. Kate hatte es geliebt, die kleinen Pflänzchen wachsen zu sehen, und auch wenn sie als Kind noch nicht ganz so geschickt gewesen war, war sie mit Begeisterung und Leidenschaft bei der Sache gewesen. Sie lächelte bei der Erinnerung daran, wie ihr einmal die Gießkanne umgekippt und das Wasser mit einem Schwall auf den unter ihnen liegenden Balkon geschwappt war, wo die alte Mrs Dobrée mit ihrem getigerten Kater gesessen hatte. Zum Glück besaß Mrs Dobrée Sinn für Humor und hatte herzhaft aufgelacht, ihr Kater war wie der Blitz davongeschossen. Kate schmunzelte. Der bunte Balkon ihrer Mutter war ihr immer vorgekommen wie ein Feenwald mit seinen verschiedenfarbigen Blüten und dem Summen der Insekten. Mit deutlich besserer Laune drückte Kate auf den Klingelknopf.

Schon im Flur roch es würzig nach Weißwein und Fisch. »Mmmhhhh.« Sie schnupperte. »Seebarsch?«, fragte sie und begrüßte ihre Mutter mit einem Kuss auf die Wange. Der leichte Lavendelduft ihres Parfüms umfing sie, als ihre Mum sie an sich drückte.

»Dein Großvater hat einen hervorragenden Fang gemacht heute.«

»Baen souaer!«, ertönte in diesem Moment eine Stimme aus dem Wohnzimmer, und Kate ging hinüber, um Grandpa Hallo zu sagen. Der kleine Raum war vollgestopft mit Andenken und Erinnerungsstücken, an den Wänden hingen Familienfotos in allen Größen und immer noch Bilder, die Kate in der Schule gemalt hatte. Und das auch nicht sehr gut.

»Aunt May!«, rief Kate, als ihre Tante im Durchgang zur Küche erschien. Wie immer gekleidet, als würde sie später noch auf dem roten Teppich erwartet, war ihre Anwesenheit eine Überraschung, und Kate schaute sich misstrauisch um, ob Holly nicht doch noch auftauchte. Aber ihre Mutter hatte es versprochen, und außerdem hatte Holly zu tun, sie »arbeite an einem Fall«, wie ihre Tante erklärte.

»Wenn das mal nicht der gleiche Fall ist, an dem wir auch dran sind, Kate, was?«, sagte ihr Großvater grinsend. Er hatte seine Schiebermütze im Flur an einen Haken gehängt und strich sich über sein dichtes weißes Haar, um das ihn sein Freund Rob tief beneidete.

»*Wir* sind an dem Fall dran?« Kate lachte.

»Wer hat denn das Boot gefunden?«

Genau genommen hatte Rob es gefunden, aber wenn es um seinen besten Freund ging, war »seins« auch immer »meins«.

»Ah, na, dann weiß ich auch, was Holly schreiben wird, wenn sie nicht weiterkommt«, murmelte Kate. Eine dramatische Erzählung darüber, wie Rob das leere Segelboot gefunden hatte.

»Oh ja, dieses Segelboot«, sagte Kates Mutter, die bereits den Fisch auftrug. Kate lief bei dem Anblick das Wasser im Mund zusammen. Ihre ganze Familie liebte Fisch und Meeresfrüchte. Steinbutt, Seezunge, Scholle oder Seebarsch, und wenn es ein besonderer Anlass war, auch einmal Jakobsmuscheln oder Austern, die in dicken Säcken in der St. Clement's Bay heranwuchsen. Im Winter gönnten sie sich mindestens einmal die teuren Seeohren, eine Spezialität der Kanalinseln, auch Abalone genannt. Eigentlich waren es Meeresschnecken, aber ihr perlmuttreiches Gehäuse war wie ein Ohr geformt, weshalb man ihnen diesen Namen gegeben hatte. Um die seltenen Trüffel der Meere, wie sie auch genannt wurden, jedoch zu schützen, durfte man sie nur im Winter sammeln. Und für Muscheln herrschte bis in den Juli ebenfalls noch Fangverbot.

Er als »Villais« respektierte das natürlich. Aber er freute sich immer, wenn er für die Familie angeln gehen und leckeren Fisch mitbringen konnte. Riesig waren sie immer, die Fische, die er angelte, und von Erzählung zu Erzählung wurden sie größer. Heute gab es als Beigabe wie versprochen Jersey Royals, die als Frühkartoffeln schon seit April verkauft wurden. Diese ganz besondere Sorte mit papierdünner Schale war so geschmacksintensiv, dass Kate sie am liebsten nur mit etwas Butter genoss. Auch eine große Schüssel Salat stand auf dem Tisch.

»Ja, erzähl doch mal von dem Boot«, forderte ihre Mutter den Großvater auf, nachdem sie sich zu ihnen gesetzt hatten, »wenn aus dem Kind schon nichts rauszukriegen ist.«

»Nein, das ist schon korrekt so.« Er tätschelte Kates Hand. »Das Mädchen macht alles richtig.«

»Fast alles«, seufzte Kates Mutter. »Enkel sind noch lang keine in Sicht.«

»Jetzt fang doch nicht wieder damit an«, murmelte Kate.

»Sie hat noch ihr ganzes Leben vor sich«, entrüstete sich ihr Großvater ebenso. »Das hat doch noch Zeit!« Für ihn war und blieb Kate sein kleines Mädchen.

»Nur die Arbeit im Kopf.« Aunt May seufzte. »Genau wie Holly. Sie wollte dich übrigens noch anrufen, Kate.«

»Ich bin gespannt, weshalb.« Kate riss gespielt die Augen auf. Aber Aunt May war nicht gut im Erkennen von Sarkasmus. Die Gute war immer hervorragend gekleidet, ihre Locken tadellos frisiert, der Lippenstift niemals übermalt. Aber sie war nicht die Klügste. Kate mochte sie trotzdem. Oder vielleicht sogar genau deswegen? Jetzt lächelte sie ihre Tante unschuldig an, während sie ihren Teller füllte. Ihre Mutter warf einen vorwurfsvollen Blick in Kates Richtung, aus dem sie ihr Amüsement jedoch nicht ganz heraushalten konnte.

Kate nahm den ersten Bissen von ihrem Seebarsch und verdrehte vor Glück die Augen. Wem nun mehr Lob gebührte, ihrem Großvater fürs Fangen oder ihrer Mutter fürs Kochen, wusste sie nicht. Beide nickten jedenfalls zufrieden, als Kate das Essen lobte. Auch die Jersey Royals waren genauso, wie Kate sie liebte: klein, rund und köstlich. Eine echte Delikatesse.

»Wie geht es Laura? Wie weit ist sie eigentlich?«, erkundigte Kates Mutter sich.

»Ihr geht's gut. Aber es ist ja auch noch früh in der Schwangerschaft.«

»Das war bei mir die schlimmste Zeit mit Holly«, warf Aunt May ein. »Ich war immer so schrecklich müde!«

»Davon hat sie nichts gesagt. Ich weiß nur, dass Laura bei Liam immer sehr über Übelkeit geklagt hat«, gab Kate zurück.

»Auf einem Ingwerstück kauen wirkt Wunder. Und viel frische Luft und genug Ruhe«, riet Mum.

»Danke, Schwester Heidi. Ich werd's weitergeben.« Kate grinste.

Auch Heidi lächelte und erzählte noch ein bisschen aus ihrem Klinikalltag. Dann, beim zweiten Glas Ale, begann Grandpa von früher zu erzählen. »Wisst ihr noch, als der Hof der Girards abgebrannt ist?« Oder: »Könnt ihr euch noch an den Unfall mit dem Schulbus erinnern?« Es waren immer actiongeladene Geschichten von lebensgefährlichen Einsätzen, in denen er Menschen heldenhaft vor dem Feuertod gerettet hatte und die im Laufe der Zeit immer dramatischer ausgeschmückt worden waren. Kate vermutete mittlerweile einen Wahrheitsgehalt von etwa sechzig Prozent. Seine Worte hüllten sie in einen warmen Mantel von Kindheitserinnerungen. So war es früher fast jeden Abend gewesen, und sie fühlte sich zurückversetzt in laue Sommerabende, an denen ihr der eine oder andere wohlige Schauer über den Rücken gelaufen war, wenn er wieder vom Ringen um Leben und Tod – und bei ihm gewann immer das Leben – berichtete. Seine Erzählungen von der Arbeit hatten nicht zuletzt einen großen Teil dazu beigetragen, dass Kate später zur Polizei gegangen war.

Als ihre Mutter begann, das Geschirr abzuräumen, sprang Kate auf, um ihr zu helfen. »Ich spül ab«, schlug sie vor, aber ihre Mutter ließ nicht zu, dass sich heute Abend überhaupt noch um das Geschirr gekümmert wurde. »Wir trinken jetzt ein schönes Glas Gin«, sagte sie. »May hat eine tolle neue Sorte entdeckt. Komm, May, hilf mir mal.«

Mays Augen blitzten vor Begeisterung, bevor die beiden Frauen in der Küche verschwanden.

Kate nutzte die Gelegenheit und beugte sich vor. »Grandpa, ich hätte tatsächlich noch eine Frage. Es geht um ... unseren Fall.«

»Aha.« Er lehnte sich sichtlich begeistert in seinem Stuhl zurück. »Was willst du wissen?«

Sie erklärte ihm schnell, dass, wann und wo sie »etwas« gefunden hatten – und er war verständnisvoll genug, nicht weiter nachzufragen.

»Und jetzt willst du wissen, von wo es gekommen ist?« Nachdenklich strich er sich über die Bartstoppeln. »Ich würde spontan Richtung Jersey tippen.«

»Nicht Alderney?«

»Alderney?« Noch mehr Falten als üblich entstanden auf Grandpas Stirn. »Möglich ist natürlich alles.« Er schwieg eine Weile und Kate wusste, dass er in Gedanken Entfernungen, Strömung und Windverhältnisse durchging. Schließlich sagte er: »Eher unwahrscheinlich. Jersey, Sark vielleicht. Aber ich bin kein Fachmann.«

Das war Kate klar. Sie würde DeGaris bitten, jemanden bei der Wasserschutzpolizei damit zu beauftragen.

»Danke, Grandpa. Und dann muss ich noch herausfinden, was sie auf Jersey oder Sark gewollt haben können. Oder ob sie nicht einfach doch nur heitere Tage auf See verbringen wollten.«

»Angeln.« Ihr Großvater schürzte die Lippen. »Es ist aktuell verboten, Ormer zu sammeln. Kommt immer wieder vor, dass sich jemand nicht daran hält. Raubfischer.

Mit Seeohren oder sogar Jakobsmuscheln ist ein hübsches Sümmchen zu verdienen.«

Kate schüttelte amüsiert den Kopf. Die Gedanken ihres Großvaters gingen hauptsächlich in eine Richtung. Und auch wenn DeGaris' Motto war, nichts auszuschließen, so war sie sich dennoch sicher, dass Greg und Stephanie Hamon, der Arzt und die Architektin, nicht in einer Nacht-und-Nebel-Aktion illegale Raubfischerei betrieben hatten.

»Und was ist mit dir? Morgen wieder mit Rob auf der Jagd?«, fragte sie lächelnd.

»Um fünf geht's raus. Natürlich nur die legalen Meeresfrüchte.«

Ihr Gespräch wurde unterbrochen, als ihre Mutter und Aunt May zurück ins Wohnzimmer kamen. Die Gingläser auf Mays Tablett klirrten leicht. »Von einer kleinen Destillerie aus St. Martin«, erklärte sie stolz, als sie jedem ein Glas in die Hand drückte. »Hat Holly mir empfohlen.« Kate nippte an ihrem Gin und musste zugeben, dass ihre Cousine eine gute Empfehlung abgegeben hatte. Wie viele junge Leute liebte auch Holly diesen Drink, der in den letzten Jahren einen regelrechten Aufwind bekommen hatte. Kate selbst hatte mit Laura einmal an einer Ginverkostung in einer der vielen kleinen Destillerien Guernseys teilgenommen.

»Mmmmhh«, kommentierte Kates Mutter, die auch gern Gin trank. Nur Grandpa liebte es noch eine Nummer stärker und schwor auf irischen Whiskey.

Schließlich beendete Aunt May den Abend nach einem Blick auf ihre Uhr. »So spät schon!« Erschrocken stand sie auf, um ihre Sachen zusammenzusuchen, und löste damit eine allgemeine Aufbruchstimmung aus, der auch Kate bald folgte.

»Schön, dass du da warst.« Ihre Mutter umarmte sie zum Abschied.

»Wir sehen dich viel zu selten, Kind.« Grandpa legte ihr eine Hand auf die Schulter. »Verbeiß dich nicht zu sehr in deine Fälle. Es muss auch noch ein Leben neben der Arbeit geben.«

Er hatte recht, das wusste sie, und ihr selbst gab es auch einen Stich, die Wärme des Wohnzimmers ihrer Mutter zu verlassen. Sie nahm sich fest vor, bis zum nächsten Besuch nicht wieder so viel Zeit verstreichen zu lassen, auch wenn sie mit einem Fall beschäftigt war.

»Nächste Woche vielleicht«, versprach Kate zögerlich.

Ihre Mutter lächelte. »Wir würden uns freuen. Und vergiss vor lauter Arbeit nicht, auch mal etwas zu essen.«

Kate lächelte zurück, dann zog sie die Tür hinter sich zu, stieg die Treppe hinunter und trat auf die Straße. Es war noch warm, auch wenn der Wind etwas abgekühlt hatte. Sie atmete einmal tief ein.

Vielleicht sollte sie noch einen Spaziergang machen.

Fermain Bay, Guernsey

Er saß an seiner üblichen Stelle an der Fermain Bay und beobachtete das Meer, bis die letzten Segler in Richtung Hafen abdrehten, als er leichte Schritte auf dem Sand spürte. Er drehte sich um.

»Ich hatte gehofft, Sie hier zu finden.«

Nicolas konnte das Lächeln in ihrer hellen Stimme hören, auch wenn er es aufgrund der letzten Sonnenstrahlen, die ihn blendeten, nicht sehen konnte. Es war schon spät, nach neun, und er war überrascht über ihren Besuch. Er war nach Guernsey gekommen, um allein zu sein, aber offenbar hatte er diese Pläne gemacht, ohne Detective Langlois miteinzubeziehen, denn das Alleinsein hatte mit ihrem Auftauchen einiges von seinem Reiz verloren.

Die dunklen Haare hatte sie wie üblich zu einem Pferdeschwanz zusammengefasst, und er fragte sich, wie es wohl aussah, wenn sie offen um ihr Gesicht auf die Schultern fielen.

»Detective Langlois.«

»Störe ich?«

»Nein, keineswegs.«

Sie ließ sich neben ihm im Sand nieder, und er lächelte.

»Haben Sie noch ein zweites Glas?«

»Anstrengenden Tag gehabt?« Er hatte kein zweites Glas. Aber er reichte ihr seins, nachdem er mit dem Hemdsärmel einmal am Glasrand entlanggewischt hatte. Sie schien zufrieden, zumindest nahm sie einen Schluck.

»Sie haben mir immer noch nicht erzählt, was Sie hier auf Guernsey tun«, erwiderte sie statt einer Antwort auf seine Frage.

»Oh doch, das habe ich.« Er lächelte, streckte die Beine aus und stützte sich auf die Hände.

»Ein Urlaubssemester. Aber warum gerade Guernsey?«

»Was wäre besser geeignet als Guernsey?«, gab er zurück. »Victor Hugo schrieb hier Les Misérables, Renoir malte seine besten Gemälde in der Moulin Huet Bay.«

»Oh, Sie arbeiten an einem deprimierenden Buch über die Armen von Paris, das wusste ich nicht«, neckte sie ihn.

»Finden Sie den Roman nicht faszinierend? Er hat alles, was eine gute Erzählung braucht: Liebe, Verrat und natürlich die Revolution. Ich komme aus Frankreich, wir lieben unsere Revolutionen.«

Sie lachte, und es war diese Leichtigkeit, mit der sie seinen Themenwechsel mitmachte, bei ihrer ursprünglichen

Frage nicht nachhakte und sein Schweigen akzeptierte, die ihn schlussendlich dazu bewog, ihr alles zu erzählen.

»Ich habe das letzte Jahr auf Zypern verbracht, mit Ausgrabungen im Auftrag des Komitees für vermisste Personen«, begann er. »Sie kennen die Geschichte, die Morde, die Massengräber. Noch immer sind die Opfer der Bürgerkriege überall auf der Insel verscharrt.«

Sie sah ihn aufmerksam an, unterbrach ihn aber nicht.

»Es war nicht mein erster Einsatz, ich war schon in Srebrenica und werde sicher wieder irgendwo landen, wo Menschen viel zu häufig anderen Menschen unvorstellbare Grausamkeiten angetan haben.« Er nahm ihr das Glas aus der Hand, jetzt brauchte er selbst auch einen Schluck Wein. »Es ist wichtig, dass die Toten gefunden werden, dass Eltern ihre Kinder betrauern können, Schwestern ihre Brüder. Wenn man seine Toten begraben kann – anständig begraben, nicht in einem Massengrab verscharrt wissen –, dann kann man sie betrauern. Und irgendwann vielleicht auch loslassen. Deshalb suchen wir auch so viele Jahre später noch nach den Toten. Wir forensischen Archäologen arbeiten daran, die Gräber freizulegen und die Toten zu bergen, wenn wir sie finden. Und wir finden sie. Viel zu viele.«

»Nur Tote, tagaus, tagein«, sagte sie leise. »Wie sind Sie bloß zu Ihrem Beruf gekommen? Ich kann mir nicht vorstellen, dass man sich das aussucht.«

Nicolas lächelte, während er mit dem Blick ihren Bewegungen folgte. »Oh, ich wollte Archäologe werden, natürlich. Ein berühmter wie Howard Carter und das Grab eines ägyptischen Pharaos entdecken. Aber manchmal geht das Leben eben seine eigenen Wege.« Und jetzt hatte es ihn hierher geführt, an diesen Strand, zu dieser Frau. Damit hatte er nicht auf ihre Frage geantwortet, das war ihm durchaus bewusst. Aber noch war er nicht bereit dazu, von Amirs Mutter zu erzählen. Von einem Zufall, einer Schnapsidee, die sie zu ihm geführt und sein Leben um hundertachtzig Grad gedreht hatte. Vielleicht interessierte ihn deshalb auch der Fall des verschwundenen Ehepaares, in dessen Geschichte es noch ein verschwundenes kleines Mädchen gab. So viele Menschen, die noch gefunden werden mussten. Zu viele.

»Ich brauchte eine Pause«, sagte er leise. Er bewegte seine Finger, spürte den Sand. »Eine Pause, in der ich nichts tue, außer aufs Meer zu schauen, den Möwen zuzuhören, den Wind und das Leben zu spüren.«

Sie fragte nicht nach, wieder nicht. Klug und empathisch und … schön. Er sah sie an.

Als sie ihm das Weinglas wieder aus der Hand nahm, berührten sich ihre Hände für einen Moment. Er genoss das Gefühl, und sogleich begann die Schwere des Gesprächs vorher einer Leichtigkeit zu weichen. »Und ich würde sagen, das gelingt mir ganz gut.«

»Ich weiß nicht. Abgetrennte Finger am Strand? Ist das wirklich Ihre Definition von Entspannung?«, fragte sie trocken.

»Die Arbeit findet mich doch immer wieder«, antwortete er und zuckte entschuldigend mit den Schultern.

»Ich bin Polizistin. Ich glaube, ich weiß, was Sie meinen.«

»Die Puzzleteile zusammensetzen, die Hinweise deuten, das Rätsel lösen.« Nicolas nickte. Er musste zugeben, dass er selbst ebenfalls fasziniert war und bei der Lösung des Rätsels helfen wollte. Deshalb hatte er sich heute auch den ganzen Tag mit Nachforschungen befasst. Darüber wollte er mit ihr aber erst reden, wenn er Ergebnisse präsentieren konnte. »Wissen Sie mittlerweile, wem das Blut gehört?«, fragte er stattdessen.

»Sie waren wieder ein Eis in der Strandbar kaufen?«

»Nein, eine Zeitung.«

»Sie sind ...« Statt ihren Satz zu vollenden, lachte sie und schubste eine Handvoll Sand in seine Richtung, er konnte gerade eben noch den Wein retten. »Nein, wir wissen nicht, wem das Blut gehört.«

»Der große Unbekannte«, sinnierte er. »Es wird doch immer erst spannend, wenn man mit unbekannten Variablen rechnen muss.«

»Mit Mathematik verschonen Sie mich besser«, antwortete sie. »Mir reichen Rechenaufgaben im Zahlenraum von eins bis zehn. Ohne unbekannte Variablen, ohne irrationale Zahlen oder gar Buchstaben.«

»Aber was wäre ein Verbrechen, bei dem Sie alle Komponenten schon kennen?«

»Gelöst.« Sie zwinkerte ihm zu.

»Hm.« Er überlegte. »Und hier haben Sie gleich zwei ungelöste Fälle.«

»Das verschwundene Mädchen.« Sie nickte.

»Glauben Sie, dass das Kind noch lebt?«

»Der damalige Ermittlungsleiter ist überzeugt davon, dass es tot ist.«

»Sie vertrauen ihm.«

»Ja«, sagte sie, auch wenn es im Grunde keine Frage gewesen war.

Nicolas sah sie an, er hatte das minimale Zögern vor ihrer Antwort gespürt. »Sie glauben aber an eine Verbindung zwischen den beiden Fällen, richtig?«

»Ich will nichts ausschließen.« Diesmal war die Antwort prompt gekommen. »In keine Richtung. Aber ... ja.« Sie schwieg für einen Moment, schien wieder etwas sagen zu wollen, fuhr sich dann mit der Hand über die Stirn und setzte noch einmal neu an. »Wir wissen aktuell ja nicht einmal, ob es sich nicht doch um einen Unfall handelt. Und natürlich kann das sein«, gab sie zu. »Es ist nur so … Das gleiche Ehepaar in zwei voneinander unabhängige Schicksalsschläge verwickelt?«

»Hat man einen Blitzschlag überlebt, ist die Chance, erneut vom Blitz getroffen zu werden, genauso groß wie bei allen anderen Menschen. Die Wahrscheinlichkeitsrechnung beginnt immer von Neuem.«

»Nicht schon wieder Mathematik!«, rief sie.

Er lächelte verschmitzt. »Oder ein Gewinnspiel«, sagte er. »Sie müssen die Tür noch einmal ändern.«

»Die Tür?«

»Kennen Sie nicht diese Fernsehshow? Le Bigdil hieß sie bei uns, ich bin mir sicher, bei Ihnen gab es die auch. Der Spieler wählt aus drei Türen: Hinter einer versteckt sich ein Auto, hinter den beiden anderen eine Ziege oder eben … wie sagt man, eine Niete. Wenn der Moderator eine der Türen öffnet, hinter der sich eine Ziege versteckt, hat der Spieler noch einmal die Chance, sich umzuentscheiden. Er sollte es tun. Die Wahrscheinlichkeitsrechnung beginnt wieder neu.«

Sie kniff die Augen zusammen. »Ich meine, mich dunkel an eine Show namens Trick or Treat erinnern zu können. Aber ich bin mir nicht sicher, ob ich Sie richtig verstanden habe«, sagte sie. »Das bedeutet ja eigentlich, es ist alles Zufall.«

»Wenn man die Wahrscheinlichkeitsrechnung zugrunde legt, ist das gut möglich. Aber um ehrlich zu sein …« Er sah ihr in die Augen. »Die Wahrscheinlichkeitsrechnung berücksichtigt menschliche Schicksale zu wenig.«

12. Kapitel

Sie war nicht mehr aufgewacht. Seit dem Moment, in dem die junge Frau ihn gebeten hatte, sie nicht in ein Krankenhaus, nicht zu einem Arzt zu bringen, hatte sie sich nicht mehr gerührt.

Michael hatte Rose wie versprochen am vergangenen Nachmittag angerufen und sie beruhigt, dass es ihm gut gehe, während er mit Sorge sein enorm geschwollenes Knie betrachtete. Dennoch hatte er ihr gesagt, dass alles in Ordnung sei und es noch genug Reste ihres köstlichen Auflaufs gäbe, sodass sie auch am nächsten Tag nicht zu kommen bräuchte. Nein, nein, auch das Pfarrhaus war picobello in Ordnung, sie putze doch immer so gründlich. Sie hätte auch einmal einen freien Tag verdient, warum ging sie nicht shoppen, in diesem schicken Center an der Waterfront von St. Helier. Hatte sie nicht von ihrem Wunsch nach einer neuen Bluse gesprochen?

Zunächst hatte sie gezögert, dann aber schließlich zugestimmt, glücklich darüber, dass Michael mit dieser kleinen Bemerkung so aufmerksam gewesen war.

Einen Tag hatte er also an Zeit gekauft. Was er jetzt mit der Frau von der Küste tun sollte, wusste er nicht.

Sein Nacken war steif, die Schultern verspannt, in seinem Alter hinterließ eine Nacht auf dem Sofa Spuren. Er fluchte, als er sich am Kessel verbrühte. Frühstück. Porridge, das war magenschonend. Aus Solidarität mit der Frau in seinem Schlafzimmer verzichtete er auf Eier mit Schinken. Dr Eloy wäre zufrieden.

Mit einer Tasse Kamillentee – echte Blüten, aus Roses Garten – machte er sich humpelnd an den mühsamen Aufstieg die Treppe hoch. Etwas vom Tee schwappte über und tropfte auf die dunklen Holzstufen. In seinem Schlafzimmer stellte er die Tasse auf dem Nachttischchen ab und zog die schweren Vorhänge auf. Das Fenster hatte er in der Nacht geschlossen gelassen, um die Kühle der Nacht fernzuhalten. Im Zimmer roch es abgestanden, und das Atmen fiel ihm schwer. Hastig öffnete er das Fenster, weit, und ließ die Morgensonne hinein, damit sie den Geruch von verbrauchter Luft und von Algen und Meer vertrieb.

Die Frau war völlig durchnässt gewesen, und ohne Schuhe. Michael hatte ihre Kleidung in die Waschmaschine gesteckt und sie in ein Winternachthemd von Helen gehüllt. Zumindest dafür war es gut, dass er ihre Sachen noch nicht ausgeräumt hatte. Auch wenn er wusste, dass das Festhalten an den Kleidern seiner Frau sie nicht zurückbrachte. Rose hatte stets einen traurigen Zug um den Mund, wenn sie Helens unberührten Kleiderschrank ansah. Sie hatte ihm schon oft angeboten, dass ihr Neffe beim Entsorgen helfen konnte, aber er hatte sich immer geweigert. Obwohl er selbst als Seelsorger trauernden Angehörigen dazu riet, nicht länger als ein Jahr an diesen Dingen festzuhalten. Rose durfte den Schrank nicht einmal öffnen.

Michael hielt inne. Gestern hatte er keine Sekunde gezögert, als er trockene Kleidung für die junge Frau gebraucht hatte. *Vielleicht*, dachte Michael, *ganz vielleicht, würde er doch bald mit seiner Trauerarbeit beginnen.*

Das Versorgen von kranken Menschen war ihm durch die Erfahrungen mit Helen nicht fremd, und so war es ihm auch nicht seltsam vorgekommen, der jungen Frau die Kleider zu wechseln. Viel zu dünn war sie, überall stachen Knochen hervor, und die blauen Flecke … Wahrscheinlich hatte die Brandung sie gegen die Felsen geschleudert. Immerhin hatte er keinen Bruch feststellen können.

In ihrer Kleidung hatte er keinen Ausweis gefunden, gar nichts. Wie auch, es war sicher alles vom Meer weggeschwemmt worden. Er überlegte, ob er eine Zeitung kaufen sollte. Vielleicht wurde jemand vermisst. Vielleicht fand er dort die Antwort. Aber er konnte sie nicht allein lassen, was, wenn sie aufwachte?

Er humpelte zum Bett und beugte sich über sie. Sie atmete, ja, aber nur sehr flach. Nervös fühlte er ihren Puls. Vielleicht bildete er es sich ein, aber er schien schwächer zu werden. Wenn sie doch nur aufwachen würde! Sie musste etwas trinken, er war sich sicher, dass sie dehydriert war. Und unterkühlt, er hatte das dicke Federbett fest um sie herumgestopft und gestern immer wieder die Wärmflasche an ihre Füße gelegt, nicht zu heiß, damit der Temperaturunterschied nicht zu Verbrennungen führte. Seitdem war ihre Temperatur stetig gestiegen, und jetzt wirkte sie eher zu heiß. Höchstwahrscheinlich hatte sie eine Erkältung, ein Wunder, wenn es keine Lungenentzündung war.

Plötzlich bewegte sie den Kopf, ganz leicht nur. Die Augen geschlossen murmelte sie etwas. Stöhnte. Murmelte. Er konnte nicht verstehen, was sie sagte, aber instinktiv strich er ihr über die Stirn. »Sie sind in Sicherheit«, beruhigte er sie. »Schlafen Sie. Werden Sie gesund.«

Sie öffnete die Augen, den Blick unfokussiert, mit flatternden Lidern. »Wo …«, krächzte sie schwach.

»In Sicherheit«, sagte Michael sanft. »Der Rest ist nicht wichtig. Hier, trinken Sie.« Vorsichtig stützte er ihren Kopf und setzte die Tasse mit dem Kamillentee an ihre Lippen. Sie trank in kleinen Schlucken, hustete, spuckte etwas Tee zurück in die Tasse.

»Gut, das haben Sie gut gemacht«, lobte Michael. Nicht zu viel auf einmal, den Magen nicht überfordern. Er würde es gleich noch einmal probieren.

»Sie …« Sie schluckte schwer, als ob sie Schmerzen hätte. Er würde das nächste Mal Honig in ihren Tee geben. Ihre Augen schlossen sich wieder. »Wir … sind …«, brachte sie heraus und hauchte, bevor sie wieder einschlief: »in Gefahr.«

Wir? Michael setzte die Teetasse auf dem Nachttisch ab. Wen meinte sie denn bloß mit »wir«?

✶

St. Peter Port, Guernsey

Am Vormittag besprach Walker mit DeGaris die anstehende Pressekonferenz. Kate schrieb dem Chief eine kurze Nachricht wegen der Wasserschutzpolizei und machte sich dann an den Versuch, die rätselhafte Beziehung von Dr Hobbs zu Stephanie Hamon zu klären, als eine Nachricht von Laura auf ihrem Handy eintrudelte: »Kannst du bitte meinen Mann festnehmen? Er brät sich Speck zum Frühstück. Ich kotze mir die Seele aus dem Leib!«

»Speckbraten ist leider nicht verboten. Aber wenn du ihm mit dem Pfannenwender eins überziehen willst, geb ich dir ein Alibi«, textete Kate zurück. Dann fügte sie hinzu: »Kau auf einer Ingwerwurzel. Tipp von Mum.«

Es dauerte drei Minuten, dann erschien die nächste

Nachricht: »Hervorragend, super Ratschlag, liebe Grüße an deine Mum! Patrick isst seinen Speck nun auf dem Weg zum Supermarkt, Win-win!«

Und wieder ein Problem gelöst, dachte Kate schmunzelnd. Wenn es doch nur immer so einfach wäre.

»Wie wär's mit einem schnellen Lunch heute Mittag?«, schrieb Laura gleich darauf. »Jetzt ist die Übelkeit weg, der Heißhunger wieder da.«

Kate musste lachen. »Eine halbe Stunde hab ich Zeit. Um eins?«

Auf Lauras enthusiastische Reihe von Pizza- und Pastasymbolen antwortete sie nicht, sondern konzentrierte sich wieder auf Stephanie Hamon und Eric Hobbs. Doch wie sie es auch drehte und wendete, sie fand keine Lösung. Ob sie sich da in etwas verrannte?

Und dann ging ihr der Brief nicht mehr aus dem Kopf. »Ava lebt«. Es musste einen Zusammenhang geben! Grausamer Scherz, Drohung oder Erpressung, was hatte der Brief in Stephanie ausgelöst? Was hatte er im Folgenden an Ereignissen ausgelöst?

Kate lehnte sich mit einem Seufzer im Stuhl zurück. Die Einzige, die vielleicht wusste, weshalb Stephanie Hamon den ehemaligen Geschäftspartner ihres Mannes aufgesucht hatte – und das unter falschem Namen –, war Emily Baynes. Stephanie hatte ihr vertraut, sie war ihre Freundin gewesen. Außerdem war Emily die Einzige, die sie zu dem Segelausflug der Hamons befragen konnten.

»Wir brauchen Emily Baynes«, murmelte Kate.

»Mit der kann ich leider nicht dienen«, sagte Miller, die unbemerkt den Raum betreten hatte. »Aber mit etwas Gebäck.«

Kate war ihr so dankbar, sie hätte ihr um den Hals fallen können.

In der Frühe hatte sie einen Espresso hinuntergestürzt, sonst nichts. Und bis zum Mittagessen war es noch weit. Ihr Magen grummelte, und die Scones dufteten herrlich.

Miller runzelte die Stirn. »Habt ihr etwa immer noch nichts aus Singapur gehört?«

Wortlos schüttelte Kate den Kopf. »Mit Olivia alles in Ordnung?«, fragte sie, während sie einen Klecks Marmelade auf das Gebäckstück gab. »Was macht das Fieber?«

»Das ist runtergegangen. Zum Glück. Kinder stecken eine Erkältung weg wie nichts.« Miller schenkte ihr ein erleichtertes Lächeln. »Aber die Nacht war die Hölle.«

»Deshalb haben wir uns diese Scones verdient«, nuschelte Kate kauend. Sie schwieg einen Moment, dann fragte sie: »Sag mal ehrlich: Glaubst du, es besteht die Chance, dass Ava Hamon noch lebt?«

»DeGaris …«, begann Miller, aber Kate unterbrach sie. »Jetzt mal abgesehen von DeGaris. Ich vertraue ihm. Wenn er sagt, es gab keinen Hinweis auf eine Entführung, dann gab es keinen Hinweis auf eine Entführung. Aber nur mal als Gedankenexperiment. Meinst du, es ist möglich?«

»Möglich ist alles, so viel Erfahrung müsstest du eigentlich auch schon gesammelt haben.« Miller zwinkerte ihr zu, wurde aber schnell wieder ernst. Unschlüssig zog sie die Schultern hoch. »Ich weiß nicht. Es kann schon sein. DeGaris hat keinen Hinweis auf eine Entführung gefunden, aber eben auch keinen endgültigen Beweis für seine Theorie. Letztlich … Wie kommst du darauf?«

»Ich dachte nur. Wir haben diesen Brief.«

»Du glaubst, er stammt von ihrem Entführer?«

»Nein.« Das hatte Kate ausgeschlossen. »Ich kann mir nicht vorstellen, dass der Entführer diesen Brief geschrieben hat, nach all den Jahren, mit dem Risiko, dass seine Fingerabdrücke darauf erkennbar sind.« Sie seufzte. »Vielleicht von jemandem, der das Kind gesehen hat? Ach, ich weiß es doch auch nicht.«

Miller sog nachdenklich die Unterlippe zwischen ihre Zähne. »Wenn wir wenigstens einen Briefumschlag hätten«, sagte sie. »Wenn wir wüssten, wo der Brief aufgegeben worden ist, dann könnten wir dort noch einmal suchen.«

Wenn in diesem Fall doch eine Sache einfach wäre! Kate entfernte mit einem Tastenklick den Bildschirmschoner an ihrem PC und machte sich auf die Suche nach einer bestimmten Datei. Mit einer Alterungssoftware hatte man ein Bild von Ava Hamon erstellt, wie sie möglicherweise heute aussah. Das war üblich in Vermisstenfällen, vor allem wenn man Hilfe von der Presse erwartete. Bei erwachsenen Personen war das oft hilfreich, bei Kindern, und vor allem so kleinen wie Ava, war die Software nicht besonders zuverlässig.

Ein blondes kleines Mädchen mit Zöpfen blickte sie an. Kate stellte sich einen roten Regenhut vor.

»Sie hat so große Augen wie Olivia.« Millers Stimme klang belegt.

»Wenn sie noch lebt, finden wir sie«, sagte Kate fest entschlossen. »Falls sie noch lebt.«

*

Der Tag war herrlich, und Kate beneidete für einen kurzen Augenblick DC Lucas, der am Wasser in der Sonne stehen und bei den bunten Booten Fischer befragen durfte. In einer kurzen Pause mit einem Eis an der Mole die Aussicht auf Castle Cornet bewundern, anschließend Fish'n'Chips und ein kleiner Plausch mit einem Angler.

Kate ließ die Jalousie herunter, um die Sonne auszusperren, da kam Walker mit verkniffenem Gesichtsausdruck von seiner Besprechung mit DeGaris zurück. Die kurze Pressemitteilung mit der Ankündigung der heutigen Konferenz hatte die Journalisten aufgeschreckt. Ein Toter war, auch wenn es sich um einen Segelunfall handeln sollte, immer noch eine kleine Sensation, zumal im Sommer, wenn die Zeitungen selbst nach kleinsten Meldungen dürsteten. Und da das mysteriöse Verschwinden der Hamons seit Tagen in den Medien besprochen wurde, liefen in den Redaktionen wahrscheinlich längst die Telefonleitungen heiß, und die Pressekonferenz würde das Spektakel des Tages werden.

Bevor Kate mit Walker ihre weiteren Schritte besprechen konnte, klingelte das Telefon auf seinem Schreibtisch. Kate stöhnte auf, vermutlich ein Reporter. Doch Walker winkte sie aufgeregt zu sich. Offenbar kannte er die Nummer.

»Mr Baynes!«, rief er, nachdem er das Gespräch angenommen hatte. Mit bedeutungsvollem Blick Richtung Kate, die sich neben ihn stellte, drückte er auf die Lautsprechertaste und lehnte sich in seinem Schreibtischsessel zurück. »Vielen Dank für den Rückruf. Wir versuchen schon seit Tagen, Sie zu erreichen.«

Kate entspannte sich leicht.

»Was soll ich sagen? Ich bin ein vielbeschäftigter Mann.« Dröhnendes Lachen erklang durch den Lautsprecher, und Kate wand sich innerlich. Ihr war der Unternehmer jetzt schon unsympathisch. »Wir stecken hier in wochenlangen Verhandlungen.«

»Umso besser, dass Sie es jetzt einrichten können«, antwortete Walker, und Kate war nicht klar, ob er Baynes Honig ums Maul schmieren wollte oder ob es purer Sarkasmus war.

»Wir wollten von Ihnen wissen, was Sie uns über das Ehepaar Hamon erzählen können. Die beiden haben einen

Segeltrip gebucht und … nun ja, wir wissen nicht, wo sie sind.«

»Die Hamons? Da kann ich Ihnen nicht weiterhelfen, da müssen Sie meine Frau fragen.«

»Das machen wir sehr gerne. Wenn Sie vielleicht kurz den Hörer weiterreichen würden?«

»An Emily?« Er klang überrascht.

Walker verdrehte die Augen. »Ja!«

»Das geht nicht.« Die Antwort kam zögernd, und das ließ Kate aufhorchen. Auch Walker lehnte sich auf seinem Stuhl nach vorne.

»Mr Baynes, wir wissen vom Hotel, dass Sie gemeinsam mit Ihrer Frau eingecheckt haben. Ist sie nicht da?«

Wieder ließ die Antwort auf sich warten. »Ich bin nicht mit meiner Frau in Singapur«, sagte er schließlich.

Kate zuckte zusammen, und auch Walker wirkte beunruhigt.

»Nicht?«, hakte er nach.

»Nein …«

Hatte das Hotel Miller nicht gesagt, Mr Baynes sei mit seiner Frau in einem Doppelzimmer abgestiegen? Kate hielt gespannt den Atem an, als Walker fragte: »Können Sie uns sagen, wo sie sich derzeit aufhält?«

Baynes schwieg, und Kate konnte sich nicht des Eindrucks erwehren, dass es ihn verunsicherte, in diesem Gespräch nicht die Oberhand zu haben.

»Nein«, wiederholte er schließlich gedehnt. »Ist sie nicht zu Hause?«

Walker seufzte. »Wann haben Sie Ihre Frau zum letzten Mal gesehen?«

»Ich … vor meiner Abreise.« Baynes klang nun ernsthaft verwirrt. »Vor knapp vier Wochen.«

Eine lange Zeit für eine Dienstreise, dachte Kate.

»Und wann haben Sie das letzte Mal mit den Hamons gesprochen?«, fragte Walker.

»Ich habe keinen blassen Dunst von unseren Nachbarn! Vor sechs Wochen vielleicht habe ich Stephanie mal über den Gartenzaun Hallo gesagt, als sie gerade Unkraut gejätet hat.«

»Über einen geplanten Urlaub oder Segeltörn wissen Sie also nicht Bescheid?«

»Nein.«

»Und nochmal zurück zu Ihrer Frau: Wann haben Sie zuletzt von ihr gehört? Mit ihr telefoniert?«, hakte Walker nach.

»Ich sagte Ihnen doch schon, ich hetze hier seit vier Wochen von Meeting zu Meeting.«

Der Mann hatte in vier Wochen nicht einmal mit seiner Frau gesprochen? Das unangenehme Gefühl in Kates Magengegend kam mit voller Wucht zurück.

»Sie wollen aber nicht behaupten, dass Sie in den gesamten vier Wochen keinen Kontakt zu Ihrer Frau hatten?« Auch Walker schien erstaunt. »Ist das normal in Ihrer Ehe?«

Sie hatte es doch geahnt. Und nur, weil Baynes es nicht für nötig gehalten hatte, sie zurückzurufen, hatten sie wertvolle Zeit verloren. Zeit, die sie besser in die Suche nach Emily Baynes investiert hätten. Angespannt fuhr sich Kate durch die Haare, während sie David Baynes' Ausflüchten lauschte.

»Wir haben hier wirklich viel zu tun.«

»Wir?«

»Wir arbeiten im Team.«

Kate beugte sich über Walkers Schreibtisch und suchte an seinem PC nach der Homepage der Firma Bay-Tec. Zwei Klicks und ihr wurde das Team angezeigt. Unter dem Bild des smarten Unternehmers Mitte vierzig, mit gegelten

Haaren und einem teuren Anzug, fanden sich drei weitere Männer zwischen dreißig und fünfzig und vier Frauen unter fünfundzwanzig.

»Wir arbeiten hart, um …«

»… den Deal zu finalisieren, ich weiß«, unterbrach Walker. »Mr Baynes, Sie sind mit einer ›Mrs Baynes‹ in Singapur. Wenn das nicht Ihre Frau ist, wer ist es dann?«

Baynes grunzte verärgert. »Sarah Harrington«, gab er schließlich zu, »eine hervorragende Fachkraft, die wir neu eingestellt haben.«

Kate vergrößerte das Foto von Sarah Harrington, einer hübschen jungen Frau mit blonden Locken und blassblauen Augen. War sie überhaupt schon volljährig?

»Seit wann arbeitet Sarah mit Ihnen zusammen?«

»Seit sechs Monaten.«

»Wie hieß ihre Vorgängerin?«

»Ich glaube nicht, dass meine Assistentinnen von Interesse für die Polizei sind.«

Sie könnten es sein, dachte Kate, *wenn die Ehefrau spurlos verschwunden ist.* Die Tatsache, dass niemand etwas von Emily gehört oder gesehen hatte, beunruhigte sie zutiefst.

»Wo haben Sie Ihre Frau kennengelernt?«

Kate konnte das Zähneknirschen sogar durch die Leitung hören.

»Sie war mal meine Assistentin.«

Walkers Augenbrauen hoben sich, und er schien äußerst zufrieden mit sich, Baynes als notorischen Schürzenjäger entlarvt zu haben.

»Hören Sie, ich weiß nicht, wo meine Frau ist«, jammerte Baynes jetzt. »Die kann überall sein. Die ist doch dauernd unterwegs.«

»Aha, dauernd. Warum? Flüchtet sie vor Ihnen?« Walker hörte nicht auf, Baynes zu provozieren.

»Was wollen Sie damit andeuten?«, brauste der Unternehmer dann auch auf. »Meine Frau muss sich bei mir nicht abmelden, wenn sie zum Wellness geht oder sich mit einer Freundin trifft.«

»Ich will gar nichts andeuten.« Walker legte eine Kunstpause ein. »Ihre Frau geht also regelmäßig zum Wellness und trifft sich mit ihren Freundinnen? Was ist mit Ihrer Nachbarin Stephanie Hamon? Könnte sie mit ihr zu einem Segeltörn aufgebrochen sein?«

»Stephanie?« Baynes lachte bitter. »Da haben Sie aber den falschen Nachbarn am Wickel.«

Kate tauschte mit Walker einen Blick. Was wollte Baynes damit andeuten?

»Sie lassen sich von Ihrer fünfundzwanzig Jahre jüngeren Ehefrau Hörner aufsetzen?«, schoss Walker ins Blaue, und Kate fürchtete, dass er zu weit gegangen war. Seine Taktik schien es zu sein, Baynes zur Weißglut zu bringen, bis er sich verplapperte. Sie hatten keinerlei Anhaltspunkt, dass Emily etwas zugestoßen war, sie hatten noch weniger Anhaltspunkte, dass ihr Mann mit ihrem Verschwinden etwas zu tun hatte, aber Walkers Bauchgefühl schien ähnlich zu ticken wie Kates. Irgendetwas war hier faul.

Und Baynes ging darauf ein. »Was so ein Titel mit den Frauen anstellt, was? *Doktor* Hamon.« Er schnaubte.

»Wir werden Ihr Ticket überprüfen«, sagte Walker nun. »Den Nachweis, dass Sie tatsächlich vor vier Wochen nach Singapur geflogen sind.«

»Was? Jetzt glauben Sie auch noch, ich hätte Emily etwas angetan?« Baynes' Stimme schraubte sich immer höher, doch plötzlich hielt er inne, als ginge ihm etwas auf: »Glauben Sie, Emily ist etwas passiert?«, fragte er schließlich. »Nein … Hören Sie«, sagte er eindringlich. »Ich habe zwei Ferienhäuser, eins in Cornwall, eins auf Gran Canaria. Vor allem die Kanarischen Inseln liebt Emily, ich wette, sie ist dort, um ein paar Tage Sonne zu tanken.«

Sonne gibt es im Augenblick auch auf Guernsey satt, dachte Kate, notierte sich aber gleich die Adressen der beiden Häuser, die Baynes nannte. Seine Aussage, dass die Ferienhäuser »ihm« gehörten, nicht »ihnen«, hatte sie ebenfalls registriert. So viel zur Gleichberechtigung der jungen Mrs Baynes.

»Sie ist ganz bestimmt dort«, plapperte Baynes weiter. »Suchen Sie sie auf Gran Canaria. Und wenn Sie mit diesem Hamon dort ist ...«

»Das Ticket, Mr Baynes«, unterbrach Walker ihn. »Wir kümmern uns um die Ferienhäuser. Und wir brauchen den Namen der Freundin, mit der Ihre Frau zum Wellness geht. Oder auf einen Kaffee.«

»Vanessa.«

»Wie weiter?«

Aber Kate wusste schon, was nun kommen würde.

»Vanessa eben. Den Nachnamen kenne ich nicht. Sie hat dunkle Haare.«

Walker warf Kate einen ungläubigen Blick zu.

»Wenn Ihnen noch was einfällt, melden Sie sich bei uns«, sagte Walker und beendete das Gespräch.

Kate atmete aus, nachdem er den Hörer aufgelegt hatte. Sie hatte gar nicht bemerkt, dass sie die Luft angehalten hatte. »Wo ist Emily? Glaubst du, ihr ist etwas zugestoßen?«, fragte sie sofort.

Walker zuckte unsicher mit den Schultern, musste aber zugeben, dass es merkwürdig war, dass ihr Mann seit Wochen nichts mehr von ihr gehört hatte. »Ich weiß es nicht. Aber es ist schon seltsam, dass sie seit Sonntag nicht zu Hause aufgetaucht ist. So, wie die Beziehung auf mich wirkt, hat sie sich sicher nicht abgemeldet, und es kommt schließlich immer wieder vor, dass Erwachsene verschwinden. Manche von ihnen fangen einfach irgendwo ein neues Leben an.« Wie Hobbs es für Hamon vermutet hatte, der erwiesenermaßen kein neues Leben angefangen hatte.

»Aber manchen stößt auch etwas zu«, antwortete Kate deshalb. »Und die Tatsache, dass auf dem Boot der Hamons etwas passiert ist … Nein, ich glaube nicht, dass Emilys Verschwinden selbstgewählt ist.« Solange sie davon ausgegangen waren, Emily begleite ihren Mann auf der Dienstreise, hatten sie sie noch nicht intensiv gesucht. Jetzt jedoch …

»Wir müssen Emily unbedingt finden«, sagte Kate und machte sich an die Arbeit.

*

Baynes gehörten in der Tat zwei Ferienhäuser, eines auf Gran Canaria, und eines in Cornwall. Bay-Tec schien gut zu laufen. In Anbetracht des Hauses auf Guernsey und der weitläufigen Gelände in Cornwall und auf Gran Canaria musste Baynes ein hübsches Sümmchen verdienen. Gut, ohne Geld wäre es wahrscheinlich fraglich, ob er so viele junge Frauen für sich würde begeistern können. Charakterlich war er nicht unbedingt als Goldschatz herausgestochen.

Während Kate mit den Kollegen der Policía Local de Las Palmas auf Gran Canaria in einer Mischung aus Englisch, Französisch und Spanisch radebrechte, blickte Walker immer wieder amüsiert zu ihr hinüber. Er war fein raus, er hatte sich gleich die Nummer aus Cornwall geschnappt und quatschte mit den Kollegen in Plymouth.

Der Capitán der Guardia Civil versprach, sich zu melden, sobald sie Baynes' Ferienhaus am Strand von Jinamar einen Besuch abgestattet hatten.

»*¡Muchas gracias!*« Kate hatte das Gefühl, sich den

Schweiß von der Stirn wischen zu müssen, solch eine Anstrengung war die Konversation gewesen.

»Untersteh dich, zu lachen!«, sagte sie drohend in Richtung von Walker, der sie grinsend ansah. »Aber immerhin ist das geschafft.«

Auch Walker war versprochen worden, sich gleich zu kümmern. An den Fall der verschwundenen Ava konnte man sich gut erinnern, man wollte helfen, wo es nur ging. Spätestens morgen sollten sie also mehr wissen.

Emily schien wichtig für diesen Fall. War sie gar der Schlüssel? Wo war die junge Frau jetzt? Hatte sie irgendwo auf dem offenen Meer ihren Tod gefunden, oder hielt sie sich tatsächlich arglos in einem der Ferienhäuser ihres Mannes auf, womöglich mit einem Liebhaber?

*

St. Martin, Guernsey

Nicolas saß mit einem Mokka an dem alten Küchentisch. Er hatte nicht viel mitgebracht nach Guernsey, aber die verbeulte silberne Kanne, die er von Amirs Mutter bekommen hatte und die damit untrennbar mit seinen Einsätzen als forensischer Archäologe verbunden war. Samijas Sohn war einer der ersten Toten, die er geborgen hatte, die kleine Kaffeekanne begleitete ihn seitdem treu überallhin. Ebenso die Tatsache, dass er viel zu starken Kaffee trank. Vor ihm auf dem Tisch lagen die Seekarten, die Dario vom Kiosk ihm am Vortag mitgegeben hatte. Er hatte den Finger gefunden, er fühlte sich verantwortlich. Oder vielleicht brauchte sein Gehirn auch einfach wieder Nahrung nach den drei Wochen Nichtstun, vielleicht wollte es etwas tun, ein Rätsel lösen. Und er war ehrlich genug zu sich selbst, um zuzugeben, dass er möglicherweise auch einen Grund suchte, um mit der hübschen Polizistin in Kontakt zu bleiben. Nachdem er so lange niemandem mehr hatte erzählen wollen, wie es ihm ging, was seine Arbeit mit ihm machte, brachten die Gespräche mit ihr eine Saite in ihm zum Klingen, die er plötzlich lauter hören und spüren wollte.

Zufrieden damit, dass er genug Gründe gefunden hatte, weshalb die Beschäftigung mit den Karten seit gestern trotz seines Urlaubs eine gute Idee gewesen war, suchte er zwischen seinen Notizen nach dem Zettel mit der Telefonnummer. Dario hatte sie aufgeschrieben, es war die seines Cousins, der ein Boot besaß.

Der Mann, Greg Hamon, war tot, hatte Detective Langlois gesagt, der Finger war post mortem abgerissen worden. Nicolas hatte sich noch nie vorher mit dem Thema Meeresströmungen befasst, und er war beeindruckt, was bei der Berechnung alles berücksichtigt werden musste. *Ja*, dachte er zufrieden, als er den letzten Schluck seines Kaffees trank, *es war ein höchst interessantes Forschungsgebiet.*

*

St. Peter Port, Guernsey

Kates Magen knurrte, Millers Scones waren nun auch schon eine ganze Weile her. Ein Blick auf die Uhr zeigte ihr, dass es kurz vor eins war, sie musste sich sputen, um Laura nicht warten zu lassen. Kate hatte ihrer Freundin die Auswahl des Treffpunkts überlassen – Laura war deutlich wählerischer, das kürzte den Prozess ab –, und so waren sie in einem kleinen Café im Finanzdistrikt verabredet. Laura hatte hin und wieder Sehnsucht, ihre frühere Arbeitsumgebung aufzusuchen, und freute sich, dort einen Kaffee trinken zu können, wenn sie Lust darauf hatte, statt in einem engen Büro arbeiten zu müssen.

Wie üblich saß sie schon an einem der Bistrotische in der Sonne, als Kate endlich ankam.

»Deine Mutter ist eine Heilige«, sagte Laura, nachdem sie Kate zur Begrüßung auf die Wangen geküsst hatte. »Ich lade dich ein. Ohne Heidi wärst du heute wahrscheinlich noch zu einem Blutbad in meinem Wohnzimmer gerufen worden.«

»Mir reicht, was mir die Arbeit diesbezüglich bietet, also reiß dich gefälligst zusammen«, antwortete Kate lachend und nahm ihr gegenüber Platz. »Was isst du?«

Laura entschied sich für ein Club-Sandwich, passend zum Ausflug in ihre alte Berufswelt, und Kate bestellte einen Salat mit gegrilltem Ziegenkäse.

Die Sonne wärmte ihr Gesicht, der Wind spielte mit ihren Haaren, und sie war rundum zufrieden.

»Du siehst angespannt aus«, machte Laura ihre Illusion zunichte.

»Gerade hatte ich mich gut gefühlt.«

»Weil Stress dein Dauerzustand ist.« Mit ihrem Messer pikste sie in Kates Richtung. »Hast du mal überlegt, mit Yoga anzufangen?«

»Ich laufe.«

»Und schon wieder Anstrengung für deinen Körper. Wann entspannst du dich mal?«

»Am Strand.« Die Antwort war Kate rausgerutscht, doch Laura merkte natürlich gleich auf.

»Was machst du am Strand?«, fragte sie interessiert.

»Nichts.« Das klang zu defensiv.

»Oha. Es ist was Ernstes.« Laura stellte ihr Glas ab.

»Bitte?«

»Ist es der Neue? Dein Kollege?«

»Ich … Ach, du liebe Zeit, Laura, es ist gar nichts. Ich habe ein paar Abende am Strand gesessen und gequatscht! Nicht, was du denkst.«

»Was denke ich denn?«, fragte ihre Freundin frech.

Kate wollte wirklich nicht darüber sprechen. »Er ist ein Zeuge. In unserem Fall«, versuchte sie, die Geschichte zurück auf die Sachebene zu bringen. »Und es ist nichts, es war einfach nur … angenehm, mit ihm zu plaudern.« Sie spürte, wie ihre Wangen mittlerweile brannten, und hoffte, Laura schob es auf die Sonne und den Wind.

»Du bist verknallt.« Laura grinste über das ganze Gesicht, so breit, wie nur Laura grinsen konnte.

»Ich bin nicht …« Kate, die ihre Stimme erhoben hatte, unterbrach sich. »Ich bin nicht verknallt«, wiederholte sie dann im Flüsterton.

Laura grinste weiter.

Kate seufzte. »Ich finde ihn nett«, gab sie schließlich zu. »Das ist aber auch schon alles.«

»Das ist schon alles«, wiederholte Laura sarkastisch. Dann schnalzte sie tadelnd mit der Zunge. »Kate, du findest niemanden einfach so nett! Ja klar, du hast mich, du hast deine Familie und na ja, hin und wieder redest du auch mal ganz gern mit Menschen. Aber du bist misstrauisch und vorsichtig, was Männer betrifft, und gibst ganz vielleicht mal jemandem eine Chance, wenn ich dir gut zurede.«

»Also wirklich«, grummelte Kate. Sie war nicht einmal halb so schlimm, wie Laura es darstellte. »Ich finde DeGaris nett, ich finde Miller nett, und sogar *dich* – obwohl ich gerade wirklich nicht weiß, warum.«

Erneut blickte Laura sie grinsend an. »Erzähl mir von ihm.«

Und weil sie ohnehin keine Ruhe gab und Kate ihren Salat schon beinahe aufgegessen hatte, und ganz vielleicht auch, weil wieder kleine Schmetterlinge in ihrem Bauch herumflogen, die sich ganz offensichtlich jemandem mitteilen wollten, erzählte Kate von Nicolas Arture.

*

»Kaffee?«, fragte Kate, als sie später zurück ins Büro kam, wo Walker am Schreibtisch saß. Er nickte dankbar, und während Kate in der Teeküche die Maschine startete, dachte sie an ihr Gespräch mit Laura. So schnell, wie sie sich mit Walker, nun ja, »arrangiert« hatte, wollte sie es vorerst einmal nennen. So schnell, wie sie dem Professor vertraut hatte … Vielleicht hatte sie sich doch verändert in letzter Zeit. Vielleicht war aus der vorsichtigen, der abwartend-skeptischen eine offenere Kate geworden? Ausgerechnet nach der Sache mit Pete.

Sie gab einen Schuss Milch in Walkers Kaffee und ein Stück Zucker in ihren. Mit den beiden Bechern in der Hand kehrte sie ins Büro zurück und dachte, dass es möglicherweise nicht trotz der Sache mit Pete war, sondern genau deshalb. In der Zeit danach hatte sie gemerkt, wie wichtig ihr Kollegen wie DeGaris, Rivers und Miller waren.

Wow. Sie setzte sich an ihren Schreibtisch. Welche Erkenntnisse an diesem banalen Donnerstag!

»Hey, ihr zwei.« Miller streckte ihren Kopf zur Tür hinein.

»Wie war's bei Mrs Hobbs?« Sofort war Kate mit den Gedanken wieder bei ihrem Fall.

»Vergeblich.« Miller schüttelte den Kopf. »Hobbs hat ein Alibi.«

»Bist du sicher?«

»Seine Frau hat mir die Fotos auf ihrem iPhone gezeigt.«

199

Es gibt von diesem Wandersonntag an die sechzig Aufnahmen. Du liebe Zeit, ein Diaabend mit Dad vor dreißig Jahren war nichts dagegen!«

Walker grinste.

»Hauptsächlich Blumen und das Meer. Zweimal ist ihr Mann drauf, einmal mittags gegen zwölf, einmal am Nachmittag um vier«, berichtete Miller weiter. »Nein, am Sonntag war er nicht auf dem Segelboot. Er war wandern.«

»Den Sonntag können wir ausschließen, okay«, beharrte Kate. »Aber was ist mit dem Samstag? Er hat seinen Freund Matt getroffen, am Nachmittag. Und in der Nacht? Was, wenn er sich rausgeschlichen hat?«

»Ich glaube, du verrennst dich da in etwas«, sagte Walker. »Da müsste er es schon sehr geschickt und hochprofessionell angestellt haben.«

»Ich habe sie nach der Nacht gefragt. Sie sagt, er ist mit ihr ins Bett gegangen und hat die Nacht über das Haus nicht verlassen.« Miller machte eine kurze Pause.

»Ist noch was?«, fragte Kate neugierig. Diese Kunstpausen musste die Kollegin sich von Rivers abgeguckt haben.

»Na ja, ich musste auf die Toilette«, sagte Miller schelmisch. »Und im Medikamentenschrank über dem Waschbecken gab es eine ganze Menge Schlaftabletten.«

»Du glaubst, sie war in der Nacht ausgeknockt und hat gar nichts bemerkt?«, fragte Kate.

»Ich werde Hobbs auf jeden Fall im Auge behalten«, versprach Miller und verabschiedete sich.

Kate blickte zu Walker. Gewonnen hatten sie mit dieser Erkenntnis leider nicht viel, sicher war noch immer nichts. »Die dritte Person auf dem Boot. Es muss nicht Hobbs gewesen sein. Vielleicht war es doch Emily«, überlegte sie laut. Die Einzige, zu der Stephanie Hamon noch Kontakt gehabt hatte. Schon nach dem Gespräch mit Margery Barington hatte der Gedanke an ihr genagt. »Oder wer stand sonst in Kontakt mit den Hamons?«

»*Das Paar lebt zurückgezogen, seit dem Verschwinden der Tochter kann man beinahe von Isolation sprechen*«, zitierte Walker.

»Eben. Und mit wem hatten sie Kontakt?«

»Mit Dr Hobbs ganz offensichtlich«, antwortete Walker, Kate absichtlich missverstehend.

»Und der hat auf jeden Fall etwas zu verbergen«, gab Kate zurück. »Aber für den Moment hat er ein Alibi. Was also ist mit Emily? Emily ist die Einzige, der Stephanie Hamon vertraut. Sie hatte eine enge Bindung zu Ava, sie pflegen eine enge Nachbarschaft. Und anscheinend hatte Greg Hamon ebenfalls ein Auge auf sie geworfen. Und Emily ist – im Gegensatz zu Hobbs – aktuell unauffindbar.«

»Wenn Baynes recht hat und Emily wirklich ein Verhältnis mit Greg Hamon hatte, dann befand sich dort auf diesem Boot eine ziemlich explosive Mischung«, sagte Walker.

»Was, wenn Stephanie Hamon etwas aufgefallen ist, eine Vertrautheit, ein Kuss oder mehr, als beide dachten, sie schläft? Motiv genug, um den Ehemann umzubringen oder die Nebenbuhlerin über die Reling zu stoßen.«

Walker überlegte. »Was, wenn Stephanie Hamon von der Affäre wusste? Wenn der Segeltörn ihre Rache war?«

»Genau. Sie hat alles geplant. Und deshalb war sie auch in der Lage, beide, Emily und ihren Mann zu überraschen.«

»Kann das wiederum etwas mit Dr Hobbs zu tun haben?«, fragte Walker.

Kate runzelte die Stirn. »Du meinst, Stephanie hat den Mord an ihrem Mann mit ihm besprochen?«

»Als Arzt weiß er sicher, wie man jemanden beseitigen kann, ohne Spuren zu hinterlassen.«

»Also doch ein geplanter Mord.« Kate nickte. »Aber wie passt der Brief da hinein? Der, dass Ava lebt?«

»Gar nicht. Es hat nichts mit Ava zu tun. Der Brief war eine falsche Fährte. Oder …« Er hielt inne. »Vielleicht war er auch absichtlich geschickt worden von Emily, um Stephanie aus dem Tritt zu bringen. Um ihre Aufmerksamkeit auf ihre verschwundene Tochter zu lenken, damit sie nichts von der Affäre bemerkt.«

»Und als Stephanie das erkannte, den Betrug nicht nur an ihrer Ehe, sondern auch an ihren Gefühlen für ihre Tochter …« Kate fröstelte. »Wenn Stephanie tatsächlich Emily und Greg ermordet hat … Dann stellt sich die Frage: Was hat Stephanie danach getan? Wohin ist sie geflüchtet? Wo hält sie sich versteckt?«

13. Kapitel

St. Mary, Jersey

Zwei Tage hatte sie sich vorgenommen. Heute war Donnerstag. Margaret blickte durch das Küchenfenster: Die Telefonzelle war deutlich zu sehen. Gab es noch eine andere? Sollte sie in einem Café fragen? Aber Kieran war heute zu Hause, er würde wissen wollen, wohin sie ging. Nervös zappelte er schon die ganze Zeit herum, lief schlecht gelaunt von einem Zimmer ins andere. Sie durfte ihn nicht ansprechen. Er hatte sie angeschrien, als sie das am Morgen versucht hatte. Margaret seufzte und blickte zur Uhr. Sie würde etwas kochen. Und den Anruf noch einmal verschieben.

*

St. Peter Port, Guernsey

Die Richterin war unerbittlich. »Ich würde Ihnen wirklich gern helfen, Ms Langlois«, sagte Madeleine Perchard, als Kate sie nach mehreren Versuchen endlich ans Telefon bekommen hatte. »Aber Sie haben keinen Hinweis darauf, dass Emily Baynes etwas zugestoßen ist.«

»Der letzte verbürgte Kontakt war vor vier Wochen!«

»Hat jemand sie als vermisst gemeldet?«

»Nein.« Kate bezweifelte, dass sie Baynes von diesem

Schritt überzeugen würden. Aber vielleicht konnten sie Emilys Eltern dazu überreden. Auch wenn sie keinen Kontakt mehr zu ihr pflegten, lag ihnen das Wohlergehen ihrer Tochter sicher am Herzen.

»Der Ehemann behauptet, sie sei in einem seiner Ferienhäuser.«

»Und warum können Sie nicht in den Ferienhäusern nach ihr suchen?«, fragte die Richterin mit leicht genervtem Unterton.

»Natürlich überprüfen wir das, die Kollegen sind schon dran.« Kate hatte das Gefühl, sich verteidigen zu müssen, und ärgerte sich darüber. »Aber der Unfall der Hamons ist vier oder fünf Tage her. Wenn wir weiter wertvolle Zeit vergeuden, kann das Emily das Leben kosten!«

»Ich weiß, dass Sie unter Druck stehen, Ms Langlois«, sagte die Richterin. »Und mir ist auch klar, dass wir in diesem Fall schnell Ergebnisse brauchen. Sie sind nicht die Einzige, der die Presse im Nacken sitzt. Aber allein aufgrund vager Vermutungen und Ihrer Intuition kann ich einen Durchsuchungsbeschluss nicht rechtfertigen.«

Kate seufzte, bedankte sich dennoch bei Madeleine Perchard und beendete das Gespräch.

Walker, der mitgehört hatte, murmelte etwas zu Richtern und Staatsanwälten, die der Polizei sowohl in London als auch auf Guernsey die Arbeit schwer machten. Dann ordnete er die Papiere auf seinem Schreibtisch in einer Aktenmappe. Es war Zeit für die Pressekonferenz.

Kate nickte ihrem Kollegen aufmunternd zu. Er würde das sicher großartig machen. Das gleiche Spiel wie vor zwei Tagen, so wenig wie möglich verraten, um nicht die Ermittlungen zu gefährden, aber so viel wie nötig, um sachgerecht zu informieren. Hinweise über den Verbleib von Stephanie Hamon würden sicherlich eingehen, Fluch und

Segen zugleich. Zum Glück würde Miller sich dann darum kümmern. Auch wenn Richterin Perchard ihnen den Durchsuchungsbeschluss verwehrte, so hatte Miller aber doch Bilder von Emily an die Kollegen am Flughafen, an den Fähren und in den Polizeiwachen verteilt.

Kate holte sich auf dem Weg ins Foyer noch schnell einen Kaffee. Doch als sie die Teeküche verließ, wäre sie beinahe mit jemandem zusammengestoßen und konnte gerade eben noch so ihren Kaffee retten.

»Holly!« Heute mit knallrotem Lippenstift, der sich mit dem nicht weniger grellen Orange ihrer Bluse biss, stand ihre Cousine vor ihr. »Solltest du nicht bei der Pressekonferenz sein?«

»Ich dachte, ich statte meiner Lieblingscousine einen kurzen Besuch ab.« Holly gab Kate zwei Luftküsschen links und rechts auf die Wangen, wobei eine Woge ihres blumigen Parfüms herüberwehte.

»Dein Büro ist doch dort drüben, richtig?«, sagte sie fröhlich und ging voraus.

»Du weißt, dass ich mit dir nicht über den Fall sprechen darf«, warnte Kate.

Holly wedelte mit der rechten Hand. »Ach, deshalb bin ich doch gar nicht hier.« Sie zog einen Stuhl nah an Kates Schreibtisch heran, schlug elegant die Beine übereinander und beugte sich zu Kate, die zögerlich auf ihrem Schreibtischstuhl Platz nahm. »Die Kollegen sind unten, die nehmen jedes Wort auf, was gesprochen wird. DeGaris und der Neue, Walker, ja? Ich hab was läuten gehört, dass er aus England kommt? Geschieden, sagt der Flurfunk. Er sieht aber nicht schlecht aus. Wie ist er denn so?«

Holly konnte die Menschen schwindelig reden, hatte sie immer schon gekonnt, und Kate vermutete, das war auch der Grund, weshalb sie solch eine gute Reporterin war. Sie quatschte und quatschte, verwirrte mit abseitigen Themen, bis einem ihrer Opfer versehentlich etwas rausrutschte, in das sie sich dann wie ein Bullterrier festbeißen konnte. Die meisten Quellen, die Holly anzapfte, vermuteten so lange nichts Böses, bis sie sich mitten in einem Titelseitenskandal wiederfanden. Kate war auf der Hut. »Ich hab nicht viel Zeit«, sagte sie mit Blick auf die Uhr und beantwortete dann Hollys Frage nach Walker so unverbindlich wie möglich: »Wir arbeiten gut zusammen.« Das war mittlerweile nicht einmal gelogen. »Wie geht's denn dir und … wie hieß er noch? Jacob?«

»Oh, das ist passé.« Holly zuckte gleichmütig die Schultern, bevor sie Kate zuzwinkerte. »Aber interessant, dass du meine Frage nach deinem Arbeitskollegen mit einer nach meinem Liebesleben parierst. Übertragung?«

»Siehst du, Holly, das ist der Grund, weshalb ich dich nicht öfter zum Kaffee einlade«, sagte Kate lächelnd.

Holly grinste verschmitzt. Kate wusste, dass ihre Cousine sie gern öfter treffen, ihre Jugendfreundschaft wieder aufleben lassen würde, aber … Kate blickte Holly an, und das schlechte Gewissen überrollte sie gleichzeitig mit einer Woge der Zuneigung. Vielleicht konnte die Pressekonferenz auch noch weitere zwei Minuten auf sie verzichten.

»Wenn du jetzt bei deinem iPhone auf den Auslöser drückst, nehm ich dich fest«, sagte sie dann jedoch. Holly, einfach unverbesserlich.

»Wie hast du das gemerkt?«, fragte Holly entrüstet, aber so unauffällig war es nicht gewesen, wie sie versucht hatte, hinter der Handtasche ein Foto von den Dokumenten auf dem Schreibtisch zu schießen.

»Aber, ernsthaft, Darling, wann kommst du mal wieder zu einer kleinen Soirée zu mir?«, versuchte Holly sich wieder einzuschmeicheln.

Kate schmunzelte. Ihre Cousine hatte die Angewohnheit, sämtliche Menschen, die sie mochte, mit Kosenamen zu belegen. Das und ihr lautes, beinahe dreckiges Lachen, das bei ihrem so weiblichen Äußeren jeden überraschte, der sie kennenlernte, machte sie zum Mittelpunkt jeder Party. Und Holly liebte Partys. Alle paar Wochen versammelte sie ihre Freunde und Arbeitskollegen freitagabends in ihrer Wohnung im Norden von St. Peter Port, um mit ihnen anzustoßen.

»Wenn der Fall aufgeklärt ist. Und nein, ich rede immer noch nicht mit dir darüber«, fügte Kate auf Hollys Blick hin an.

Ihre Cousine seufzte theatralisch, ließ sich dann aber auf einen Themenwechsel ein.

»Ich war gestern zum Abendessen bei Mum«, erzählte Kate. »Und da hat Grandpa die Geschichte erzählt von deiner ersten Reportage in der Schülerzeitung über das Fire Department.« Während Kate in der Schule vor allem im Sportunterricht geglänzt hatte, war Holly schon damals im Auftrag der Schülerzeitung konstant mit Stift und Notizblock herumgelaufen und hatte ihre Nase in alles gesteckt, was sie nichts anging. Mit Helm hatte sie für ihre erste Reportage vor einem Feuerwehrfahrzeug posiert, und aufgrund dieses Berichts war sie dann zur Herausgeberin und Schülersprecherin gewählt worden.

»Gegen Jonathan zu gewinnen, war mir das größte Vergnügen.« Holly grinste breit. »Der Liebeskummer war sofort verflogen.«

Kate musste lachen. Jonathan hatte nicht nur ihrer Cousine das Herz gebrochen. Vom Schwarm der gesamten Schule war mehr als ein Mädchen unglücklich zurückgelassen worden.

»Kannst du dich noch an den Unfall im Sportunterricht

erinnern?«, fragte Kate, und nun war es an Holly, in Gelächter auszubrechen.

Es war nett, so zu plaudern, musste Kate zugeben, als sie sich die Namen und dazugehörigen Anekdoten wie beim Pingpong zuspielten.

»Und außer diesem Finger habt ihr noch nichts von dem verschwundenen Greg Hamon gefunden?«, fragte Holly plötzlich unschuldig.

»Keine Chance.« Immer noch lachend schüttelte Kate den Kopf.

Plötzlich räusperte sich jemand laut in der Tür hinter ihnen, und sie schreckten auf.

»Was macht die Presse hier oben, Langlois?«, fragte DeGaris. Kate hatte ihn gar nicht kommen hören. War die Pressekonferenz etwa schon zu Ende? Sie hatten sich wirklich verquatscht.

»Ich bin so gut wie weg.« Holly schenkte DeGaris ein bezauberndes Lächeln und stand auf. Küsschen links, Küsschen rechts für Kate, dabei versuchte sie erneut, einen Blick auf Kates PC zu erhaschen, auf dem aber nur der Bildschirmschoner zu sehen war. Bevor sie das Büro verließ, drehte Holly sich noch einmal zu DeGaris um, der sie finster anblickte: »Sie haben hervorragend ausgesehen, vorhin auf dem Podium. Und Ihr neuer Kollege ebenfalls.« Sie zwinkerte Walker zu, der in diesem Augenblick das Büro betrat und Holly perplex hinterhersah, als sie aus dem Raum stöckelte.

»Meine ... Cousine«, erklärte Kate. »Wie war es denn?«

Es schien nicht gut gelaufen zu sein, erneut zeigten sich Schatten unter DeGaris' Augen, und bemerkenswerterweise war selbst Walkers Krawattenknoten nicht mehr perfekt gebunden, so als hätte er nervös daran herumgenestelt.

»Sie werden Emilys Bilder bringen. Zeugin gesucht«, zitierte er, was er den Zeitungen erzählt hatte. Er versuchte, den Misserfolg herunterzuspielen, die Anspannung war ihm deutlich anzumerken. Sie hatten keine Antworten gehabt auf die Fragen der Journalisten, und die Schlagzeilen, die den Zusammenhang zum Verschwinden Ava Hamons ziehen und erneut die »stümperhafte Arbeitsweise der Polizei« ausschlachten würden, waren garantiert.

Auch wenn ein Aufruf zur Mithilfe bei der Suche gestartet worden war, so war er wohl von viel Misstrauen begleitet.

Walker fuhr sich durch die Haare. »Ich bin erschöpft«, sagte er mit Blick auf die Uhr.

DeGaris und Kate nickten, es war spät.

Auch Kate schaltete ihren Computer aus, griff nach ihrem Smartphone und verabschiedete sich von den beiden Kollegen. Doch los ließ sie der Fall noch lange nicht. Sie steckten zu tief drin, einen freien Kopf würde sie erst wieder bekommen, wenn das mysteriöse Verschwinden der Hamons aufgeklärt war. Und das von Emily.

*

Saint's Bay, Guernsey

Zu Hause zog Kate als Allererstes ihre Laufschuhe aus dem Regal. »Wovor läufst du davon?«, hatte einer ihrer Ex-Freunde nach Ryan sie einmal provokant gefragt und ihr einen tiefenpsychologischen Vortrag gehalten. Irgendwann war sie auch vor ihm weggelaufen. Und irgendwann würde sie sich seiner Frage vielleicht stellen. Aber heute würde sie wieder laufen.

Sie entschied sich für die Strecke zum Jerbourg Point.

Mit dem Auto fuhr sie auf einen kleinen Parkplatz an

der Südküste in der Nähe der Saint's Bay. Den Wind in den Haaren, das Rauschen der Brandung in den Ohren liebte sie es, an den Klippen entlangzujoggen. Kate fühlte sich nie so frei wie in diesen Momenten.

Sie atmete tief in ihre Lunge hinein, lange durch den Mund wieder aus, fand einen Rhythmus, der zum Tap-tap-tap ihrer Füße passte, und ließ all ihre Gedanken los, konzentrierte sich nur noch auf den Rhythmus, das Tap-tap-tap und das Atmen. Ein. Aus.

Die letzten Sonnenstrahlen des Tages wärmten ihr Gesicht, bald würde die Luft durch die untergehende Sonne kühler werden, doch noch waren es zwanzig Grad. Der Weg führte sie immer an der Küstenlinie entlang von der Saint's Bay, einem rauen Strandabschnitt, zur Moulin Huet Bay. Eingeschlossen von den Klippen war das Wasser hier türkisblau wie in der Karibik, und die im Meer liegenden Felsen gaben der Bucht ihr charakteristisches Aussehen. Weiter lief sie an Petit Port vorbei, einem kleinen wunderschönen Strand, der nur über zweihundertundsiebzig steile Treppen erreichbar war, und schließlich bis zum Jerbourg Point, dem südöstlichen Zipfel Guernseys auf der gleichnamigen Halbinsel. Von hier aus hatte sie eine wunderschöne Aussicht auf St. Peter Port, seinen Hafen und auf die wilde Küste.

Kate blieb für einen Moment stehen. Der Wind zerrte an ihren Haaren, der Schrei der Möwen hoch über ihr war lauter als die Brandung, die sich an den Klippen brach.

Wahrscheinlich war ihr Atmen beim Laufen das, was Nicolas Arture jeden Abend am Strand tat: Ein. Aus. Immer im Rhythmus der Wellen.

Ohne ihre Schritte bewusst zu lenken, fand Kate sich plötzlich auf dem Küstenpfad wieder, der zur Fermain Bay führte. Sie beschloss, nicht so genau nachzuforschen, was sie antrieb, ausgerechnet dorthin zu laufen. Sie genoss die Anwesenheit des Franzosen und ihre Gespräche, sie schätzte seinen unvoreingenommenen Blick auf den Fall und die Sichtweise, die so ganz anders war als die ihrer Kollegen. Unkonventioneller, nicht von Zwängen oder Wahrscheinlichkeiten geprägt. Fürs Erste konnte sie sich mit diesen vorgeschobenen Gründen herausreden und musste sich das Herzklopfen nicht eingestehen, das sie in seiner Gegenwart verspürte, die Schmetterlinge in ihrem Bauch, wenn er lächelte, oder die Freude, die sie verspürte, einfach schon, wenn sie seine Silhouette in der Fermain Bay erkannte.

Kurz bevor sie die Bucht erreichte, fragte sie sich, ob er überhaupt hier war. Er konnte doch nicht jeden Abend hier sitzen und Wein trinken?

Doch als sie auf den Strand trat und die Wellen ihr entgegenrollten, sah sie ihn, die Ellenbogen aufgestützt, halb auf dem Rücken liegend. Die Augen geschlossen schien er die Geräusche des Meeres in sich aufzunehmen, den salzigen Geruch. Der Ausdruck auf seinem Gesicht war nachdenklich, sodass Kate sich schon überlegte, einfach umzudrehen, ohne ihn anzusprechen. Aber dann öffnete er plötzlich die Augen und sah sie an. Offenbar hatte er sie bemerkt.

»Entschuldigen Sie, dass ich einfach so …« Der Gedanke, wie sie aussah, verschwitzt vom Laufen, kam ihr erst jetzt. Doch bevor sie wieder gehen konnte, hatte er ihr schon mit der Hand bedeutet, dass sie sich neben ihn setzen sollte.

»Madame Inspecteur, wie schön, Sie wiederzusehen.« Die Grübchen in seinen Wangen erschienen wieder, und Kate nickte verlegen. Sie spürte, wie ihre eigenen Wangen warm wurden, und hoffte, dass er es aufs Joggen schieben würde.

»Ich wollte Sie schon anrufen.«

Kate stutzte und ließ sich im Sand neben ihm nieder. Die kühle Luft strich angenehm über ihre Stirn, aber sie war froh, die dünne Jacke umgebunden zu haben, die sie später überziehen konnte.

Nicolas zog eine Karte aus der hinteren Tasche seiner Leinenhose und faltete sie auseinander. »Wenn wir davon ausgehen, dass der Finger unmittelbar nach Eintritt des Todes abgerissen wurde, sind Gabriel und ich der Meinung, Ihr Toter muss ungefähr hier verunfallt sein.« Er zeigte auf der Karte auf eine Stelle im Meer auf halber Strecke zwischen St. Peter Port und der Nordwestküste Jerseys. »Und wahrscheinlich befindet sich die Leiche mittlerweile hier.« Er deutete Richtung Alderney. »Der Finger war so leicht, dass der Tidenhub ihn an Land gespült hat, während der Körper von der Strömung weitergetragen worden sein muss. Wir haben gesucht, ihn aber nicht gefunden. Vielleicht wird er in ein paar Tagen in der Nähe von Cherbourg angespült.«

Kate war vollkommen überrascht. Sie starrte ihn an, öffnete den Mund, um etwas zu sagen, schloss ihn aber wieder. »Wer ist Gabriel?«, stieß sie schließlich hervor.

»Ah, ich sehe, die wichtigen Fragen immer im Blick.« Er überkreuzte seine ausgestreckten Beine. »Gabriel ist der Cousin von Dario.« Er grinste.

»Und Dario ist …?«

»Dario gehört der Kiosk, in dem ich meine Zeitung kaufe. Wir sind ins Gespräch gekommen, weil ich Strömungskarten brauchte, und Dario hat mir noch die Nummer seines Cousins gegeben.«

»Sie haben sich wirklich perfekt integriert«, murmelte Kate amüsiert und dachte an ihre Mutter und Grandpa, bei denen das immer genauso lief. Man traf jemanden, der jemanden kannte, und schon hatte man einen neuen Freund, der bei der Reparatur des Werkzeugschuppens aushalf oder selbst angebaute Schwertlilien gegen gestopfte Socken tauschte.

»Oh, es sind wirklich sehr nette Leute!«, erklärte Nicolas. »Darios Frau Maria hat mich nächste Woche zum Essen eingeladen, sie haben zwei entzückende Kinder.«

»Perfekt integriert«, wiederholte Kate murmelnd.

»Wussten Sie, dass es auf Jersey eine recht große portugiesische Gemeinde gibt? Ende des zwanzigsten Jahrhunderts sind sehr viele Arbeiter aus Portugal eingewandert.« Er gestikulierte angeregt. »Wie auch immer, ich schweife ab.«

»Das stimmt.« Kate lächelte fasziniert. »Sie wollten mir sagen, wozu Sie die Strömungskarten brauchten«, erinnerte sie ihn dann. Noch hatte DeGaris nichts von der Wasserschutzpolizei gehört.

»Richtig. Die Strömungskarten. Ich wollte herausfinden, wo der Finger mitsamt der Leiche hergekommen sein muss. Aber das ist nicht so einfach, weil man nicht nur die Strömungen und den Wind, sondern natürlich auch die Gezeiten berücksichtigen muss und die Tatsache, dass wir nicht wissen, wann der Finger abgerissen wurde. Dario hat mir mit den Strömungskarten weitergeholfen und mir die Nummer seines Cousins gegeben. Gabriel besitzt ein Boot. Also sind wir rausgefahren.«

»Natürlich«, sagte Kate, als wäre es das Selbstverständlichste der Welt, mit dem Cousin des Kioskbesitzers im Meer nach einer Leiche zu suchen.

»Wir haben den Toten leider nicht gefunden«, sagte Nicolas. »Aber wir hatten auch nicht mehr viel Zeit, an der Stelle unserer Berechnungen zu suchen. Wir haben einige Stunden damit verbracht, kleinere Stöcke, etwa von der Größe und Schwere eines Fingers, an unterschiedlichen Stellen ins Meer zu werfen. Eine Weile sind wir ihnen gefolgt, um die Strömung besser zu verstehen. Wir haben sie farblich markiert. Wenn einer der Stöcke hier an der Fermain Bay angespült wird, haben wir eine genauere Ortsangabe. Wir gehen aber davon aus, dass sich der Finger ungefähr hier«, er deutete auf die blau markierte Stelle zwischen Guernsey und Jersey auf seiner Karte, »vom Körper gelöst haben muss, sodass sich der Tote mittlerweile ungefähr hier«, er deutete auf die rot markierte Stelle Richtung Alderney, »befinden sollte.« Schließlich zeigte er auf eine schwarz markierte Stelle. »Und hier sollte er dann morgen Vormittag sein. Ungefähr.«

»Ungefähr«, wiederholte Kate beeindruckt. »Sie sind wirklich unglaublich!« Sie musste lachen. »Wann rechnen Sie mit der Ankunft der Stöcke? Morgen?« Wenn man davon ausging, dass Greg Hamon zwischen Samstagabend und Sonntagnacht über Bord gegangen war, müsste es dann schon so weit sein. Was für ein verrücktes Experiment! Es war verrückt und genial und genau das, was man von diesem Mann erwarten konnte, so wie sie ihn bisher kennengelernt hatte.

»Ja, vermutlich.«

»Und das haben Sie alles heute herausbekommen?«, fragte sie ungläubig.

»Oh, ich habe die Vorbereitungen gestern schon erledigt«, sagte er.

Vielleicht sollte sie ihn für eine Stelle bei der Wasserschutzpolizei vorschlagen? Plötzlich kam ihr ein Gedanke. Sie studierte die Karte. »Jersey«, sagte sie leise. »Sie müssen nach Jersey gewollt haben.« *Aber warum? Und mit wem?*

»Ja, vielleicht«, sagte er und drückte ihr die Karte in die Hand. »Die Karte ist für Sie. Vielleicht haben Sie mehr Glück.«

Sie steckte die Karte ein. »Danke! Das hilft uns wirklich.« Sie würde morgen mit DeGaris und den Kollegen der

Wasserschutzpolizei sprechen. Die Küstenwache hatte ihre Suche recht großflächig gehalten, auf der Grundlage von Peter Mahys Aussage, dass die Hamons nach Alderney gewollt hatten. Genaue Berechnungen und erst recht umfangreiche Feldversuche, ausgehend von der Fundstelle des Fingers, hatte sicher noch keiner angestellt. Kate wollte keine Wetten abschließen, aber wenn sie eine Chance besaßen, Greg Hamons Leiche zu finden, dann mit Nicolas' Hilfe.

»Hätten Sie Lust, in den nächsten Tagen zum Abendessen zu kommen?«, fragte er plötzlich. »Vielleicht am Samstag? Wir könnten etwas ... plaudern. Oder wie sagen Sie das? Quatschen.«

Schmetterlinge, dachte sie perplex. Da waren sie wieder, im Bruchteil einer Sekunde aufgetaucht. »Zu Ihnen?« Nur dass sie das auch richtig verstand und er sie nicht mit Gabriel oder einem weiteren Cousin Darios verkuppeln wollte.

»Ja, wenn Sie sich trauen. Ich kann leider nicht kochen.«

»Oh.«

»Wir bestellen einfach Pizza. Damit sind wir auf der sicheren Seite.«

An Kates Mundwinkeln zupfte es. »Ich mag Pizza.«

»Wunderbar, dann ist das abgemacht. Ich kann zwar nicht kochen, aber ich kann hervorragend mit dem Lieferdienst telefonieren.«

»Sie sind ein Mann mit vielen Talenten.«

»Das haben Sie gesagt.« Er lächelte sie an. »Dann ist es abgemacht?«

»Dann ist es abgemacht«, wiederholte Kate und hoffte, ihr eigenes Lächeln ließ sie nicht wirken wie ein verknallter Teenager.

*

215

Ausgepowert und schwer atmend kam Kate zu Hause an. Ihre Oberschenkel zitterten, als sie die Stufen zu ihrer Wohnung hinauf nahm, aber nicht nur das Joggen, sondern vor allem das Gespräch mit Nicolas hatte für eine Menge Adrenalin gesorgt, und sie war alles andere als müde.

Nachdem sie die Tür hinter sich geschlossen hatte, ließ sie ihre Schlüssel auf die Ablage fallen und zog die Laufschuhe von den Füßen. Schon auf dem Weg ins Badezimmer zog sie sich ihr Sport-Shirt aus und warf es in die Waschmaschine, die Hose folgte. Dann stellte sie sich so lange unter die Dusche, bis das warme Wasser sämtliche Verspannungen in ihren Schultern gelöst hatte.

Nachdem sie anschließend im Pyjama Ente süß-sauer von einem asiatischen Restaurant mit Lieferservice bestellt hatte, wusste sie, dass sie heute Nacht endlich einmal gut schlafen würde. Aber bis dahin gab es zu tun. Mit dem kleinen Styroporkarton und einer Gabel setzte sie sich vor ihren Laptop. Zunächst fotografierte sie die Karte ab, die Nicolas ihr mitgegeben hatte, und schickte eine Mail an DeGaris, Miller und Walker. Der Chief stand im Kontakt mit der Küstenwache, die die Suchaktion nach der Leiche und Verletzten koordinierte. Es war immer ein Stochern im Trüben, und oft hatte man keine Chance, Tote aus dem Meer zu bergen. Aber vielleicht hatten sie nun einen Anhaltspunkt. »Die Informationen sind von Nicolas Arture, dem Professor, der den Finger am Strand gefunden hat. Er ist forensischer Archäologe«, schrieb sie in ihre Mail. Sie war sicher, dass DeGaris die Informationen verarbeiten und weiterleiten würde. Auch wenn er mit »Archäologie« in diesem Fall vermutlich wenig anfangen konnte, so sollte die »Forensik« doch ihren Zweck erfüllen.

Kate dachte an Stephanie. Sie hatten keine verletzte Person aufgefunden, weder in Seenot noch an einer Küste oder in einem Krankenhaus. *Wenn* Stephanie Greg ermordet hatte … Wo war sie jetzt? Und was verdammt nochmal war Hobbs' Rolle in der ganzen Geschichte?

Bevor ihre Ente kalt wurde, aß Kate schnell ein paar Bissen, dann machte sie sich daran, im Internet nach Emily zu suchen. Sie hatte kein Bild von der jungen Frau, das störte sie. Nicht im buchstäblichen Sinn. Sie wusste, wie Emily aussah: jung, hübsch, mit langen dunklen Haaren und ebenmäßigen Zügen. Schlank wirkte sie auf den Fotos, die Kate von ihr gesehen hatte, zerbrechlich. Wie ein Rehkitz.

Aber was war Emily für ein Mensch? Was waren ihre Interessen? Mit wem war sie verbunden? Sie war jung, also probierte Kate es mit den sozialen Medien. TikTok, Instagram. Doch wie sollte sie sie finden? Die wenigsten meldeten sich dort mit ihrem vollen Namen an. Eine Emily Baynes gab es nicht. Vielleicht auf Facebook?

Das war mittlerweile zwar eher bei der Generation über Emily beliebt, aber man fand dort viele Informationen gesammelt auf einer Seite, und es gab immer noch sehr viele Menschen, die dort ihren echten Namen angaben.

Kate holte sich etwas zu trinken und machte sich entschlossen ans Werk. Sie hatte Glück. Es gab zahlreiche Emily Baynes', und als sie die Suche einschränkte auf den Geburtsort Birmingham, blieben nur noch zwei übrig. Eine der beiden hatte ein Strandfoto als Profilbild, radschlagend aus einiger Entfernung. Das Bild stammte von der Fermain Bay, Kate erkannte die Steinformation im Hintergrund, vor der sie eben noch mit Nicolas Arture gesessen hatte.

Sie scrollte durch die Bilder. Viele Fotos von der Natur, diese Emily schien Wanderungen am Strand und vor allem Streifzüge durch die Waldstücke zu lieben. Bei Marble Bay gab es einen kleinen Pinienwald, Emily schien im Frühsommer dort gewesen zu sein, Rote Waldnelken und die charakteristischen Bluebells, Waldhyazinthen, sprossen überall neben den Wegen. Auch einige Fotos von St. Peter Port fanden sich auf dem Profil, vor allem vom Hafen. Was fehlte, waren Partyfotos oder Gruppenbilder mit Freundinnen. Nur wenige Selfies der jungen Frau. Aber es war zweifelsohne die Emily Baynes, die sie suchten. Sie war hübsch und hatte es nicht nötig, mit viel Make-up nachzuhelfen. Auch Accessoires wie Tücher oder Schmuck trug sie selten, auf einigen Fotos war eine Kette und hin und wieder ein Armreif zu sehen. Kate suchte vergeblich nach Informationen, und auch ihre Freundesliste hatte die junge Frau auf »privat« gestellt, das wäre auch zu schön gewesen. Ein Bild zeigte sie lachend in einer Winterjacke auf einer Spielplatzschaukel, die langen Haare flogen um ihren Kopf. Kate besah sich das Datum. Der 1. Februar 2019, Ava war noch nicht verschwunden. Wer hatte das Foto gemacht? David Baynes? Stephanie Hamon? Oder sogar Greg?

»Sie hat sich immer rührend um Ava gekümmert«, wiederholte Kate murmelnd, was sie in einer der Ermittlungsakten gelesen hatte. Warum hatte sich eigentlich nie jemand gefragt, wie es ihr ging nach Avas Verschwinden? Weil ihr Mann wohl lieber mit gut gelaunten beinahe Minderjährigen schlief, beantwortete sie sich die Frage selbst. Die Ente süß-sauer schmeckte plötzlich nicht mehr, und sie schob den Styroporkarton weg. War das der Grund für seine Affären? Emilys Trauer? *Oder sie war ihm zu alt geworden*, dachte Kate zynisch.

14. Kapitel

St. Mary, Jersey

Margaret spürte, wie sie zitterte, trotz der Wärme, die draußen herrschte. Ihr war in letzter Zeit immer kalt, selbst wenn das Thermometer dreißig Grad anzeigte. *Es liegt an Kieran*, dachte sie und betastete vorsichtig die schmerzende Stelle um ihr Auge. Als die neugierige Nachbarin etwas zu lange hingesehen hatte, hatte sie gemurmelt, dass sie gegen die Schlafzimmertür gelaufen sei. Sie hatte es mit Kamille gekühlt und versucht, die Schwellung herauszuziehen. Was sollte sie auch sonst tun? Sie konnte nicht zum Arzt gehen, der würde sicher Fragen stellen, die sie nicht beantworten wollte. Wenn doch nur Emily wieder auftauchte! Erneut fasste sie an ihr Auge. Sie hatte ihn nach ihr gefragt, nach Emily, und als Kieran zugeschlagen hatte, wusste sie, dass etwas passiert war. Etwas Schreckliches. Margaret schloss alle Fenster und setzte den Kessel auf den Herd. Ein Tee. Ein Tee würde sie wärmen.

✶

St. Peter Port, Guernsey

Am Morgen, als sie ins Büro kam, erwartete Kate schon die Nachricht der Kollegen aus Plymouth: Das Ferienhaus in Cornwall war zurzeit unbewohnt, die Staubschicht vor dem

Eingang sowie Aussagen der Nachbarn ließen den Schluss zu, dass es in diesem Jahr noch nicht betreten worden war.

Kurz darauf meldete sich auch der Capitán aus Las Palmas: Sie hatten ebenfalls niemanden angetroffen, weder gestern noch heute früh, sie würden aber in den nächsten Tagen noch einmal vorbeifahren, um sicherzugehen, dass sie Emily nicht zufällig verpasst hatten. Kate bedankte sich für den Einsatz, dann legte sie den Hörer auf.

Hatte sie daran geglaubt, Emily in einem der Ferienhäuser zu finden? Die leise Hoffnung hatte sie gehabt, das ja, aber wirklich geglaubt hatte sie es nicht.

Sie griff zum Telefonhörer. Es dauerte eine Weile, bis Patricia Roberts das Gespräch annahm.

»Wir haben Ihrem Kollegen doch schon gesagt, wir wissen nicht, wo unsere Tochter ist«, antwortete sie feindselig auf Kates Frage. »Emily ist eine erwachsene Frau. Sie kann tun und lassen, was sie will.«

»Mrs Roberts, Emily ist verschwunden, wir suchen überall nach ihr. Wir können ihr Handy nicht orten, und ihr Mann hat sie seit vier Wochen nicht gesprochen.«

Ein Laut war durch die Leitung zu hören, aber Kate konnte ihn nicht einordnen.

»Wann haben Sie das letzte Mal mit Emily gesprochen?«, fragte sie etwas sanfter.

»Ich weiß nicht. Das ist schon länger her.«

»Ist es länger her als vier Wochen oder kürzer?«, hakte Kate nach.

»Ich weiß nicht. Vor einiger Zeit eben«, sagte Mrs Roberts unwirsch.

Weshalb kommunizierten diese Menschen so selten miteinander? Wenn Kates Mutter eine Woche nichts von ihrer Tochter hörte, schickte sie schon einen Suchtrupp in Gestalt von Grandpa los. Oder kam gleich selbst vorbei.

»Hat Ihr Mann vielleicht in der Zwischenzeit etwas von Emily gehört?« Sie wusste, dass Clark Roberts Emilys Stiefvater war, der leibliche Vater war unbekannt.

»Nein«, lautete die knappe Antwort, und allmählich kam ihr Patricia Roberts' Verhalten seltsam vor.

»Wie ist Ihr Verhältnis zu David, Ihrem Schwiegersohn?«, fragte Kate deshalb.

Patricia Roberts zögerte. »Wir kennen ihn kaum«, sagte sie schließlich.

Kate begann zu ahnen, dass sie damit »gar nicht« meinte. »Waren Sie auf der Hochzeit Ihrer Tochter?«

Schweigen.

Kate fuhr sich mit der Zungenspitze über die Lippen. »Mrs Roberts«, begann sie, »ist es länger her als ein Jahr, dass Sie etwas von Ihrer Tochter gehört haben?«

»Wie kommen Sie auf die Idee?«

Kate atmete lautlos aus. »Sie dürfen mir jederzeit widersprechen«, sagte sie. »Aber ich glaube, Sie haben von Ihrer Tochter schon deutlich länger als ein Jahr nichts mehr gehört.« Das erklärte auch, weshalb Emilys Eltern augenscheinlich nicht einmal gewusst hatten, dass ihre Tochter auf Guernsey lebte.

»Sie haben keinen Kontakt mehr zu ihr, und das seit Jahren«, schlussfolgerte Kate.

Patricia Roberts schwieg, und Kate ließ sie gewähren. Die Erfahrung hatte sie gelehrt, dass es hilfreicher sein konnte, nichts zu sagen, als den Gesprächspartner zu drängen.

So auch dieses Mal. Sie hörte, wie Emilys Mutter einen tiefen Seufzer ausstieß, dann gab sie endlich leise zu, dass ihre Tochter tatsächlich vor mehr als drei Jahren den Kontakt zu ihr und ihrem Mann abgebrochen hatte, kurz nachdem sie ihre Stelle bei Bay-Tec als Assistentin des Geschäftsführers angenommen hatte.

»Was war denn passiert? Weshalb so ein rigider Schritt?«, fragte Kate. Doch die wahre Antwort blieb Patricia Roberts ihr schuldig. Flausen im Kopf. Verliebtheit. Vorgefallen sei nichts, nein. Alles Ausreden, die um die wirkliche Antwort herumtanzten: Es hatte ein größeres Zerwürfnis gegeben, sodass Emily ihren Eltern nicht einmal ihren Ehemann vorgestellt hatte.

»Mrs Roberts, ich mache mir Sorgen, dass Ihrer Tochter etwas zugestoßen sein könnte. Wenn sie als vermisst gemeldet werden würde, hätten wir mehr Handhabe bei der Suche nach ihr«, brachte Kate ihr Anliegen vor.

Stille.

»Mrs Roberts?«

Doch Patricia schwieg weiter. »Aber … ich weiß doch gar nicht …«, begann sie.

»Ihnen wird nichts passieren«, versuchte Kate sie zu beruhigen, doch Emilys Mutter verweigerte ihre Zustimmung: »Nein!«

»Sie wollen doch das Beste für Ihre Tochter«, bemühte sie einen weiteren Ansatz, leider vergeblich.

»Nein, habe ich gesagt. Was ist denn mit ihrem Mann? Warum meldet er sie nicht als vermisst?«, stieß sie hervor und beendete das Gespräch ohne einen Abschiedsgruß.

Frustriert legte Kate den Hörer auf und machte sich daran, die Informationen, die sie über Emily gefunden hatten, schriftlich zu fixieren. Wie ihre Eltern stammte Emily aus Birmingham und hatte auch ihre Jugend in der Metropole der West Midlands verbracht. Kate war nie da gewesen, aber sie stellte es sich ähnlich wie London vor – nur ohne die reiche Historie, den Buckingham Palast und die Windsors. Wahrscheinlich tat sie Birmingham unrecht, aber jede Stadt über hunderttausend Einwohner fand Kate groß, alle über eine Million unerträglich.

Erst mit ihrem Mann, David Baynes, den Emily ebenfalls in Birmingham kennengelernt hatte, war sie vor drei Jahren nach Guernsey gekommen. Da sie schon vor dem Umzug den Kontakt zu ihrer gesamten Familie – Eltern, Großeltern und eine Tante, Geschwister hatte sie keine – abgebrochen hatte, schien ihr der Tapetenwechsel gerade recht gekommen zu sein.

Entgegen Patricias Behauptung, es gäbe keinen Grund, nicht den geringsten, weshalb sich die junge Frau von ihrer Familie abgewendet hatte, war Kate sich sicher, dass es einen gab. Die Frage war nur: Lag er bei der Familie selbst, oder hatte Baynes Emily bewusst von ihrem sozialen Netz isoliert – um ihr den Rückhalt zu nehmen und kein Risiko einzugehen, dass sie ihn verließ. Solch ein Verhalten war in einer Beziehung eines so viel älteren Mannes zu einem Teenagermädchen nicht abwegig.

Kate hielt Baynes nicht unbedingt für eine zuverlässige Quelle, seine Eifersucht auf Greg Hamon konnte ihn durchaus beeinflussen, und zum aktuellen Zeitpunkt konnte Kate nicht sagen, ob sie begründet war oder nicht.

Aber warum war Patricia Roberts ihr eben nicht entgegengekommen? Weshalb hatte sie sich geweigert, Emily als vermisst zu melden? Kate ließ den Stift fallen. An Sackgassen war sie in diesem Fall ja gewöhnt, frustrierend war es dennoch jedes Mal aufs Neue.

Sie stand auf und machte sich auf den Weg zur Lagebesprechung bei DeGaris, die er für 10:30 Uhr in seinem Büro anberaumt hatte.

Walker kam ihr im Flur entgegen, noch in der Jacke, in der Hand einige Blätter Papier. »Ich bin gestern Abend doch noch die anderen Telefonverbindungen der Hamons durchgegangen«, erklärte er. Er schien trotz seiner Erschöpfung wie sie selbst noch eine Spätschicht eingelegt zu haben. Aber doch nicht wieder im Büro? Ob seine Wohnung inzwischen eingerichtet war? Nach der Trennung von Ryan hatte Kate es ebenfalls gehasst, abends in eine einsame Wohnung zurückzukommen. Spontan nahm sie sich vor, Walker demnächst mal mitzunehmen, wenn sie mit Miller etwas trinken ging. Claire schien ihn zu mögen, und DeGaris würde vor Freude im Dreieck springen, dass sein Plan aufging. Apropos Miller – sie bog in diesem Moment um die Ecke, die Wangen gerötet, offenbar war es hektisch bei ihr gewesen. Sie entschuldigte sich für die leichte Verspätung, als sie DeGaris' Büro betrat.

Der Chief nickte lediglich und begann wie gewohnt ohne Umschweife: »Langlois, die Informationen von deinem Archäologen sind … gelinde gesagt interessant.« Er bedachte sie mit einem langen Blick. »Einen Versuch ist es wert. Ich habe sie an die Küstenwache weitergegeben, sie melden sich, sobald sie was gefunden haben.«

Damit war das Thema beendet, er nickte Walker auffordernd zu.

»Also, ich habe mir die Anrufe von Greg Hamons Arztpraxis, vom Festnetzanschluss und von den Handys nochmal angesehen«, sagte ihr Kollege gleich. »Es gab ja überhaupt nur wenige Anrufe vom Festnetztelefon, aber ich wollte wissen, ob was an Baynes' Vermutung dran ist, dass Greg Hamon eine Affäre mit Emily Baynes hatte.« Gefunden hatte er jedoch nichts. Es hatte keinen Anruf von Gregs Anschlüssen an Emily Baynes' Telefonnummern gegeben, angenommen worden war auch keiner. Die Durchsicht der Kurznachrichten wäre deutlich aufschlussreicher, doch dafür brauchten sie die Handys. Aber die lagen wohl auf dem Meeresgrund.

»Wir sollten die Taucher losschicken, sobald wir die

Stelle des Unfalls irgendwie eingrenzen können«, schlug Kate vor.

Sie wussten alle, dass es trotz Nicolas' Forschungen schwer werden würde, außerdem war es durchaus möglich, dass die Handys an einer völlig anderen Stelle über Bord gegangen waren als Greg Hamon. Ganz zu schweigen von Stephanie und der dritten Person. Aber versuchen mussten sie es. »Ich kümmere mich drum«, sagte DeGaris. »Aktuell haben wir aber noch keine dieser Nachrichten, die wir überprüfen können.« Er schüttelte den Kopf. »Fehlende Anrufe überzeugen mich nicht als Indiz, tut mir leid.«

»Die Ehepaare haben Tür an Tür gewohnt, da ist es doch eher wahrscheinlich, schnell mal rüberzugehen statt anzurufen. Zumal bei einer Affäre, wenn man dem Partner offensichtlich keine Spuren hinterlassen will«, warf Walker ein.

»Wie weit sind wir mit Emilys Kontakten? Weitere Vertraute?«, fragte DeGaris.

»Wir sind vielleicht an was dran«, sagte Miller. »Anscheinend hatte Emily ein Abo in einem Fitnessstudio. Bisher haben wir nur vage Aussagen, dass sie hin und wieder mal einen Kurs besuchte. Aber ich gehe später nochmal persönlich hin.«

»Vielleicht haben die Frauen im Studio einen eigenen Spind«, überlegte Kate. »Der wäre auf jeden Fall einen Blick wert. Und frag mal rum, ob eine der Frauen im Studio Vanessa heißt, wir sind immer noch auf der Suche nach dieser Wellness-Freundin.«

»Bin dran«, bestätigte Miller.

DeGaris wandte sich an Kate und Walker. »Vielleicht weiß die Arzthelferin von Hamon etwas zu dieser angeblichen Affäre. Hatte sie nicht so etwas angedeutet?«

»Regina Kipbury, keine schlechte Idee«, antwortete Kate.

»Was ist mit der anderen? Sie hatte eine engere Beziehung zu Hamon.« Das war ebenfalls richtig.

»Wir brauchen dringend Emilys DNS«, sagte Kate. »Wir müssen sie mit dem Blut auf der *Aventura* vergleichen.« Es musste Emilys Blut sein. Sie war sich absolut sicher.

»Du hast Richterin Perchard gehört«, sagte DeGaris. »Sie ist nicht als vermisst gemeldet, das ist nicht drin. Ich bin bei ihr ebenfalls auf Granit gestoßen.«

»Dann müssen wir dafür sorgen, dass sie als vermisst gemeldet wird!«, stieß Kate entschlossen hervor. »Ich rede nochmal mit Baynes.«

»Mit Baynes und den beiden Angestellten von Dr Hamon. Nimm Walker mit«, ordnete DeGaris an. Aziza Manuel und Regina Kipbury. Vielleicht wussten sie tatsächlich etwas über eine mögliche Affäre zwischen Greg Hamon und Emily Baynes, und ganz vielleicht sogar etwas über das Verhältnis von Stephanie Hamon zu Dr Hobbs.

St. John, Jersey

»Passen Sie auf sich auf, Mrs Harper, und bis nächste Woche.« Michael drückte der alten Dame zum Abschied vorsichtig die Hand und war sich nicht sicher, ob er eine Regung spürte. Mrs Harper war nun seit mittlerweile zwei Jahren bettlägerig, an den meisten Tagen erkannte sie ihn nicht. Aber es glitt jedes Mal ein Ausdruck der Freude über das faltige Gesicht, wenn er zu Besuch kam. Ob sie ihn erkannte oder nicht, sie schien ihn zu *mögen*. So saß er Woche um Woche an ihrem Bett, plauderte ein bisschen, sprach tröstliche Bibelverse. Manchmal saß er auch einfach nur da, manchmal reichte seine Anwesenheit, um

Mrs Harpers Miene aufzuhellen. Heute allerdings konnte er sich nicht darauf einlassen. Heute hatte er so viel im Kopf, machte sich Sorgen um die Frau, die in seinem Bett lag, krank und eingefallen und hilfsbedürftig. Er sollte bei ihr sein. Sie hatte nur ihn.

Also beendete er seinen Besuch bei Mrs Harper früher als gewöhnlich, so wie er all seine Krankenbesuche heute nur halbherzig, im Schnelldurchlauf absolviert hatte. Das hatten seine Schützlinge nicht verdient, das wusste Michael. *Gott möge es mir verzeihen.*

Inzwischen war es Mittag, und er hatte zum letzten Mal in der Frühe nach ihr gesehen. Ihr Fieber war gesunken, und sie würde es überstehen, auch wenn sie in einem Krankenhaus sicher besser aufgehoben wäre.

Michael ging einen Schritt schneller, die Mittagshitze trieb ihm den Schweiß auf die Stirn. Kurz bevor er das Pfarrhaus erreichte, hörte er trippelnde Schritte hinter sich und fuhr herum.

»Rose!« Zu spät versuchte er, ein freudiges Lächeln aufzusetzen.

»Ist es immer noch so schlimm?«, fragte Rose, und für einen Moment hatte er keine Ahnung, wovon sie sprach.

Sie deutete auf das Knie.

Natürlich, es meldete sich immer noch, wenn er es zu stark belastete. »Das kommt wieder in Ordnung«, beruhigte er Rose. »In zehn Tagen ist es so gut wie neu.«

»Sagt Dr Eloy das?«

»Mmhh.« Wenn Michael jetzt lächelte und einfach nichts sagte und sie annahm, er sei bei der Ärztin gewesen, dann … War das eine Lüge? »Du sollst nicht falsch gegen deinen Nächsten aussagen«, Deuteronomium 19 spezifizierte das achte Gebot, in der Exegese wurde es oft als Falschaussage vor Gericht gedeutet. Michael blickte auf die stämmige kleine Frau hinunter, die da vor ihm stand und ihm durchaus vorkam wie das Jüngste Gericht.

»Hat sie dir etwas aufgeschrieben?«

»Schmerzmittel sind nicht mehr nötig.« Er hoffte, das würde sie beruhigen. Sein Blick wanderte zu den zugezogenen Vorhängen des Schlafzimmers im ersten Stock.

»Gut. Dann komme ich jetzt mit, und du kannst dein Bein für ein kleines Weilchen gemütlich hochlegen, während ich dir etwas Leckeres zum Essen zubereite.« Rose hakte sich bei ihm unter.

»Oh.« *Denk nach, Michael. Und zwar schnell!* »Ich dachte …«, begann er, glücklich darüber, dass ihm spontan etwas eingefallen war, und legte Rose mit sanftem Druck eine Hand in den Rücken, um sie weiter die Straße hinunterzuleiten. »Dein Neffe hat doch diesen Laden, nicht wahr? Mit den Telefonen. Ich dachte, vielleicht wäre es an der Zeit, dass ich mir so ein smartes Phone zulege. Was meinst du?«

*

Castel, Guernsey

Heute war es regelrecht heiß, der leichte Wind verschaffte zwar etwas Kühlung, dennoch fragte Kate sich, weshalb Walker nicht davon abwich, ein Jackett über seinem Hemd zu tragen.

Die Klimaanlage in ihrem Dienstwagen mühte sich redlich, war aber zu altersschwach, um wirklich etwas ausrichten zu können gegen die Sonne, die unerbittlich durch die Windschutzscheibe brannte. Kate öffnete ihr Fenster und freute sich über den Luftzug.

Statt in Cobo einen Parkplatz zu suchen, fuhr sie weiter bis zum Strand.

»Hier gibt es eine tolle Fisch-Bar. Mit Blick aufs Meer.«

»Fisch«, wiederholte Walker. Er schien alles andere als begeistert.

»Du wirst es wirklich schwer haben hier auf Guernsey, wenn du keine Meeresfrüchte magst«, sagte Kate, parkte das Auto auf dem ausgewiesenen Parkplatz am Strand und stellte den Motor ab. »Es gibt auch Burger«, verkündete sie, bevor sie ausstieg und Walker am Strand entlang zu dem kleinen Häuschen führte, das kaum besser als ein Bauwagen aussah. Die Einrichtung wies nur das Notwendigste auf und verzichtete komplett auf Dekoration, doch niemand kam hierher, um das Innere der Fisch-Bar zu bewundern, man bestellte an der kargen Theke, schnappte sich das eingepackte Essen und stellte sich draußen an einen Stehtisch in Richtung Meer.

Und zehn Minuten später hatte Walker auch zu murren aufgehört, als sie jeweils mit einer Dose Limonade und ihrem eingepackten Essen von dort aus die glitzernde Sonne auf den Wellen beobachteten. Der Strand hier war deutlich breiter als die Fermain Bay oder ähnliche Buchten im Süden der Insel. Der Sand erstreckte sich weitläufig bis zu den Felsen von Grandes Rocques, auf denen Kate vor einigen Tagen noch herumgeklettert war. Der Wind zerzauste ihre Haare, und der Salzgeruch des Meeres unterstrich den Geschmack ihres Kabeljaus. Walker hatte sich tatsächlich wieder für einen Burger entschieden und eine Papierserviette so in sein Hemd gesteckt, dass sie seine Krawatte bedeckte. Er war erstaunlich guter Laune.

»Was ich an London nicht vermisse, ist das Wetter«, sagte er zwischen zwei Bissen und hielt sein Gesicht in die Sonne.

Kate lachte. »Ich nehme an, das Meer gewinnt auch gegen die Themse?«, fragte sie.

Walker lächelte. »Knapp.«

Eine Möwe flog laut kreischend an ihnen vorbei, und Walker blickte ihr nach, wie sie eine heruntergefallene Pommes klaute und sich mit ihrem Fang auf einen Pfosten in der Nähe rettete. »Schlimmer als unsere Tauben«, konstatierte er, und Kate lachte erneut. Sie hätte gern gewusst, weshalb er gewechselt hatte. Doch sie zögerte. Etwas hielt sie zurück, ihn danach zu fragen.

Walker knüllte sein Papier zusammen und nahm einen Schluck aus seiner Getränkedose. »Es hat nichts mit der Arbeit zu tun«, sagte er dann unvermittelt, als hätte er ihre Gedanken gelesen. »Ich wollte aus familiären Gründen weg aus London, weg aus England. Nichts Dramatisches.« Er lachte freudlos. »Einfach nur eine von tausend Polizistenehen, die es in diesem Beruf nicht schaffen.«

»Das tut mir leid.« Kate meinte es ehrlich. Sie dachte an DeGaris und dessen Frau, die fröhliche Mary, die immer seltener fröhlich gewesen war, bis ihr das Lachen irgendwann ganz vergangen war. Kate würde für DeGaris durchs Feuer gehen, aber sie hatte gesehen, was sein verbissenes Festhalten an dem Fall Ava mit Mary gemacht hatte. Seit der Trennung hatte sie Mary nicht mehr gesehen, aber sie hoffte, sie hatte jemanden gefunden, der sie wieder lachen ließ. »Du dachtest, vom Großstadtrevier aufs Land zu ziehen, eine ruhige Kugel zu schieben, den ganzen Stress hinter dir zu lassen, wäre eine gute Idee. Und dann das. Der Fall des Jahrzehnts.« Sie hob die Schultern.

»Ich habe die Insel unterschätzt«, gab Walker zu. »In jeder Hinsicht.«

»Das kann ich mir vorstellen. Wir sind klein, aber oho. Erst wenn du einmal hier warst, weißt du, was dir dein ganzes Leben gefehlt hat.« Sie zwinkerte ihm zu. »Im Ernst: Wir haben manchmal einen ziemlichen Scheißjob. Aber trotzdem würde keiner von uns tauschen wollen, hm?«

Sie hätten ja die Möglichkeit gehabt, DeGaris und Walker. Hätten den Beruf an den Nagel hängen, sich in den Innendienst versetzen oder sonst etwas tun können, um ihre Ehen zu retten. Aber sie hatten es nicht getan. Und Kate wusste genau, warum. Es gab da diesen Zug in der Magengegend, dieses alles beherrschende Gefühl, Gerechtigkeit wieder herstellen zu müssen, Unordnung in der Welt wieder geraderücken zu müssen.

Ihre Blicke trafen sich, und sie lächelten beide. Dann war der Augenblick vorbei, Kate straffte die Schultern, warf ihre Essensreste in den Mülleimer vor der Fisch-Bar, und sie machten sich auf den Weg zurück zum Auto.

Es war nicht weit bis zur Praxis von Dr Hamon, und Kate parkte auf einem der beiden ausgewiesenen Stellplätze.

Wie schon bei ihrem letzten Besuch war nur die junge Sprechstundenhilfe Aziza Manuel zu sehen. Ob Regina Kipbury die Praxis seit Montag betreten hatte?

»Aziza«, begrüßte Kate die junge Frau, die hinter der Anmeldung Dokumente ordnete. »Das hier ist mein Kollege, DI Tom Walker. Wir müssen Sie noch einmal zu Dr Hamon befragen.«

»Sie haben schlechte Nachrichten, oder?« Die dunklen Augen der jungen Frau wirkten mit einem Mal riesig in ihrem Gesicht. Die Papiere glitten ihr aus der Hand und rutschten ungeordnet auf den Schreibtisch. Sie hatte mittlerweile eins und eins zusammengezählt und ging vermutlich sogar davon aus, dass die lange Abwesenheit ihres Chefs, der Segeltörn, nichts Gutes verhieß.

»Leider müssen wir Ihnen mitteilen, dass Greg Hamon nicht mehr am Leben ist«, verkündete Walker sachlich. Die

Sache mit dem post mortem abgerissenen Finger wollten sie ihr ersparen, so hatten sie es besprochen.

Ein Laut des Entsetzens entfuhr der jungen Frau, und sie schlug die Hand vor den Mund.

»Wie? Wo?«, stammelte sie und schluckte schwer. »Kommen Sie«, brachte sie schließlich hervor und ging voraus in einen Untersuchungsraum, in dem sie zu dritt Platz hatten. Zwei Stühle standen vor einem einfachen Tisch, auf dem sich ein Computer befand, dessen Bildschirmschoner gerade zwei Papageientaucher auf einem Felsen zeigte. Fahrig deutete Aziza auf die beiden Stühle. Dann zögerte sie einen Augenblick, aber den Schreibtischstuhl ihres Chefs zu benutzen schien ihr dann doch anmaßend zu sein, und sie zog sich einen Hocker aus der Ecke heran.

»Was ist passiert? Ein Unfall?«

»Wir wissen es noch nicht genau. Deshalb sind wir hier. Wir würden Ihnen gern noch ein paar Fragen stellen«, begann Kate.

»Hatte Dr Hamon eine Affäre?« Wie üblich fiel Walker mit der Tür in den Porzellanladen.

»Ich … wir … natürlich nicht!«, stammelte die junge Frau. Sie starrte Walker entsetzt an, die Wangen hochrot.

Kate warf ihrem Kollegen einen entnervten Blick zu. Vielleicht sollten sie mal eine Tabelle mit verschiedenen Spalten für die verschiedenen Zeugen entwerfen. Zeugen wie Baynes, bei denen Walkers Methoden erlaubt waren, und Zeugen wie Aziza, die man besser mit Samthandschuhen anfasste. »DI Walker wollte damit nicht andeuten, dass Sie eine Affäre mit Ihrem Chef hatten«, sagte Kate sanft, obwohl sie das natürlich noch nicht widerlegt hatten. »Wir wollten nur fragen, ob Sie sich möglicherweise erinnern können … Gab es private Anrufe von Frauen? Hatte er Termine, die nicht rein beruflich waren?«

Aziza, immer noch mit geweiteten Augen, schüttelte den Kopf. Als Walker anhob, erneut etwas zu fragen, warf Kate ihm einen warnenden Blick zu. Er verdrehte die Augen, schwieg zu ihrer Erleichterung aber.

»Hat Dr Hamon manchmal mit seiner Frau telefoniert?«, fragte Kate. »Hat sie ihn in der Praxis angerufen?«

Aziza schüttelte den Kopf, während sie mit dem Fingernagel des rechten Daumens einen imaginären Fleck von der Tischkante kratzte.

»Regina«, begann sie, brach aber ab. Sie wischte sich über die Augen. »Regina hat ihr Kind verloren«, sagte sie dann. »Es ist schon länger her, fast zwanzig Jahre. Es starb kurz vor der Geburt.« Sie holte Luft. »Sie sagt, Männer verstehen das nicht.«

Walker öffnete den Mund, seine zusammengezogenen Augenbrauen verhießen nichts Gutes. Auch Kate war nicht klar, weshalb Aziza auf ihre Frage von ihrer Kollegin angefangen hatte, aber sie wollte die junge Frau ausreden lassen. Die sprach in diesem Moment weiter, leise: »Sie und ihr Mann haben sich zwei Jahre später getrennt.«

Also war Regina Kipbury aktuell in zweiter Ehe verheiratet. »Regina vermutet also, dass Dr Hamon und seine Frau keine gute Ehe führten«, schloss Kate.

Aziza nickte und fuhr sich erneut über die Augen, die sich mit Tränen füllten. Vielleicht hatte sie sich sogar Hoffnungen gemacht, nicht zuletzt aufgrund von Reginas Aussagen.

»Aber Sie wissen nicht, ob Dr Hamon ein Verhältnis mit einer anderen Frau hatte?«, fragte Kate schließlich.

Aziza schüttelte den Kopf.

»Hatte Regina eine Vermutung?«

Erneutes Kopfschütteln. Dann ein zögerliches Nicken. Schließlich wisperte sie kaum hörbar: »Mich.«

Das deckte sich mit dem, was Regina Kate gegenüber angedeutet hatte.

»Stimmt das denn?«, fragte sie nach. Doch Aziza verbarg ihr Gesicht in den Händen und brachte kaum mehr als Schluchzer hervor. Es dauerte eine ganze Weile, bis sie sich wieder so weit gefasst hatte, dass sie zugab, in Dr Hamon verliebt zu sein. Doch der Arzt hätte niemals »so etwas« getan. Auch mit keiner anderen.

»Niemals«, betonte sie. Ihre Locken flogen, so heftig schüttelte sie den Kopf.

»Kennen Sie Emily Baynes?«, fragte Kate dennoch.

Aber auch das verneinte Aziza.

»Wissen Sie, ob Dr Hobbs und Stephanie Hamon ein engeres Verhältnis hatten?«, fragte Walker.

»Nein, das hatten sie nicht«, antwortete die Arzthelferin entschieden. Die beiden kannten sich, aber es sei kaum mehr als eine flüchtige Bekanntschaft. *Wenn das stimmt, weshalb hätte Stephanie dann Dr Hobbs aufsuchen sollen?*, überlegte Kate.

»Er kommt nicht wieder«, flüsterte Aziza leise, als ginge ihr erst jetzt die Tragweite des Geschehens auf. Tränen liefen ihr die Wange herunter, sie wiederholte ihre Worte noch einige Male, schlug sich schließlich die Hände vors Gesicht und begann unkontrolliert zu weinen. Kate war klar, dass es keinen Zweck hatte, die Befragung fortzuführen, und so fragte sie, ob Aziza eine gute Freundin oder vielleicht ihre Eltern als Beistand anrufen wollte. Ihre Kollegin würde ihr keine große Hilfe sein, Regina war laut Azizas Aussage tatsächlich nur noch einmal aufgetaucht, um ihre persönlichen Sachen zusammenzupacken. Sie hatte gesagt, sie käme erst zurück, wenn das nächste Monatsgehalt auf ihrem Konto einträfe. Das nüchterne Verhalten hatte Aziza offenbar schockiert. *Zu Recht*, dachte Kate.

»Sie sollten jetzt nicht allein sein«, erinnerte Kate die junge Frau und blieb noch so lange, bis Aziza mit ihrem Smartphone ihre Mutter erreicht hatte.

»Und?«, fragte Walker, nachdem sie die Tür der Praxis hinter sich geschlossen hatten.

»Ob ich glaube, Aziza hatte mit Greg Hamon ein Verhältnis?« Kate schüttelte den Kopf. »Nein. Das kann ich mir nicht vorstellen. Nur weil Baynes sein Geld und seine Position missbraucht, um junge Frauen zu beeindrucken, ist ja nicht gleich jeder zweite Mann so.«

»Natürlich nicht. Aber ein einsamer Mann, in Trauer ... zu ein bisschen Liebe und Bewunderung würde der vielleicht nicht nein sagen.«

»Sie wirkt so unschuldig, kindlich beinahe. Und Hamon kennt sie seit Jahren. Nein.« Kate schüttelte den Kopf. »Ihre Trauer war echt. Aziza ist todunglücklich, das ist nicht gespielt. Ich glaube, dass sie wirklich verliebt ist in ihren Chef. Aber ich kann mir nicht vorstellen, dass Greg Hamon das ausgenutzt hat und eine Affäre mit ihr hatte. Ich schätze ihre Verliebtheit als jugendliche Schwärmerei ein, die Greg Hamon als genau das erkannt hat.«

Walker zog die Augenbrauen hoch. »Und dann hat er eine Affäre mit der Nachbarin begonnen, die genauso alt war?«

»›Sie wirkte so erwachsen‹«, wiederholte Kate Baynes' Worte zynisch.

»Vielleicht lohnt es sich wirklich, noch einmal mit Regina Kipbury zu sprechen«, sagte Walker. »Vielleicht hat sie etwas beobachtet, was uns weiterhilft.«

*

Azizas Kollegin begrüßte sie so unwirsch wie bei Kates erstem Besuch. Sie trug eine Kittelschürze über ihrer Kleidung und Gartenhandschuhe. Die grauen Haare hatte sie streng nach hinten gebunden, was ihre große Nase noch prominenter hervorstechen ließ. Als Walker sich vorstellte, hatte Kate den Eindruck, dass die Arzthelferin minimal freundlicher wurde, und als er fragte, ob sie hereinkommen durften, schenkte sie ihm sogar ein angedeutetes Lächeln.

Sie führte sie ins Wohnzimmer, wo sie gerade dabei war, vertrocknete Blüten und Blätter ihrer Topfblumen abzuschneiden. Es roch nach Essen, nach fettem Fleisch und Kohl, und Kate verspürte das dringende Bedürfnis, ein Fenster zu öffnen. Auf dem Esstisch befanden sich auf einem halb zurückgeschlagenen Spitzendeckchen einige pflanzliche Überreste, etwas Erde und ein Spritzer Wasser, was so gar nicht zu dem sonst peinlich sauberen Raum passen wollte. Aber Regina Kipbury schien eine Leidenschaft für Pflanzen zu haben, wenn auch keinen grünen Daumen. Auf eine Art fand Kate es rührend, wie sie die mickrigen Blümchen hegte. Jemand anderer hätte an ihrer Stelle einfach neue gekauft. Die Arzthelferin streifte ihre Gartenhandschuhe ab und legte sie fein säuberlich nebeneinander auf den Esstisch. Auch dieses Mal bot sie nichts zu trinken an. Walker blieb an einem dunklen Buffetschrank stehen, Regina und Kate nahmen in einer altmodischen Sitzgruppe Platz. Der dunkelgraue Stoff war an den Lehnen des Sofas dünn geworden. Kate kam der Gedanke, dass ihr Mann beim Bau arbeiten könnte. Reginas Bemerkung bei ihrem letzten Besuch, dass er viel und gut essen musste aufgrund seines körperlich anstrengenden Berufs, mochte passen. Viel Geld schien das Ehepaar nicht zu haben, auch der Teppich war verschlissen, aber bei den Preisen, die man auf Guernsey für eine Wohnung zahlte, war das kein Wunder.

»Wir würden gern mit Ihnen über Ihren Vorgesetzten sprechen«, begann Kate.

»Ich habe Ihnen alles gesagt, was ich weiß.« Reginas ohnehin schon dünne Lippen wurden noch schmaler.

»Sie sagten, es hätte Eheprobleme gegeben.«

»Das wusste jeder mit zwei Augen im Kopf.«

»Haben Sie Belege für Ihre Behauptung?«

Regina warf einen lauernden Blick in Richtung Walker, dann grinste sie süffisant. »Reicht Ihnen ein Kuss mit Aziza im Untersuchungsraum?«

Kate versuchte, ihre Überraschung zu verbergen, bemerkte im Augenwinkel Walkers erstaunten Blick. Weshalb Regina diesen Kuss bei ihrem letzten Besuch nicht erwähnt hatte, war Kate ein Rätsel. Wenn die Anschuldigung überhaupt stimmte. *Vielleicht hat es ihr auch einfach am richtigen Publikum gefehlt,* dachte sie dann, als die Arzthelferin erst Walker, dann Kate triumphierend ansah. »Ich habe sie erwischt, das ist etwa drei Monate her«, ergänzte sie eilig.

»Nur dieses eine Mal?«, hakte Kate nach.

»Das reicht doch wohl!«

Da war sich Kate nicht sicher, einzelne Ausrutscher gab es immer. Ganz zu schweigen von Fehlinterpretationen intimer Situationen. Beim Gedanken an Reginas Aussagen zu Azizas Kleidung war es gut möglich, dass sich die Arzthelferin hier etwas zusammenfantasierte. Selbst wenn es diesen Kuss gegeben haben sollte, eine Affäre war damit noch lange nicht bewiesen.

»Das ist wirklich eine interessante Beobachtung«, ergriff Walker das Wort. Er lehnte jetzt am Buffetschrank und musterte Regina. Sein Tonfall und sein Blick verrieten Kate, dass er ebenso zweifelte wie sie selbst. »Wissen Sie, ob seine Frau davon wusste?«

»Das kann ich nicht sagen. Ich kenne sie nicht so gut

und mische mich ungern in die Angelegenheiten anderer ein.« Sie reckte ihr Kinn.

Walker zog die Augenbrauen hoch, ein deutliches Zeichen seiner Skepsis. Auch Kate hätte aufs Gegenteil gewettet. Sie konnte sich gut vorstellen, dass Regina Kipbury ohne anzuklopfen in den Untersuchungsraum gestürmt war, in der Hoffnung, ihren Chef und die Kollegin in flagranti zu erwischen.

»Aber …«, fuhr Regina nun fort, »die Stimmung zwischen Dr Hamon und seiner Frau war alles andere als liebevoll.«

»Gab es Streit?«, fragte Kate.

»Nicht nur einmal.« Regina nickte, sichtlich stolz auf ihre Beobachtungsgabe. Worum es sich bei den Streitereien gehandelt hatte, konnte sie nicht mit Sicherheit sagen, unwirsch wischte sie Kates Nachhaken beiseite. Stattdessen betonte sie, sie sei sich absolut sicher, dass der Ursprung des Übels die Entfremdung der Eheleute war, die dann zur Affäre Greg Hamons mit Aziza Manuel geführt hatte. Ihre Lippen kräuselten sich maliziös, als sie von der jungen Frau sprach, die ihren Chef »verführt« und mit ihren weiblichen Reizen »eingefangen« hatte, und Kate überlegte, wie viel hier Projektion war und wie viel sie Regina Kipbury glauben konnten.

»Und da ist nicht nur der Wunsch Vater des Gedankens?«, fragte Walker provokant, als hätte er ihre Gedanken gelesen. Die hagere, ältliche Regina hatte von Greg Hamon vermutlich eher keine schmachtenden Blicke zugeworfen bekommen.

»Wie bitte?«

»Ich meine«, Walker überkreuzte seine Beine, die lässige Geste stand stark im Kontrast zu seinen Worten, »ob Sie in Dr Hamon verliebt waren? Deshalb haben Sie sich eingeredet, dass seine Ehe am Ende war. Nur als er dann Aziza geküsst hat statt Ihrer ... tja.«

»Das ist eine Unverschämtheit«, stammelte Regina und setzte sich aufrecht hin. Auf ihren Wangen und am Hals erschienen hektische Flecken, und Kate schloss daraus, dass Walker ins Schwarze getroffen hatte.

»Was haben Sie denn am Wochenende gemacht, Mrs Kipbury?«, hakte er nach, ohne auf ihre Entrüstung einzugehen.

»Sie ... wollen Sie etwa wissen, ob ich ein Alibi habe?« Ihre Stimme kiekste, während sie Walker wütende Blicke zuwarf. Zugleich hatte sich anscheinend der letzte Rest Wohlwollen gegenüber der Polizei erledigt. »Das habe ich Ihnen doch schon gesagt.« Vorwurfsvoll blickte sie zu Kate.

»Sie waren mit Ihrem Mann zusammen.« Kate hatte Miller gebeten, Reginas Mann anzurufen, der ihr Alibi bestätigt hatte. »Haben Sie Doktor Hamons Frau von der Affäre« – oder der eingebildeten Affäre – »mit Aziza Manuel berichtet?«

Regina reckte ihr Kinn. »Nein.«

Irgendetwas in der Tonlage der Antwort irritierte Kate. Sie musterte die Arzthelferin forschend. »Haben Sie jemand anderem davon berichtet?«, fragte sie dann. Bingo. Die roten Flecken auf Reginas Hals und Wangen wurden dunkler. Fahrig nestelte sie am Kragen der Kittelschürze herum.

»Wem haben Sie davon erzählt?«, drängte Walker.

»Ich habe auf dem Markt in St. Peter Port zufällig Dr Hobbs getroffen. Wir haben ein bisschen geplaudert, und er hat eins und eins zusammengezählt.«

Kate konnte sich lebhaft vorstellen, wie sie ihm brühwarm von dem angeblichen Kuss erzählt hatte.

»Aber wir arbeiten alle professionell«, sagte Regina schließlich hoheitsvoll. »Es hat unser Arbeitsverhältnis nicht beeinträchtigt.«

Und wieder war es ihr Tonfall, die etwas zu rigide Haltung ihrer Hände auf den Knien, die Kate aufhorchen ließ. »Gab es Probleme zwischen Ihnen und Dr Hamon?«

»Natürlich nicht.« Sie presste ihre Lippen aufeinander. »Unsere Arbeit beruhte auf gegenseitigem Respekt.«

Kate bemerkte, dass Walker sich nachdenklich mit der Zungenspitze über die Lippen fuhr. Auf Reginas Aussagen war offenbar nicht immer allzu viel Verlass, ihr Kollege schien das ebenso zu sehen.

»Und gegenseitiger Respekt bedeutet dann auch, die Praxis zu verlassen, sobald der Chef einmal nicht pünktlich zur Arbeit erscheint?«, fragte Kate in Anspielung auf ihr Verhalten am Montag.

»Gegenseitiger Respekt besteht auch in fairer Entlohnung«, gab Regina bissig zurück. Ein Sonnenstrahl fiel auf die weiße Blüte einer Hortensie. Die Ränder begannen schon gelb zu werden, nicht mehr lange und Regina würde die Blüte abschneiden müssen. Kate blickte die Frau an, und mit einem Mal ging ihr auf, weshalb sie den Streit zwischen Dr Hobbs und Dr Hamon auf finanzielle Ursachen reduziert hatte: »Sie haben versucht, Dr Hamon mit seiner angeblichen Affäre mit Aziza zu erpressen.«

Es war keine Frage, dennoch spielte Regina sofort die Entrüstete. Aber ihr Leugnen hatte keinen Zweck, ihr schuldbewusster Blick sprach Bände. Ob Reginas Wut und Enttäuschung gereicht hatten, um ihren Vorgesetzten umzubringen? Sie würden das Alibi noch einmal genau überprüfen müssen.

Walker stieß sich vom Buffetschrank ab und stellte sich gerade hin. »Wenn wir noch etwas von Ihnen brauchen, melden wir uns«, beschied er knapp, und es klang wie eine Drohung.

Kate stand auf, und Regina brachte sie beide zur Tür. Bei der Verabschiedung warf sie Walker, den sie so freundlich begrüßt hatte, nur einen giftigen Blick zu. *Er hat sich heute wohl eine Feindin fürs Leben gemacht*, dachte Kate. So wie sie ihn bisher kennengelernt hatte, passierte ihm das aber sicher öfter.

Nachdem die Tür hinter ihnen geschlossen worden war, atmete Kate tief durch. Frische Luft.

»In dieser Arztpraxis gab es mehr Zündstoff als in unserer Asservatenkammer.« Walker rieb sich die Stirn.

Kate zog die Nase kraus. »Und diese Affäre … Ich kann das einfach nicht glauben. Diesen Kuss hat Regina sich doch nur eingebildet, oder? Oder hat er wirklich stattgefunden? Denn wenn Aziza wirklich eine Affäre mit ihrem Chef hatte, ist sie eine der besten Schauspielerinnen, die ich je als Zeugin vernommen habe«, sagte Kate. »Und meine Meinung von Greg Hamon, den ich eigentlich immer für jemanden gehalten habe, der den Kopf richtig auf den Schultern hat, müsste grundfalsch gewesen sein. Nein, ich glaube das nicht.«

Walker nickte. »Ich weiß nicht. Und was zum Henker bedeutet das alles jetzt für unseren Fall?«

Während Kate noch über eine Antwort nachdachte, klingelte ihr Handy. DeGaris.

»Wir haben eine Leiche. Im Meer nordöstlich von Alderney.«

15. Kapitel

St. Peter Port, Guernsey

Nicolas mochte Häfen. Nicht nur das Meer, das natürlich auch, aber vor allem die Freiheit, die Häfen versprachen. Wenn er wollte, konnte er dort hinaussegeln, in eine grenzenlose Weite. Das Wasser kannte keine Ländergrenzen, und es kannte keine Kriege.

Zwei alte Männer traten von einem wackeligen Kahn auf den Pier. Sie schleppten schwer an zwei Eimern mit Fischen und stritten sich darüber, wer den größten Aal gefangen hatte.

Nicolas blickte ihnen nach, wie sie zunächst hin- und hergrummelten und sich schließlich einig wurden, in welchem Pub sie nun ihr Ale trinken würden.

Nicolas würde es um diese Uhrzeit erst einmal mit einem Kaffee probieren. Die Supermarktkette, deren Filiale er vorn am Pier gesehen hatte, wollte er meiden. Semijas Kaffee war nie gut gewesen, erinnerte er sich liebevoll. Stark war er gewesen und süß. Das war auch das Wichtigste.

Er würde ihr von Semija erzählen, Kate Langlois. Er *wollte* ihr von Semija erzählen. Sie hatte gefragt, wie er zu seinem Beruf gekommen war, und er hatte das Gefühl, sie verstand ihn.

Amir.

Er war noch ein Teenager, als er sterben musste.

Nicolas war jung gewesen, gerade mit seinem Studium fertig, und Morgaine hatte ihm ein paar Wochen zuvor das Herz gebrochen. Es war die Trennung von ihr gewesen, die ihn seine Hand hatte heben lassen, als sein Professor gefragt hatte, wer mitkommen wolle nach Srebrenica. Er hatte sich nicht viel gedacht, ein dummer Junge war er gewesen, der einfach nur weg wollte, weg aus Paris, wo der Herzschmerz lag.

Sie hatten mit der Arbeit begonnen, keiner von ihnen wollte länger als nötig bleiben. Nicolas wollte zurück zu den Römern und Karthagern, zu Scherben, Amphoren und Schmuckstücken.

Und dann hatte Semija sie besucht. Tag für Tag kam sie zu ihnen, kochte mit ihrer zerbeulten silbernen Kanne Kaffee und erzählte von ihrem Sohn. Jeden Tag eine andere Geschichte, nie zweimal die gleiche. Sie sah älter aus, als sie war, sehr viel älter. Von Krankheit gezeichnet, fiel ihr der Gang zur Ausgrabungsstelle schwer. Sie hatte Schmerzen, einen krummen Rücken, und dennoch fehlte sie keinen einzigen Tag, um Kaffee zu kochen und ihnen von ihrem Sohn zu erzählen.

Sie fanden ihn.

Sie bargen Amirs Knochen, und Semija konnte ihren Sohn begraben. Der Tag nach seiner Beerdigung war der erste, an dem Semija nicht mehr zur Ausgrabung kam. *Natürlich*, dachte Nicolas damals. *Wir haben ihren Sohn gefunden, welchen Sinn hat es, weiter für uns Kaffee zu kochen?*

Am Nachmittag ging er dennoch an ihrem Haus vorbei.

Ob er es denn noch nicht gehört hätte?, rief die Nachbarin. Semija sei in der Nacht gestorben. Im Schlaf, ganz friedlich. Sie hätte ohnehin schon längst sterben sollen, die

Ärzte hatten ihr vor zwei Jahren mit der Diagnose kaum ein paar Monate gegeben. Aber sie hatte noch ausgehalten, so lange, bis Amir gefunden war.

Ihre Kaffeekanne stand noch an der Ausgrabungsstelle.

Und im selben Moment, in dem Semija losgelassen hatte, konnte Nicolas es nicht mehr tun.

Seitdem war er unterwegs von Krisengebiet zu Krisengebiet. Immer mit Semijas Kaffeekanne im Gepäck.

*

»Vermutlich Greg Hamon.« Wie üblich verschwendete DeGaris keine Worte. »Der Mann lag schon einige Tage im Wasser, wir wissen noch nicht, ob die Todesursache überhaupt noch feststellbar ist, je nachdem.«

Wasserleichen waren kein schöner Anblick, das wussten sie alle. Nicht nur hatte das Wasser die Verwesung beschleunigt – wenn eine Leiche vom Meeresgrund aufstieg, dann meist deshalb, weil die bei der Zersetzung entstehenden Gase den Körper aufgebläht hatten. Das Schlimmste aber waren die Fresswunden: Fische und andere Meerestiere, später auch Vögel, machten sich über den Toten her, fraßen und pickten. Oft gab es nur noch leere Augenhöhlen, und der Körper war übersät mit großen und kleinen Wunden. Aufgrund dieser Umstände konnte es für die Rechtsmedizin schwierig sein, den Zeitpunkt und die Ursache des Todes zu bestimmen. Man konnte im Augenblick wahrscheinlich noch nicht einmal sagen, dass es sich bei der Leiche um Greg Hamon handelte, auch wenn natürlich vieles dafür sprach.

»Wer ist der zuständige Gerichtsmediziner?«, fragte Walker, nachdem Kate das Telefonat beendet und ihn ins Bild gesetzt hatte.

»Dr Schabot, er ist gut«, sagte Kate. Der Mann war immer schon ein Kauz gewesen und über die Jahre hatte sein Job ihn noch schrulliger gemacht. Doch die Kollegen konnten sich auf ihn verlassen, er arbeitete zügig, gründlich, und Kate hatte von ihm selten ein »das weiß ich nicht« gehört.

Jetzt waren sie bereits auf dem Weg ins Leichenschauhaus, auch wenn Walker sie deshalb irritiert angesehen hatte. Hier war es üblich, dass man dem Gerichtsmediziner auch außerhalb der offiziellen Obduktion ein paar Antworten abringen konnte, in London störte man die Fachleute bei ihrer Arbeit wahrscheinlich lieber nicht. In London hatte man den zuständigen Gerichtsmediziner aber wahrscheinlich auch noch nicht beim Waterfront Marathon angefeuert oder ihn im Pub mit feuchten Augen »Sarnia Cherie« singen hören, Guernseys Nationalhymne.

*

Der Geruch, der sie in der klinisch reinen Abteilung empfing, sorgte dafür, dass sich bei Kate alles zusammenzog. Das Chlor eines aggressiven Putzmittels mischte sich mit dem unverwechselbaren Gestank nach Fäulnis und Verwesung – Kate konnte hier den Tod förmlich riechen, selbst dann, wenn keine Leiche offen auf dem Tisch lag. Wobei Dr Schabot darauf beharrte, dass das Einbildung sei. »Meine Leichen riechen nicht«, pflegte er zu sagen, verbunden mit dem Verweis auf die Tatsache, dass sie tiefgekühlt waren. Und doch wallte stets die gleiche Mischung aus Übelkeit und Schwindel in Kate auf, wenn sie die Pathologie betrat. Vielleicht lag es auch nur an ihrem Zellgedächtnis, das sich an all die Leichen erinnerte, die sie – alles andere als tiefgekühlt – schon gefunden hatte.

Auch Walker hielt sich unwillkürlich die Hand vor die Nase.

Der Blick, den Dr Schabot ihnen jetzt zuwarf, zeugte davon, dass er nicht sehr erfreut war, sie zu sehen.

»Sie kriegen Ihre Einladung zur Sektion noch«, stieß er missmutig hervor. Der kleine, drahtige Mann trug eine runde Brille, deren verbogenes Gestell schief auf seiner Nase saß, sein Arztkittel war falsch geknöpft. Er schien sich beeilt zu haben, ins Institut zu kommen, denn als Kate und Walker die Treppe hinunterkamen, desinfizierte er sich bereits ausgiebig die Hände.

»Wir wollen nur mal einen Blick auf den Toten werfen. Und vielleicht ein, zwei winzig kleine Vorabeinschätzungen«, bat Kate.

»Wann ist denn die Obduktion?«, wollte Walker wissen. »Heute noch?«

Dr Schabot seufzte resigniert, streifte sich Handschuhe über und trat an den Tisch mit der Leiche heran. Ein Tuch lag ausgebreitet über dem Toten, das aktuell nur das Gesicht freiließ.

»Sie können es wohl kaum erwarten, mich wiederzusehen, was? Wenn wir Glück haben, heute noch. Es hängt davon ab, ob meine werte Frau Kollegin sich wieder gesund genug fühlt«, beantwortete er Walkers Frage.

Heute noch, das wäre toll. Lange auf die Informationen warten zu müssen, wäre in diesem Stadium der Ermittlungen gar nicht gut, dachte Kate.

»Leiche, männlich, zwischen fünfunddreißig und fünfundvierzig Jahren«, murmelte er dann mehr zu sich selbst als zu seinen beiden Besuchern.

Kate warf einen Blick auf den Toten und wandte sich schnell wieder ab. Wasserleichen waren wirklich kein schöner Anblick. Walker hielt es länger aus, er studierte das Gesicht, vermutlich in dem Versuch, die Züge Greg Hamons auszumachen, aber in dem Fleischklumpen, der aussah wie eine Maske, waren kaum noch individuelle Züge zu erkennen. Als Walker sich schließlich abwandte, wirkte er blasser als sonst und trat einen Schritt zurück.

»Wir werden seine Identität über die Zähne feststellen, aber auch da kann ich Ihnen nicht versprechen, dass das heute noch klappt«, sagte Dr Schabot. »Sie müssen sich gedulden.«

»Ja, danke. Wir würden gern wissen, ob er ermordet wurde«, sagte Kate. »Können Sie dazu etwas sagen?«

»Ich habe ihn noch nicht geöffnet.«

»Eine Ahnung?«

Der Gerichtsmediziner grunzte irritiert, schlug dann aber das Tuch zurück. Der Anblick diverser Verletzungen, vor allem im Bereich des Bauches, ließen Übelkeit in Kate aufsteigen. Es fehlte nicht nur ein Finger – wenn es denn Greg Hamon war –, es fehlte die gesamte rechte Hand.

Dr Schabot deutete auf ein großes, offensichtlich tiefes Loch in der Brust. »Sehen Sie hier? Diese Wunde ist von den kleinen Aasfressern ausgehöhlt worden. Ich nehme an, sie hat ihnen Zugang gewährt, solange die Leiche noch tief unter Wasser lag. Wahrscheinlich …«, der Arzt legte seinen Kopf schräg und fasste dann vorsichtig an den Oberkörper des Toten, »ja, wahrscheinlich war diese Wunde zuerst da, sodass Krebse und Krabben dort begonnen haben, sich gütlich zu tun.«

»Die Wunde ist ihm zugefügt worden?«

Dr Schabot bewegte seinen Kopf dicht an die Leiche. »Möglicherweise eine ausgehöhlte Stichwunde«, sagte er.

»Also Mord«, folgerte Walker.

»Das kann ich Ihnen zu diesem Zeitpunkt noch nicht verbriefen.«

»Aber es ist wahrscheinlich.«

»Wenn es Ihnen damit besser geht.« Dr Schabot zuckte die Schultern. »Aber warten Sie doch einfach die Obduktion ab.«

Mehr wollte er nicht verraten, auch keine Vermutung über den Todeszeitpunkt anstellen. »Aber wir sind uns doch alle einig, dass er nicht erst seit drei Stunden im Wasser liegt, hm?«, merkte er zum Abschied an.

Kate bedankte sich und war froh, als sie wieder draußen an der frischen Luft standen. Auch Walker atmete tief durch. Als sie auf dem Weg ins Präsidium an einer Metzgerei vorbeikamen, wechselten sie in schweigendem Einverständnis die Straßenseite.

∗

Im Präsidium empfing Miller sie schon im Flur. »Ihr sollt gleich mit zum Chief.« Sie drehte sich um und ging voraus in sein Büro.

DeGaris saß an seinem Schreibtisch, tief auf der Nase eine randlose Brille.

Kate setzte ihn und Miller über ihren Besuch bei Dr Schabot ins Bild.

»An die Presse können wir damit noch nicht gehen«, beschied DeGaris, als sie geendet hatte. »Wir warten bis nach der Obduktion. An der übrigens ich teilnehmen werde.«

Na, Gott sei Dank. Kate war zutiefst erleichtert. Obduktionen waren nicht gerade ihr liebster Zeitvertreib. Genau genommen befanden sie sich auf ihrer Skala von unangenehmen Tätigkeiten kurz hinter einer Magenspiegelung, jedoch noch vor einer Pressekonferenz.

»Den Bericht habt ihr mit etwas Glück morgen auf dem Schreibtisch.« DeGaris wandte sich an Kate. »Sie haben ihn übrigens gerade einmal zwanzig Yards von der markierten Stelle entfernt gefunden. Dein französischer Forensiker war nützlich, Langlois.«

Kate freute sich, dass Nicolas recht behalten hatte. *Aber er ist nicht mein Forensiker*, dachte sie. Laut sagte sie: »Das ist doch gut« und wechselte das Thema. »Kommen wir mal zur Frage der Tatverdächtigen.«

»Richtig«, übernahm DeGaris. »Wer könnte Greg Hamon – und ja, ich weiß, die Bestätigung bekommen wir erst noch, aber ich gehe für unsere weiteren Theorien jetzt einfach davon aus, dass es sich bei unserem Toten um ihn handelt –, wer also könnte Greg Hamon ermordet haben? Am naheliegendsten ist natürlich wie immer der Ehepartner, in diesem Fall also Stephanie. Die immer noch spurlos verschwunden ist.«

Kate dachte an ihre erste Theorie, dass die Ehe zerrüttet war nach dem Verschwinden der Tochter. Wenn man dann noch dazurechnete, dass sie möglicherweise einzeln oder gemeinsam schuld an deren Tod waren … Und dazu noch eine potenzielle Affäre … DeGaris lehnte sich in seinem Schreibtischstuhl zurück und forderte Miller mit einer Handbewegung auf, weiterzuerzählen. Ein deutliches Zeichen, dass, was auch immer sie in der Zwischenzeit herausgefunden hatten, ihr Verdienst war.

»Wir haben Informationen von der Bank«, sagte Miller. »Auffällig ist eine Überweisung von etwas mehr als zweitausend Pfund von Stephanie Hamons privatem Konto …«

»Privates Konto?«, unterbrach Walker.

»Die Hamons haben geschäftliche Konten, ein gemeinsames Konto, Stephanie besitzt zusätzlich ein privates

Konto, das nur auf ihren Namen läuft, und Greg Hamon besitzt … zwei«, erläuterte Miller.

»Zwei private Konten.« Walker runzelte die Stirn.

»Das muss nichts heißen«, sagte Kate. »Eines ist vielleicht ein reines Sparkonto.«

»Das gibt es außerdem«, ergänzte DeGaris.

Kate war überrascht.

»Wir sollten die Konten unter die Lupe nehmen«, murmelte Walker, hielt dann aber sofort den Mund, als Miller sich vernehmlich räusperte.

»Von Stephanie Hamons Konto gab es, wie ich bereits sagte«, sie blickte scharf in Walkers Richtung, »eine Überweisung von mehr als zweitausend Pfund. An einen gewissen Dr Hobbs.«

»Nein!« Kate starrte sie an. Die Anrufe hatten also etwas zu bedeuten gehabt, dazu der Besuch von »Ms Pace« in seiner Praxis. Sie hatte von Anfang an gewusst, dass Hobbs etwas zu verbergen hatte!

»Ja, da staunen wir. Wir werden dem guten Doktor wohl noch einmal auf den Zahn fühlen müssen.« DeGaris stand auf, offensichtlich wollte er persönlich mit ihm sprechen. Miller trat zu ihm, anscheinend war abgesprochen, dass sie ihn begleitete. Für einen Moment war Kate irritiert, sie hatte schließlich das erste Gespräch mit Hobbs geführt.

»Langlois, was wissen wir über den Arzt?«

»Keine Vorstrafen«, meldete Kate, was sie recherchiert hatte. »Allgemeinmedizinische Praxis in der Nähe der Trinity Church, das bedeutet eine hohe Miete, aber sicher auch viele Patienten. Eine Angestellte. Modern und vor allem teuer eingerichtete Räumlichkeiten. Verheiratet. Vom Charakter her kommunikativ und … hinterhältig.«

DeGaris nickte anerkennend. »Hört euch in seinem

Tennisclub um. Vielleicht hatte er Sorgen – finanzieller oder romantischer Art. Oder wer weiß, vielleicht auch krimineller.«

Damit war die Besprechung beendet. Kate verließ nachdenklich den Raum. Hobbs. Was zur Hölle war mit dem los?

*

St. Sampson, Guernsey

Der Tennisclub, dem Dr Hamon und Dr Hobbs angehörten, befand sich in St. Sampson, der zweitgrößten Stadt auf Guernsey, nördlich von St. Peter Port. Auch wenn die Hafenstadt nicht ganz so malerisch war, so hatte sie doch eine hübsche Marina. Außerdem stand hier die älteste Kirche der Insel: Der steinerne Bau versteckte sich hinter einem kleinen Mäuerchen, der dazugehörige Friedhof mit seinen alten, grasüberwachsenen Grabsteinen lag gleich daneben, und man konnte hier eine ruhige Minute der Einkehr finden, wenn man vom geschäftigen Treiben der Stadt genug hatte. Die Pfarrkirche St. Sampson stammte aus dem 12. Jahrhundert, berichtete Kate Walker, doch an der Stelle der heutigen Kirche hatte wahrscheinlich schon Jahrhunderte früher eine andere gestanden: Der Missionar St. Sampson war um das Jahr 600 ungefähr an der Stelle der heute nach ihm benannten Stadt auf Guernsey angelandet, um die Insel zu christianisieren.

»Du solltest über ein zweites Standbein als Fremdenführer nachdenken«, sagte Walker lächelnd, als sie geendet hatte und den Dienstwagen auf dem Parkplatz des Clubs abstellte. »Spielst du Tennis?«, wollte er dann wissen.

Kate grinste. »Kaum.« Als Teenager hatte sie ein paar

Stunden genommen, aber letztlich hatte sie sich immer für Ausdauersportarten entschieden, Ballsport war nicht so ihr Ding. »Ich bin mehr für Leichtathletik zu haben, vor allem Laufen und Springen. Beim Langstreckenlaufen habe ich als Schülerin ein paar Preise gewonnen.« Laufen war einfach ihre Leidenschaft. Schnelligkeit und Rhythmus. »Mir gibt man jedenfalls besser keinen Schläger in die Hand, da stolpere ich eher über meine Füße. Was ist mit dir?«

Sein entsetzter Blick sagte alles. »Weshalb soll ich meine Zeit verschwenden, wenn ich auch Fußball spielen kann?«

»Typisch Engländer.« Kate grinste. »So ganz offiziell in einem Verein?«

»Früher schon.« Sein Grinsen wirkte jetzt beinahe lausbubenartig. »Die standhafte Abwehr des Beddington Park FC!« Er reckte die Hände in die Höhe.

»Go, Beddington Park!«, feuerte Kate ihn lachend an. »Du wirst sicher eine großartige Bereicherung im Guernsey FC.«

»Knieverletzung, kann in keinen Zweikampf mehr.« Er zuckte seufzend mit den Schultern. »Seitdem schwimme ich. Kein Vergleich zum Mannschaftssport, aber man wird ja auch älter.« Er lächelte. »Und ich muss zugeben, so eine Kulisse wie hier auf Guernsey hatte ich im Londoner Hallenbad nicht.«

Damit hatte er recht, und Kate ging auf, dass sie schon viel zu lange nicht mehr ins Meer gesprungen war. »Aber zurück zum Guernsey FC: Ich will sie nicht schlechter reden, als sie sind, aber trotz deines kaputten Knies könnte es noch reichen.«

»Klingt nach einer zweiten Karriere«, sagte Walker grinsend und betrat hinter Kate die Anlage.

Er deutete auf eine Bar hinter den Ascheplätzen. Es war ruhig im Moment, was aber vielleicht auch an der Uhrzeit lag: Freitagnachmittags hatten die Leute meist andere Dinge zu tun. Zwei junge Frauen spielten in weißen Röcken gegeneinander, unter einem Sonnenschirm an einem Plastiktisch vor der Bar saß ein älterer Herr vor einem Glas Ale – so aufmerksam, wie er das Spiel der beiden Damen beobachtete, wahrscheinlich der Vater einer der beiden. Zumindest hoffte Kate, dass er das war, andernfalls war seine Neugier unangenehm aufdringlich.

Walker wandte sich an den Mann hinter der Theke, der mit einer Pobacke auf einem Barhocker saß und gelangweilt mit seinem Handy spielte.

»Sie sind hier der Wirt?«

Der Mann, noch recht jung, mit rötlich-blonden Haaren, an denen sich jedoch beginnende Geheimratsecken abzeichneten, nickte, und Walker zückte seine Marke.

»Keine Sorge, es ist nichts passiert«, ergänzte Kate schnell, als der Mann blass wurde. »Wir haben nur ein, zwei Fragen.«

»Okay.« Der Wirt stellte sich als Christopher Cormac vor.

»Kennen Sie Dr Hamon?«

Cormac warf Walker einen misstrauischen Blick zu. Als Wirt kannte er sicher alle Mitglieder, und Tennis spielende Ärzte waren vermutlich keine Seltenheit im Club. Schließlich nickte Cormac erneut. »Es geht um diesen Unfall, ja?«, fragte er. Es hätte Kate gewundert, wenn er es noch nicht gewusst hätte: Natürlich wurde in so einem Club geredet, vor allem bei einem Mitglied mit dieser schrecklichen Geschichte.

»Er hat mit Dr Hobbs gespielt, richtig?«, fragte Kate.

»Ja, meistens.« Hobbs sei aber schon länger nicht mehr da gewesen, Hamon hätte dann mit einem Ersatzpartner gespielt.

»Ach ja?« Das war neu. Angeblich hatte er am Dienstag noch gespielt. »Mit wem denn?«

Cormac zuckte die Schultern. »Mal Marc, mal Daniel. Es kommt schon mal vor, dass einen ein Partner versetzt. Dann hockt man sich zu mir an die Bar, und früher oder später taucht jemand auf, der auch noch eine Runde spielen will.«

»Gab es Streit zwischen den beiden?«

Cormac sog die Unterlippe zwischen die Zähne. »Streit, na ja, wie soll ich sagen … ich mische mich da nicht ein«, stammelte er schließlich unbeholfen.

»Was ist vorgefallen?«, versuchte Kate es mit einer offenen Frage.

Ihr Gespräch wurde unterbrochen, als die beiden jungen Tennisspielerinnen hinzutraten. Die eine, eine hübsche Blondine, nach dem Match jetzt mit hochrotem Kopf und verschwitzten Schläfen, ließ sich von dem älteren Mann am Tisch loben. Er war also tatsächlich entweder der Vater oder der Trainer. Anschließend stellten sich beide Mädchen an die Bar, bestellten einen Saft und musterten Kate und Walker unverhohlen.

Cormac richtete die Getränke, wechselte ein paar Worte mit ihnen, und dann setzten sich die beiden mit einem letzten neugierigen Blick an den Plastiktisch zu dem älteren Herrn.

»Dr Hamon und Dr Hobbs«, half Walker Cormac auf die Sprünge, der sich damit beschäftigte, die Saftflaschen sorgfältig zuzudrehen und im Kühlschrank zu verstauen.

Es dauerte eine Weile, bis sie ihm alle Informationen aus der Nase gezogen hatten: Offenbar hatte es auf dem Platz vor ein paar Wochen einen lautstarken Streit zwischen Dr Hamon und Dr Hobbs gegeben. Zunächst hatten sie relativ freundschaftlich gespielt, dann aber war die Stimmung plötzlich gekippt. Irgendwann hatten die beiden Männer dicht voreinander am Netz gestanden und sich angeschrien. Schließlich hatte Hamon seinen Schläger weggeschleudert und war in Richtung der Umkleiden gestürmt, Dr Hobbs hinterher, in der Umkleide hatte es eine hitzige Diskussion gegeben. Cormac selbst hatte Dienst an der Bar gehabt, deshalb hatte er den weiteren Verlauf nicht mit eigenen Augen gesehen. Aber da die Auseinandersetzung anschließend das Gespräch des Tages bei Ale und Cocktail gewesen war, wusste er wahrscheinlich ebenso gut wie die Augenzeugen, was passiert war.

»Worum ging es da genau?«

»Alles Vermutungen.« Cormac trat von einem Bein aufs andere. Mehr als Halbsätze und einzelne Wörter hatte das Publikum nicht aufschnappen können. »Aber natürlich kocht die Gerüchteküche über.«

»Zum Beispiel?«, hakte Walker nach.

»Zum Beispiel, dass Greg Hamon ein Alkoholproblem hat. Ein Eheproblem sowieso. Marc hingegen, Sie wissen schon, mit ihm hat Hamon auch mal ein paar Bälle geschlagen, glaubt, Greg ist spielsüchtig. Sie sehen, alles dabei, was einem Mann Sorgen bereiten kann.«

»Und was glauben Sie?«, fragte Kate.

»Ich?«

»Sie kennen Ihre Pappenheimer doch am besten«, versuchte sie es mit ein bisschen Schmeichelei.

»Na ja, ich …« Cormac fuhr sich durch die Haare. »Ich glaube nicht, dass es irgendeine Sucht war. Es war etwas … etwas Akutes, wenn Sie verstehen, was ich meine? Als Eric, also Dr Hobbs ankam, war er schon geladen. Schlecht gelaunt, hat Greg bei jeder kleinsten Spielverzögerung blöd angemacht. Dabei hat er gespielt … du lieber Himmel, die einfachsten Punkte vergeben! Greg ist immer besser als

Eric. Aber an dem Tag? Lag er sechs null, vier null in Führung. Und dann ist Eric explodiert.« Cormac wirkte ehrlich besorgt, als er seinen Kopf schüttelte.

»Wissen Sie noch, an welchem Tag genau das war?«, fragte Kate.

Cormac überlegte. Dann nahm er sein Smartphone zur Hand und scrollte durch den Kalender. »Es war ein Donnerstag, das weiß ich noch«, murmelte er. »Und es hatte geregnet … Vor fünf Wochen etwa?«

»Seitdem, sagten Sie, ist Dr Hobbs hier nicht mehr aufgetaucht?«

Cormac nickte.

»Arbeiten Sie jeden Tag hier?«

»Fast jeden.«

»Waren Sie am Dienstag da? Haben Sie Dr Hobbs am Dienstag auf dem Gelände gesehen?«

Cormac runzelte die Stirn. »Nein. Am Dienstag habe ich den ganzen Nachmittag gearbeitet. Hobbs war nicht da.«

»Sind Sie sicher?«, hakte Walker nach.

Verärgert zuckte Cormac mit den Schultern. »Wenn ich ihn nicht gesehen habe, habe ich ihn nicht gesehen«, sagte er rüde.

»Danke, Mr Cormac«, verabschiedete Kate sich. »Sie haben uns sehr geholfen.« Sie ließ sich noch die vollständigen Namen von Marc und Daniel geben, mit denen auch Dr Hobbs hin und wieder Tennis gespielt hatte. Sie würden sich Cormacs Erzählungen von ihnen bestätigen lassen.

»Irgendetwas hat zwischen Hamon und Hobbs nicht mehr gestimmt«, sagte Kate zu Walker. Von wegen, sie hätten ihre Streitereien beigelegt, sie seien wieder gute Freunde. Sie schnaubte. Was für Lügen Dr Hobbs ihr mit dem größten Selbstbewusstsein aufgetischt hatte!

Kate schickte DeGaris eine kurze Nachricht mit den neuesten Informationen auf sein Handy. Er befand sich sicher noch im Gespräch mit dem Arzt, so schnell ließ der Chief nicht locker, wenn er jemanden in seinen Fängen hatte. Da war er wie ein Pitbull. Oder eben auch stur wie ein echter »Esel« von Guernsey.

16. Kapitel

St. Peter Port, Guernsey

Es war sehr später Nachmittag, als sie ins Präsidium zurückkehrten. DeGaris war noch unterwegs. Er hatte nicht
auf Kates Nachricht geantwortet, sie aber gelesen.

Walker wollte sich einen Kaffee holen und bot Kate an,
ihr einen mitzubringen. Sie blickte ihm nach, als er das
Büro verließ, und musste zugeben, dass ihre Zusammenarbeit sich mittlerweile wirklich wie ein Team anfühlte. Auch
wenn Walker recht verschlossen und sie selbst ebenfalls
keine Plaudertasche war, hatten sie eine Ebene gefunden, auf
der sie gut miteinander umgehen konnten. Wenn sie ehrlich
war, lief ihre Zusammenarbeit wie am Schnürchen.

Kate machte sich in den sozialen Medien auf die Suche
nach etwas über Dr Hobbs, das sie noch nicht wussten, aber
der Mann besaß nur eine professionelle Homepage und berufliche Profile, die ihr nicht weiterhalfen.

Walker stellte den Kaffee ab und machte sich an der Stell-
wand zu schaffen, an die sie die Fotos der Hamons und aller
beteiligten Personen gepinnt hatten. Stephanie und Greg
befanden sich in der Mitte, Ava wie bei einem Stammbaum
unter ihnen. Walker pinnte die Fotos von Emily Baynes
und Aziza Manuel rechts und links neben Greg Hamon.

»Du störst Stephanie Hamon«, sagte Kate, als Stephanies
Foto nun teilweise überdeckt war.

Walker schürzte die Lippen, als er sich die Konstellation noch einmal eingehend besah. »Hattest du nicht gesagt, Aziza hat auch schon in der Gemeinschaftspraxis für Dr Hobbs gearbeitet?«, fragte er dann.

»Wieso?« Kate stand auf.

»Nur so ein Gedanke.« Walker trat einen Schritt zurück. »Du hast gesagt, dass niemand den Grund für ihre berufliche Trennung benennen konnte. Wir haben also einen Streit zwischen zwei Freunden, die eben noch Geschäftspartner waren. Ich glaube Hobbs kein Wort, dass sie ihre Gemeinschaftspraxis ohne Streit oder einen entsprechenden Anlass aufgelöst haben. Nein, da gab es einen handfesten Krach. Davon haben auch die beiden Arzthelferinnen berichtet. Nur die entsprechenden Hintergründe dafür liegen noch im Dunkeln. Vielleicht hat DeGaris bei Hobbs Glück. Dann haben wir da noch eine Affäre von Dr Hamon mit Aziza …«

»… von der wir aber nicht sicher wissen, nicht mal, ob da überhaupt was war oder ein möglicher Kuss von Regina aufgebauscht worden ist«, warf Kate ein.

»Zugegeben. Wenn es keinen Klatsch und Tratsch gibt, erfindet sie welchen, das könnte ich mir durchaus vorstellen.« Walker trank einen Schluck von seinem Kaffee. »Aber dann haben wir einen erneuten Streit, oder wie drückte Cormac es aus, einen *Vorfall* zwischen den beiden. Und wir erfahren, dass Hobbs heimlich mit Hamons Ehefrau Kontakt hatte, die ihm auch noch Geld zukommen ließ. Und am Ende ist mindestens einer dieser Beteiligten tot.« Walker fuhr sich durch die Haare.

»Damit sind wir wieder bei der These, dass Stephanie Hamon und Dr Hobbs gemeinsame Sache gemacht und ihren Mann getötet haben?«, fragte Kate. »Aber warum? Für das Geld, das Stephanie Hobbs gezahlt hat? Für einen

Auftragsmord sind knappe zweitausend Pfund deutlich zu wenig. Abgesehen davon ist der Mann Arzt. Der verdient zweitausend Pfund im Vorbeigehen.«

»Hm.« Walker schürzte die Lippen. »Erstens können wir nicht sicher davon ausgehen, dass er keine Geldsorgen hatte. Und zweitens ... vielleicht war es ein Freundschaftspreis? Weil er ohnehin eine Stinkwut hatte auf Greg?«

Kate legte den Kopf schräg. Sie hatte das Gefühl, sie versuchten gerade, Puzzleteile mit Gewalt aneinanderzupassen. Es passte nicht. »Und was ist mit Emily?«

Walker wurde einer Antwort enthoben, als DeGaris und Miller von ihrem Gespräch mit Hobbs ins Büro zurückkehrten.

»Nichts.« DeGaris presste die Lippen aufeinander.

»Und, welche Erklärung hat er für das Geld?«

Miller schnaubte. »Er sollte ein Geburtstagsgeschenk für ihren Mann besorgen. Irgendeinen teuren Tennisschläger.«

»Den konnte er euch zeigen, nehme ich an?«, fragte Kate.

»Er ist leider noch nicht dazu gekommen, ihn zu kaufen. Da Hamon aber ohnehin erst im September Geburtstag hat, wäre ihm dafür noch jede Menge Zeit geblieben. Er hat hektisch im Internet gesucht, um uns zu zeigen, was ihm vorschwebt.«

»Das ist doch eine glatte Lüge.« Kate verschränkte die Arme vor der Brust.

»Ich will, dass ihr jeden Stein umdreht«, wies DeGaris finster an. »Walker, Miller, ihr klemmt euch dahinter. Und Langlois ... Was ist mit deiner Cousine?«

Kate wusste nicht, worauf er hinauswollte.

»Vielleicht weiß sie irgendetwas? Oder kann in ihren Archiven wühlen?« Journalisten hatten andere Informationen als die Polizei. Mit Beweisen ging man aufs Präsidium, mit Gerüchten zur Presse. »Manchmal gibt es Zusammenhänge, die man nicht auf Anhieb versteht«, fuhr DeGaris fort. »Wer weiß, vielleicht ist Hobbs spielsüchtig. Seine Mutter musste den Hof verkaufen.« Er zuckte mit den Schultern.

»Was bieten wir ihr dafür an?« Kate war sicher, dass Holly niemals ohne Gegenleistung arbeiten würde. »Greg Hamon?«

DeGaris schürzte die Lippen. »Lehn dich nicht zu weit aus dem Fenster. Aber das können wir ihr geben. Und sie ist die Erste, die wir informieren, wenn der Fall geklärt ist. Sie hat mein Ehrenwort.«

Das könnte funktionieren, dachte Kate, zog ihr Smartphone aus der Hosentasche und suchte nach Hollys Nummer.

Doch dann zupfte etwas an ihren Gedanken, und sie legte das Handy zur Seite. »Greg Hamon wollte ursprünglich kein Kind adoptieren«, sagte sie langsam. »Das war Stephanies Wunsch. Diese Aussage kam nicht nur von Dr Hobbs, auch Margery Barington hat so etwas angedeutet«, sagte sie langsam. »Glaubt ihr, das hat eine Bedeutung?«

Walker blickte sie nachdenklich an. »Gehen deine Gedanken in die Richtung, dass Greg zunächst das ungeliebte Kind und später seine Frau loswerden wollte?«

Der Gedanke löste Unbehagen in Kate aus, auch Miller schluckte. »Mich hat eher beschäftigt, weshalb Hobbs mich – bewusst oder unbewusst – auf diese Fährte lenken wollte«, erklärte Kate. »Aber vorstellbar ist alles.«

»Ava wurde in eine Babyklappe gegeben, richtig?«, fragte Walker jetzt. »Aber die Mutter wurde nie gefunden?«

»Die Spur verliert sich recht schnell. Ava wurde in Stafford abgegeben. Als sie verschwand, war sie zweieinhalb Jahre alt. Wir haben uns damals umgehört, aber keine der Frauen, bei denen es eine bekannte Schwangerschaft gegeben hatte, hat uns weiterhelfen können oder wollen«, sagte Miller bedrückt.

Das brachte Kate auf eine Idee. »Was glaubt ihr: Hat die biologische Mutter Ava auf den Bildern des verschwundenen Mädchens erkannt, die überall abgedruckt waren? Und wenn sie Ava als ihre Tochter erkannt hat, was hätte sie nach ihrem Verschwinden getan?«

»Na ja … Sie hat das Kind weggegeben«, sagte Miller. »Ganz offensichtlich hat sie es nicht gewollt.«

Das war richtig. »Ja. Aber die meisten Frauen erträumen sich für ihre Kinder natürlich eine bessere Zukunft als das, was Ava schließlich passiert ist. Und was, wenn die Mutter – wie wir – geglaubt hat, dass die Hamons verantwortlich waren für ihren Tod?«

»Ich kann es dir nicht beantworten«, sagte DeGaris finster. »Aber ich kann dir sagen, dass das eine ganze Menge an weiteren Schwierigkeiten bedeuten würde.«

Fermain Bay, Guernsey

Kate hatte überlegt, Nicolas anzurufen. Der Leichenfund wäre Grund genug gewesen, aber dann hatte sie sich eingestehen müssen, dass sie ihn sehen wollte. Auch wenn sie für morgen ohnehin verabredet waren, ließ die Aussicht, Nicolas zu treffen, die Neugier in seinen Augen funkeln zu sehen und sein Lachen zu hören, ihr Herz schneller klopfen. Seit Ryan hatte es kein Mann mehr geschafft, solche Gefühle in ihr auszulösen, und dabei kannte sie ihn noch nicht einmal eine Woche.

Sie hatte Muskelkater, trotzdem zog sie sich leichte Sommerschuhe an und machte sich zu Fuß auf den Weg zur Fermain Bay.

Wie erwartet saß Nicolas am Strand und genoss die Aussicht.

»Heute kein Wein?«, fragte Kate, als sie sich neben ihm niederließ.

»Nein, heute kein Wein. Er darf nicht zur Krücke werden.«

Kate sah in sein ernstes Gesicht, dachte daran, was er ihr über seine Arbeit erzählt hatte, und daran, wie leicht auch in ihr der Wunsch nach einer kleinen Betäubung entstand, wenn sie einen besonders grausamen Fall behandelte. Diesem Wunsch nachzugeben, war der erste Schritt eine lange, dunkle Treppe hinunter, das hatte sie bei Kollegen immer wieder erlebt.

»Wir haben ihn gefunden«, sagte Kate. Zwar war die Identität noch nicht von der Gerichtsmedizin bestätigt, aber Kate war sich sicher.

Er wusste natürlich gleich, von wem sie sprach, noch bevor sie ihm für seine Hilfe gedankt hatte.

»Ohne Sie wäre es sicher nicht so schnell gegangen«, sagte sie.

»Wo haben Sie ihn denn gefunden?«

»Nicht einmal zwanzig Yards von Ihrer markierten Stelle entfernt.«

Er pfiff leise durch die Zähne. »Zwanzig Yards, wie viel ist das in einer vernünftigen Maßeinheit?«, fragte er zurück, schien aber keine Antwort zu erwarten, denn er setzte sofort hinzu: »War es Mord?«

»Wahrscheinlich. Wir haben …« Sie wusste nicht, wie sie den Satz zu Ende bringen sollte, ohne in Details zu gehen. »Bei Wasserleichen ist es manchmal schwer, die Todesursache zu bestimmen.«

»Ich habe darüber gelesen«, sagte er, und eigentlich hätte sie es sich denken können. »Man hat mit Schweinehälften experimentiert. Es ist sehr interessant, was das Wasser dem menschlichen Körper über einen längeren Zeitraum antut.« Er hob seine Hand. »Kein Wunder eigentlich. Die Haut an meinen Fingern wird schon nach zehn Minuten klein. Wie sagt man? Schrumpelnd.«

Kate musste lachen. »Schrumpelig, richtig.«

»Wenn es Mord war, und im Moment scheint ja einiges dafür zu sprechen: Haben Sie schon einen Verdächtigen?«

Kate wusste nicht genau, wie sie diese Frage beantworten sollte. Sie hatten einen Verdächtigen, ja, aber zu viele der Puzzleteile passten dann doch wieder nicht zusammen. Also versuchte sie es mit einem von DeGaris' unverbindlichen »Hms«.

Für ein paar Augenblicke schwiegen sie. Nur das Rauschen des Meeres war zu hören.

»Haben Sie schon einmal mit der Polizei zusammengearbeitet?«, fragte Kate schließlich. Die Frage beschäftigte sie, seitdem sie ihm das erste Mal begegnet war.

Er schüttelte den Kopf. »Wo ich hinkomme, ist die Polizei schon gewesen«, sagte er. »Die Staatsanwaltschaft, ja. Der Internationale Gerichtshof in Den Haag. Aber nein, eine Zusammenarbeit mit der Polizei ist neu.« Er drehte sich zu ihr. »Es geht Ihnen um meine Analyse des Fingers, richtig?«

»Auch.« Er hatte ihn gefunden, eingesteckt und sich angesehen. Und alles, was er vermutet hatte, hatte sich als richtig herausgestellt. Welcher Laie wusste schon, worauf er achten musste? Welcher Laie hätte es überhaupt geschafft, einen abgetrennten Finger so lange und intensiv zu betrachten? Ganz zu schweigen von der Tatsache, dass er sich auf die Suche nach einer Wasserleiche gemacht hatte.

»Wir müssen mit forensischen Anthropologen zusammenmenarbeiten, da schnappt man einiges auf. Eine einfache

Bestimmung der DNS ist oft hilfreich, das ja. Aber wissen Sie …« Er machte eine kurze Pause. »Es gibt Frauen, die haben ihren Ehemann, den Bruder, den Vater und den Sohn verloren. Alle Männer der Familie wurden ermordet und verscharrt. Wenn wir nun einen von ihnen in einem Massengrab finden … Wir brauchen genauere Angaben.«

Alle Männer einer Familie ermordet. Plötzlich fühlte sich der Wind, der bisher einer leichten Brise geglichen hatte, kalt an. Kate verstand immer mehr, weshalb der Professor eine Auszeit brauchte.

»Manche Schicksale berühren uns so sehr, dass wir glauben, daran zu zerbrechen«, sagte sie leise.

»Oft sind es genau diese Schicksale, die uns weiterkämpfen lassen.« Nicolas lächelte aufmunternd. »Und deshalb machen wir weiter.«

»Und deshalb machen wir weiter«, stimmte Kate ihm zu.

Eine Weile blickte sie aufs Meer, um sich vom Rhythmus der Wellen beruhigen, einlullen zu lassen.

»Gibt es jemanden, der noch lebt? In diesem Fall?«, fragte Nicolas schließlich. »Eine Leiche haben Sie ja schon gefunden.«

»Ich weiß es nicht. Eine Theorie setzt auf Stephanie … aber auch von ihr haben wir kein Lebenszeichen. Ava … Das Kind ist mit ziemlicher Sicherheit tot.« Trotz des Briefes. Kate schwieg einen Moment und sagte dann: »Am ehesten Emily.«

»Dann suchen Sie Emily.« Seine Stimme klang eindringlich. »Es ist immer besser, Lebende zu retten, als Tote zu katalogisieren.«

17. Kapitel

St. John, Jersey

Vorsichtig versuchte Michael, sein Knie zu belasten. Die erste Nacht, in der er nicht von Schmerzen wachgeworden war. Auch die Schwellung war zurückgegangen, und in einem Anflug von Hybris dankte er Gott dafür. Ein Blick zur Uhr zeigte ihm, dass er durchgeschlafen hatte, es war schon beinahe sechs. Wie lange er Rose noch von einem Besuch abhalten konnte, wusste er nicht. Gestern hatte er sie ablenken können, aber wie lange konnte er den Schein noch aufrechterhalten, ohne dass sie Verdacht schöpfte? Er seufzte, schlang den Gürtel seines Bademantels um den Bauch und machte sich an den Aufstieg ins obere Stockwerk, der ihm so leicht fiel wie seit Monaten nicht mehr. Er würde nicht zum Arzt müssen, das Knie heilte gut. Und aus lauter Sorge um die blonde Frau in seinem Schlafzimmer hatte er in den letzten Tagen kaum etwas essen können. Dr Eloy wäre begeistert, wenn nicht über die Methoden, so doch sicher über das Ergebnis. Seine seelsorgerischen Tätigkeiten hatte er furchtbar vernachlässigt, für den Gottesdienst am morgigen Sonntag würde er eine alte Predigt wiederholen, seine Gedanken wollten nicht lange genug an der gleichen Stelle bleiben, um eine neue zu schreiben.

Die Tür zum Schlafzimmer stand einen Spalt offen und Michael stutzte. Hatte er sie gestern Abend nicht richtig geschlossen, als er den Raum verlassen hatte? Es raschelte. *Gefahr, Gefahr,* hallten ihre Worte in seinen Ohren wider, und schnell trat Michael zur Seite, presste sich an die Wand neben der Schlafzimmertür und lauschte. Erneutes Rascheln. Nein, kein Rascheln, es war eher, als suchte jemand etwas. Vorsichtig lugte Michael um die Ecke. Die Vorhänge waren noch zugezogen, doch das Licht, das seinen Weg hindurchfand, genügte. Die Frau war aufgestanden. Zitternd stand sie in der Mitte des Raums, hatte einen alten Pullover von Helen übergezogen und öffnete die Schubladen seiner Kommode.

»Sie sollten noch nicht aufstehen«, sagte er, während er den Raum betrat. Freundlich, aber bestimmt.

Sie fuhr herum. »Wer sind Sie?«

Das Fieber. Sie hatte gesprochen, mit ihm, er hatte ihr gesagt, dass sie sich in Sicherheit befand. Aber das Fieber war hoch gewesen, zu hoch offenbar, als dass sie sich daran erinnern konnte.

Michael blickte auf die Tücher, die am Ende des Bettes lagen. Er hatte ihr Wadenwickel gemacht. »Reverend Michael Talbot«, beantwortete er ihre Frage. »Sie können mir vertrauen.«

»Ich muss gehen.« Der Pullover schlackerte um ihren schmalen Körper. Ihr Körperbau war ohnehin schlank, durch die Strapazen aber war sie regelrecht abgemagert. Die Haare hingen wirr und glanzlos um ihr Gesicht, die Wangen waren immer noch stark gerötet vom Fieber. Gehetzt blickte sie sich um, suchte etwas. Was, wusste er nicht.

»Sie sollten zu einem Arzt«, sagte Michael.

Ihr Blick huschte umher, als fühle sie sich in die Ecke gedrängt.

»Ich tue Ihnen nichts, keine Angst«, sagte er leise und setzte sich aufs Bett. Unbedrohlich wirken.

»Sie verstehen nicht!«, rief sie. »Ich muss weg, ich muss ihn suchen …« Ohne Vorwarnung sackte sie zusammen. Als hätte der Puppenspieler seine Marionette plötzlich fallengelassen.

Michael sprang vor und konnte gerade noch rechtzeitig verhindern, dass ihr Kopf auf dem Boden aufschlug.

»Was machen Sie denn da?«, murmelte er, während er die Frau sanft in seine Arme hob und wieder ins Bett legte. »Kommen Sie erst einmal zu Kräften«, sprach er weiter, auch wenn er nicht sicher war, ob sie ihn hörte. »Wenn Sie mir versprechen, sich auszuruhen und genug zu essen, helfe ich Ihnen bei was auch immer Sie vorhaben.«

Himmel, was sollte er nun tun? Die Frau war vollkommen erschöpft, sie konnte unmöglich das Bett oder gar sein Haus verlassen. Es würde eine Weile dauern, bis sie wieder bei Kräften war. Er konnte nur hoffen, dass sie liegenblieb und sich nicht erneut überanstrengte.

Ein Stöhnen kam über ihre Lippen, sie bewegte den Kopf und griff nach seiner Hand. »Er wird sie … umbringen«, sagte sie schwach, bevor sie wieder das Bewusstsein verlor.

*

St. Peter Port, Guernsey

Dann suchen Sie Emily. Nicolas' Worte klangen immer noch in Kate nach, als sie am Samstag ihr Büro betrat. Sie hatte sich schon damit abgefunden, dass es in der nächsten Zeit keine freien Tage geben würde. Verwundert bemerkte Kate die Mappe, die auf ihrem Schreibtisch lag. Die war dort gestern Abend noch nicht gewesen. Sie schlug sie auf und war augenblicklich hellwach: der Obduktionsbericht. Dr Schabots Kollegin war offenbar fit genug gewesen – oder hatte auf sein Drängen hin eine Schmerztablette genommen, um fit genug zu sein. DeGaris hatte wie üblich Überstunden geschoben und den Bericht bereits durchgesehen. Hier und da, wo sie auf das Ergebnis einer Laboruntersuchung warten mussten, klebten noch kleine Post-its im Dokument. Aber es handelte sich zweifelsfrei um Greg Hamon, seine Identität war anhand der zahnmedizinischen Dokumentation eindeutig festgestellt worden. Kate atmete auf. Endlich kam etwas Licht ins Dunkel!

Die nächste wichtige Information war, dass die von Dr Schabot vermutete Verletzung tatsächlich eine Stichwunde war. Aufgrund des Winkels und der Einstichlänge schloss der Gerichtsmediziner einen Suizid aus. Fremdverschulden. Ob die Wunde selbst tödlich gewesen wäre, blieb dahingestellt, Greg Hamon musste recht schnell nach seiner Verwundung über Bord gefallen oder gestoßen worden sein. Als Todesursache war, trotz großer Schäden an der Lunge, Ertrinken festgestellt worden. Dennoch zählte für Kate nur eins: Greg Hamon war getötet worden.

Von wem? Von seiner Frau Stephanie? Oder doch von der dritten Person an Bord? Nachdenklich schob Kate die Dokumente zusammen und legte die Mappe auf Walkers Schreibtisch. In diesem Moment klingelte ihr Telefon. Der Capitán der Guardia Civil auf Las Palmas teilte ihr auf Spenglisch mit, dass sie bei einer weiteren Visite im kanarischen Ferienhaus von David Baynes niemanden dort angetroffen hatten. Er nahm seine Aufgabe offenbar ernst, und Kate war dankbar, dass er auch über Grenzen hinaus seine Kollegen auf Guernsey unterstützte, obwohl er vermutlich auch in seinem eigenen Zuständigkeitsbereich keine Däumchen drehte.

Die Schlussfolgerung also war, dass Emily sich mit an

Sicherheit grenzender Wahrscheinlichkeit nicht auf Gran Canaria aufhielt, ob mit oder ohne einen Liebhaber. Damit hatten sie definitiv eine weitere verschwundene Person.

Dann suchen Sie Emily. Kate spürte, dass Emily wichtig war für diesen Fall: Emily würde wissen, wohin Stephanie mit der *Aventura* hatte segeln wollen. Heute war es eine Woche her, dass sie abgelegt hatte, und das letzte Lebenszeichen von Emily hatte es erwiesenermaßen vor mehr als vier Wochen gegeben, als David Baynes sich von ihr verabschiedet hatte.

Kate griff zum Telefonhörer und wählte die Handynummer des Unternehmers. »Mr Baynes«, begann sie, als er überraschend zügig das Gespräch annahm. *Walker hat ihm wohl Angst gemacht*, dachte Kate amüsiert. »Sie haben doch sicher Interesse daran, Ihre Frau zu finden?«

»Ich sagte Ihnen doch, sie ist mit diesem Hamon unterwegs. Wahrscheinlich liegen sie in einem meiner Ferienhäuser am Strand und lachen über uns.«

Kate klärte ihn darüber auf, dass sie die örtliche Polizei längst mit einer Streife vorbeigeschickt hatten. Und zwar vergeblich. »Mr Baynes, wir vermuten, Ihre Frau ist in Gefahr«, versuchte sie es noch einmal. »Wir hätten deutlich mehr Handhabe, wenn Sie sie als vermisst melden.«

»Glauben Sie mir, sie ist mit diesem Hamon unterwegs«, antwortete er stur.

Kate beschloss, ihren Trumpf auszuspielen. »Dieser Hamon«, zitierte sie seine Worte, »ist tot.«

Das brachte ihn zum Schweigen. »Wie … was …«, stotterte er lediglich. Aber dann begann er wieder aufs Neue mit seiner Leier: »Dann ist sie meinetwegen bei einem anderen ihrer Liebhaber! Wissen Sie, wie oft Emily über Nacht weggeblieben ist?«

»Ich verstehe, dass Sie verletzt sind …«

»Ich bin nicht verletzt«, unterbrach Baynes sie wütend.

Männer und ihr Ego, dachte Kate. »Mr Baynes. Ihrer Frau ist womöglich etwas zugestoßen«, sagte sie geduldig. »Könnten Sie es mit Ihrem Gewissen vereinbaren, wenn wir sie nicht rechtzeitig finden?« Sie war unehrlich, das wusste sie. Wenn Emily Baynes auf der *Aventura* gewesen war, war die Möglichkeit, sie noch lebend zu finden, verschwindend gering. Hätte sie sich von Bord der *Aventura* retten können, hätten sie sie mittlerweile finden müssen, genauso wie Stephanie. Die Krankenhäuser wussten längst Bescheid und hätten es gemeldet.

»Meine Frau ist in ihrem Liebesnest auf Gran Canaria oder sonst wo«, beharrte Baynes, klang aber längst nicht mehr so überzeugt. Spielte er ihr etwas vor? War der ruhigere Ton nur ein Ablenkungsmanöver?

»Auch dort würden wir sie schneller finden, wenn Sie sie als vermisst melden.« Kate holte Luft. »Mr Baynes, wir brauchen eine DNS-Probe.«

»Von mir?«, rief er aufbrausend.

»Von Ihrer Frau«, sagte Kate schnell. »Wir wollen überprüfen, ob sie an Bord des … Unfallbootes war.« Sie hatte Baynes nicht erzählt, dass Greg Hamon ermordet worden war, und wenn man von einem Unfall sprach, fühlten sich Zeugen weniger angegriffen. Sie erklärte ihm die Sachlage und dass sie vermutete, Emily könnte Stephanie und Greg Hamon begleitet haben. Und auch wenn er wieder aufbrauste, als sie den Namen des Arztes erwähnte, so hörte er sich zumindest an, was sie zu sagen hatte.

Nachdem sie geendet hatte, zögerte er, und Kate fand, es war an der Zeit, Walkers Einschüchterungstaktik zu nutzen. »Falls Sie sich weiterhin weigern, Ihre Frau als vermisst zu melden und sich unseren Ermittlungen in den Weg stellen, werden wir uns fragen, warum Sie das tun. Und dann nehmen wir Sie und Ihre Assistentin sehr genau unter die Lupe.«

»Wollen Sie mir drohen?«

»Nein. Ich will Ihnen nur die nächsten Schritte unserer Arbeit aufzeigen.«

Baynes schwieg. Im Hintergrund konnte Kate Stimmengewirr hören, eine Lautsprecherdurchsage.

»Ich bin gerade erst in London gelandet«, sagte Baynes schließlich. »Wir reden später.«

*

Kate hatte kaum den Hörer aufgelegt, als DeGaris und Walker das Büro betraten. Die Stimmung war eindeutig angespannt.

»Schon mit deiner Cousine gesprochen heute?«, fragte Walker und warf Kate eine Zeitung auf den Schreibtisch.

»Hey«, zischte DeGaris scharf. »Langlois hat damit nichts zu tun.«

»Du hast ihr doch gestern geraten, ihrer Cousine etwas anzubieten – im Tausch gegen Informationen über Hobbs.« Walker blickte DeGaris feindselig an.

»Ich … was?« Kate sah von einem zum anderen, dann endlich las sie die Überschrift. »Ava lebt – Brief des Entführers aufgetaucht«. Das Kürzel unter dem Artikel lautete hf – Holly Fitzgerald.

»Scheiße«, flüsterte Kate. Sie presste ihre Zähne aufeinander, dann sagte sie zu Walker: »Die Infos sind nicht von mir.«

»Ach ja? Wer hat denn sonst noch Familienmitglieder bei der Presse? Batiste sagt …« Er biss sich auf die Zunge. »Und so eng wie ihr beide während der Pressekonferenz hier zusammengehockt hab, würde es mich eher wundern, wenn sie die Informationen *nicht* von dir hat!«, fuhr er dann fort und blickte sie wütend an.

Batiste. Also doch. Sie ahnte, was er dachte: Wer hatte von dem Brief gewusst? Sie drei, Miller und Rivers. DC Lucas nicht zu vergessen. Lag es nur an Hollys Besuch oder nicht doch an DS Batistes Lästereien, dass Walker gleich auf sie als mögliche Quelle gekommen war?

»Dafür braucht man keine Familienmitglieder, es reicht ein offenes Wort an der falschen Stelle«, sagte DeGaris streng. Ganz zu schweigen von Kollegen, die sich nebenbei etwas dazuverdienen wollten. Auch das war schon vorgekommen. »Und jetzt will ich nichts mehr davon hören. Für Langlois lege ich meine Hand ins Feuer.« *Im Gegensatz zu Walker, den ich noch nicht kenne,* schwang in seinen Worten mit, und allem Anschein nach verstand Walker sie auch als die Drohung, die sie waren. Steif setzte er sich an seinen Schreibtisch.

Sie hatte niemandem etwas erzählt, kein Wort hatte sie verloren, weder an ihre Mutter noch an … Siedendheiß fiel ihr Nicolas Arture ein. Sie hatte ihm restlos vertraut, und auch wenn sie vage geblieben war, hatte sie doch mehr von dem Fall preisgegeben, als sie es normalerweise tat. Hatte sie ihm von dem Brief erzählt? Nein, ganz bestimmt nicht. Oder doch? Kate vergrub sich in dem Zeitungsartikel, auch um weder DeGaris noch Walker ansehen zu müssen. Es fiel ihr schwer, sich zu konzentrieren. Konnte Nicolas tatsächlich nichts Besseres zu tun gehabt haben, als zur Presse zu gehen? Und warum? Um sich wichtig zu machen? Nein, das konnte nicht sein. Er besaß wertvollere Informationen, wie die zum Fund der Leiche von Greg Hamon. Diesbezüglich war nichts durchgesickert. Kate biss sich auf die Lippe. Aber wer sonst? DeGaris, Walker, Miller und Rivers, sie war sich absolut sicher, dass keiner dieser vier je ein Wort über den Fall außerhalb der Mauern des Präsidiums verloren hatte. Lucas? Aber auch wenn Kate ihn nicht leiden konnte, musste sie zugeben, dass er ein guter Polizist war, dem sie diesen Verrat nicht zutraute. Blieb Nicolas. Was also, wenn sie sich doch in ihm getäuscht hatte? Der Stich, den ihr der Gedanke gab, war deutlich größer, als er für ihre flüchtige Bekanntschaft gerechtfertigt gewesen wäre.

»Wie gehen wir damit um?«, fragte sie schließlich. Der Artikel war Müll, sie musste ihn nicht lesen. Reißerische Presse, nur dazu bestimmt, in der Bevölkerung Angst zu schüren. Nicht einmal Holly, die üblicherweise ausgezeichnete Artikel schrieb, war gefeit davor, für die Steigerung der Auflage zu solchen Mitteln zu greifen. »Sie werden sich auf den alten Fall stürzen wie ausgehungerte Geier.«

»Kein Kommentar. Aktuelle Ermittlungsergebnisse bleiben unter Verschluss.« DeGaris lehnte sich an Kates Schreibtisch und steckte seine Hände in die Hosentaschen.

»Was ist mit dem Rest?«, fragte Kate und schubste die Zeitung in den Papierkorb neben ihrem Schreibtisch. »Der Presse gegenüber haben wir die beiden Vermisstenfälle in den Mittelpunkt gestellt, Stephanie und Emily. Ist das aufgegriffen worden? Sind Emily Baynes' Bilder veröffentlicht? Ihr Mann ist auf dem Rückweg von Singapur, ich bin zuversichtlich, dass er sie als vermisst melden wird.«

»Baynes kommt zurück nach Guernsey?«, fragte Walker.

»Heute noch. Er ist schon in London.«

»Das ist nicht schlecht«, überlegte DeGaris. »Wenn wir seinen Namen ins Spiel bringen, können wir ungestört weiter in Richtung Dr Hobbs ermitteln.«

»Du willst ihn der Presse zum Fraß vorwerfen?« Kate war sich nicht sicher, was sie davon halten sollte.

»Vielleicht finden die noch etwas heraus, das uns entgangen ist.« Er zuckte mitleidslos mit den Schultern.

»So, wie er sich am Telefon benommen hat, bin ich mir sicher, dass er irgendwo Dreck am Stecken hat«, stimmte auch Walker zu.

»Ich könnte Holly anrufen«, bot Kate zögerlich an.

Walker hob an, etwas zu sagen, er schien immer noch nicht zu glauben, dass ihr Verwandtschaftsverhältnis nicht an Kates Berufsethos rütteln konnte. Aber DeGaris warf ihm einen Blick zu, der ihn seinen Mund wieder schließen ließ.

»Tu das«, sagte DeGaris dann und verließ ihr Büro.

*

St. Peter Port, Guernsey

Die Stimmung zwischen Walker und Kate war getrübt. Nach den anfänglichen Schwierigkeiten hatte Kate gedacht, dass sie mittlerweile einen guten Draht zueinander gefunden hatten. Aber der Presseartikel und sein Misstrauen veränderten alles. Immer wieder warf er Kate undurchdringliche Blicke zu, und wenn er telefonierte, trat er nach draußen auf den Gang. *Vielleicht war es nur eine Frage der Zeit gewesen,* dachte sie bitter. Aber sie hatte nicht die Energie, sich zu verteidigen. Zu lange und zu oft hatte sie das im letzten halben Jahr tun müssen, sie konnte einfach nicht mehr. Verdammter Pete, verdammte Kollegen, jetzt hatten sie erreicht, dass auch der Neue ihr misstraute. Der Neue, den sie ursprünglich doch gar nicht hatte leiden können! Den sie dann, zunächst widerwillig, aber schließlich immer mehr zu schätzen gelernt hatte. Erneut drängte sich ihr ein Fluch auf. Weshalb war das alles nur so schwer?

Als ihr Telefon klingelte und DC Lucas sich meldete, passte das perfekt zu ihrer Stimmung.

»DS Miller hat mir gesagt, ich soll dir Bescheid geben«, brachte Lucas seine Haltung auch sofort zum Ausdruck. Nein, er rief sie nicht freiwillig an, das wollte er gleich klarstellen.

»Die Aufzeichnungen der Überwachungskameras am Hafen sind endlich da.«

»Die Hamons!«

»Jetzt lass mich doch mal ausreden«, schnarrte ihr Kollege. »Also: Die Aufzeichnungen der Überwachungskameras sind da«, wiederholte er. »Und ja, sie haben uns die Hamons gezeigt.« Er schwieg einen Moment, und Kate wartete gespannt auf die Fortsetzung. »Und sie haben uns Dr Hobbs gezeigt. Miller dachte, das würde dich vielleicht interessieren.«

Kate richtete sich in ihrem Stuhl auf. Und ob es das tat! Sie bedankte sich erneut bei Lucas, diesmal sogar beinahe enthusiastisch, und fragte ihn, ob er ihnen das Band bringen könnte.

»Miller ist auf dem Weg«, antwortete er, bevor er das Gespräch beendete.

»Walker!« Kate rief nach ihrem Kollegen und teilte ihm die Neuigkeit mit. Und als keine fünfzehn Minuten später Miller mit der Datei auf einem Stick zu ihnen kam, gab er sich einen Ruck und schob seine Animositäten so weit zur Seite, dass sie in DeGaris' Büro gemeinsam das Video ansehen konnten.

Das bunte Treiben am Hafen entlockte Kate ein Lächeln, die Boote, die auf den Wellen hin- und herschaukelten, eine Möwe hatte sich auf den Mast eines der Fischerboote gesetzt, wahrscheinlich hatte sie zuvor Reste von Krebsen oder Muscheln aus dem Netz gepickt. Einige Touristengrüppchen schlenderten vorbei, gut erkennbar an den immer präsenten Smartphones, mit denen sie sich und den

Hafen fotografierten. Ein abgerissen aussehender junger Mann saß an einem Steg, seine Beine und Arme zuckten immer wieder, vermutlich waren Drogen im Spiel. Auch wenn sie im Bailiwick taten, was sie konnten, von England oder auch Frankreich aus fanden Rauschgifte immer wieder ihren Weg auf die Insel.

»Da!« Walker deutete auf den äußersten rechten Rand der Aufnahme, die den südlichen Teil des Piers zeigte. Tatsächlich, Dr Hobbs kam langsam ins Bild, den Gesten nach zu urteilen in einer hitzigen Diskussion mit seinem Gesprächspartner. Mit jedem Schritt, den sie taten, gerieten sie mehr in den Fokus der Kamera, und nun konnte man auch eindeutig Greg Hamon erkennen. Stephanie war nicht zu sehen, aber jetzt zog Dr Hobbs seinen Tennispartner sogar am Ärmel. Greg Hamon reagierte unwillig, ruckartig riss er seinen Arm zur Seite, dann drehte er sich um und beide verschwanden aus dem Bild.

»Ist Hobbs mit aufs Boot?«, fragte Kate.

»Der Teil des Hafens ist leider nicht einsehbar«, sagte Miller. »Wir sind alle Bänder durchgegangen, alle möglichen Winkel. Aber das ist das einzige Video, auf dem man ihn sieht. Von der *Aventura* gibt es keins.«

»Und die Hamons?«, fragte DeGaris.

Miller beugte sich vor, beendete das aktuelle Video und rief ein weiteres auf. Sie spulte vor, drückte auf Play und lehnte sich zurück. »Voilà.«

Es zeigte ganz offensichtlich die Ankunft des Ehepaares am Hafen. Stephanie trug einen Rucksack und Sportkleidung, Greg Jeans und einen Pullover. Ihre Schritte waren forsch, die Körpersprache angespannt, und für ein Ehepaar befand sich ungewöhnlich viel Abstand zwischen ihnen. Es war das erste Mal, dass Kate die beiden außerhalb der Medien interagieren sah. Die Theorien, die Regina Kipbury und das Enthüllungsbuch »Die ganze Wahrheit« über die Ehe der Hamons geäußert hatten, wirkten ganz und gar nicht mehr abwegig. Hier war keine Liebe mehr, die Körperhaltung signalisierte Distanz und Abneigung. Plötzlich blieb Greg stehen. Er zog sein Handy aus der Hosentasche. Stephanie drehte sich zu ihm um, zögerte. Greg winkte und sie lief weiter.

»Das muss der Moment sein, wo sie sich getrennt haben. Er hat kurz darauf mit Hobbs gesprochen.«

»War das Hobbs am Telefon?«, fragte Kate.

Walker sprintete rüber in ihr Büro, um die Telefonverbindungen zu holen. »Ja«, rief er triumphierend. »Das Gespräch hat gerade einmal zwanzig Sekunden gedauert.«

»Mehr war auch nicht nötig, sie haben ja gleich darauf persönlich miteinander gesprochen«, murmelte Kate. Dennoch hatten sie immer noch nichts, womit sie Hobbs festnageln konnten. Ob er das Boot betreten hatte? Er würde es leugnen. Einen Beweis hatten sie nicht. Der Kontakt zu Stephanie, der Streit mit Greg, das alles waren nur Indizien, nichts davon war wirklich aussagekräftig. Dennoch ergab es ein Bild, das deutlich in eine Richtung zeigte.

»Dr Zwielichtig«, grummelte Walker. »Aber was ist sein Motiv?«

Sein ominöses Verhältnis zu Stephanie? Bisher ergab das alles noch keinen Sinn. Konnte es wirklich eine Affäre sein? Die Telefonverbindungen zeigten Gespräche zwischen den beiden ausschließlich in den letzten Wochen, wenn, dann musste es eine sehr junge Liebe sein. Und nach einer nicht einmal dreimonatigen Affäre den Nebenbuhler umbringen? Dafür musste man einen deutlich gewalttätigeren Lebenslauf besitzen, als er ihnen bislang von Dr Hobbs bekannt war.

»Vielleicht hat Greg Hamon ihm Geld geschuldet?«,

überlegte Kate. »Seine Praxisausstattung wirkte teuer, da kommt schnell eine ordentliche Summe zusammen. Vielleicht hatte Hobbs sich übernommen, weil er auf ausstehende Zahlungen von Hamon wartete?«

»Das wäre eine Erklärung für Stephanies Überweisung«, stimmte DeGaris zu. »Eine Art Anzahlung.«

Kate überlegte. Doch bevor sie etwas entgegnen konnte, war an der Tür ein Klopfen zu hören.

»Detective Langlois?«

18. Kapitel

Den Mann, der dort im Flur stand, konnte Kate zunächst nicht einordnen. Mit fettigen Haaren, Schatten unter den Augen und grauen Bartstoppeln wirkte David Baynes so ganz anders als auf seiner Homepage, wo er im Anzug, frisch frisiert und vermutlich leicht gephotoshopt den smarten Unternehmer gab.

»Ich bin zu Hause nur kurz reingesprungen und habe mir nicht die Zeit zum Umziehen genommen«, sagte er und fuhr sich ungelenk durch die Haare.

Kate bat ihn in ihr Büro und bot ihm den Platz vor ihrem Schreibtisch an. Durch das Fenster fiel die Sonne, und Baynes rückte den Stuhl zur Seite, sodass er im Schatten saß. Er zog eine Plastiktüte aus seiner Hosentasche und legte sie auf den Schreibtisch.

»Ich habe Ihnen ihre Bürste mitgebracht. Sie haben doch nach Emilys DNS gefragt.« Nach einem anstrengenden Flug und wenig Schlaf schien er ausgelaugt zu sein und keine Kraft zu haben, Spielchen mit ihnen zu spielen. Vielleicht trieb ihn mittlerweile auch echte Sorge um seine Frau an. »Da sollten sich genug Haare finden, um einen Test durchzuführen.«

»Danke.« Das meinte Kate aufrichtig. Sie würde die Bürste so bald wie möglich zu Rivers bringen. »Das wird uns bei der Rekonstruktion der Ereignisse sehr helfen.«

»Haben Sie denn schon eine Spur?« Beinahe verlegen

faltete er die Hände vor seinem Bauch, der für sein enges Hemd etwas zu groß war.

»Kann ich Ihnen einen Kaffee anbieten?« Sie selbst brauchte dringend einen. Er lehnte jedoch ab.

»Jetlag«, erklärte er und fuhr sich über seine Bartstoppeln. Nach einem Blick auf die Uhr fügte er hinzu: »Ich habe versprochen, in einer halben Stunde zu Hause zu sein.«

Kate hob die Augenbrauen.

»Mr Baynes, Sie sind ein freier Mann. Aber es würde mir sehr helfen, wenn Sie sich die Zeit nehmen würden.«

Er schien unentschlossen, also stand sie auf, holte sich einen Kaffee und ihm ein Glas Wasser. Als er immer noch keine Anstalten machte, zu gehen, als sie sich ihm gegenübersetzte, sagte sie: »Erzählen Sie mir von Ihrer Frau. Ich würde mir gerne ein Bild machen.«

Es war ihm sichtlich unangenehm, von seiner Frau zu sprechen. Ob es daran lag, dass Kate ihn als Polizistin fragte, oder daran, dass zu Hause die junge Geliebte auf ihn wartete, aber er quälte sich ein paar Standardsätze ab, die sich hauptsächlich darum drehten, dass Emily so voller Leben sei. Älter als ihre Jahre, aber hungrig nach neuen Erlebnissen, und hier blitzte wieder die alte Arroganz in ihm auf, als er sich im Stuhl aufrichtete. Ein Mann in der Blüte seines Lebens, so sah er sich selbst. Kate hatte das Gefühl, in einem Handbuch älterer Liebhaber für die junge Frau zu blättern.

»Was sind denn ihre Hobbys?«, hakte sie nach.

Er kratzte seine Bartstoppel und nahm einen Schluck von seinem Wasser. »Sie liebt Historienfilme«, sagte er dann. »Jane Austen, kennen Sie die BBC-Verfilmungen?«

Kate kannte sie, konnte sich Baynes aber beim besten Willen nicht in der Rolle eines Mr Darcy vorstellen. Gut, das Finanzielle kam ungefähr hin.

»Sonst noch Hobbys? Sie ging ins Fitnessstudio, richtig?«

»Mehrmals die Woche. Manchmal zum Wellness. Sonst …« Er schürzte die Lippen. »Ich glaube, sie wollte sich von Stephanie das Gärtnern beibringen lassen.«

Kate erinnerte sich an die Guernseylilien vor den Haustüren beider Nachbarn.

»Sie hatten uns vom Wellness erzählt«, hakte sie nach. »Sie sagten, sie würde immer mit einer Freundin gehen, Vanessa. Ist Ihnen der Nachname mittlerweile eingefallen? Oder haben Sie andere Informationen zu ihr, die uns vielleicht helfen könnten, sie zu finden?«

Er schüttelte bedauernd den Kopf, und Kate unterdrückte ein Seufzen.

»Ihre Firma ist in Birmingham«, wechselte sie dann das Thema. »Weshalb Guernsey?«

»Oh, das war Emilys Vorschlag«, sagte Baynes, und es war das erste Mal, dass er lächelte. »Wir wollten beide weg aus Birmingham, ziemlich bald nach der Hochzeit, hatten die Nase voll von der Stadt. Emily hatte diese romantische Idee vom Leben auf einer Insel. Sturmumweht und rau. Da sind wir hergezogen.«

Offenbar hatten es ihr neben Austen auch die Brontë-Schwestern angetan. »Und, entspricht Guernsey ihren Vorstellungen?«

Eine Wolke verdunkelte gerade die Sonne, und er blickte zum Fenster. »Ja, sie ist glücklich hier«, sagte er nachdenklich.

»Sie nicht?«

Er zuckte mit den Schultern, und Kate interpretierte das als ein Nein. Er schien nicht der Mann zu sein, der stundenlang am Meer saß und das genießen konnte, der es liebte, an Küstenpfaden entlangzulaufen oder den Wind in den Haaren zu spüren. Er fühlte sich wohler in Meetings, in schicken Restaurants, in denen man Kunden für ein Geschäftsessen treffen konnte, und auf dreispurigen Autobahnen. Die Menschen waren eben verschieden.

»Erzählen Sie mir von dem Abend vor zwei Jahren«, forderte sie ihn schließlich auf.

Er öffnete seinen Mund, schloss ihn wieder, dann fragte er: »Welcher Abend?«

Kate ging nicht darauf ein, er wusste, welchen Abend sie meinte. »Wir haben von alldem nichts mitbekommen, das steht doch alles in Ihren Akten«, sagte er auf ihr Schweigen ungehalten. »Weshalb wollen Sie das wissen?«

»Wir schließen keine Möglichkeit aus.«

»Möglichkeit, welche Möglichkeit? Dass irgendein Kidnapper jetzt auch meine Frau erwischt hat? Dass irgendein Kindesentführer meine erwachsene Frau gefangen hält?« Baynes' Temperament schimmerte durch seine Müdigkeit hindurch auf. *Kidnapper.* Er hatte die Erzählung der Hamons offensichtlich nie in Frage gestellt. Oder nicht in Frage stellen wollen.

Emily war gerade eben dem Teenageralter entwachsen, dachte Kate. Aber natürlich war es etwas völlig anderes, ein Kind von zweieinhalb Jahren zu entführen als eine Einundzwanzigjährige.

»Tun Sie mir den Gefallen«, bemühte sich Kate.

Er schnaufte verärgert, änderte seine Sitzposition, aber schließlich erzählte er. Es war tatsächlich die bekannte Geschichte des Abends, nichts Neues, keine andere Perspektive oder unerwähnt gelassene Details. Kate war enttäuscht, auch wenn sie nicht wirklich etwas anderes erwartet hatte.

»Ihre Frau hat Ava geliebt, richtig?«

»Sehr.« Zum ersten Mal wurden seine Gesichtszüge weich. »Sie hat oft auf das Mädchen aufgepasst, ist mit ihr zum Spielplatz oder auch an den Strand gegangen. Seit der Operation hat Ava an ihr gehangen.«

»Operation?« Kate zog verwirrt die Augenbrauen zusammen.

»Ava hatte Polydaktylie, ihr war ein Zeh zu viel gewachsen. Verstehen Sie mich nicht falsch, es war wohl nur eine verstümmelte Version eines weiteren kleinen Zehs und diese Fehlbildungen sind leicht und vollständig zu korrigieren, wenn sie bei kleinen Kindern schon abgenommen werden. Aber das Mädchen hatte Schmerzen und verstand nicht, was da mit ihr passiert war. Emily hat ihr in unendlicher Geduld Geschichten erzählt, Bücher vorgelesen und mit diesen kleinen Handpuppen Theater gespielt, und ab diesem Zeitpunkt war die Kleine kaum mehr von Emily zu trennen.« Er lächelte bei der Erinnerung. Plötzlich verengten seine Augen sich. »Deshalb Greg Hamon«, sagte er finster. »Er war Avas Vater. Wahrscheinlich dachte sie, wenn sie mit ihm eine Affäre beginnt, ist sie noch näher an Ava.«

»Mr Baynes«, begann Kate vorsichtig, »haben Sie Beweise für diese Affäre? Haben Sie die beiden mal in flagranti ertappt? Oder Nachrichten auf dem Handy Ihrer Frau gelesen?«

»Das brauchte es nicht«, schnaubte er bitter. »Mir hat es gereicht, wie sie ihn angesehen hat. Und er sie. Als dann Stephanie auf einmal weinend bei mir auf der Couch gesessen hat, habe ich eins und eins zusammengezählt, und alles war klar.«

Stephanie hatte von der Affäre gewusst. Das hatten sie befürchtet.

»Wie lange ist das her?«

»Ein paar Wochen. Fünf etwa, ein paar Tage vor meinem Abflug. Sie hat mich immer wieder gefragt, wie Emily ihr das antun konnte.« Er atmete lange aus. Dann sah er Kate in die Augen. »Da denkt man, man kennt einen Menschen, und eigentlich weiß man nichts über ihn.«

*

Nachdem Baynes gegangen war, griff Kate zum Telefon.

»Rivers, ich habe eine DNS-Probe. Würdest du sie mit dem Blut, das ihr auf der Reling gefunden habt, abgleichen?«

»Wollt ihr jetzt nach und nach ganz Guernsey durchtesten?«

»Keine schlechte Idee. Ist dir langweilig?« Kate grinste.

»Nein, aber mal im Ernst, das ist die dritte Probe, so viel Arbeit müsste selbst bei dir drin sein.«

»Der Magier an der Petrischale«, entgegnete Rivers. »Wenn du mich nicht hättest.«

»Wir wären verloren und auf Gedeih und Verderb irgendeinem Labor in England ausgeliefert.« Kate lachte. »Ich bring dir die Probe rüber.«

»Denk auch an einen Kaffee.« Als wenn sie den vergessen würde. Wie jeder anständige Halbgott in Weiß brauchte auch Rivers seine Opfergaben.

Mit dem Becher in der Hand und der Tüte mit der Bürste in der Tasche trat sie kurze Zeit später in die »heiligen Hallen« ein. Rivers' Revier. Die ersten Räume waren Büros, hier waren Kaffeebecher erlaubt. Im hinteren Teil des Flurs befanden sich die Labore, und auch wenn Rivers' Kaffeesucht schlimmer war als DeGaris' Nikotinabhängigkeit zu seinen besten Zeiten, so hätte er niemals etwas zu essen oder zu trinken in die »rote Zone« gebracht. Die »rote Zone« war der hintere Teil des Flurs, abgetrennt durch ein rotes Klebeband auf dem Fußboden, das Rivers dort angebracht hatte, nachdem er einen jungen Kollegen mit einem Scone jenseits der Labortür erwischt hatte.

Kate selbst betrat den Bereich hinter dem Klebeband nie, zu groß war das Risiko, es sich mit Rivers zu verscherzen.

Bevor sie an seine Bürotür klopfen konnte, wurde sie schon geöffnet, er hatte ihr Kommen offenbar geahnt.

»Gute Nase«, lobte Kate. Sie stellte die Tasse auf den Tisch und hielt ihm die Plastiktüte mit der Bürste hin. »Emily Baynes. Die junge Nachbarin, die sich um Ava gekümmert und in diesem Zusammenhang offenbar ein Verhältnis mit Greg Hamon begonnen hat.«

Vorsichtig nahm Rivers die Plastiktüte an sich. »Sieht nach Eifersuchtsdrama aus, hm?«

»Unsere aktuelle Arbeitshypothese. Macht am meisten Sinn. Bis wann …«, begann sie, wurde jedoch von Rivers unterbrochen.

»Jaja, bis gestern«, grummelte er. »Auch wenn ich quasi ein Zauberer am Mikroskop bin, ich kann nicht hexen.«

»Das widerspricht sich jetzt.«

»Widersprich du mir nicht, wenn du deine Ergebnisse morgen haben willst.« Er hob die Plastiktüte.

»Morgen?« Hoffnungsvoll hob Kate den Kopf.

»Jaja«, grummelte Rivers. »Du bist ja sicher auch da. Wenn wir den Fall gelöst haben, fahre ich für drei Wochen in den Urlaub.«

Kate grinste. Für sie würde es kein Wochenende geben, aber von Rivers konnte sie diese Überstunden eigentlich nicht verlangen. »Ich buch dir den Flug«, sagte sie lachend.

Als sie das Labor verlassen wollte, kam ihr sein neuer Assistent entgegen, der junge Mann mit den dunklen verwuschelten Haaren und Brille. Harry Potter. Kate musterte ihn nachdenklich. Sie hatte ihn schon getroffen, als er mit Rivers auf der *Aventura* und im Haus der Hamons gearbeitet hatte. Schon da war er ihr vage bekannt vorgekommen, vermutlich war sie ihm mal in der Kantine über den Weg gelaufen, an einem Tatort oder auch im Flur, sie hatte nicht weiter darüber nachgedacht. Aber jetzt fiel ihr wieder ein, woher sie ihn kannte: Sie hatte ihn auf einer von Hollys Partys getroffen, er war der Freund einer Freundin. Kate überlegte: Holly ... Polizei ... der Artikel. Hatte Holly ihre Freundin unter Druck gesetzt? War er das Leck? Als er schuldbewusst den Blick abwandte, war die Sache klar.

»Verdammt nochmal, du bist bei der Polizei!«, rief Kate wütend und stellte sich ihm in den Weg.

»Was ...«, versuchte er dennoch zu protestieren.

»Wag es ja nicht, so zu tun, als wüsstest du nicht, wovon ich spreche! Holly und die Guernsey Press!«

»Ich ...«

»Wie konntest du das tun? Ach, sag's mir nicht, ich will's gar nicht wissen!«

»Es war keine Absicht. Wir wollten bloß gemeinsam was trinken gehen und ...«

»... und du konntest deine Klappe nicht halten«, herrschte sie ihn an. »Wolltest dich wichtigmachen. Deine Freundin beeindrucken, was?«

»Nein!« Er schüttelte heftig den Kopf. »Es tut mir leid.«

Wie er da stand, mit roten Wangen, den Kopf unglücklich zwischen die Schultern gezogen, glaubte sie ihm sogar.

»Tu das nie wieder«, sagte sie.

Er nickte. »Sagst du es Rivers?«

Kate seufzte. Sie sollte es tun. Sollte Rivers und DeGaris informieren und die beiden sich darum kümmern lassen. Aber Harry Potter sah unwahrscheinlich jung aus, wie er da stand, und wenn Kate ehrlich war, durchströmte sie hauptsächlich ein Gefühl der Erleichterung. Erleichterung darüber, dass es nicht Nicolas Arture gewesen war, der die

Presse mit Informationen gefüttert hatte, dass sie sich nicht in dem Archäologieprofessor getäuscht hatte.

»Wenn ich noch einmal interne Ermittlungsergebnisse in der Zeitung lese, noch ein einziges Mal, bist du geliefert«, sagte Kate schließlich, drehte sich um und verließ die Forensik, ohne Harry Potter eines weiteren Blickes zu würdigen.

*

DeGaris hatte Hobbs aufs Präsidium bestellt. Wie so oft, wenn Kate es eilig hatte, stellte sich ihr ausgerechnet Batiste in den Weg.

»Na, wenn das nicht unsere große Pressefreundin ist«, begrüßte er sie grinsend.

Kate hatte weder Zeit noch Lust auf solche Spielchen.

»Verzieh dich«, sagte sie knapp.

Batiste legte in gespielter Verletzung eine Hand auf seine Brust. »Hast du das gehört, Walker?«, fragte er.

Kate drehte sich um, als sie Schritte hörte. Tatsächlich kam Walker, einen Kaffeebecher in der Hand, stirnrunzelnd auf sie zu. Er musste sie gehört haben, denn er sagte: »Ich kenne DI Langlois jetzt seit knapp einer Woche, Batiste, und ich traue ihr mehr als meiner eigenen Mutter. Also kann ich nur meine Kollegin zitieren: Verzieh dich.« Er wirkte nicht wütend, nicht einmal verärgert, einfach nur desinteressiert. Batiste schleuderte ihm noch die Prophezeiung entgegen, dass er schon sehen würde, was er davon hatte, zog aber ab.

Kate sah Walker an. Was war nur mit ihm los? Von diesen 180°-Drehungen bekam sie noch Kopfweh.

»Es tut mir leid«, sagte ihr Kollege. »Ich hätte dich nicht so anfahren dürfen. DeGaris hat recht, wenn er sagt, er legt

288

die Hand für dich ins Feuer. Der Fall … du … Ich glaube nicht, dass du die Informationen an die Presse gegeben hast.« Verlegen fuhr er sich durch die Haare.

Kate öffnete den Mund. Schloss ihn wieder. »Schwamm drüber«, sagte sie schließlich. Neuer Job, neues Leben und gleich dieser Fall. Kein Wunder, dass bei ihnen allen die Anspannung hoch war. DeGaris hatte gestern sogar Miller angepflaumt. »Aber das mit deiner Mutter erschreckt mich, Walker.«

Er grinste. »Einen Moment nicht hingeguckt, und sie hat mich vom Polizeidienst abgemeldet und mir einen schönen Job in einem sicheren Büro besorgt. Nein, der alten Dame ist nicht über den Weg zu trauen.«

Jetzt grinste auch Kate. Sie fühlte sich, als seien ihr gleich mehrere Steine vom Herzen gefallen.

»Komm kurz mit ins Büro, ich hab was«, sagte sie dann ernst.

Walker zog seine Augenbrauen zusammen, nachdem sie ihn über ihr Gespräch mit Baynes informiert hatte. »Ich trau dem Kerl nicht«, sagte er düster. »Können wir nicht einen Durchsuchungsbeschluss bekommen? Diese Sache mit seinen Assistentinnen … die sind einfach zu jung.«

»Das ist nicht verboten.« Trotzdem widerte Kate diese Masche an.

»Ein Ekelpaket. Aber seine Aussage nützt uns im Gespräch mit Hobbs. Lass uns anfangen.« Sie machten sich auf zum Vernehmungsraum. Er drückte ihr den inzwischen nur noch lauwarmen Kaffeebecher in die Hand. »Für unseren Kunden«, sagte er, dann öffnete er die Tür zum Vernehmungsraum und Kate trat ein.

Üblicherweise sprachen sie mit den Zeugen immer in ihren Büros, aber DeGaris schien Dr Hobbs Furcht einflößen zu wollen. Ihr offizieller Vernehmungsraum besaß kein verspiegeltes Fenster, wie es in Filmen immer gern zum Einsatz kam. Er war kühl eingerichtet, allein mit einem Tisch und vier Stühlen. Auf einem saß nun Dr Hobbs, unter seinem dauerfreundlichen Gehabe wahrscheinlich fest entschlossen, nichts preiszugeben. DeGaris ihm gegenüber beobachtete ihn.

»Dr Hobbs«, grüßte Kate den Arzt mit einem leichten Kopfnicken und stellte ihm den Kaffeebecher hin.

DeGaris lehnte sich zurück, er hatte verstanden, dass sie die Gesprächsführung übernehmen wollte.

Kate, immer noch stehend, beugte sich vor und stützte sich auf dem Tisch ab, als sie Hobbs ansprach.

»Greg Hamon hatte eine Affäre«, begann sie.

Hobbs' Miene blieb unbeweglich, doch in seiner rechten Hand, die sich um den Kaffeebecher geschlossen hatte, zuckte der Zeigefinger kaum merklich. DeGaris verlagerte sein Gewicht auf dem Stuhl zur anderen Seite, und Kate wusste, dass er das Zucken ebenfalls wahrgenommen hatte.

»Stephanie Hamon ist zu Ihnen gekommen, weil sie Hilfe von Ihnen wollte«, fuhr sie fort. »Sie war verzweifelt, sie hatte gerade erfahren, dass ihr Mann sie betrog. Sie hat Sie angerufen, sie hat Sie aufgesucht. Niemand sollte davon erfahren, von dem Betrug ihres Mannes, der ganz sicher seinen Platz in der Regenbogenpresse gefunden hätte. Und deshalb ist sie zu Ihnen gekommen.« Kate schwieg und blickte Hobbs an, der den Kopf schüttelte.

»Was sollte Stephanie von mir wollen?«

»Sehen Sie, das wüssten wir gerne von Ihnen.« Kate hob die Augenbrauen. »Wofür hat sie Ihnen das Geld überwiesen?«

»Ich sagte doch schon …«, begann Hobbs, doch Kate unterbrach ihn.

»Eine verzweifelte Ehefrau, betrogen und gedemütigt, sucht Sie unter falschem Namen auf, um ein Geburtstagsgeschenk in Auftrag zu geben?« Der Sarkasmus in ihrer Stimme war nicht zu überhören, und Hobbs verzog für einen Augenblick den Mund. Dann schwieg er wieder, und auch Kate sagte nichts weiter, bis sich einige Augenblicke später DeGaris vorbeugte.

»Was hat sie von Ihnen verlangt?«, fragte DeGaris. »Was haben Sie für sie getan?«

»Nichts!«, rief Hobbs. Sein Blick huschte zur Seite. »Ich habe nichts getan!«

»Sie haben Greg Hamon konfrontiert. Es gab einen Streit auf dem Tennisplatz. Einen zweiten letzte Woche Samstag am Hafen.«

»Am Hafen? Was soll ich denn am Hafen gewollt haben?« Er lachte gekünstelt. »Haben Sie dafür auch eine Zeugin?«

»Das Video der Überwachungskamera, wir können es uns gern gemeinsam ansehen.«

Hobbs schloss die Augen.

»Weshalb sind Sie dorthin? Was wollten Sie von Greg Hamon?«

Der Arzt atmete tief aus, dann fuhr er sich mit der Zunge über die Lippen. »Ich habe mit ihm gesprochen«, sagte er. »Ich … ja, okay. Stephanie ist zu mir gekommen, sie hat mir von Gregs Untreue erzählt. Ich weiß nicht, mit wem er die Affäre hatte, sie hat mir keinen Namen genannt.«

»Haben Sie eine Vermutung?«

»Nein. Vielleicht …« Er lachte unglücklich auf. »Nein«, sagte er schließlich.

»Deshalb haben Sie mit ihm gestritten?«

Es war mehr ein Zucken mit dem Kopf als ein Nicken.

»Weshalb hat Sie das so interessiert?«

»Er war mein Freund! Ich wollte wissen, warum. Ich wollte ihm ein Freund sein.«

»Ihm oder seiner Frau?«

Kate erwartete ein weiteres Leugnen, aber Hobbs sah sie nur verwirrt an. »Ich habe ihn nicht … Sie müssen mir glauben, ich habe ihn nicht umgebracht«, sagte er schließlich. »Ich habe ihn mit Stephanie aufs Boot gehen sehen.«

»Traute Zweisamkeit?«, fragte Kate. »Nach alldem?« Die Bilder der Videoaufzeichnung zeugten eher vom Gegenteil.

Er öffnete den Mund, schloss ihn wieder. »Wenn man so etwas gemeinsam durchgemacht hat«, er gestikulierte unbestimmt in den Raum hinein, aber es war deutlich, dass er mit »so etwas« Avas Verschwinden meinte, »dann gibt man eine Ehe nicht so leicht auf. Dann versucht man, alles zu tun, um sie zu retten.«

»Wo wollten die beiden hin?«

Er blinzelte verwirrt.

»Die Yacht, wo sind sie hingesegelt?«

»Ich weiß es nicht.« Die Hand, mit der er an seinem Polokragen nestelte, zitterte. »Hören Sie, ich bin direkt vom Hafen zu meinem Freund Matt gefahren. Wir haben ein Bier getrunken und gequatscht. Das kann er bestätigen.«

Kate nickte, sie würden das überprüfen. »Laut Aussage Ihrer Sprechstundenhilfe wollten Sie am Dienstag Tennis spielen. Dort sind Sie nicht aufgetaucht.«

Hobbs presste seine Zähne aufeinander, sie konnte die Bewegung der Kiefer sehen. »Mir war nicht danach.«

»Waren Sie verletzt?«

Er schüttelte den Kopf, erstaunt. »Es hatte nichts mit meiner Gesundheit zu tun. Ich habe nur beschlossen, den Abend mit meiner Frau zu verbringen.«

Vielleicht sollten wir mit der noch einmal persönlich spre-hen, dachte Kate. *Und dabei auch die Schlaftabletten aufs*

Tapet bringen. Dann blickte sie zu DeGaris. Sie war hier fertig.

Ihr Vorgesetzter räusperte sich. »Wir brauchen Ihre Fingerabdrücke, Dr Hobbs. Dann können Sie vorerst gehen.«

*

St. Martin, Guernsey

Nervös lief Kate die Reihe der Ferienhäuser ab. Sie hielt eine Weinflasche in der Hand und hoffte, das war das korrekte Mitbringsel – und noch mehr hoffte sie, dass man dem Wein nicht ansehen konnte, dass sie gerade eben beinahe eine halbe Stunde vor dem Regal im Supermarkt gestanden hatte. Rotwein, so viel war ihr klar, aber was genau? Würde er zu viel hineininterpretieren, wenn sie eine französische Sorte nahm? Oder umgekehrt, es als Affront auffassen, wenn sie eine italienische wählte? Und waren diese Gedanken nicht total albern? Letztendlich hatte sie einfach zu der Flasche direkt vor ihr im Regal gegriffen.

Nicolas wohnte im letzten Haus ganz am Ende der kleinen Straße. Die Tür war grün angestrichen, und sie hatte gerade auf die Klingel gedrückt, da öffnete er ihr schon.

Echt französisch begrüßte er sie mit drei Küsschen auf die Wangen, die Kate leicht schwindelig zurückließen. Er bedankte sich überschwänglich für den Wein und führte sie in seine Küche mit einer Fenstertür, die Zutritt zu einer von Büschen umrankten Terrasse gewährte.

»Voilà, willkommen in Kimberlys Reich! Für eine Ferienhausvermieterin hat sie hervorragenden Geschmack.« Er deutete auf den alten Holztisch in der Mitte des Raumes, dessen Charme auch die abblätternden Ecken der weißen Küchenschränke wettmachten. Kate nahm an, dass er wie mit dem Kioskbesitzer und dessen Familie auch mit der Vermieterin Kimberly längst auf Du und Du war.

»Dafür, dass Sie nach Guernsey gekommen sind, um Ruhe zu finden, führen Sie ein beeindruckend aktives Sozialleben.« Sie grinste, und er zwinkerte ihr zu.

»Das ist nur mein französischer Charme.«

Flirtete er mit ihr? Oder war das auch nur sein französischer Charme? Kate hoffte, nicht rot zu werden, aber sie spürte Hitze in ihren Wangen aufsteigen. Er trug wieder ein Hemd, hochgekrempelt bis zu den Ellenbogen, und ohne den Wind, der am Meer ständig herrschte, bemerkte sie auch den Hauch seines Aftershaves. Der Duft gefiel ihr.

»Was möchten Sie denn trinken?«

»Was auch immer Sie dahaben«, antwortete sie und blickte sich ein wenig um. Karierte Vorhänge an den Fenstern, einige Küchengeräte, die sicher von der Vermieterin gestellt waren, aber auch viele persönliche Gegenstände. Eine verbeulte silberne Kaffeekanne stand auf dem Herd, rechts daneben auf der Ablagefläche eine kleine Mühle und Mokkabohnen. Ein paar Bücher lagen auf einem kleinen Regal an der Wand gegenüber der Küchenzeile – alle auf Französisch.

»Wein passt gut«, ergänzte sie.

Er schenkte zwei Gläser ein, einfache ohne Stiel, und trat ihr voran durch die offene Fenstertür auf die Terrasse.

»Setzen Sie sich doch«, sagte er und stellte den Wein auf den Tisch. Kate nahm auf einem gemütlichen Gartenstuhl Platz, Nicolas rückte sich einen zweiten schräg neben ihren. Dann hielt er sein Glas in die Höhe. »Von denen mit Stiel gibt es nur eines. Das ist das einzige Set in Kimberlys Fundus. Ich nenne sie den Guernsey-Stil.«

»Das könnte passen. Meinem Großvater ist es auch egal, in was für einem Glas sein Whiskey serviert wird.«

Mann ermordet, weil es einen ...«, Kate suchte nach dem passenden Wort, »... Pakt gab zwischen ihr und Baynes? Jeder ermordet seinen betrügenden Ehepartner?« Oder hatten sie unabhängig voneinander gehandelt, und es war bloßer Zufall? »Und wie verdammt nochmal passt Hobbs da ins Bild?« Dem Arzt war einfach nichts nachzuweisen, eine Banküberweisung von zweitausend Pfund, eine Handvoll Anrufe an Stephanie Hamon und Streit mit Greg Hamon ... Er war in irgendetwas involviert, *musste* es sein, aber was hatte das alles zu bedeuten? Es gab immer noch zu viele lose Enden in diesem Fall.

»Vielleicht haben sie den Betrug gemeinsam aufgedeckt«, mutmaßte Walker. »Baynes und Stephanie Hamon haben ihre Ehepartner in flagranti erwischt.«

»Wie auch immer es war, wir werden es herauskriegen«, sagte DeGaris. »Was ist mit dem Ehepaar Baynes und Hobbs? Haben die sich gekannt? Oder kannte er nur einen von ihnen, David oder Emily? Miller, recherchier mal, ob es da eine Verbindung gab.«

»Ich möchte bei der Obduktion dabei sein«, forderte die Angesprochene mit fester Stimme, ohne auf seinen Auftrag einzugehen. »Wenn ich schon nicht am Tatort war.«

DeGaris zögerte nur den Bruchteil einer Sekunde, dann nickte er. »Langlois, erkundige dich bei Dr Schabot, ob sie das morgen schaffen.«

»Mach ich.«

Sie musste den Gerichtsmediziner ohnehin informieren, dass sie mit Baynes vorbeikommen würde.

»Ich hab noch was anderes«, sagte Miller und reckte das Kinn. »Ich bin nicht sicher, was es zu bedeuten hat, aber die Hamons sind gestern angerufen worden. Wir überwachen immer noch die Leitungen, und am späten Abend ging ein Anruf aus Jersey ein.«

Kate horchte auf. »Aus Jersey?«

»Ja. Von einer öffentlichen Telefonzelle.« Miller bedauerte ganz offensichtlich, nicht mehr sagen zu können. »Wir haben die Nummer überprüft. Keine Chance herauszufinden, wer da gestern Abend telefoniert hat.«

»Die Hamons haben doch einen Anrufbeantworter«, sagte DeGaris.

»Der Anrufer hat keine Nachricht hinterlassen. Deshalb …« Miller zuckte mit den Schultern.

»Haben die Hamons Freunde auf Jersey?«, fragte DeGaris. Die Antwort darauf wusste er jedoch genauso gut wie sie alle: Niemand auf der ihnen vorliegenden Kontaktliste lebte auf Jersey.

»Okay.« DeGaris nickte entschieden. »Es kann sich jemand verwählt haben, oder Jugendliche wollten jemandem einen Streich spielen. Solange wir nicht mehr haben … Ich lasse jedenfalls keine öffentliche Telefonzelle bewachen.« Er schüttelte den Kopf, dann scheuchte er seine Mitarbeiter aus seinem Büro.

*

Miller folgte Kate aus DeGaris' Büro in ihres.

»Ist es wegen Olivia?«, fragte Miller leise. Ihre Wangen waren immer noch gerötet, aber jetzt, als sie mit Kate allein war, wirkte sie bei weitem nicht mehr so angriffslustig. Eher verunsichert. Kate schalt sich, sie nicht wenigstens per SMS informiert zu haben, dass sie eine Leiche gefunden hatten. Spätestens, als klar war, dass es sich um Emily Baynes handelte.

»Liegt es daran, dass ich diese Woche mal ausgefallen bin? Meine Arbeit nicht mehr gut leisten kann?«

»Deine Arbeit ist hervorragend!«, protestierte Kate.

»Olivia hatte hohes Fieber, in einer sensiblen Phase der Ermittlungen.« Miller ließ sich auf den Stuhl neben Kates Schreibtisch fallen. »Kind und Karriere. Alle haben mich gewarnt, Crime Unit und Kinder, das geht nicht gut. Entweder, ich lass mich freiwillig in einen Schreibtischjob versetzen, oder ich fliege früher oder später raus«, sagte sie bitter.

»Das ist es nicht«, sagte Kate bestimmt. »Mensch, Claire, du weißt doch, wie es bei DeGaris war. Und Walker ...« Es war nicht an ihr, von Walkers Geschichte zu sprechen, die sie selbst ja nur in Grundzügen kannte. »Sagen wir einfach so: Wir können nicht vier Menschen mit gescheiterten Beziehungen in unserem Team gebrauchen.« Die Zahl versetzte Kate einen Stich. Glaubte sie das wirklich von sich? Sie *hatte* es geglaubt, das ja. Und oft genug verhielt sie sich so. Aber ... »Mindestens einer von uns sollte sozial funktionsfähig sein«, endete sie schließlich mit einem schiefen Lächeln.

Miller lächelte halbherzig zurück.

»Es geht nicht um deine Arbeit«, sagte Kate. »Dieser Fall verlangt uns allen viel ab. Du weißt, was er DeGaris beim letzten Mal gekostet hat.«

Miller musterte sie aufmerksam. »Ja«, sagte sie schließlich ernst. »Der Vermisstenfall Ava Hamon hat seine Ehe zerstört.«

»Eben. Er meint es nicht so«, fuhr Kate fort. »Du machst genauso viele Überstunden wie wir alle. Wer hat denn bis spät in die Nacht die Häuser observiert? Während alle anderen schon längst im Bett lagen?« Kate wusste, dass es wichtig war, Miller zu überzeugen. Für die Kollegin selbst und für das Team. Streitigkeiten innerhalb der Abteilung kamen immer wieder vor, wenn man tage- und oft nächtelang so eng zusammenarbeitete, blieb das nicht aus. Aber inmitten eines wichtigen Falls konnte so etwas über Erfolg oder Scheitern der Aufklärung entscheiden.

Kate fiel ein Stein vom Herzen, als Miller nickte.

*

Das zweite Mal innerhalb von drei Tagen besuchte Kate Dr Schabot in der Gerichtsmedizin. Wenn sie beim Gang die Treppe hinunter schon Gänsehaut bekam, konnte sie sich ungefähr vorstellen, wie es Baynes hinter ihr ging. Die Kälte schien er nicht zu bemerken, er war ein Mann, der schnell schwitzte, das war ihr schon bei seinem Besuch in ihrem Büro aufgefallen. Aber die Atmosphäre machte ihm offenbar zu schaffen. Er räusperte sich mehrfach und blickte sich immer wieder gehetzt um.

Kate führte Baynes nicht zu Dr Schabot und seinen »Patienten« selbst, sondern in den durch ein großes Glasfenster abgetrennten Bereich für die Besucher. Von hier aus mutete man den Angehörigen nicht ganz so viel zu.

Der Gerichtsmediziner begrüßte sie mit einem leichten Nicken. Er stand schon am Tisch, auf dem mit einem Tuch bedeckt Emily lag. Als Kate und Baynes näher an die Scheibe herantraten, schlug er das Tuch zur Seite. Kate beobachtete, wie der Unternehmer die Tote anblickte, reglos, beinahe starr.

»Mein Gott, Emily«, brach es dann aus ihm heraus. Er streckte seine Hand aus, doch als sie die Glasscheibe berührte, zog er sie so plötzlich zurück, als hätte er sich verbrannt.

»Das ist sie. Emily.« Er drehte sich zu Kate, sein Blick huschte hin und her, er wirkte geradezu hilflos.

»Es tut mir sehr leid«, sagte Kate und legte eine Hand auf seine Schulter.

Er atmete jetzt schwer, sprach aber nicht. Erst als Dr Schabot Emily schon wieder zudeckte, fragte Baynes: »Haben Sie eine Kette bei ihr gefunden? Ein kleines Medaillon mit einem Herz? Das hat sie immer getragen.« Kate erinnerte sich von den Fotos aus den sozialen Medien an die Kette, schmal und aus Silber hatte sie so weit heruntergehangen, dass der Anhänger manchmal unter ihre Bluse oder den Pullover gerutscht war.

Aber an der Leiche hatte sie das Schmuckstück nicht bemerkt, das fiel ihr jetzt auf. Sie blickte zu dem Gerichtsmediziner, doch der schüttelte den Kopf.

»Nein, leider nicht«, sagte Kate mit einer Ruhe, die sie nicht empfand. Sie würde Rivers im Anschluss an die Durchsuchung bei Baynes nach dem Schmuckstück fragen. Wenn es nicht mehr dort war, hatte sein Verschwinden vermutlich etwas zu bedeuten. Ob ihr Angreifer es mitgenommen hatte? Und wenn ja, warum? »Sie trug einen Armreif, als wir sie fanden. Haben Sie ihr die Kette geschenkt?«, fragte sie Baynes.

Er blinzelte. »Nein, den Armreif. Der Armreif ist von mir. Das Medaillon ist ein altes Familienerbstück. Ein Bild von ihr als Baby war dort drin, sie hat es immer und überall getragen.« Etwas verloren blickte er zu dem Tuch, unter dem Emily lag. Dann fuhr er sich über das Gesicht und zog die Nase hoch.

»Kommen Sie«, sagte Kate leise und begleitete ihn zur Treppe, die er mit schweren Schritten hinaufstapfte.

»Danke«, sagte er, als sie wieder draußen im gleißenden Sonnenlicht standen und die neonbeleuchtete Welt der Rechtsmedizin wie ein böser Traum erschien. Er war sichtlich mitgenommen.

»Mr Baynes. Wir würden uns gern in Ihrem Haus etwas umsehen«, sagte Kate dennoch.

»Was? Glauben Sie etwa …«

Auch wenn er zu kraftlos für einen seiner üblichen Wutanfälle schien, sagte Kate schnell: »Wir hoffen, einen Hinweis darauf zu finden, wer Ihrer Frau das angetan haben könnte.« Um ihn selbst in die Mangel zu nehmen, blieb noch genug Zeit, bis dahin würden sie ihn aber bitten, das Land nicht zu verlassen. Mit der vorliegenden Erlaubnis von Madeleine Perchard würden die Kollegen auch seinen Namen weitergeben, und falls er ein Flugzeug oder eine Fähre besteigen und die Insel verlassen wollte, würden sie informiert werden.

Kate wandte sich wieder an Baynes: »Ich begleite Sie nach Hause.« Sie würde ihn nun unter keinen Umständen allein lassen, bis Rivers und seine Leute fertig waren. Es gab nur eine Sache, die ihr ein bisschen Sorgen machte, wenn er schon auf den Durchsuchungsbeschluss so wütend reagierte. »Wir brauchen auch eine DNS-Probe von Ihnen. Reine Routine«, versicherte sie eilig.

Doch Baynes sah sie feindselig an und verschränkte die Arme vor der Brust. »Ich will einen Anwalt.«

21. Kapitel

St. John, Jersey

»Wir waren segeln.« Sie saß halb aufrecht in seinem Bett, auf riesige Kissen gebettet, ihre Stimme heiser vom seltenen Gebrauch in den letzten Tagen. Immer noch zu schwach, um aufzustehen, hatte sie es dennoch auch heute versucht. Wütend hatte sie auf ihre Beine geblickt, die ihr den Dienst versagten.

»Essen Sie etwas«, sagte Michael und schob die Hühnersuppe auf dem Tablett näher. Er hatte Nudeln hineingegeben, nicht die kleinen, feinen, die in eine Hühnersuppe gehörten, sondern Spaghetti, die er im Küchenschrank gefunden und klein gebrochen hatte. Rose hätte es besser hinbekommen. »Sie brauchen Kraft.«

Sie nickte, tauchte den Löffel ein und führte ihn langsam zum Mund.

»Sie waren segeln«, wiederholte er ihre Worte. »Was ist passiert?«

Sie schlürfte ein paar Nudeln in ihren Mund. Kaute langsam. Überlegte. »Ich weiß es nicht«, sagte sie schließlich. »Wir waren segeln.« Sie schien angestrengt nachzudenken.

»Wo wollten Sie denn hin?«

Wieder dachte sie nach, dann zeigte sich Frustration auf ihrem Gesicht. »Ich weiß es nicht.« Sie fuhr sich mit der linken Hand über die Stirn, schob die klebrigen Haare zur Seite. Michael wusste nicht, ob er ihr anbieten konnte, beim Duschen zu helfen. Allein schaffte sie es noch nicht. Dann bemerkte er Angst in ihrem Gesicht. »Ich weiß es nicht«, flüsterte sie rau. »Ich kann mich an nichts erinnern.«

Michael rang mit sich. Er hätte sie gern dabei unterstützt, ihrem Gedächtnis auf die Sprünge zu helfen, aber die einzigen Hinweise, die er sonst noch hatte, waren vielleicht zu heftig. Er beschloss dennoch, es zu wagen. »Sie haben davon gesprochen, dass Sie in Gefahr sind«, sagte er, ohne sie aus den Augen zu lassen. Doch sie blickte ihn nur ungläubig an, also fügte er langsam hinzu: »Sie haben von jemandem gesprochen, der …« Michael wusste nicht, wie er es ausdrücken sollte, »der jemanden umbringen wird«, sagte er schließlich. »Vermutlich eine Frau. Oder mehrere Personen.« Das war der Schluss, zu dem er gekommen war, und er hatte wirklich viel über die wenigen Sätze nachgedacht, die sie gesagt hatte. *Wir sind in Gefahr. Er wird sie umbringen.*

Der Löffel plumpste in die Suppe, etwas Flüssigkeit spritzte auf die Bettdecke. »Umbringen«, flüsterte sie.

»Ja, das haben Sie gesagt«, sagte Michael ruhig.

Sie schwieg, lange. Mit zusammengezogenen Augenbrauen nahm sie den Löffel wieder auf.

»Wie heißen Sie überhaupt?«, fragte er, als sie nichts weiter sagte. »Erinnern Sie sich daran?«

Sie erstarrte. Wieder schwieg sie lange, dachte offenbar angestrengt nach. »Susan«, sagte sie schließlich zögerlich, dann schloss sie für einen Moment die Augen.

»Gut, Susan«, sagte Michael lediglich.

Sie war erschöpft, das Gespräch hatte sie angestrengt. Sie nahm noch ein paar Löffel Suppe, dann ließ sie den Kopf in die Kissen sinken und war auch schon eingeschlafen. Michael nahm ihr die Schüssel aus der Hand und verließ den Raum.

Susan. Es hatte mechanisch geklungen, wie sie den Namen genannt hatte. Wer auch immer sie war, sie hieß nicht Susan. Er wusste nicht, ob er ihr den Rest glauben konnte, ob sie sich tatsächlich nicht erinnern konnte. *Wer unter euch ohne Sünde ist, der werfe den ersten Stein*, dachte Michael, als er die Schüssel in den Abwasch stellte. Solange es sich nicht um ein Verbrechen handelte, waren sie alle Gottes Kinder, und sie hatte ja wohl kaum jemanden umgebracht.

*

Castel, Guernsey

»Wir haben ihn nicht festgenommen, wir haben ihn nicht mal vorgeladen«, flüsterte Walker wütend. »Was soll das also?«

»Sag nicht, in London gibt's keine Anwälte.« Kate war eigentlich gar nicht nach Späßen zumute. Baynes hatte kein weiteres Wort mehr gesagt und sich geweigert, seinen Mund für die Entnahme einer DNS-Probe zu öffnen.

»Schuldig. Hundertprozentig«, war Walkers Reaktion darauf gewesen.

Jetzt standen sie in der Küche von Baynes' Villa und warteten darauf, dass der Anwalt eintraf. Walker wollte ohne diese DNS-Probe das Haus nicht verlassen, und Kate hoffte, dass der Anwalt Baynes klarmachte, dass er keine Wahl hatte. Sie hätten auch einfach eine Zahnbürste oder ein benutztes Glas von Baynes mitnehmen können, die richterliche Anordnung lag vor. Aber es schien sich bei Walker um ein Machtspiel zu handeln, er hatte Baynes von Anfang an nicht leiden können.

Rivers und seine Kollegen waren derweil mit der Beweissicherung beschäftigt. Baynes saß mit Miller im Wohnzimmer, die ihn mit Argusaugen beobachtete.

Sarah hatten sie nach Hause entlassen, und Kate hoffte, dass ihre Mutter das Mädchen auf die Couch verfrachten und ihr eine heiße Schokolade kochen würde. Sarah hatte Baynes' Alibi für die Vorfälle auf der *Aventura* bestätigt, in Singapur seien sie ununterbrochen zusammen gewesen, er habe sich nicht viel länger als eine halbe Stunde von ihr entfernt, geschweige denn gleich zwei Tage. Falls sie doch gelogen hatte, würden sie es über die Blutprobe herausbekommen. Wenn sie Glück hatten, fanden sich auch an Emilys Körper Spuren. Es hatte Würgemale an ihrem Hals gegeben, und falls sie sich gewehrt und ihren Angreifer beispielsweise gekratzt hatte, würden sich Hautpartikel unter ihren Fingernägeln finden lassen.

Es klingelte. Bewegung kam ins Haus, der Anwalt war da. Miller begrüßte den Mann, der sich als Mr Falla vorstellte. Er trug einen teuren Anzug mit Krawatte, eine Brille mit dickem schwarzem Rahmen und war komplett kahlgeschoren. Kate schätzte ihn auf höchstens Mitte dreißig, der Haarausfall hatte offenbar früh eingesetzt, und Mr Falla war aufs Ganze gegangen und hatte den Rest auch noch abrasiert. Es stand ihm. Baynes hatte ihm die Sachlage am Telefon schon erklärt, und er machte nun eine große Show daraus, sich die Formulare ganz besonders gründlich durchzulesen. Aber auch noch so viel Show konnte nichts an den Tatsachen ändern: Es gab eine richterliche Anordnung, sie waren befugt, das Haus zu durchsuchen und eine DNS-Probe zu entnehmen. Schließlich nickte auch der Anwalt. Er fasste Baynes am Ellenbogen und führte ihn ein wenig zur Seite, wo er flüsternd auf ihn einredete. Baynes' war ganz und gar nicht glücklich, wie sein Mienenspiel zeigte. Mit einem wütenden Funkeln in den Augen kam er auf sie zu. »Ich habe Emily nicht angerührt«, fauchte er.

»Das werden wir dann ja feststellen«, entgegnete Walker gut gelaunt und rief nach Rivers, der gleich darauf die Treppe hinunterpolterte. Ganz in seinen Schutzanzug gehüllt, trug er einen schmalen Aktenkoffer, den er nun auf den Couchtisch legte. Baynes bedeutete er, erneut auf dem Sofa Platz zu nehmen, auf dem er nur wenige Stunden zuvor entspannt das Rugby-Spiel geschaut hatte.

Rivers wies Baynes an, seinen Mund zu öffnen, strich mit einem Wattestäbchen an der Innenseite seiner Wange vorbei, und schon war die Probe erledigt.

»Sie haben keinerlei Grundlage, meinen Mandanten festzunehmen«, sagte der Anwalt, obwohl niemand etwas in dieser Richtung erwähnt hatte. Kate wusste selbst gut genug, dass sie für einen Haftbefehl nicht ausreichend Material in der Hand hatten.

»Wir melden uns, wenn wir weitere Fragen haben.« Walker ignorierte Mr Falla gekonnt und tippte sich an einen imaginären Hut. »Bis dahin verlassen Sie Guernsey bitte nicht.«

Als sie ihm zur Haustür folgte, sah Kate, dass Baynes' Anwalt erneut hektisch auf seinen Mandanten einredete. Die beiden schienen intern einiges klären zu müssen, und nachdem Walker die Homepage von Bay-Tec aufgerufen hatte, wurde ihr auch klar, warum. »Mr Falla ist Baynes' Unternehmensanwalt?« Kein Wunder, dass er gekleidet gewesen war wie bei einer Aktionärsversammlung.

»Umso besser.« Walker grinste. »Ich liebe es, auf der Gegenseite von Leuten zu arbeiten, die keine Ahnung von ihrem Job haben.«

Kate war nicht überzeugt. »Oder umso schlimmer«, sagte sie. »Deshalb hat der da drin jedes Formular dreimal umgedreht. Mach dich auf lange Vernehmungen gefasst.«

*

St. Peter Port, Guernsey

Kate reckte ihre Arme über den Kopf und gähnte. Walker war schon gegangen. Als sie eine Bewegung an der Tür wahrnahm, schreckte sie hoch. DeGaris. Doch nicht die Letzte im Büro.

»Sind eigentlich Emilys Eltern schon informiert worden?«, fragte Kate müde. Der Tag war lang und anstrengend gewesen, und sie wünschte sich nichts sehnlicher als ihr Bett, auch wenn sie Laura versprochen hatte, noch auf einen Sprung bei ihr vorbeizukommen.

»Das habe ich den Kollegen in Birmingham übergeben«, sagte DeGaris.

»Gut.« Kate war erleichtert. Denn auch wenn Emily kaum Kontakt zu ihnen gehabt hatte, so waren es doch die Eltern, und niemand konnte vorhersagen, wie sie auf die Nachricht vom gewaltsamen Tod des eigenen Kindes reagieren würden. Gleichzeitig konnten die Kollegen dabei auch auf Hinweise achten und erste Fragen stellen, was aber meist hinter den Beistand zurücktrat, den man bot.

»Ihr Bericht kommt morgen im Laufe des Vormittags«, sagte DeGaris. »Dann gibt es hoffentlich auch schon Ergebnisse aus der Kriminaltechnik und der Gerichtsmedizin.«

»Wenn man vom Teufel spricht«, murmelte Kate, als genau in diesem Augenblick Rivers an ihre Tür klopfte. Er sah genauso erschöpft aus, wie sie sich fühlte.

»Ist jemandem von euch langweilig?«, fragte er und hielt

eine silbrig glänzende externe Festplatte in die Höhe. »Wir haben die Dateien von Baynes' privatem Computer auf diese hübsche Platte überspielt.«

Kate nickte schnell und nahm die Festplatte entgegen.

»Während wir nach Fingerabdrücken suchen und die IT-Abteilung gelöschtes Material und überschriebene Dateien wiederherstellt, könnt ihr schon mal alles durchgehen, was offen auf Baynes' PC herumlag.«

»Ich kümmere mich drum«, sagte Kate.

»Morgen«, ergänzte DeGaris bestimmt. Dankbar legte sie die Festplatte in die verschließbare oberste Schublade ihres Schreibtisches. Sie hoffte, darauf Fotos oder andere Erinnerungen zu finden, die Einblicke in das Leben ihrer Verdächtigen gaben, in eine weitere Facette ihres Charakters. Was sie hasste, war Excel-Datei auf Excel-Datei durchzugehen – Steuern, Abrechnungen, Listen nach Listen. Das war keine Arbeit, die Spaß machte, aber auch sie musste getan werden. Und ganz vielleicht brachte es einen weiteren Hinweis in diesem Fall.

∗

Etwas sehnsüchtig dachte Kate an die Fermain Bay, wo Nicolas heute Abend vermutlich wieder saß. Vielleicht auch auf der Terrasse seiner einfachen Ferienwohnung. Ein ruhiger Abend mit dem Rauschen der Wellen im Hintergrund wäre jetzt genau das Richtige. Sie hatte ihm eine Nachricht geschickt und sich für seine Hilfe bedankt, woraufhin er zurückgeschrieben hatte, dass er das viel lieber persönlich von ihr hören wollte. Die Kurznachricht hatte erneutes Kribbeln in ihrer Magengegend ausgelöst, aber sie musste ein persönliches Treffen verschieben. Heute wartete ihre Freundin auf sie.

Die Verabredung mit Laura würde ihr zumindest Ablenkung bringen – sowohl vom Fall als auch von dieser Sache mit Nicolas. *Diese Sache mit Nicolas*, so weit war sie schon, dass sie dem Ganzen einen ominösen Titel gab.

Laura wohnte mit ihrem Mann Patrick und dem gemeinsamen Sohn Liam in einer schicken großen Wohnung in Amherst, nördlich von Kates Viertel.

Sie hatte kaum geklingelt, da wurde schon die Wohnungstür aufgerissen und der dreijährige Liam stürzte sich in Kates Arme. »Kate! Kate! Kate!«, schrie der Kleine immer wieder und sprang aufgeregt in dem großen Wohnzimmer herum. Kurz bevor er sich jedoch den Kopf am Glastisch stoßen konnte, schnappte Kate sich den Jungen und ließ sich gemeinsam mit ihm auf die Couch fallen.

»Guck mal, Kate!«, krähte er und schlug einen Purzelbaum nach dem nächsten auf dem Sofa.

»Du hast ihn aufdrehen lassen, du darfst ihn ins Bett bringen«, sagte Laura amüsiert.

»Fragt sich, wer da wen ins Bett bringt. Ein Königreich für eine ganze Nacht voll Schlaf«, gab Kate zurück.

Patrick erschien in der Küchentür. »Hey, Katie, schön dich zu sehen.« Er begrüßte sie mit einem Kuss auf die Wange, dann zog er seinen Sohn von der Couch. In Patricks Armen sah Liam noch einmal kleiner aus, als er war. Immer schon groß, war Patrick in den letzten Jahren auch in die Breite gewachsen. Wie Laura früher arbeitete auch er im Finanzwesen. Sie waren gemeinsam zur Schule gegangen damals, und Kate mochte ihn. Sie hatte ihn nur immer ein bisschen für einen Langweiler gehalten, und es war ihr noch immer ein Rätsel, weshalb sich ihre Freundin ausgerechnet für Patrick entschieden hatte. Aber er tat Laura gut, und das war in Kates Augen das einzige Argument, das zählte.

»Schatz, setzt euch doch auf den Balkon, ich übernehm Liam«, sagte er mit besorgtem Blick auf Laura.

»Der behandelt dich ja wirklich wie ein rohes Ei«, flüsterte Kate und folgte Laura nach draußen.

Dicke blau-weiß gestreifte Kissen lagen auf den Holzstühlen, und Getränke standen schon bereit: Saft für Laura, ein Aperitif für Kate, eine Auswahl an Crackern, Trauben und Käse für sie beide. Eine rote Fuchsie, deren Blätter sich vorwitzig über den Rand ihres blechernen Blumentopfs gewagt hatten, kitzelte Kate in den Haaren. Sie schob die Pflanze sanft zur Seite.

»Hier.« Laura drückte ihr ein Glas in die Hand. »Du siehst so aus, als könntest du das gebrauchen.«

»Du Lebensretterin.« Kate seufzte dankbar und nahm einen großen Schluck. »Was für ein Tag!«

»Wie war das mit der Entspannung?«

»Jaja. Ich fang mit Yoga an. Wenn ich diesen Fall gelöst habe.«

Lauras Miene spiegelte ihre Zweifel.

»Wirklich! Wir können gern zusammen am Strand den herabfallenden Hund machen.«

»Den herabschauenden«, korrigierte Laura.

»In meiner Verfassung kann er nur noch herabfallen«, sagte Kate. »Aber du wirst dich freuen: Mit meinem neuen Kollegen klappt es super. Keine Sommerromanze, aber tolle Teamarbeit. Ich mag ihn.«

»Wer sind Sie und was haben Sie mit meiner Kate gemacht?«, fragte Laura in gespieltem Erstaunen.

»Den Menschen eine Chance geben, so sagt man doch. Kate 2.0.«

Laura stützte ihr Kinn auf die Handflächen und fragte interessiert: »Das hat nicht zufällig etwas mit dieser neuen Bekanntschaft zu tun? Mit dem Mann vom Strand?«

»Nein«, log Kate und konzentrierte sich auf ihr Getränk. Sie würde Laura alles Weitere erzählen. Aber nicht jetzt. Jetzt wollte sie einfach nur in Gesellschaft ihrer besten Freundin etwas entspannen.

»Erzähl mir doch eine deiner Künstleranekdoten«, sagte sie und lauschte zufrieden Lauras Geschichten.

*

Als Kate nach Hause kam, war sie zu müde, um noch irgendetwas anderes zu tun, als sich geistesabwesend durchs Fernsehprogramm zu zappen. Es war schon dunkel, kurz überlegte sie, sich ein kühles Bier aus dem Kühlschrank zu holen. Da sie sich dafür aber hätte bewegen müssen, verwarf sie den Gedanken gleich wieder. Ihr Handy klingelte, aber selbst zum Telefonieren war sie zu müde, sie blickte nicht einmal auf das Display. Eine halbe Stunde später klingelte es an ihrer Tür. Kate schloss seufzend die Augen. Vielleicht würde die Person weggehen, wenn sie sie ignorierte? Aber nein, sie klingelte hartnäckig weiter, und irgendwann quälte Kate sich von ihrer Couch hoch, um die Tür zu öffnen.

Der vorwurfsvolle Blick ihrer Mutter begrüßte sie. Da sie aber neben diesem Blick auch eine herrlich duftende, mit Alufolie bedeckte Auflaufform vor sich hertrug, nahm Kate an, dass sie eher besorgt als verärgert war. Ohne ein Wort der Begrüßung gab ihre Mum ihr einen Kuss auf die Wange, dann machte sie sich auf den Weg in die Küche, stellte ihren Auflauf in den Ofen und bediente sich an den Schränken, um den Tisch zu decken.

»Mum!«

»Du musst was essen, Kind.«

»Ich habe bei Laura Cracker und Käse gegessen.«

»Cracker!« Dem Schnauben ihrer Mutter hatte Kate nichts mehr entgegenzusetzen.

Es dauerte eine Weile, bis der Auflauf aufgewärmt war, dann saßen sie nebeneinander an Kates kleinem Esstisch. Sie selbst vor einem dampfenden Teller, ihre Mutter hatte die Hände um eine Tasse Kräutertee gelegt.

»Grandpa lässt dich grüßen. Und ich soll dir gratulieren, das mit der Strömung hast du gut hinbekommen. Auch wenn ich keine Ahnung habe, was er damit meint.«

Kate lachte. »Macht nichts, Mum. Grandpa hat mir ein paar Anhaltspunkte gegeben, die mir in meinem aktuellen Fall geholfen haben.«

»Ach so. Holly hat sich übrigens beschwert, dass du gar nicht mehr mit ihr redest.«

Kate verdrehte die Augen. »Ich würde mehr mit ihr reden, wenn sie mich nicht als Polizeispitzel benutzen würde«, nuschelte sie mit vollem Mund. Der Auflauf war köstlich.

»Sie mag dich wirklich, weißt du.« Ihre Mum neigte ihren Kopf zur Seite. »Und ich glaube, sie vermisst die Zeit, als ihr zwei als Kinder unzertrennlich wart.«

Kate schluckte ihren Bissen herunter. »Ich …«

Ihre Mutter fasste kurz ihre Hand. »Ich weiß. Und ich halte dich jetzt auch nicht länger auf. Ruh dich aus und lös deinen Fall, okay? Aber am Donnerstag kommst du nochmal zum Abendessen!«

Kate lächelte. Zumindest Letzteres konnte sie versprechen.

22. Kapitel

St. Peter Port, Guernsey

Es war erst kurz vor sieben, als Kate an diesem Montagmorgen ins Büro kam. Wie so häufig in den letzten Tagen hatte sie sich zuvor eine Weile im Bett herumgewälzt und schließlich beschlossen, dass sie, wenn ihr schon kein Schlaf vergönnt war, auch arbeiten konnte. Der Fall ließ sie ohnehin nicht los, erst recht nicht, nachdem sie Emily gefunden hatten. Seit einer Woche waren sie mit dem Fall beschäftigt, er hatte sich in ihrem Kopf festgesetzt, hartnäckig, und würde erst Ruhe geben, wenn sie ihn aufgeklärt hatten. So war es meist, deshalb nagten nicht aufgeklärte Fälle auch so an ihr. Davon gab es mehr, als die meisten Menschen vermuteten. Morde, nein, die wurden tatsächlich in der überwiegenden Mehrheit der Fälle aufgeklärt. Aber Einbrüche, Diebstähle und leider auch Vergewaltigungen … da ermittelten sie nicht immer den Täter. Was die Vermisstenfälle betraf, war der um Ava bisher der einzige, den sie nicht zu einem Abschluss hatten bringen können, und sie konnte sich gut vorstellen, wie es DeGaris als leitendem Ermittler damit gegangen war.

Kate gähnte, dann holte sie die externe Festplatte von Baynes aus ihrem Schreibtisch und steckte sie an. Sie klickte sich durch die Dateiübersicht. Ein Ordner, dessen Name nur »123456« lautete, weckte ihre Neugier: Es gab darin keine Datei, nur einen Unterordner mit einer ähnlichen Zahlenkombination, darin erneut einen Unterordner und so weiter. Kates Misstrauen wuchs. Wofür brauchte man so viele Dateipfade? Als der nächste Unterordner, auf den sie klickte, plötzlich an die dreißig Videos aufwies, beschlich sie ein ungutes Gefühl.

Sie atmete tief durch und öffnete das erste Video. Klickte das zweite an, das dritte. Schloss die Augen und machte dann mit dem vierten weiter und dem fünften. Nach dem sechsten Video brach sie ab und ging in die Kaffeeküche. Entgegen ihrer sonstigen Gewohnheiten brühte sie sich einen Tee auf, um ihren Magen zu beruhigen.

David Baynes besaß eine große Sammlung an Pornofilmen. Teenager-Pornofilmen. Und nicht die Art von Teenagern, die in solchen Videos gewöhnlicherweise durch Frauen Mitte dreißig mit Pippi-Langstrumpf-Zöpfen dargestellt wurden. Kate fuhr sich über die Augen. Nein, es waren tatsächlich noch Kinder.

Sie goss etwas Milch in ihre Tasse und warf ein Stück Zucker hinein. Mit dem schmutzigbraunen Getränk setzte sie sich zurück an den Schreibtisch und rief Walker an.

Offenbar war er gerade draußen, sie erwischte ihn schwer atmend am Telefon, im Hintergrund hörte sie Möwengeschrei. »Ich bin sofort bei dir«, sagte er knapp, als sie ihm die Neuigkeiten berichtet hatte. Und tatsächlich stand er eine halbe Stunde später im Büro, die Haare noch feucht. Offenbar war er im Meer schwimmen gewesen und direkt hergekommen.

»Was?«, fragte er irritiert, als sie ihn forschend anblickte.

»Nichts.« Kate blinzelte. »Ich hätte nur gewettet, du bügelst auch in deine Jeans Bundfalten.«

»Haha.« Eine Retourkutsche schien ihm ausnahmsweise nicht einzufallen.

»Ich hoffe, du hast zumindest noch eine Krawatte im Auto.«

Er blickte auf ihre Teetasse, in der nur noch ein kleiner Rest schwamm.

»Wenigstens lasse ich meinen Beutel nicht im Tee. Das ist ein Verbrechen an der britischen Krone.«

Kate musste trotz des flauen Gefühls in ihrem Magen lachen.

»Und jetzt zeig mir, was du gefunden hast«, sagte Walker dann und rückte sich einen Stuhl heran.

Die lockere Stimmung war schlagartig vorbei, als Kate das erste Video aktivierte. Walker hielt genau anderthalb Minuten durch, dann drückte er die Stopptaste.

»Ich hab es doch gewusst.« Er kniff die Lippen aufeinander.

»Willst du weiteres Material …«, begann Kate.

»Nein«, sagte er entschieden. »Das übergeben wir der Staatsanwaltschaft. Die können sich darum kümmern. Ich muss das nicht sehen.« Er gestikulierte in Richtung Bildschirm. »Was glaubst du, wie alt war das Mädchen?«

»Fünfzehn?«, schätzte Kate vorsichtig. »Auf keinen Fall volljährig.«

»Emily hat er geheiratet, da war sie gerade achtzehn Jahre alt, er hat sie also vorher schon kennengelernt.«

Kate fröstelte mit einem Mal. Ava war zweieinhalb Jahre alt gewesen, als sie verschwand. Sie blickte Walker an. Wahrscheinlich dachten sie das Gleiche. »Meinst du, er hat sich auch für Videos von Kindern interessiert? Von … kleinen Kindern?«

»Das werden wir gleich wissen.« Walkers Augen blitzten wütend, und er stand auf.

Kate griff nach ihrem Smartphone. Während sie hinter Walker her nach draußen eilte, rief sie DeGaris an.

»Verdammt«, fluchte der Chief, nachdem sie ihm kurz von ihrer Entdeckung berichtet hatte. Dann fragte er, was sie jetzt vorhatten.

»Was wohl?«, fragte Kate zurück. »Wir nehmen das Arschloch fest.«

*

Castel, Guernsey

»Auch wenn Rivers' Analyse noch aussteht, gehe ich davon aus, dass Baynes die Haarbürste mit Emilys DNS nicht vertauscht hat. Er hat also zumindest in dieser Hinsicht nicht versucht, irgendwas zu vertuschen. Emily war ja schon tot, als die *Aventura* abgelegt hat«, sagte Kate, als sie im Auto saßen. Die Strecke nach Cobo dauerte zum Glück nicht lang, auf Guernsey dauerte es nirgendwohin lang, und selten war Kate so dankbar dafür wie in diesen Momenten. DeGaris hatte versprochen, sich um den Haftbefehl zu kümmern. »Aber weißt du, was er gesagt hat, als er mir die Bürste gebracht hat?«

»Nein, was?«, fragte Walker abwesend. Seine Finger trommelten leicht auf dem Türgriff herum.

»Er hat gefragt, ob ich etwa glaube, dass die gleiche Person, die Ava entführt hat, jetzt auch Emily gefangen hält.«

»Und?«

»Und darüber denke ich seitdem immer wieder nach«, sagte Kate wahrheitsgemäß. »Sarah und Emily waren volljährig.« Gerade eben so. »Aber vielleicht hat er sich langsam vorgetastet. Zunächst bandelt er mit jungen Frauen an, die gerade eben volljährig sind, mit Frauen, die sehr jung aussehen. Eine davon heiratet er sogar. Und irgendwann schläft er mit einer Vierzehnjährigen und dann …« Sie verspürte einen unangenehmen Geschmack im Mund.

»Die High Tech Crime Unit wird seinen Computer untersuchen«, sagte Walker grimmig. »Auf versteckte Dateien, auf gelöschte Dateien, und wenn wir irgendwo auch nur den geringsten Hinweis auf vorpubertäre Kinder finden, dann wissen wir genug.«

Kate wollte gerade etwas erwidern, als plötzlich auf der gegenüberliegenden Fahrbahn ein Auto ausscherte, um zu überholen. Sie trat auf die Bremse, wich so weit nach links aus, wie es ihr möglich war, und brachte den Wagen zum Stehen. Es war millimeterknapp, doch sie hatte die Kollision vermeiden können. Mit wie wild klopfendem Herzen warf sie einen Blick in den Rückspiegel, Walker reckte unterdessen den Arm und drückte kräftig auf die Hupe.

Kate bemühte sich, tief durchzuatmen und ihren Puls wieder unter Kontrolle zu bekommen. »Verdammt«, fluchte sie laut. Das tat gut. Sie atmete noch ein paar Mal tief ein und aus, dann konzentrierte sie sich auf die Straße. Als kein Auto hinter ihnen zu sehen war, setzte sie den Blinker und fuhr wieder auf die Fahrbahn.

»Gut reagiert«, sagte Walker.

»Mein Großvater war bei der Feuerwehr«, erklärte Kate. »Er war dabei, als ein Kollege seine tote Tochter aus einem Unfallwrack gezogen hat. Niemand auf dieser Insel hat so viele Fahrstunden nehmen müssen wie Holly und ich.«

Ihr Puls war immer noch leicht erhöht, als sie bei Baynes ankamen – und wahrscheinlich war es auch die brenzlige Situation, die Kate in erhöhte Alarmbereitschaft versetzte.

»Sein Auto ist nicht da.« Mit zwei Handgriffen hatte sie den Motor ausgestellt und ihren Gurt gelöst, dann öffnete sie die Fahrertür und sprang aus dem Auto. Walker sprintete hinter ihr her.

Kate klingelte an der Haustür, aber sie wusste im Voraus, dass niemand öffnen würde. Während Walker um das Haus herumlief, zückte Kate ihr Handy, um Verstärkung anzufordern. DC Lucas hatte Telefondienst, und eines musste man ihm lassen: Als er hörte, worum es ging, vergaß er sämtliche Allüren und Animositäten. Er versprach, die Häfen und den Flughafen zu alarmieren, nach Baynes Ausschau zu halten, und schickte sofort eine Nachricht an alle diensthabenden Kollegen raus.

Walker trat zu Kate. Er wirkte angespannt, fuhr sich durch die Haare, wobei sich sein Jackett öffnete und den Blick freigab auf das Holster mit der Dienstwaffe. »Er wusste, dass wir die Videos früher oder später finden würden«, sagte er. »Und hat direkt Maßnahmen ergriffen.«

»Wir finden ihn«, murmelte Kate. »Er kann nicht weit sein.« Sie hatten ihn nicht lange unbeobachtet gelassen, und er hatte vermutlich noch nicht die Chance gehabt, die Insel zu verlassen.

Kates Smartphone klingelte, DC Lucas. Er klang außer Atem. »David Baynes hat eben den dreizehn Uhr fünf Flug nach Southampton gebucht«, sagte er. »Das hat der Flughafen gemeldet, die Kollegen sind informiert.«

»Wir fahren hin.« Walker rannte zum Auto, Kate joggte hinter ihm her und startete den Motor, noch bevor er angeschnallt war. Sie gab Gas.

Über die Rue du Candie würden sie etwa eine Viertelstunde bis zum Flughafen brauchen, vorausgesetzt, es kam auf der Straße zu keinem weiteren Zwischenfall. Eine weitere Ablenkung konnte sie jetzt nicht gebrauchen.

Ablenkung.

Es war der Bruchteil einer Sekunde, den Kate Zeit hatte, um zu entscheiden. Sie bremste scharf und bog dennoch ein bisschen zu schnell nach links ab.

»Was machst du denn?«, rief Walker, als sie wieder aufs Gaspedal drückte.

»Eine Ablenkung! Was, wenn der Flughafen eine Ablenkung ist?« Kate schaltete einen Gang höher. »Er weiß genau, dass wir nach ihm fahnden werden. Geld spielt keine Rolle. Was, wenn er das Ticket gekauft hat, um uns abzulenken und sich damit Zeit zu verschaffen?«

»Zeit wofür?«

»Um Guernsey mit einem Schiff zu verlassen, zum Beispiel«, sagte Kate grimmig. »Wir fahren zum Hafen.«

»Das sind Spekulationen«, entgegnete Walker. »Reine Spekulationen. Wir haben seinen Namen auf dem Flugticket.«

Kate schüttelte den Kopf. »Genau. Überleg doch mal: Auf einem Fährticket steht der nicht, zumindest nicht, wenn man es direkt am Schalter kauft. Dann muss er nur noch bar bezahlen, fertig ist die Anonymität.« Je länger Kate sprach, desto sicherer war sie, dass sie recht hatte. »Vertrau mir, es ist ein Ablenkungsmanöver. Und – am Flughafen entkommt er uns nicht, sobald er eincheckt, halten sie ihn fest, wir schicken Miller oder Lucas hin. Falls er aber nie vorhatte zu fliegen … stehen wir noch am Abfluggate, wenn er längst in Portsmouth an Land geht.«

*

St. Peter Port, Guernsey

Sie parkte das Auto am St. Julian's Pier. Die Sonne beschien Cornet Castle, und am Horizont war ein Tanker zu sehen, groß, schwer, dunkel, beinahe archaisch anmutend.

Kate und Walker wandten sich zum Fährterminal. Es war nicht viel los, es lagen keine Fähren im Hafen. Zwei

Angestellte standen in ihrer blauen Uniform draußen und rauchten.

»Entschuldigung!«, rief Kate schon aus mehreren Metern Entfernung und winkte. Die beiden Frauen blickten auf.

»Hey«, sagte die größere der beiden misstrauisch. Sie hatte tiefrot, beinahe violett gefärbte Locken und Falten um den Mund, die ihr ein unzufriedenes Aussehen gaben. Sie nahm einen letzten Zug ihrer Zigarette, bevor sie sie an der Wand hinter sich ausdrückte und mit dem Finger auf den Boden neben einen überquellenden Aschenbecher schnippte.

»Wir suchen diesen Mann hier.« Walker hielt den beiden ein Foto von Baynes hin, das er sich noch im Auto auf sein Smartphone geladen hatte. »Müsste ohnehin schon als Nachricht an Sie gegangen sein.«

Die Rothaarige runzelte die Stirn. »Wer sind Sie überhaupt?«

Ungeduldig zückte Kate ihre Marke. Während sie noch ihr Portemonnaie aufklappte, öffnete die kleinere und jüngere der beiden Frauen, eine Blondine mit Tattoos und wasserblauen Augen, den Mund. »Ich weiß nicht genau«, sagte sie und betrachtete das Foto eingehend.

»Stimmt, da kam ne Nachricht«, sagte die Rothaarige. »Aber ich hab keine Kreditkarte mit dem Namen registriert. Also ...« Sie zuckte mit den Schultern und steckte sich ein Pfefferminzbonbon in den Mund.

»Ich glaube, der hat vorhin eine Fahrkarte bei mir gekauft.« Die Blonde drehte sich zu der Rothaarigen um. »Weißt du noch, dieser Typ, der so geschwitzt hat?« Dann wandte sie sich an Walker. »Er war etwas seltsam, deshalb ist er mir aufgefallen. Außerdem hat er bar bezahlt.«

»Sag ich doch, keine Kreditkarte mit dem Namen«,

mischte sich wieder die Rothaarige ein und biss auf ihr Bonbon.

»Das würde passen.« Walker ignorierte ihren Einwand und fragte die Blonde: »Wissen Sie noch, wohin er wollte?«

»Frankreich. Glaube ich.«

»Sie glauben?«

Die Blonde zuckte mit den Schultern. »Mehr kann ich Ihnen nicht sagen.«

»Abfahrt ist um zwei«, ergänzte jetzt die Rothaarige.

St. Peter Port bediente die späte Tour, die Schiffe legten am Vormittag von Poole, Portsmouth oder St. Malo ab, und am Nachmittag machten sie sich von St. Peter Port auf den Rückweg.

Kate sah auf ihre Uhr, es war nicht einmal zehn. Wo würde Baynes sich für die nächsten Stunden versteckt halten? Sie blickte sich um.

»The View«, sagte die kleine Blonde plötzlich. »Er hatte eine Karte vom The View dabei, mit der hat er auf dem Tresen gespielt. Es ist mir nur aufgefallen, weil er so nervös schien und ich dachte, vielleicht hat er gleich ein Date.« Sie deutete mit dem Finger über den Anleger. »Ist nichts Großartiges, aber man hat einen guten Überblick über den Hafen.«

Kate bedankte sich bei ihr und ihrer missmutigen Kollegin, dann machten Walker und sie sich im Laufschritt auf den Weg zu dem kleinen Bistro. Sie überquerten die Straße und bewegten sich eng an den Häuserfassaden vorbei, damit Baynes sie nicht vorzeitig entdeckte. Sicherlich würde er die Straße vom Inneren aus im Blick behalten.

Bevor sie die Glasfront des Bistros erreichten, blieben sie stehen. Walker fasste unauffällig nach seiner Waffe. Kate schüttelte den Kopf. Dann nahm sie die zwei Schritte bis zur Eingangstür und stieß sie auf.

Sie brauchte nur eine Sekunde, um die Situation zu erfassen: Baynes saß an einem Tisch hinten rechts, direkt neben dem kleinen Gang, der zu den Toiletten führte. Außer ihm befand sich links hinter der Theke ein Barista, rechts am Fenster saßen zwei Frauen um die fünfzig bei Tee und Muffins, eine Kellnerin brachte gerade zwei Saftgläser an einen Tisch, an dem eine Frau wohl noch auf jemanden wartete. Den Blick fest auf Baynes gerichtet, gingen Kate und Walker langsam durch den Raum. Nonchalant sah Baynes sie an.

»David Baynes«, begann Walker, als er vor ihm stand. »Guernsey Police.« Er hielt seinen Dienstausweis in die Höhe. »Wegen Besitzes jugendpornografischer Schriften ...«

Eine der Frauen am Fenster keuchte hörbar auf.

Und dann geschah alles gleichzeitig: Baynes sprang vom Tisch auf, riss seinen Stuhl dabei um und flüchtete in Richtung der Toiletten. Eine der Frauen schrie unaufhörlich, Gläser hinter der Theke klirrten, und die Kellnerin ließ vor Schreck ihr Tablett fallen.

Kate fluchte, als sie wertvolle Zeit damit verlor, über Baynes' umgefallenen Stuhl zu hechten. Hinter ihr hörte sie Walker rufen: »Guernsey Police, gibt es hier einen Hinterausgang?«

Kate schlidderte um die Ecke zu den Toiletten. »Bleiben Sie stehen!«

Doch Baynes hatte Vorsprung. Er riss eine Tür mit der Aufschrift »Privat« auf, und Kate konnte gerade eben den Zusammenstoß mit einem Mann verhindern, der in dem Moment aus dem Herren-WC kam. Sie stürzte durch die Tür, hinter der Baynes Sekunden zuvor verschwunden war, und stand vor einem weiteren Flur. Rechts. Dort hatte sie Schritte gehört.

Als sie um die Ecke bog, traf eine Faust sie direkt in den Magen. Kurz blieb ihr die Luft weg, sie klappte vornüber, doch als sie auf dem Boden zusammensackte, griff sie reflexartig nach Baynes' Knöchel. Der Mann stürzte, drehte sich, hob erneut seine Faust, Kate trat zu, Baynes schrie, wehrte sich aber nicht mehr. Immer noch keuchend setzte Kate sich auf. Sie hatte das Gefühl, sich jeden Moment übergeben zu müssen. Sie richtete sich so weit auf die Knie, dass sie Baynes mit letzter Kraft die Hände auf den Rücken drehen konnte.

In diesem Augenblick wurde die Tür hinter ihnen aufgestoßen. Walker. Keine Minute zu früh. Kate wuchtete sich hoch, Walker riss Baynes ebenfalls auf die Füße. »David Baynes«, stieß Kate hervor. »Sie sind festgenommen.«

23. Kapitel

St. Peter Port, Guernsey

Sie hatten die Staatsanwaltschaft informiert und die Kollegen der High Tech Crime Unit, Spezialisten im Cybercrime-Bereich mit den richtigen Ressourcen, um sich mit den Videos und ihrer Herkunft auseinanderzusetzen. Außerdem hatte Kate bei den Kollegen in Birmingham angerufen, wo Bay-Tec seinen Sitz und Baynes bis vor wenigen Jahren gelebt hatte. Europol war ebenfalls eingeschaltet. Wenn Baynes Teil eines Netzwerks war, wollten sie alle Mitglieder finden.

Kate war froh, dass kompetente Kollegen diesen Bereich der Ermittlungen übernahmen, musste aber zugeben, dass es die Aufklärung ihres Mordfalls erschwerte.

Baynes' Anwalt hatte sein Mandat niedergelegt.

»Mein Klient hat Ihnen nichts zu sagen«, war seine pauschale Aussage gewesen, kaum dass Walker am Telefon seinen Namen genannt hatte. Doch als er erfuhr, was sie Baynes konkret zur Last legten, war er ausgestiegen.

»Unternehmensanwalt«, sagte Walker. »Ein Wunder, dass er bis hierhin überhaupt die Verteidigung übernommen hat.«

»Ich habe mich auch gefragt, warum. Wahrscheinlich hing sein Job bei Bay-Tec davon ab«, mutmaßte sie. Aber auch der war es Mr Falla offensichtlich nicht wert, sich mit den neuen Vorwürfen zu befassen. Er verkündete, dass er Baynes an Mr Adam, einen erfahrenen Kollegen übergeben habe, und beendete das Gespräch. Der Kollege jedoch ließ nicht mit sich reden und verbat seinem Mandanten jegliche Aussage.

Walker hatte Baynes die Videos vorgespielt, um ihn zum Sprechen zu bewegen, aber der hatte kein Wort gesagt.

Nun versuchte Kate es erneut.

»Mr Baynes«, begann sie, nachdem sie sich ihm gegenüber im Vernehmungsraum niedergelassen hatte. Mr Adam, ein kleiner Mann mit breiten Schultern, saß neben ihm und beobachtete Kate lauernd.

»Ich nehme an, Sie haben Emily geheiratet, weil sie so jung war, fast wie ein Kind, richtig?« Ob sie es schaffte, ihn aufzurütteln? Doch er starrte nur weiter fest geradeaus, den Blick an ihr vorbei auf einen Punkt links hinter ihren Schultern geheftet.

»Mein Mandant hat erotische Videos angesehen«, warf Adam ein, der Tonfall monoton, als langweile es ihn, diesen Satz zum wiederholten Male zu sagen. »Zugegeben, die Frauen mögen jung aussehen, das ändert jedoch nichts an der Tatsache, dass sie allesamt volljährig waren.«

»Das ist eine glatte Lüge, und das wissen Sie«, sagte Kate. Was für ein Widerling!

»Mein Mandant ist bereit, Ihnen alles zu sagen, was er über die Herkunft der Videos weiß. Ihm ist fest versichert worden, dass die Schauspielerinnen erwachsen seien.«

»Deshalb auch die Schuluniformen und die Anspielungen auf Lolita. Haben Sie von Ava ein Video gemacht?«, wandte Kate sich mit einem abrupten Themenwechsel wieder an Baynes.

Dieser zeigte zum ersten Mal eine leichte Regung. Er öffnete den Mund, schloss ihn aber sofort wieder.

»Mein Mandant hat keine Videos gedreht. Mein Mandant ist außerdem nicht pädophil.«

»Er besitzt zahlreiche Videos mit pädophilen Inhalten!«, sagte Kate scharf. Dann zählte sie innerlich langsam bis zehn. Es war nie gut, eine Vernehmung in aufgebrachtem Zustand zu führen. »Haben Sie Kontakte zu jemandem, der solche Videos dreht?«, fragte sie schließlich. »Haben Sie ihm von Ava erzählt?«

Baynes schüttelte den Kopf, wollte aber aufbegehren, doch sein Anwalt legte ihm sacht die Hand auf den Unterarm.

»Haben Sie von Ava solch ein Video gedreht?«, erhöhte sie den Druck. Sie würde ihn nicht davonkommen lassen!

»Wie schon erwähnt, wird Mr Baynes bezüglich der Herkunft der Videos voll kooperieren. Er selbst hat jedoch nichts damit zu tun«, antwortete Adam an seiner statt.

Kate konnte sich nur zu gut vorstellen, wie das laufen sollte: Er nannte ihnen irgendeinen Server, der schon vor Wochen stillgelegt worden war. Oder einen Fake-Namen aus dem Darknet, der sich nicht weiterverfolgen ließ. Aber so leicht würde Kate sich nicht abspeisen lassen. »Mr Baynes, ein kleines Mädchen ist vor zwei Jahren spurlos verschwunden«, begann sie von Neuem. »Aus Ihrem Nachbarhaus. Und heute finden wir Kinderpornos bei Ihnen, da ...«

»Jugendpornos«, unterbrach Mr Adam, und sie warf ihm einen vernichtenden Blick zu.

»Minderjährige«, korrigierte sie, jede einzelne Silbe betonend. »Wo ist Ava Hamon, Mr Baynes?« Beim letzten Satz war sie laut geworden, und der Unternehmer zuckte zusammen.

»Ich weiß es nicht«, presste er hervor, bevor sein Anwalt ihn erneut zurückhalten konnte.

Kate lehnte sich zurück, verschränkte die Arme vor

der Brust und betrachtete ihn. Ein kleiner, dicker Mann, der zufällig an viel Geld gekommen war und über Sex mit Teenagern fantasierte. Jämmerlich.

»Wenn Sie mit uns kooperieren, uns helfen, an die Hintermänner dieser Videos zu kommen, wird Ihnen das vor Gericht positiv ausgelegt werden«, sagte sie. »Wenn Sie uns verraten, wie Ava in die Sache hineingeraten ist, würde uns das sehr helfen.«

Baynes schüttelte heftig den Kopf, drehte sich zu seinem Anwalt, der sofort dazwischenfuhr. »Mein Mandant hat Ihnen nichts zu sagen.«

»Gut«, antwortete Kate knapp. »Sie wollen nicht über die Filme auf Ihrem Computer sprechen? Über misshandelte und verschwundene Kinder? Kein Problem.« Sie hatten die Beweise. Den Rest würde die High Tech Crime Unit ermitteln. Beim Thema Kinderpornografie waren sich die meisten Staaten einig, sie würden also professionelle Unterstützung von Europol, vielleicht sogar von Interpol bekommen. Baynes' Reisen nach Südostasien würden genauestens unter die Lupe genommen werden. Er entkam ihnen nicht. Trotzdem ärgerte es sie, an dieser Stelle nicht weiterzukommen.

Aber sie hatte noch etwas anderes aufzuklären. Kate legte beide Hände flach auf den Tisch und beugte sich vor. »Reden wir also über den Mord.«

Baynes zuckte zurück. *Na also*, dachte Kate.

»Was den Mord an seiner Frau angeht«, – die blassblauen Augen des Anwalts wirkten, als würden sie durch Kate hindurchsehen –, »so besitzt mein Mandant ein Alibi für den Zeitpunkt des Todes von Emily Baynes.«

Kate ignorierte seinen Einwand. »Hat Emily das mit den Pornofilmen herausbekommen?«, fragte sie nun wieder laut. War sie über seine Sammlung gestolpert? »Musste Emily deshalb sterben?«

Aber er presste nur fest seine Zähne aufeinander.

»Detective, ich weise noch einmal auf das Alibi meines Mandanten hin«, sagte Mr Adam stattdessen scharf.

»Vielleicht haben Sie ja jemanden beauftragt.« Kate wandte sich direkt an Baynes. »Wir werden Ihre Kontobewegungen überprüfen lassen, Ihre Barabhebungen näher beleuchten und jeden Stein in Ihrem Leben umdrehen.«

Plötzlich öffnete Baynes den Mund. Doch bevor er etwas sagen konnte, drückte sein Anwalt leicht seinen Unterarm.

»Mein Mandant hat seine Frau nicht ermordet. Ein Auftragsmord? Ich bitte Sie, wir sind nicht bei den Sopranos.«

Wütend presste Kate die Zähne aufeinander. Doch es hatte keinen Sinn. Baynes' Anwalt würde ihn nicht reden lassen. Er machte das gut, dieser Adam, das musste sie zugestehen. Wenn auch ungern.

Für ihren jetzigen Fall bedeutete das: Sie mussten ihre Beweise anderswo finden. Und das würden sie.

Für die Anklage wegen der Videos war es egal, ob er redete, da war die Beweislast erdrückend. Der Besitz von jugendpornografischen Schriften war strafbar, und egal was sein Anwalt behauptete, es war offensichtlich, dass die Mädchen in den Videos zu jung waren. Die Frage war, ob er auch Kinderpornografie besaß. Ins Gefängnis würde Baynes gehen, es ging nur darum, für wie lange.

*

Doch auch wenn es ihr Genugtuung verschaffte, dass Baynes verurteilt werden würde, im Fall der verschwundenen Ava, der ermordeten Emily Baynes, des ermordeten Greg Hamon, seiner verschwundenen Ehefrau Stephanie und einer verwundeten unbekannten Person kamen sie so nicht weiter. Kate saß an ihrem Schreibtisch und massierte sich den Nacken, als DeGaris sich an die Tür lehnte. »Und wenn er es wirklich nicht war?«, fragte sie.

Sie hatte noch schnell mit einem schlecht gelaunten Dr Schabot telefoniert, der ihr mitgeteilt hatte, die Obduktion wegen seiner nun wirklich kranken Kollegin auf morgen verschieben zu müssen. Er war genauso ungeduldig wie sie selbst und bestätigte ihre erste Einschätzung zum Todeszeitpunkt: Emily war vor drei Wochen gestorben, plus minus ein oder zwei Tage, aber keinesfalls mehr als drei. In dieser Zeit hatte Baynes sich nachweislich in Singapur befunden. Sarah, die von den Ereignissen überrollt worden war und sich im Haus ihrer Eltern in Bentley Heath, einem kleinen Dorf südöstlich von Birmingham verkrochen hatte, wich trotz all ihrer Wut auf Baynes nicht von dieser Aussage ab. Zudem hatte Miller mit den Geschäftspartnern von Bay-Tec in Singapur Kontakt aufgenommen: Baynes hatte diverse Meetings und Geschäftsessen absolviert, die Lücken zwischen seinen verschiedenen Terminen waren nicht annähernd groß genug gewesen, als dass es für einen Hin- und Rückflug nach Guernsey gereicht hätte.

Sein Alibi war wasserdicht. Die einzige Möglichkeit wäre ein Auftragsmord gewesen. Doch dagegen sprach die Art, wie Emily begraben worden war.

»Diese Emily nahestehende Person …«, überlegte Kate laut, »… das könnte auch Stephanie Hamon sein, oder? Die beiden waren eng befreundet. Vielleicht ging es nicht um Liebe im Sinne von romantischer Liebe, sondern platonischer, inniger Freundschaft?«

Walker zuckte mit den Schultern. »Es war dein Experte«, sagte er.

Kate ging nicht auf die Stichelei ein. »Was ist denn eigentlich mit Hobbs?«, wechselte sie das Thema. »Miller fragt ja nach Querverweisen zu den Baynes', aber wir wissen auf jeden Fall von einer Verbindung zwischen Hobbs und Stephanie«, überlegte sie. »Was, wenn er doch involviert war? Sein Alibi ist ... na ja, zumindest nicht wasserdicht. Besser kriegen wir es nicht. Aber wenn wir davon ausgehen, dass Stephanie ihn dafür bezahlt hat, Greg Hamon zu ermorden, und sie selbst hat Emily getötet? Die Freundin, die sie betrogen hat? Es würde passen.«

»Es würde passen«, gab auch Walker zu. Sie brauchten Hobbs' DNS! Wenn sie doch nur irgendetwas finden würden, irgendeine Kleinigkeit, die Richterin Perchard überzeugte.

»Aber vielleicht ging es auch ohne Hobbs«, spann Walker ihren gedanklichen Faden weiter. »Stephanie erfährt von dem Verhältnis ihres Mannes zu Emily Baynes, rastet aus und ermordet zuerst die Geliebte, später ihren Mann.«

»Das klingt so psychopathisch.« Eine Stephanie, die Ruhe in ihrem Garten fand, die in der Sonne Unkraut jätete und liebevoll ihre Erdbeeren hegte, die bei Regen mit ihrer Tochter durch die Pfützen sprang, das schien so gar nicht zu einer Stephanie zu passen, die einen Doppelmord beging.

»Vergiss nicht, diese Frau hat ihr Kind verloren, das ihr alles bedeutet hat. Nach Avas Verschwinden zieht sie sich von der Welt zurück, verfällt in Depressionen, es geht so weit, dass ihre eigene Mutter einen Selbstmord nicht ausschließt. Und dann wird sie betrogen von den einzigen beiden Menschen, die ihr geblieben sind, ihrem Ehemann und der besten Freundin«, sagte DeGaris.

Wenn er es so darstellte, klang es nicht mehr ganz so psychopathisch. Nur noch sehr verzweifelt. Vielleicht war es doch ein erweiterter Selbstmord?

»Hey.« Miller steckte ihren Kopf zur Tür herein, schob dann ihren ganzen Körper nach.

»Oh, Claire, sag uns, dass du was gefunden hast«, bat Kate.

»Wie man's nimmt.« Miller zuckte mit den Schultern. »Hobbs bestreitet, je etwas mit Emily oder David Baynes zu tun gehabt zu haben. Ich kann ihm nichts nachweisen. Kein direkter Kontakt von Emilys Handy oder dem Telefon der Baynes'. Sie waren weder seine Patienten noch spielten sie Tennis.«

»Aber?«, fragte DeGaris, der die Kollegin aufmerksam gemustert hatte.

»Aber …« Miller lächelte leicht. »Hobbs' Ehefrau arbeitet ehrenamtlich in einem Second-Hand-Laden, dessen Erlöse in internationale Hilfsprojekte fließen.«

Kate wartete gespannt auf die Fortsetzung.

»Und dort ist interessanterweise auch eine Erzieherin aus Avas ehemaliger Kindertagesstätte tätig. Eine Erzieherin, die sich mit Emily anfreundete, als diese Ava regelmäßig aus der Kindertagesstätte abholte.«

»Eine Freundin von Emily?« Kate merkte auf.

»Sie heißt Vanessa Hawkins und ist offenbar mit Emily in unregelmäßigen Abständen zum Wellness gegangen.«

»Die Wellness-Freundin!«, rief Kate.

»Moment mal«, mischte Walker sich ein. »Der beste Freund deines Großvaters ist derjenige, der die *Aventura* findet. Eine ehemalige Schulkameradin von dir arbeitet im Hafenbüro. Deine Cousine ist bei der Presse. Aber dass Avas Erzieherin im gleichen Shop wie die Ehefrau von Dr Hobbs arbeitet, ist plötzlich verdächtig?«

Wenn er es so formulierte … »Na ja, von verdächtig kann keine Rede sein.« Kate seufzte und rieb sich die Stirn. »Aber es ist eine Verbindung.«

»Viel wichtiger erscheint mir, dass wir nun Emilys Freundin gefunden haben. Sprich mit dieser Vanessa«, ordnete DeGaris an.

»Sie weiß sicher etwas über Emily.« Kate nickte.

»Ich hab sie noch nicht erreicht, aber ich bleib dran«, versprach Miller. »In der Zwischenzeit war ich im Fitnessstudio. Genauer gesagt in Emily Baynes' Fitnessstudio.« Sie grinste breit, offensichtlich hatte sie sich das Interessanteste für den Schluss aufgespart, denn sie hielt eine kleine Plastiktüte in die Höhe. »In ihrem Spind befanden sich genau zwei Sachen: ein Paar Turnschuhe und ein Handy.« Sie reichte DeGaris die Plastiktüte mit dem Telefon. Es war uralt, noch mit Tasten und definitiv nicht Emilys übliches Smartphone, von dem aus sie bei Facebook Bilder hochgeladen hatte.

»Scheint so, als hätte Emily ihrerseits auch ein paar Geheimnisse gehabt.«

*

Fermain Bay, Guernsey

Nicolas genoss es, den nassen Sand unter seinen Füßen zu spüren, wie die Konsistenz plötzlich so ganz anders war, glatt und eben. Er sah sie an ihrer üblichen Stelle sitzen, im Süden der Fermain Bay, und ging, immer am Rand der Wellen, langsam auf sie zu. Sie hatte einen harten Tag gehabt, das merkte er an der Art, wie sie den Kopf leicht von links nach rechts bewegte, um ihren Nacken zu entspannen. Er kannte das, wenn man so unter Strom stand, dass der Schmerz von den Schultern bis hinauf in den Kopf zog. Irgendwann in diesen Tagen würde er ihr eine Nackenmassage anbieten. Sie blickte auf, als er sich neben sie setzte, und ihre Augen schienen förmlich zu strahlen. Wenn es nach ihm ging, dürfte sie ihn öfter so ansehen. Er zog sie zu sich heran und gab ihr zwei flüchtige bisous auf die Wangen.

Sie erwiderte die Küsse, dann griff sie neben sich und reichte ihm eine Flasche mit dunklem Ale.

»Ein britischer Abend heute?«, fragte er augenzwinkernd.

Sie lachte. »Wie sagt Shakespeare? ›ne Kanne Bier ist ein Königstrank!‹« Sie stieß mit ihm an und nahm einen großen Schluck.

»Das tut gut«, sagte er und streckte seine Füße aus.

»Wie kommst du eigentlich voran?« Kate nickte in Richtung der Wellen. »Mit deiner schweren Aufgabe der Meeresbeobachtung.«

»Oh, es läuft ganz gut«, bestätigte Nicolas gewichtig. »Auch wenn ich im Augenblick sehr oft abgelenkt bin. Und du?«, fragte er nach einer Pause, in der er einen Schluck von ihrem Bier nahm. »Hast du deinen Mörder schon gefunden?«

Sie lachte bitter auf. »Nein. Aber Pornografie mit Minderjährigen.«

Sie vertraut mir, schoss es ihm durch den Kopf. Sie nahm ihre Arbeit sehr ernst, und er liebte diese Eigenschaft an ihr. *Jetzt sprechen wir schon von Liebe, Nicolas. Lass sie das bloß nicht hören, die Engländerin, die so leicht zu verschrecken ist.* Erstaunt registrierte er, wie wenig dieses Wort ihn *selbst* erschreckte.

»Der Ehemann …«, begann sie, und nachdem er sich angehört hatte, was sie über ihren Tag und den Ehemann der Toten zu sagen hatte, musste er erst einmal nachdenken. Er hatte zwischendurch ein paarmal nachgefragt, es dauerte etwas, bis er ein Bild vor Augen hatte.

»Du glaubst nicht, dass dieser Mann seine Frau umgebracht hat«, fasste Nicolas schließlich zusammen, was er zwischen den Zeilen herausgehört hatte. »Wo ist das Motiv?«

»Betrug reicht nicht?«

Sie drehte sich zu ihm. »Glaubst du, dass er es war?«

Er blickte zum Strandcafé, wo ein Kellner gerade den ersten der großen Sonnenschirme auf der Terrasse zusammenfaltete. »Nein«, beantwortete Nicolas ihre Frage.

»Siehst du.«

»Ja, aber du musst verstehen, ich bin ein bisschen eingebildet. Meine Theorie ist, dass derjenige, der sie ermordet hat, Emily sehr liebte. Was du mir gerade über diese Ehe erzählt hast ... War da jemals Liebe? Warum haben diese beiden geheiratet?«

»Das habe ich mich auch schon gefragt. Geld ist natürlich eine große Motivation.«

»Die größten Verbrechen der Menschheit«, sinnierte Nicolas. »Aus Geld oder ... Liebe. Denk an die Ilias. Troja, alles für eine schöne Frau.«

»Liebe«, wiederholte Kate. »Meinst du nicht eher Besitzdenken?«

Er neigte den Kopf. »Das verwechseln viele, richtig.« Beinahe hätte er sie gefragt, ob sie deshalb so vorsichtig war.

Sie blickte plötzlich auf. »Vielleicht gibt es zwei Mörder«, sagte sie, aufgeregt jetzt. »Vielleicht ist die Person, die Emily umgebracht hat, nicht dieselbe, die Greg Hamon getötet hat. Vielleicht hat sogar Greg Emily ...« Sie blickte angestrengt auf die kleine Stelle Sand vor ihr, überlegte, spann Theorien, das merkte er.

»Wir sprechen zu viel über die Toten«, sagte er leise. »Es muss doch auch ein wenig Hoffnung geben.«

Ihre Gesichtszüge wurden weich, sie überlegte. »Die Lebenden«, wiederholte sie seine Worte von einem der ersten Abende mit ihr am Strand. »Davon gibt es vermutlich nicht mehr viele in diesem Fall. Vielleicht die Ehefrau des Toten, Stephanie Hamon. Und, genauso unwahrscheinlich, Ava. Beide sind verschwunden, aber leben sie? Und was, wenn da noch mehr Gemeinsamkeiten sind, wenn die Fälle doch zusammenhängen? Wo ist dann das Verbindungsstück? Stephanie? Oder sogar Ava?« Sie stieß einen Seufzer aus. »Vielleicht sollten wir wirklich noch einmal nach ihr suchen, ausgehend von diesem Fall.« Sie sah ihn an. »Ich habe es schon einmal zu einer Kollegin gesagt, ohne es wirklich zu glauben. Aber: Wenn sie noch lebt, finden wir sie.«

24. Kapitel

St. Peter Port, Guernsey

Kates Nacht war alles andere als ruhig gewesen, die Bilder vom Vortag waren ihr immer wieder durch den Kopf geschossen, die Videos mit den jungen Mädchen. Walker schien es ähnlich zu gehen, mit Ringen unter den Augen erschien er nicht einmal zwanzig Minuten nach ihr im Büro.

Wortlos verschwand er, um anschließend mit zwei Kaffeebechern zurückzukommen.

Es war noch zu früh am Tag, um auf die Obduktionsergebnisse zu hoffen.

In Kates Posteingang lag eine E-Mail von Baynes' Anwalt. Der Mann forderte die sofortige Freilassung seines Klienten und kündigte einen Anruf an. Aber Baynes war bislang nicht einmal vierundzwanzig Stunden bei ihnen in Gewahrsam, ihr Vorgehen war im Rahmen der Gesetzeslage absolut korrekt. Zudem ging Kate davon aus, dass der Staatsanwalt Untersuchungshaft beantragen würde: Das Ferienhaus im Ausland war ein zu großes Risiko, es war zu befürchten, dass Baynes sich bei nächster Gelegenheit nach Gran Canaria absetzte. *Oder gleich nach Singapur*, dachte Kate.

Es klopfte an die Bürotür.

»Die High Tech Crime Unit versucht, die Videos nachzuverfolgen«, sagte DeGaris. »Wir gehen der Frage nach, ob Baynes reiner Konsument war oder aktiv.«

»Mit aktiv meinst du, ob er die Videos weiterverbreitet hat? Ob er sie sogar … gedreht hat?«, fragte Kate.

»Wir können nichts ausschließen.«

»Ich beginne, diesen Satz zu hassen«, murmelte sie.

»Das heißt, es ist möglich, dass Baynes persönlich …« Sie wollte den Gedanken gar nicht weiterverfolgen.

»Haben wir schon eine Info, ob es auch Videos mit Kindern gibt?«, wollte Walker wissen. »In letzter Konsequenz …« Er ließ seinen Satz in der Luft hängen.

»Du denkst an Ava?« DeGaris drehte sich zu ihm.

»Er als Nachbar hatte Zugang zu ihr, seine Frau verbrachte viel Zeit mit dem Mädchen, und er wusste, wann die Eltern potenziell nicht zu Hause wären.«

»Also doch eine Entführung?«, überlegte Kate.

»Von Profis. Wenn es sich um einen Kinderpornoring handelt, mit dem Baynes in Kontakt steht, in dem er aktiv ist, ist es kein Wunder, dass keine Spuren gefunden wurden. Diese Menschen sind perfekt organisiert, hochprofessionell und wissen, wie sie sich doppelt absichern.«

»Nicht umsonst bleibt so etwas oft Jahrzehnte unentdeckt«, überlegte Kate. Konnte es sein, dass man Ava entführt und missbraucht hatte? Es war ungeheuerlich, aber es war nicht unmöglich.

»Wenn es so war, werden wir das herauskriegen«, sagte DeGaris. Die Falten um seinen Mund schienen sich tiefer eingegraben zu haben, er wirkte älter und noch entschlossener. »Ich übernehme die Vernehmung heute selbst.« Baynes hatte bisher geschwiegen, geschwiegen wie ein Grab, auch die Kollegen der High Tech Crime Unit, die ihn mit dem, was sie bereits gefunden hatten, konfrontiert hatten, waren bei ihm kein Stück weitergekommen.

»Hoffen wir, dass Ava dieses Schicksal erspart geblieben ist«, sagte Kate leise. Sie mochte kaum darüber nachdenken.

»Und was ist mit Emily? Ist sie ihm auf die Schliche gekommen? Hat sie die Videos entdeckt und gedroht, ihn zu verraten? Hat er sie deshalb ermordet?«

»Wir müssen an die Daten auf diesem Zweithandy kommen«, sagte Walker. »Wer weiß, vielleicht hat sie dort Informationen gespeichert.«

»Miller steht im Kontakt mit den Kriminaltechnikern«, sagte DeGaris.

Kate nickte. »Wir müssen so schnell wie möglich an den Inhalt kommen. Das erste Handy in diesem Fall! Vielleicht finden wir dort Informationen zu Baynes, vielleicht aber auch zu Emilys Affäre – ihrem Doppelleben.«

Sie schwiegen eine Weile, hingen ihren Gedanken nach.

Als ihr Telefon klingelte, zuckte Kate zusammen. DeGaris verabschiedete sich, und sie griff zum Hörer. Es war Dr Schabot persönlich. Sie stellte das Gespräch auf laut, damit Walker mithören konnte. »Der Gerichtsmediziner«, flüsterte sie ihm zu, und er rollte seinen Schreibtischstuhl näher, um ja kein Wort zu verpassen.

»Da Sie schon einen weiteren Tag warten mussten, dachte ich, ich fang heute früher an und lasse Sie nicht weiter auf glühenden Kohlen sitzen. Sie bekommen das alles auch noch schriftlich, Ihre Kollegin wird Ihnen das vorbeibringen«, begann er. »Wir haben an der Leiche diverse Verletzungen gefunden, Blutergüsse, Prellungen, im Gesicht und am Torso, was darauf hindeutet, dass sie vor ihrem Tod geschlagen wurde«, kam Dr Schabot dann gleich zur Sache.

»Unmittelbar vorher oder alte Verletzungen?«, fragte Kate. Wenn es bei dem Ehepaar Baynes eine Vorgeschichte häuslicher Gewalt gab …

»Kurz vor ihrem Tod. Möglicherweise hat es einen Streit gegeben, der handgreiflich geworden ist. Zur Todesursache: Neben den typischen Würgemalen am Hals haben wir petechiale Blutungen und Stauungssymptome gefunden, eine Einblutung der Schilddrüsenkapsel, was bedeutet, dass sie …«

»… erwürgt wurde«, beendete Kate die Ausführungen des Gerichtsmediziners. Schläge und schließlich das Erwürgen. Kate wusste, dass Erwürgen meist als emotionaler Höhepunkt in einem Streit erfolgte, es war extrem selten geplant, fast immer eine Affekthandlung, die der Täter nicht selten später bereute.

»Bei den ganzen Verletzungen sollte sich doch DNS ihres Angreifers finden lassen?«, fragte Kate.

»Die Spurensicherung hat Proben genommen, wir wissen allerdings noch nicht, inwieweit sie verwertbar sind. Die Erde und die vergangene Zeit haben ihren Teil beigetragen.«

»Rivers ist gut«, gab Kate sich zuversichtlich.

»Der Beste«, ergänzte Schabot. »Aber auch Rivers kann nicht zaubern.«

Seien Sie sich da mal nicht so sicher, dachte Kate. »Konnten Sie den Todeszeitpunkt noch weiter eingrenzen?«

»Mit der genannten Spanne müssen Sie leben, Langlois.«

Das hatte sie geahnt. »Drei Wochen«, murmelte sie.

»Und dann habe ich noch etwas Interessantes herausgefunden«, sagte Schabot. Kate konnte das Klacken der Tastatur im Hintergrund hören. »Emily Baynes hat ein Kind zur Welt gebracht.«

*

Die Spuren an Emilys Beckenknochen waren eindeutig: Die junge Frau war schwanger gewesen und hatte das Kind ausgetragen. Ob tot oder lebendig geboren, konnte der Gerichtsmediziner natürlich nicht sagen, doch in Kates Kopf rasten die Gedanken.

»Wann war das?«, fragte sie. »Kürzlich?«

»Vor einiger Zeit, ich schätze, vor etwa drei bis fünf Jahren.«

»Da war sie noch ein Teenager, wahrscheinlich noch nicht einmal volljährig«, murmelte Kate. »Danke, das sind wirklich wichtige Informationen«, sagte sie aufgewühlt.

»Ich hätte noch unwichtige, wenn Sie daran interessiert sind«, sagte Schabot.

Kate konnte förmlich hören, wie er grinste.

»Emily hatte eine Erbkrankheit«, fügte er hinzu. »Nichts Dramatisches, aber möglicherweise hilft Ihnen das weiter bei der Suche nach dem Kind. Die Tote hatte Polydaktylie, das bedeutet ...«

»... sie besitzt zu viele Finger oder Zehen«, vervollständigte Kate seinen Satz. Wie so oft, wenn sich in einem Fall etwas Entscheidendes tat, spürte sie ein Ziehen in der Magengegend. Baynes' Bemerkung ... Das konnte doch kein Zufall sein! Ja, sie war auf der richtigen Spur, ganz sicher! Sie richtete sich in ihrem Stuhl auf.

»Oh, Sie kennen sich aus?« Schabot war hörbar überrascht. »Ja, Emily Baynes hatte einen sechsten Zeh, den man ihr allerdings professionell entfernt hat, die Stelle ist kaum noch zu sehen.«

Ein sechster Zeh! Wie bei Ava Hamon!

»Vor drei bis fünf Jahren, sagten Sie?«, vergewisserte Kate sich aufgeregt. Dr Schabot bejahte, und Kate fühlte sich schwindelig. Ava Hamon war vor mehr als viereinhalb Jahren geboren worden. Sollte Emily etwa zur gleichen Zeit ein Kind zur Welt gebracht haben, von dem niemand etwas wusste? Ein weiterer Zufall? Nein, Kate glaubte nicht mehr an Zufälle in diesen Ermittlungen.

»Das wars fürs Erste von meiner Seite. Bericht kommt, ich muss hier weitermachen«, drang Schabots Stimme an Kates Ohr. Sie bedankte sich eilig und beendete das Gespräch.

Kate blickte zu Walker, in dessen Gesichtsausdruck sich ihre eigene Ungläubigkeit spiegelte. »Du glaubst …?«, fragte er, ohne seinen Satz zu beenden.

Kate fuhr sich durch die Haare. »Emily Baynes ist Ava Hamons Mutter. Wenn das stimmt …« Sie konnte es immer noch nicht fassen. »Das würde den Fall in ein ganz neues Licht rücken! Wir müssen alles noch einmal ganz neu überdenken. Wir haben uns gefragt, was die biologische Mutter bei Avas Verschwinden gefühlt haben muss, ob sie überhaupt davon wusste, dass die Ava Hamon, von denen die Zeitungen berichteten, ihr Kind war, erinnerst du dich?«, sagte Kate aufgeregt. Sie selbst war überzeugt davon, dass Emily wusste, welches Kind es war, das sie da so sehr liebte. Welches Kind es war, das da in ihrem Nachbarhaus lebte. Ihr eigenes.

»Moment«, bremste Walker sie. »Emilys Kind könnte auch ein ganz anderes sein. Es könnte auch tot geboren worden sein.« Natürlich, Walker, immer der Skeptiker. Darin ähnelte er DeGaris.

»Ja, Tom, theoretisch, natürlich. Aber es könnte auch die Verbindung sein! Die Verbindung zum damaligen Fall. Die Verbindung, die wir so lange gesucht und nicht gefunden haben.« Sie schwieg einen Moment. »Der Brief. Ava lebt. Was, wenn sie wirklich noch lebt?«

»Baynes und der Kinderpornoring?«, fragte Walker. »Es klingt so … irre.«

»Aber wenn Emily das herausgefunden hat … Dass Baynes bei der Entführung ihrer Tochter mitgespielt hat …«

»Dann würden wir jetzt seine Leiche bei Dr Schabot obduzieren lassen«, warf Walker ein. Er hob seine Hand. »Das geht mir alles zu schnell. Zuerst einmal müssen wir mehr über diese Schwangerschaft herausfinden.«

»Du hast ja recht. Am besten über die Eltern«, stimmte Kate ihm zu. »Wir müssen mit ihnen reden. Über Emilys Leben in den letzten Jahren wussten sie nichts, aber davor hat sie doch zu Hause gewohnt. Danach hat sie den Kontakt zu ihrer Familie abgebrochen. Angeblich grundlos.«

»Du meinst, wir haben den Grund gefunden?«, fragte Walker. Kate war zunehmend aufgeregt, bemühte sich aber, sich zu bremsen. Wenn man sich zu sehr in etwas hinein-steigerte, vergaß man die Fakten, begann, Dinge auszu-schließen und verlor den Überblick. Sie musste einen küh-len Kopf bewahren.

»Eine Teenagerschwangerschaft bringt das Leben in den stabilsten Familien durcheinander«, konzentrierte sie sich wieder auf die Aufgabe, die nun als Erstes vor ihr lag. »Umso schlimmer, wenn es vorher schon Konflikte gege-ben hat. Und zu der Zeit hat Emily noch zu Hause gelebt. Patricia Roberts wird wissen, ob das Kind tot oder lebendig geboren worden ist.«

Walker nickte. »Und lass die DNS vergleichen. Wir brau-chen Anhaltspunkte. Indizien. Beweise. Im Moment haben wir nur dein Bauchgefühl.«

»Und die Tatsache, dass beide einen Zeh zu viel hatten«, ergänzte Kate. Aber er hatte recht, sie mussten unbedingt Avas DNS auf die von Emily testen lassen. Doch bis sie die Ergebnisse hatten, würde sie eine andere Spur verfolgen.

Aufgeregt suchte sie nach dem Bericht der Kollegen, die Patricia Roberts die Nachricht von Emilys Tod überbracht hatten, und überflog ihn erneut. Er gab nicht viel her. Darin waren wenige Fotos von Emily in ihrem Elternhaus, noch weniger von persönlichen Gegenständen.

Kate wählte die Nummer in Birmingham.

Patricia Roberts meldete sich, zögerlich und so, als ob Kate sie gerade mitten in einer wichtigen Tätigkeit störe.

»Ach«, lautete ihre geistesabwesende Antwort, nachdem Kate sich vorgestellt hatte.

»Es geht um Ihre Tochter, Mrs Roberts, ich würde Ihnen gern ein paar Fragen stellen, wenn Sie einverstanden sind«, brachte sie so sachlich vor, wie es ihr möglich war.

»Sie suchen Emilys Mörder?« Es schien, als käme zumindest etwas Leben in Patricia Roberts.

»Das tue ich. Und dafür brauche ich Ihre Hilfe.«

»Es war dieser Tunichtgut, nicht wahr?« Ein unerwartet heftiger Ausbruch. »Ich habe ihr immer gesagt, das wird nochmal ein böses Ende nehmen mit ihm. Aber hat sie auf mich gehört? Die große Liebe war es. Ich habe es immer gewusst, immer gewusst.«

»David Baynes?« Sprach sie etwa von ihm? Soweit Kate wusste, war die Beziehung der Roberts' zu Emily zerbrochen, kurz nachdem Emily den Unternehmer kennengelernt hatte.

»Ein verliebter Teenager, da kommt man ja gar nicht durch. Was habe ich auf sie eingeredet! Ich habe ihr sogar ein Ultimatum gestellt. Sie trennt sich oder sie fliegt aus meinem Haus.«

Kate konnte nicht von sich behaupten, viel Erfahrung im Umgang mit Kindern zu haben, aber Patricia Roberts hätte wohl besser daran getan, sich mit dem Thema »Trotz« zu beschäftigen. Sie biss sich auf die Zunge und hakte stattdessen noch einmal nach: »Mrs Roberts, sprechen Sie von David Baynes?« Es war schwer, sich vorzustellen, dass Emily völlig verrückt nach diesem älteren Mann gewesen sein sollte. Und Baynes – ein »Tunichtgut«? So viel passte in der Erzählung nicht zusammen. Baynes als Vater würden sie vermutlich ausschließen können, ganz sicher würde das ein Test zeigen. Nein, Patricia musste von jemand anderem sprechen.

Doch am anderen Ende der Leitung war nur ein unterdrücktes Schluchzen zu hören. »Es ist schwer mitanzusehen, wenn das eigene Kind ins Unglück läuft«, sagte Patricia Roberts dann. »Und keinen Gedanken darauf verschwendet, was sie ihren Eltern damit antut.«

Kate beschloss, sie ein bisschen aufzurütteln. Es ging hier nicht um das Ansehen der Eltern, und sie brauchte mehr Informationen. »Mrs Roberts, ist Emily schwanger gewesen?«, fragte sie direkt.

»Davon weiß ich nichts.« Keine Sekunde hatte sie mit dieser Antwort gezögert. Kein Erstaunen, keine Frage, nur »davon weiß ich nichts«. Es war ziemlich eindeutig, dass Patricia Roberts einiges davon wusste.

»Mrs Roberts«, begann Kate. »Wir können den Mörder Ihrer Tochter nur finden, wenn Sie uns die Wahrheit sagen. Wenn Sie uns von Emily erzählen und dabei nichts unterschlagen.«

»Ich weiß nichts von einer Schwangerschaft«, wiederholte Patricia Roberts stur.

»Wir wissen etwas davon«, sagte Kate. »Emily ist schwanger geworden, viel zu jung.«

»Emily war nie schwanger!« Die Heftigkeit, mit der Patricia Roberts aufschrie, überraschte Kate. Sie schien diese Schwangerschaft ignorieren, ausradieren, ungeschehen machen zu wollen. Und in diesem Moment fielen die Puzzleteile an ihren Platz, plötzlich wusste Kate, was passiert war. Was der Grund für die Entfremdung zwischen Emily und ihrer Mutter gewesen war.

»Sie hat das Kind behalten wollen«, sagte Kate leise. »Aber das ging nicht, richtig? Das war nicht möglich.«

»Sie war doch gerade erst sechzehn!«, rief Patricia. »Wir haben ihr gesagt, dass es nicht geht. Und sie … sie …« Jetzt war deutlich ein Schluchzen zu hören. »Es hätte ihr Leben ruiniert. Wir wollten doch nur das Beste für sie!«

Wie oft Kate diesen Satz unter den grauenhaftesten Umständen schon gehört hatte. »Sie hat das Kind bekommen?«, fragte sie.

»Es war eine Hausgeburt«, sagte Patricia Roberts leise. »Wir haben es in die Babyklappe in Stafford gegeben.«

»Wohin?«

»In eine Babyklappe, das …«

»Wo war die Babyklappe, sagten Sie?«, unterbrach Kate.

»In Stafford, aber wieso …«

Kate stieß die Luft aus, die sie unbewusst angehalten hatte. Hatte sie es doch geahnt! »Wie ging es Emily damit?«, fragte sie schließlich.

Schweigen, das davon unterbrochen wurde, dass Patricia sich die Nase putzte. Sonst nichts. Kate beschloss, nicht weiter nachzuhaken. Patricia Roberts würde für immer mit ihrer Schuld leben müssen. Es gab keine Wiedergutmachung, Emily war unwiederbringlich verloren.

★

Das Kind war gesund geboren worden, zur Babyklappe gebracht und schließlich vermutlich zur Adoption freigegeben worden. Die Babyklappe in Stafford. Es war die gleiche, in der Ava Hamon abgegeben worden war. Kate hatte das Gefühl, keine Luft zu bekommen. Wenn es stimmte, was sie vermutete, warf das ein völlig neues Licht auf den Fall. Eifersucht, Untreue, das alles stand hinter der Liebe einer Mutter zu ihrem Kind zurück. Emily hatte ihr Kind behalten wollen. Kate blickte Walker an und atmete tief durch.

»Rivers.« Sie stand auf, schnappte sich einen Not-Schokoriegel aus ihrer Schublade, den sie als Bestechung einzusetzen gedachte, und machte sich auf den Weg zu den Kriminaltechnikern.

Der junge Kollege, den sie in Gedanken immer noch Harry Potter nannte, sah entsetzt auf, als sie an den Türrahmen des Büros klopfte. Eine Entschuldigung murmelnd huschte er aus dem Raum. Kate musste grinsen. Allem Anschein nach arbeitete er gut mit Rivers zusammen, sie würde dem jungen Mann nicht an den Karren fahren. Zumal er sich nichts weiter hatte zuschulden kommen lassen. Sie wandte sich an seinen Vorgesetzten, der in den Dokumenten der Gerichtsmedizin las, die ihm ebenfalls zur Verfügung gestellt worden waren.

Rivers schien sie bemerkt zu haben, auch wenn er in seine Lektüre vertieft war. Er hielt eine Hand in die Höhe und sagte: »Stopp, Langlois. Wir arbeiten so schnell wir können. Aber bisher gibt es noch keinen Hinweis auf ihren Angreifer. Es hat geregnet, zusammen mit der Erde hat uns das ziemlich viel an Spuren ruiniert.«

»Habt ihr unter den Fingernägeln Proben genommen?«

Jetzt blickte Rivers doch auf. »Ich bin durchaus in der Lage, meinen Job allein zu machen, aber danke für diesen Input.«

Sie lächelte entschuldigend, es lag an der Anspannung. Sie waren hier einer Sache auf der Spur, welche die ganze Richtung ihres Falles verändern konnte. Aber dafür brauchte sie seine Hilfe. Nervös verlagerte sie ihr Gewicht auf die andere Seite.

»Rivers, du musst was für mich testen.«

»Vielleicht sollten wir einfach Massen-DNS-Abgaben für das Blut auf der *Aventura* anberaumen.«

»Es geht nicht um das Blut.« Kate machte eine Pause, bevor sie mit der Neuigkeit herausplatzte. »Die verschwundene Ava hatte einen sechsten Zeh.«

»Mhhhh.« Rivers hatte ihr offenbar nicht zugehört, er war schon wieder vertieft in die Dokumente. Er schien etwas gefunden zu haben, denn er legte seinen Finger auf die Stelle und rief triumphierend: »Drei Wochen, hatte ich es nicht gesagt?« Endlich wandte er sich an Kate.

»Du bist der Beste«, wiederholte sie Schabots Aussage. »Aber würdest du dich jetzt bitte auf den sechsten Zeh konzentrieren?«

Rivers blinzelte, er schien nicht zu verstehen. Endlich deutete er mit dem Finger auf eines der Papiere. »Sechs Zehen wie unsere Tote hier?«

»Ganz genau. Ava hatte sechs Zehen wie unsere Tote hier. Ziemlicher Zufall, was?«

»Ach, na ja, so selten ist das jetzt auch nicht«, dozierte der Forensiker. »Polydaktylie ist eine Erbkrankheit mit einer Häufigkeit von eins zu fünfhundert und …« Er sah auf. »Erbkrankheit«, wiederholte er. »Du glaubst …«

Kate nickte. »Ihr müsst Emily Baynes' DNS auf die von Ava Hamon testen.«

*

Als Kate zurück ins Büro kam, fand sie Miller im Gespräch mit Walker vor.

»Miller sagt, das mit Emilys Zweithandy dauert noch«, informierte Walker sie.

Dann übernahm Miller: »Ich habe mit Vanessa Hawkins gesprochen.«

Kate musterte sie aufmerksam. »Was hat sie erzählt?«

»Dass Emily Baynes eine Affäre hatte.«

»Bitte?«

»Na ja, das mit dem Wellness war nur Fassade. Sie waren meist nur schnell einen Kaffee trinken, wenn überhaupt, den Rest der Zeit hat Emily dann woanders verbracht und Vanessa als Alibi benutzt.«

»Und sie fand das so in Ordnung?«

Miller zuckte mit den Schultern. »Ich hatte den Eindruck, sie war kein großer Fan von David Baynes, auch wenn sie den Mann nicht so gut kannte.«

»Kann ich ihr nachfühlen«, murmelte Walker.

Also doch eine Affäre? Mit Greg Hamon? *Irgendetwas passte hier nicht zusammen, aber Emily hatte auf jeden Fall etwas vor ihrem Mann verborgen,* dachte Kate. »Emily scheint ein interessanter Charakter gewesen zu sein. Danke, Claire.«

»Hat Rivers schon Ergebnisse?«, fragte Walker, als Miller das Büro verlassen hatte.

Kate nickte geistesabwesend. Irgendetwas nagte an ihr. Etwas zog und zerrte, und sie konnte nicht sagen, was es war. Eine Information, irgendein Gedankenschnipsel aus dem Gespräch mit Rivers, den sie nicht zu fassen kriegte.

»Hallo? Hat Rivers die DNS von Emilys Mörder ausmachen können?«, hakte Walker nach.

»Sie sind dran«, murmelte Kate abwesend und versuchte, den flüchtigen Gedanken zu fassen, der sich irgendwo in ihrem Gehirn entwickelte. Er hatte mit Rivers zu tun, mit Laboren und mit DNS-Proben.

Und dann war er plötzlich da. Kate erstarrte mitten in der Bewegung. »Dr Hobbs«, stieß sie hervor.

»Was?« Walker blickte sie irritiert an.

»Ich glaube, ich weiß, was Stephanie von Dr Hobbs wollte.« Ja, so könnte es gewesen sein. Je mehr Kate darüber nachdachte, desto schlüssiger erschien es ihr. Sie vergeudete keine Zeit, Walker in ihre Theorie einzuweihen. Wenn sie richtiglag, würde sie ihn ins Bild setzen, das war immer noch früh genug. Sie griff nach ihren Schlüsseln. »Ich bin gleich wieder da, ich muss nur eine Theorie überprüfen«, rief sie und verließ eiligen Schrittes den Raum.

25. Kapitel

St. Peter Port, Guernsey

Die Arzthelferin Megan Colwell blickte erschrocken auf, als Kate die Praxis betrat.

»Ich muss mit Dr Hobbs sprechen.«

»Hören Sie.« Megan blickte sich ängstlich um. »Ich glaube, ich habe mich vertan. Ich habe die beiden Frauen verwechselt. Wissen Sie, sie sehen sich so ähnlich, Ms Pace und Mrs Hamon …«

Kate bedachte sie mit einem langen Blick. Sie hatte keine Zeit für diesen Quatsch. Was auch immer Dr Hobbs seiner Angestellten eingetrichtert hatte, war jetzt nicht wichtig. Sie musste mit dem Arzt sprechen. »Würden Sie Dr Hobbs Bescheid sagen?«

»Aber Sie verstehen nicht.« Megan gestikulierte nervös. »Es ist meine Schuld, dass Sie Dr Hobbs verdächtigen, dabei war alles nur eine Verwechslung.«

»Ms Colwell.« Kate atmete durch und verkniff sich, Megan zu fragen, seit wann diese ominöse Ms Pace denn Patientin bei ihnen war. »Ich verdächtige Dr Hobbs nicht. Ich möchte nur mit ihm sprechen.«

Megan sah sie unglücklich an, griff aber schließlich zum Telefon, um ihrem Chef Kates Ankunft mitzuteilen.

»Zweite Tür links«, sagte sie leise und setzte sich wieder an ihren Computer, rote Flecken auf den Wangen.

Eine ältere Dame in einem blumigen Sommerkleid verließ gerade das Sprechzimmer hinter der zweiten Tür links und Kate quetschte sich hinein, bevor die Patientin die Tür wieder schließen konnte.

Dr Hobbs sah sie mit zusammengepressten Lippen an. Der Empfang war deutlich kühler als bei Kates letztem Besuch in seiner Praxis. »Ich habe ein Alibi«, sagte er statt einer Begrüßung.

»Ich weiß«, antwortete Kate. Sie setzte sich auf den Stuhl seinem Schreibtisch gegenüber, ohne dass er ihr den Platz angeboten hatte. »Es geht mir um den Gefallen, den Sie Stephanie Hamon getan haben. Für den Sie zweitausend Pfund kassiert haben.«

»Es ging um ein Geburtstagsgeschenk für Greg.«

»Die Einrichtung ist teuer gewesen, nicht wahr?« Kate blickte sich demonstrativ um. Die Designerstühle, das Ultraschallgerät, das blitzend neu links hinter Dr Hobbs stand, allein der Parkettboden hatte wahrscheinlich mehrere zehntausend Pfund gekostet. »Kein Wunder, dass Sie die erste Möglichkeit genutzt haben, die sich bot, um eine hübsche Summe zu erpressen.« Es konnte nicht schaden, ihn etwas zu piksen, ihn in Aufregung zu versetzen, in Unruhe, bis seine Fassade bröckelte. Stach man in ein Wespennest, kam man irgendwann hinter all den aufgeregten Insekten auch an die Königin …

»Ich habe kein Geld erpresst.«

»Nein, nicht erpresst, entschuldigen Sie, das war ungeschickt ausgedrückt von mir.« Kate lehnte sich in ihrem Stuhl zurück, ließ ihn aber nicht aus den Augen. »Sie haben Stephanie Hamons Notlage erkannt, ausgenutzt und ihr zu einem Wucherpreis eine DNS-Analyse verkauft.«

Hobbs wurde blass. Es war deutlich, dass er krampfhaft versuchte, seine Gefühle im Griff zu halten. Aber Kate hatte wie erhofft ins Schwarze getroffen. Seine Hände umklammerten die Lehnen seines Schreibtischstuhls, als ginge es um sein Leben.

»Sie als Arzt arbeiten doch mit Laboren zusammen, und dort kann man ja zum Beispiel auch Vaterschaftstests durchführen, richtig?« Auch wenn es sich in diesem Fall natürlich nicht um einen Vaterschaftstest handelte. Stephanie Hamon hatte aus irgendeinem Grund Verdacht geschöpft und wissen wollen, ob Emily Avas Mutter war.

Kate dachte an die »Affären«, von denen die Rede gewesen war – Greg Hamon mit Emily Baynes, Greg Hamon mit Aziza Manuel ... Offenbar hatten alle Umstehenden aus dürftigen Details, die Stephanie Hamon erzählt hatte, den Schluss gezogen, dass Stephanie von ihrem Mann betrogen worden war. Das war falsch. Sie hatte einen völlig anderen Betrug gemeint. Nur war Kate sich nicht sicher, ob Stephanie das auch Hobbs erzählt hatte.

»Üblicherweise, nehme ich an, läuft das alles über offizielle Kanäle. Wie viel kostet so eine Laboranalyse?«, fragte Kate weiter, nachdem Hobbs nicht geantwortet hatte.

Er blickte sie wütend an.

»Dr Hobbs.« Kate beugte sich vor. »Es ist mir im Augenblick ganz ehrlich egal, ob Sie Stephanie Hamon um diese zweitausend Pfund betrogen haben. Ich versuche hier, einen Mord aufzuklären. Und dafür muss ich wissen, ob Sie für Stephanie diese DNS-Analyse durchgeführt haben.«

Sein Auge zuckte. Kate blickte ihn schweigend an. Sie konnte warten. Zur Not konnte sie auch auf einen Anwalt warten. Das Einzige, was für sie jetzt zählte, war die Tatsache, dass Stephanie etwas auf der Spur gewesen war. Etwas, was ihr Leben komplett auf den Kopf gestellt hatte.

Hobbs öffnete den Mund, fuhr sich mit der Hand über die Halbglatze. Als er ihr schließlich antwortete, blickte er das Gemälde an der Wand neben Kate an. Modern mit viel Rot und Gelb, Kate erkannte darin eine Frauenfigur, aber wahrscheinlich lag die Interpretation im Auge des Betrachters.

»Regina Kipbury hat mir von Greg und Aziza erzählt«, presste Hobbs schließlich hervor. »Die junge Frau war immer schon in ihn verliebt, das hat jeder deutlich gesehen. Aber dass er ... Ich bin ausgeflippt. Aber das wissen Sie ja schon, Cormac konnte seinen Mund noch nie halten.« Er schnaubte leicht. »Gregs Ehe war ... Früher, ja, da waren sie eine glückliche Familie, fast wie aus dem Bilderbuch. Aber dann ... nach Avas Verschwinden ... dazu die ganzen Zeitungs- und Fernsehinterviews ...« Hobbs schien an dem Versuch zu scheitern, seine Gedanken zu ordnen. Er knetete die Armlehnen seines Sessels, dann sah er Kate an. »Ich meine, Stephanie hatte nur noch Ava im Kopf, und natürlich ist das verständlich, es war ihr Kind. Sie hat aber kaum noch Zeit mit Greg verbracht, sie war nur noch in ihrem Garten. Allein. Greg hat sich vernachlässigt gefühlt. Wussten Sie, dass die allermeisten Ehen den Verlust eines Kindes nicht verkraften?«

Kate nickte, abwartend, worauf Hobbs hinauswollte.

»Keine Überraschung also, dass es bei Greg den Bach runterging«, murmelte Hobbs. »Aber seine Frau zu betrügen, nach diesem Schicksalsschlag, das hat sich für mich einfach nicht richtig angefühlt. Und dann auch noch mit seiner Angestellten! Ausgerechnet Aziza!«

»Sie haben Gefühle für sie?«, wollte Kate wissen. Auch wenn sie selbst es für wenig wahrscheinlich hielt, musste sie es dennoch ausschließen können.

»Für Aziza?« Hobbs wirkte ehrlich erschrocken. »Väterliche vielleicht. Wir haben sie eingestellt, als sie noch nicht einmal volljährig war! Nein«, er schüttelte den Kopf, »beim besten Willen nicht. Als Regina mir davon erzählt hat … Greg hat alles abgestritten, wollte nichts zugeben, und …« Er atmete hörbar aus in dem Versuch, seine Wut zu kontrollieren.

»Als dann Stephanie vor mir stand und diesen DNS-Test wollte … Sie musste gar nicht mehr groß sagen, worum es ging, es war mir sofort klar. Sie wollte testen, ob Greg sie betrog. Und Greg, Greg hätte alles verlieren können. Welches Monster geht und betrügt seine Frau nach diesem Schicksalsschlag? Und auch Stephanie … Man hätte sie wieder ins Rampenlicht gezerrt, auf die Titelseiten, nein, ich konnte … ich konnte ihnen das nicht antun. Beiden nicht.« Er schluckte.

»Stephanie wollte also von Ihnen, dass Sie einen Vaterschaftstest durchführen? Hat sie das explizit so gesagt?«

Hobbs starrte sie an. »Sie hat … nein.« Er schloss für einen Moment die Augen, und in seinem Gesicht zeichnete sich langsam die Erkenntnis ab, dass er irgendetwas falsch verstanden hatte.

»Erzählen Sie mir, was an jenem Nachmittag passiert ist, als Stephanie zu Ihnen kam«, sagte Kate ruhig.

Er schluckte. »Sie war sehr aufgebracht«, sagte er dann langsam, als versuche er, sich an jedes Detail zu erinnern. »Sie hat immer wieder von einem Betrug gesprochen, sie hatte Tränen in den Augen. Und durch das, was Regina mir von Greg und Aziza erzählt hatte, wusste ich ja schon, was passiert war. Also nahm ich an, ich sollte Gregs DNS auf die eines Kindes testen. Ob mit Aziza oder … wem auch immer.« Er presste die Zähne so fest aufeinander, dass die Muskeln in seinen Wangen deutlich hervortraten.

»Sie hat es Ihnen nicht gesagt?«

»Sie hat mir gar nichts gesagt. Nicht mal, dass es um Greg ging. Oder um welche Frau … Was weiß ich denn, mit wem er vielleicht sonst noch … Nur die zwei Proben hat sie mir hingestellt, ob ich eine Verwandtschaft feststellen könnte.«

Kate lehnte sich im Stuhl zurück. Sie hatte also mit ihrer Vermutung richtiggelegen. Stephanie hatte nie konkret gesagt, welche DNS sie testen lassen wollte. Und sie hatte nie Gregs DNS testen lassen. Das hatte Hobbs sich zusammengereimt, hatte eigene Schlüsse gezogen, sich seine eigene Theorie gebastelt. Mit der er völlig danebenlag. Das konnte passieren, das wussten sie bei der Polizei zur Genüge. Deshalb war es wichtig, immer erst alle Fakten zu haben, bevor man Hypothesen spann – was ihnen in diesem Fall nicht ganz gelungen war. Unter anderem wegen Dr Hobbs, der seine Informationen nicht preisgegeben hatte.

»Und dann haben Sie Stephanie diesen exorbitanten Preis für Ihre Leistung genannt«, knüpfte Kate an den DNS-Test an.

»Ich wollte sie abbringen von dieser Schnapsidee. Aber sie hat sich nicht beirren lassen, immer nur gesagt, sie müsse es wissen.« Mit dem Ärmel seines Pullovers wischte er sich über die schweißnasse Stirn. »Sie hat gesagt, es wäre wichtig, es ginge um Leben und Tod … und das … das hat mir Angst gemacht.« Er sah Kate eindringlich an.

Und trotzdem hatte er nichts gesagt, dachte Kate.

»Aber sie hat bezahlt«, sagte Kate, »und Sie haben den Test durchgeführt.«

Er nickte.

»Wie lautete das Ergebnis?« Unwillkürlich hielt sie den Atem an. Hobbs hatte schon getestet, was Rivers gerade auf ihren Wunsch hin tat. Hobbs kannte die Antwort.

Er blickte wieder zu dem Gemälde neben ihr, als ob es ihm seine Antworten einflüstern konnte. *Vielleicht ist es auch keine Frau*, dachte Kate, die seinem Blick gefolgt war, *vielleicht sind es einfach nur Formen, die sich zusammenfügen.*

»Es gab eine Übereinstimmung«, sagte er schließlich matt. »Es bestand ein Verwandtschaftsverhältnis zwischen den beiden Proben.«

Für einen Moment schloss Kate die Augen. Sie hatte es gewusst. Emily war Avas Mutter. »Wie hat Stephanie reagiert?«, fragte sie.

Hobbs schluckte schwer. Die nächsten Worte fielen ihm nicht leicht. »Ich habe es ihr nicht gesagt.«

Kate legte den Kopf schräg. »Sie haben ihr was nicht gesagt? Dass Sie den Test durchgeführt haben? Dass es ein Ergebnis gab? Dass …«

»Dass es positiv war«, unterbrach Hobbs. »Ich habe ihr nicht gesagt, dass es eine Übereinstimmung der beiden Proben gab.«

Stephanie hatte es also nicht gewusst! Sie hatte die Wahrheit geahnt, aber die Bestätigung nicht bekommen. Diese arme Frau, diese Mutter, der man alles genommen hatte, war so nah dran gewesen an der Wahrheit … Plötzlich empfand Kate unendliches Mitleid mit Stephanie Hamon. Und mit Emily Baynes, die ihr sehnsüchtig geliebtes Kind nicht hatte behalten dürfen und …

Kate fuhr sich mit der Zungenspitze über die Lippen und konzentrierte sich wieder auf den Mann, der da vor ihr saß. »Sie haben also …«

»Gelogen. Ja«, unterbrach Hobbs erneut. »Ich habe gelogen, dass es keine Übereinstimmung gibt, dass Greg also nicht der Vater ist. Er hätte alles verlieren können, verstehen Sie? Alles!« Er stand auf und gestikulierte aufgebracht in ihre Richtung. »Und dann der ganze Rummel! Ich war dabei, als der ganze Zirkus damals losging. Es hätte nicht viel gefehlt und die Journalisten hätten in ihrem Vorgarten gezeltet! Wenn die Affäre publik geworden wäre, was für ein gefundenes Fressen!« Schwer atmend brach er ab, er hatte sich in Rage geredet. Kate war klar, dass ihm die ganze Sache naheging, aber diese überbordende Wut, die er in den vergangenen Minuten immer wieder gezeigt hatte, machte sie stutzig. Sie beschloss, herauszufinden, was dahinterlag und ging in die Offensive.

»Hat Ihr Kollege Sie erwischt, als Sie mit Aziza geflirtet haben?«, wechselte sie das Thema. »Ist Ihre berufliche Beziehung deshalb zerbrochen?«

»Ich sagte doch schon, ich habe für Aziza nichts als väterliche Gefühle!«, herrschte Hobbs sie an.

»Dann war es eine Patientin«, sagte Kate. Ja. Das ergab noch mehr Sinn. »Sie hatten was mit einer Patientin.« Ihre Gedanken kreisten. Eine Affäre? Sexuelle Belästigung? War das der Grund dafür gewesen, dass Greg Hamon die Gemeinschaftspraxis aufgelöst hatte? Und als Hobbs von Regina erfahren hatte, dass sein ehemaliger Geschäftspartner nun mit seiner Angestellten Aziza genau wie Hobbs damals Grenzen übertreten hatte, da war er ausgeflippt vor Wut. Denn Greg war auch immer noch sein Freund, davon zeugte Hobbs' Bereitschaft, ihn vor seiner Frau zu decken. Aber was die vermeintliche Ungerechtigkeit mit Hobbs gemacht hatte, die Doppelmoral, dass er seinen Geschäftspartner verloren hatte, der nicht besser war als er selbst …

Der Arzt verschränkte seine Arme vor der Brust. »Ich muss nicht mit Ihnen reden«, sagte er und riss Kate damit aus ihren Gedanken. »Ich kann auch meinen Anwalt anrufen.«

Weshalb er das bisher nicht getan hatte, war ihr ohnehin ein Rätsel. Schuldgefühle?

»Es steht Ihnen frei, das zu tun«, sagte Kate ruhig. Als er keine Anstalten machte, zum Hörer zu greifen, fuhr sie fort: »Greg war Ihr Freund. Deshalb wollen Sie mir helfen. Sie haben Stephanie also angelogen und ihr gesagt, dass die DNS-Proben keine Übereinstimmung aufwiesen?«

Hobbs zögerte, dann nickte er.

»Wie hat sie es aufgenommen?«

Er schüttelte resigniert den Kopf. Die Luft war raus, er war müde und erschöpft, die letzten Tage hatten ihm ganz offensichtlich zugesetzt, die Sorge um seinen Freund, die Gewissensbisse um seine eigene Rolle, die ständigen Zeugenaussagen vor der Polizei. »Ich hatte gehofft, sie wäre erleichtert, und ja, zunächst war sie das. Aber dann wurde sie zunehmend aufgeregt und immer entschlossener. Sie sagte, dass sie die Wahrheit jetzt eben auf andere Art und Weise herausfinden müsste.« Er schüttelte den Kopf. Er hielt nach wie vor an seiner Theorie fest, obwohl er immer deutlicher merkte, dass er irgendetwas durcheinandergebracht hatte.

»Deshalb waren Sie am Hafen, als Greg Ihnen berichtet hatte, dass seine Frau einen Segeltörn mit ihm machen wollte. Sie dachten, Stephanie hatte etwas geplant.« Das hatte sie auch, aber nicht in Bezug auf Greg. Nur: Was hatte sie geplant? Wohin hatte Stephanie gewollt? Sie hatte einen konkreten Plan gehabt, davon war Kate jetzt überzeugt. Einen Plan, der mit Emily und Ava zusammenhing.

»Ich wusste nicht, was sie vorhatte, aber ich war mir sicher, dass es keine gute Idee war.« Er sah Kate beinahe flehend an. »Ich habe versucht, Greg davon abzuhalten, das Boot zu betreten. Ich wusste, es ist sein Verderben.«

Kate nickte. Es ergab alles einen Sinn. Sowohl Baynes als auch Hobbs hatten Stephanie missverstanden. Aus ihrer eigenen Geschichte heraus, aus Eifersucht und Projektion waren beide Männer davon ausgegangen, dass Stephanie ihren Ehemann meinte, als sie von Betrug gesprochen hatte.

Dabei hatte sie einen ganz anderen Betrug gemeint, nämlich den ihrer einzigen verbliebenen Freundin.

Und Hobbs hatte der Polizei bisher nichts von alldem erzählt, weil er schlicht Angst gehabt hatte – Angst, dass seine Betrügereien mit DNS-Tests aufgeflogen wären, möglicherweise die Affäre mit einer Patientin. Und dafür hatte er in Kauf genommen, dass der Mord an Greg Hamon ungeklärt blieb, vielleicht sogar für immer. Der Mord an dem Mann, den er seinen Freund nannte.

»Ihr Versuch, sich in Stephanies und Gregs Ehe einzumischen, war völlig unnötig«, sagte Kate. »Greg hatte nie eine Affäre, auch nicht mit Aziza. Aziza und ein Kind, das hätten Sie doch gewusst! Sie hätten das alles gewusst, wenn Sie sich die Mühe gemacht hätten, weiter als bis zur eigenen Nasenspitze zu sehen.« Damit stand sie auf und verließ das Zimmer.

*

St. Peter Port, Guernsey

Emily Baynes war Ava Hamons Mutter. Kate hatte es geahnt, Hobbs hatte ihr Gewissheit gegeben. Sie fühlte sich, als hätte der Fall plötzlich mit einer Geschwindigkeit von hundert Meilen pro Stunde eine Kehrtwende um hundertachtzig Grad hingelegt.

Auch ihre Kollegen waren baff, Miller musste sich tatsächlich setzen, Walker öffnete seinen Mund, ohne etwas zu sagen, DeGaris fluchte leise.

»Ich wette, auf diesem Handy von ihr finden wir Hinweise«, sagte Kate an Miller gewandt. »Sie hatte keine Affäre, wie ihr Ehemann dachte, aber sie hatte ein Geheimnis. Und dieses Geheimnis hatte sie nicht allein.«

DeGaris nickte. »Glaubst du, Emily hat es von Anfang an gewusst?«, fragte er. »Oder war es Zufall, dass sie sich wiederbegegnet sind?«

Kate dachte an das Gespräch, das sie vor einigen Tagen geführt hatten, mit der Frage, ob die leibliche Mutter Ava wohl erkannt hätte. »Nein«, sagte sie nachdenklich. »Ich glaube, das war kein Zufall.«

»Du glaubst nie an Zufälle«, zog Walker sie auf.

»Wenn sie das Kind behalten wollte ...«, begann Miller. »Mütter setzen alle Hebel in Bewegung, wenn es um ihren Nachwuchs geht.«

Kate nickte. »Ganz am Anfang habe ich mit Baynes darüber gesprochen, weshalb er auf die Idee gekommen ist, von Birmingham ausgerechnet nach Guernsey zu ziehen«, sagte sie.

Alle drei sahen sie erwartungsvoll an.

»Er ist es nicht. Emily wollte herziehen, sie war es, die darauf drängte, auf Guernsey zu leben. Er hat es auf romantische Vorstellungen vom Inselleben geschoben. Aber jetzt, mit unserem Wissen im Hinblick auf den Zeh? Nein. Es gab nur einen Grund, weshalb Emily nach Guernsey wollte. Und dann auch noch in das Haus neben den Hamons. Sie wollte in Avas Nähe sein.«

Walker zog beeindruckt die Augenbrauen hoch. »Was so ein bisschen Smalltalk alles zutage fördern kann«, murmelte er.

»Das sind alles nur Vermutungen«, bremste DeGaris. »Woher soll sie überhaupt gewusst haben, dass Ava einen sechsten Zeh hatte? Und dann auch noch ihre Tochter ist?«

Das war der Schwachpunkt in ihrer Theorie. Kate hatte eine Idee, aber keine definitive Antwort. »Ich denke, sie hat im Internet nach ihr gesucht. Vielleicht in Mütterforen

oder Selbsthilfeforen, hat immer wieder das Thema Polydaktylie aufgebracht, bis sie auf Stephanie Hamon gestoßen
ist, deren Tochter im richtigen Alter war, adoptiert, und einen sechsten Zeh besaß.«

»Manchmal ist es einfach nur so ein Gefühl«, sagte Miller leise. »Zehn Kinder in Regenjacken von hinten, und ihr
wisst genau, welches eures ist.«

DeGaris gab einen grunzenden Laut von sich, er schien
noch nicht restlos überzeugt.

»War es Baynes' Kind?«, fragte Walker. »Wenn ja, muss
er doch gewusst haben, was lief?«

»Nein, das passt zeitlich nicht«, sagte Kate. »Emily war
mit sechzehn schwanger, erst mit knapp achtzehn hat sie
angefangen, bei Bay-Tec zu arbeiten, wo sie Baynes kennengelernt hat.«

»Können wir es ausschließen?«, insistierte DeGaris.
»Bislang höre ich eine ganze Menge Hypothesen, aber keinen einzigen Beweis.«

Kate sah ihm fest in die Augen. »Ich bring dir die Beweise.«

∗

Wer war Avas Vater? Kate glaubte aus den genannten Gründen nicht, dass es Baynes war. Ausschließen konnte sie es
jedoch nicht: Was, wenn Emily ihn schon vor ihrer Anstel-
lung bei Bay-Tec kennengelernt hatte? Baynes' Vorlieben
wäre das sicher entgegengekommen.

Rivers würde auch seine DNS auf eine Verwandtschaft
testen müssen.

»Welcher der wenigen verbleibenden Insulaner wird
heute mit dem Blut auf der *Aventura* verglichen?«, fragte er,
als er Kates Anruf annahm.

»Nicht das Blut auf der *Aventura.* Avas DNS. Und zwar auf David Baynes.«

»Emilys Mann?«, fragte Rivers konsterniert.

»Ja, völlig unerhört, ein Kind mit dem eigenen Ehemann zu zeugen.«

»Du weißt, wie ich das meine. Ich dachte, sie hätte das Kind schon vorher bekommen.«

Kate seufzte. »Ganz ehrlich, Rivers? Das denke ich auch. Aber ich brauche den Beweis.«

Nachdenklich legte sie den Hörer auf. Patricia Roberts' Worte nagten an ihr. Emilys Mutter hatte von der Verliebtheit ihrer Tochter gesprochen, auf Kates Nachfragen nach David Baynes aber hatte sie nicht reagiert. Und nach allem, was sie von der Ehe der Baynes wussten, war innige Liebe nicht das, was die beiden miteinander verband. Nein, Emily hatte als Jugendliche einen Freund gehabt, einen, der ihrer Familie nicht recht passte, das war mehr als deutlich geworden, von dem sie dann aber schwanger geworden war. Wer war das?

*

Es war schon spät, als Kate endlich nach Hause aufbrach. Sie hatte hin und her überlegt, was geschehen sein könnte, alle Möglichkeiten durchgespielt. Und sie hatte Emilys Konten in den sozialen Medien noch einmal durchgesehen, langsam und gründlich. Auch wenn sie die Fotos schon gesehen hatte, jetzt, mit dem Wissen, das sie nun hatten, wirkten sie noch einmal ganz anders. Und es stach deutlich hervor, dass Emily am glücklichsten zu sein schien auf den wenigen Fotos, die sie mit Ava zeigten.

Kate musste durchatmen. Statt den direkten Weg zu ihrer Wohnung zu nehmen, beschloss sie, zum Hafen zu gehen. Vielleicht fand sie trotz der vorgerückten Stunde noch irgendwo ein Bier, das sie an der Mole trinken konnte. Vielleicht war ja auch Grandpa da, mit Rob, in ihrem Lieblingspub. Für einige Augenblicke fragte sie sich, was Nicolas wohl gerade tat. Aber es war schon zu spät, um ihn an der Fermain Bay zu suchen, die Sonne war längst untergegangen. Und als Kate sich ans Geländer der Mole stellte und auf das pechschwarze Meer hinausblickte, fühlte sie sich plötzlich unendlich einsam.

Niedergeschlagen und entgegen jeder Vernunft beschloss sie, nach St. Martin zu gehen, zu seiner Ferienwohnung. Vielleicht war Nicolas bei Dario, bei Gabriel, bei Kimberly oder einer der tausend anderen Bekanntschaften, die er hier auf Guernsey geschlossen hatte. Aber dann, als sie das Licht in seiner Küche brennen sah, als die Tür auf ihr Klingeln geöffnet wurde, da war er ganz bei ihr.

26. Kapitel

St. Peter Port, Guernsey

Als Kate am nächsten Morgen ins Büro kam, wurde sie gleich vom Klingeln des Telefons empfangen. DC Lucas. Sein Widerwille, mit Kate sprechen zu müssen, war unüberhörbar. »Ich habe einen Pfarrer aus Jersey in der Leitung«, sagte er. »Der Mann ist etwas durcheinander.«

»Worum geht es denn?«, fragte Kate.

»Eine vermisste Person.«

Noch eine? »Lucas, wir haben hier alle Hände voll zu tun«, begann sie, doch er ignorierte ihre Einwände, und nach einem Klicken in der Leitung hörte Kate ein leises Summen. Es war schief und brummig, aber eindeutig als *J'ai perdu ma femme* zu erkennen, ein Volkslied, das man sowohl auf Jersey als auch Guernsey sang.

Jersey, dachte Kate. Da hatte es schon einen Anruf gegeben, von einer öffentlichen Telefonzelle aus …

»Hallo?«, fragte Kate vorsichtig.

»Oh, hallo!« Die Stimme klang rau, der Mann räusperte sich hastig, dann fiel ihm offenbar etwas hinunter, denn es klirrte laut. Kate hörte einen unterdrückten Fluch, der so harmlos war, dass er nur von einem Mann Gottes stammen konnte. Er war hörbar aufgeregt.

»Reverend, hier spricht Detective Inspector Kate Langlois, Sie wollten jemanden vermisst melden?«

»Detective, Sie müssen … Also, ich weiß gar nicht, ob Sie helfen können. Aber ich glaube, es ist dringend.« Er hielt einen Moment inne, als bemerke er selbst, wie durcheinander er klang. Dann hörte Kate, wie er tief Luft holte, bevor er, wesentlich ruhiger, sagte: »Entschuldigen Sie, die Erlebnisse der letzten Tage haben mich ganz schön durcheinandergewirbelt.« Er lachte verzweifelt. »Also: Es geht um eine Frau. Ich habe sie vor einer Woche am Strand gefunden.«

Kates kriminalistischer Spürsinn war sofort geweckt. Vor einer Woche! Das konnte bedeuten … »Wo genau?«, hakte sie ein und öffnete Google Maps.

»Am Leuchtturm vom Sorel Point. Ich wohne in St. John, im Pfarrhaus, wissen Sie.«

Kate wusste, wo das war, und setzte am Bildschirm eine Markierung am Sorel Point an der Nordküste Jerseys.

»Und wann genau?«

»Letzten Mittwoch, ganz früh am Morgen.«

Zwei Tage, nachdem sie die *Aventura* gefunden hatten, vier Tage nach dem letzten Lebenszeichen der Besatzung. Kate setzte eine weitere Markierung an der Stelle, an der Greg Hamon nach Nicolas' Berechnungen höchstwahrscheinlich über Bord gegangen war, und schätzte die Strecke ab.

Kate zwang sich zur Ruhe. »Sie sagten, Sie haben sie gefunden«, fuhr sie fort. »Wie genau meinen Sie das?«

»Nun, sie lag da, am Fuß der Klippen. Ihr ging es nicht gut, sie war geschwächt, unterkühlt, ich habe ihr geholfen und sie mit zu mir nach Hause genommen.«

»Warum haben Sie keinen Arzt geholt?« *Sie ins Krankenhaus gebracht? Die Polizei gerufen?*

»Ja, sehen Sie«, erneut ein unglückliches Lachen, »das wollte sie nicht. Sie hat mich angefleht, niemandem zu verraten, wo sie ist. Und als Pastor konnte ich ihr diesen Wunsch nicht abschlagen.«

»Ich verstehe«, sagte Kate, auch wenn sie das ganz und gar nicht tat, und richtete sich auf. »Was hat Sie nun dazu veranlasst, uns anzurufen?«

Er stieß einen Seufzer aus. »Sie ist weg! Ihr ging es etwas besser. Das erste Mal, als sie aufstehen wollte, ist sie gleich wieder ohnmächtig geworden, aber in den letzten Tagen ist sie zu Kräften gekommen. Und heute Morgen, als ich ihr das Frühstück bringen wollte, war sie weg.«

Kate war sofort alarmiert. »Wir brauchen ihre Beschreibung, dann kann ich die Kollegen informieren und nach ihr suchen lassen.« Sie schnappte sich einen Stift vom Schreibtisch. »Wahrscheinlich haben Sie kein Foto von ihr gemacht, das uns weiterhelfen könnte?«

»Sehen Sie«, begann er erneut, und Kate konnte buchstäblich hören, wie er die Hände rang, »das ist es ja gerade. Ich habe sie heute Morgen gesehen. Also … nicht sie. Ihr Bild.«

Kate wusste nicht, worauf er hinauswollte.

»Ich bin nach draußen, um sie zu suchen, und ich habe an der Bushaltestelle die Leute gefragt. Niemand hatte sie gesehen. Aber eine Frau hat Zeitung gelesen, und da war … nun ja, da war ihr Bild ganz vorne drauf. Ich glaube, ich habe in den letzten Tagen Stephanie Hamon bei mir beherbergt.«

*

Er las Zeitungen, schaute auch die Nachrichten im Fernsehen, natürlich, aber wer dachte schon an vermisste Kinder, an Entführungsfälle und die Polizei, wenn er eine hilfsbedürftige Person am Strand auflas? Bei der Erklärung konnte

Kate zwar nur den Kopf schütteln, aber sie vermutete, es war anders, wenn man noch so »analog« lebte wie der gute Reverend. Sein Fernseher besaß wahrscheinlich noch eine Röhre, wenn sie nach seiner Erzählung ging, dass er kein Handy dabeigehabt hatte, als er an der Nordküste Jerseys mit ihren rauen Klippen Stephanie Hamon gefunden hatte. Ein Smartphone besaß er nicht, nein, obwohl er sich durchaus erkundigt hatte, jetzt, nach der ganzen Geschichte, hatte er erzählt. Das Wichtigste folgte aber erst: Er machte sich Sorgen. Stephanie Hamon hatte im Fieberwahn davon gesprochen, dass sie gehen müsste, dringend gehen, um *ihn* zu suchen, so hatte sie es formuliert. Der Reverend hatte keine Ahnung, wer »er« war, und später konnte sie sich an nichts erinnern, aber Stephanie war geradezu fiebrig gewesen, wenn sie von ihm gesprochen hatte. Und es hatte nichts Gutes bedeutet, da war er sich sicher. Denn Stephanie hatte von Anfang an von Gefahr gesprochen, in der sie sich befand – sie und eine weitere Person, sie hatte von »wir« gesprochen. Und nun hatte Stephanie das Jagdmesser mitgenommen, das ihm ein Gemeindemitglied vererbt hatte und mit dem der Reverend seitdem die Briefe auf seinem Schreibtisch öffnete. Es war groß, einklappbar und scharf. Stephanie hatte Angst gehabt, das war deutlich geworden, aber dennoch war sie fest entschlossen, der Gefahr entgegenzutreten.

Kates Hirn arbeitete auf Hochtouren, nachdem sie den Reverend gebeten hatte, seine Aussage in St. Helier bei der Polizei zu Protokoll zu geben, und das Gespräch beendet hatte.

Ava. Sie war es, die in Gefahr war, da war Kate sich sicher.

Ava lebt. Sie hätten diesem Brief von Anfang an mehr Bedeutung zumessen müssen. Ava, alles drehte sich um das Mädchen, hatte sich eigentlich von Anfang an um sie gedreht. Sie mussten Stephanie finden, die wiederum Ava suchte. Also wo anfangen?

Denk nach, Kate, denk nach!

Sie war sich absolut sicher, dass Stephanie zu ihrer Tochter wollte. Ava lebte, der Brief hatte es ihnen gesagt. Warum waren sie so blind gewesen? Stephanie musste *ihn* finden, hatte sie gesagt. Warum? Hatte *er* Ava? Und wer war er? Greg war tot. Hobbs? Nein, das hatte sich geklärt, was sollte Hobbs mit Ava zu tun haben, er hatte nicht einmal gewusst, wessen Proben Stephanie ihm gebracht hatte.

Baynes? Saß in Untersuchungshaft.

Um wen handelte es sich also? Wer hatte Ava ... entführt?

Erneut klingelte ihr Telefon, diesmal war Rivers am Apparat.

»Du hattest recht. Emily Baynes ist Ava Hamons Mutter. Zweifelsfrei.«

Kate war nicht überrascht.

»Und David Baynes?«, fragte sie.

»Keine Verwandtschaft.«

»Danke dir, Rivers.« Kate rieb sich die Nasenwurzel. Und mit einem Mal war ihr klar, wen Stephanie suchte. Wen allein sie meinen konnte. »Dann mach ich mich mal auf die Suche nach dem Tunichtgut«, murmelte Kate.

So hatte Patricia Roberts von ihm gesprochen, von Emilys damaligem Freund. Kate fielen Nicolas' Worte wieder ein, dass derjenige, der Emily ermordet hatte, sie sehr geliebt haben musste. Dazu Baynes, der fest davon überzeugt war, dass seine Frau eine Affäre hatte. Vanessa, die Freundin, die behauptete, eine Liebschaft zu decken.

Ein Tunichtgut. Wer verwendete heutzutage noch solch ein Wort? Aber es führte kein Weg daran vorbei: Sie musste noch einmal mit Emilys Mutter sprechen.

St. Mary, Jersey

Sie verstand nicht mehr, was mit ihm los war. Er war doch ihr Enkel!

»Es ist alles deine Schuld!«, schrie er wütend. »Warum musst du dich überall einmischen?«

Margaret schluchzte leise. Sie hatte sich eingemischt, das stimmte. Aber sie hatte doch nur das Beste gewollt. Und Kieran war nicht das Beste. Margaret dachte an ihr Auge, an das wenige Geld, das ihnen zur Verfügung stand. Nein, Kieran war möglicherweise das Schlechteste.

»Eines kann ich dir sagen«, schrie er unkontrolliert, und sie spürte seine Spucketropfen im Gesicht. »Wenn ich in den Knast muss, nehme ich dich mit!«

Er holte aus und sie spürte einen Schmerz, so heftig, dass ihr schwarz vor Augen wurde. Alles drehte sich, sie keuchte. Konnte sich an ihrem Sessel abstützen. Ihr war schwindelig.

Hinter Kieran kreischte es. Margaret wollte aufstehen, sich bewegen, aber da spürte sie schon gar nichts mehr.

St. Peter Port, Guernsey

Kate griff zum Telefon.

Patricia Roberts meldete sich genauso zögerlich wie bei ihrem letzten Gespräch, und als sie Kates Namen hörte, fürchtete Kate für einen Augenblick, sie würde wieder auflegen.

»Mrs Roberts, entschuldigen Sie die erneute Störung. Ich brauche den Namen von Emilys Freund.« Es half nicht, um den heißen Brei herumzureden, vielleicht konnte der Überraschungseffekt bewirken, dass Patricia Roberts ihr antwortete.

»Emilys Freund? Kieran?« Offenbar war alles in Ordnung, solange es nicht um das Thema Schwangerschaft ging. »Warum wollen Sie das wissen?«

»Wie lautet sein Nachname?«

»Kierans?«

Wessen sonst? Kate unterdrückte ein Stöhnen.

»Aber wozu brauchen Sie denn Kierans Nachnamen?«, fragte Patricia Roberts zerstreut. Plötzlich atmete sie scharf ein. »Hat er Emily das angetan?« Ein Schrei drang durch die Leitung, voller Schmerz und Hilflosigkeit.

»Wir wissen es nicht. Aber es ist durchaus möglich.«

»Wright«, flüsterte Patricia. »Kieran Wright.«

Bevor Kate ein weiteres Wort sagen konnte, hatte sie die Verbindung unterbrochen. Nach einem kurzen Moment der Verwirrung wählte Kate erneut eine Nummer. Kieran Wright. Sie mussten Kieran Wright finden.

*

Sie brauchte etwas mehr als eine Stunde, drei Telefonate nach Birmingham, eine Mail mit einem angehängten Foto, und dann hatte sie genug Fakten für ihre Theorie. Kate hastete hinüber in DeGaris' Büro, wo Walker an der Fensterbank lehnte, Miller hatte sich einen Kaffee geholt, DeGaris saß, erneut mit Brille, an seinem Schreibtisch.

»Du wolltest Beweise«, begann Kate an DeGaris gewandt. Sofort waren alle Blicke auf sie gerichtet. »Fangen wir an mit der Vaterschaft. Baynes ist nachweislich nicht Ava Hamons Vater. Wer also sonst?« Sie schaute in die Runde.

»Kieran Wright. Er ist Emilys damaliger Freund. Sie war mit ihm zusammen, als sie schwanger wurde und blieb es, als sie das Kind austrug. Er ist der biologische Vater von

Ava Hamon.« Zumindest war das ihre vielversprechendste Annahme, hier hatte sie tatsächlich noch keinen Beweis, aber er würde folgen. Dann zog sie ihren Trumpf aus dem Ärmel: »Und Kieran Wright ist hier auf den Kanalinseln.«

Die anderen starrten sie mit ungläubigen Mienen an, sagten aber nichts. Kate wartete einen Augenblick, bevor sie weitersprach: »Ansonsten ist er quasi unsichtbar, auch im Internet, es gibt kein einziges Social-Media-Profil von ihm. Aber er ist unser Mann.«

»Woher …«, begann Walker, aber Kate klatschte ein Foto vor DeGaris auf den Schreibtisch.

»Jugendlicher Straftäter. Die Kollegen in Birmingham haben es gefunden. Die Register sind gelöscht worden, als er einundzwanzig wurde. Wir können also im Moment nichts davon mit dem Blut oder Fingerabdrücken auf der *Aventura* vergleichen …«

»Hey«, unterbrach DeGaris. »Bist du da nicht ein bisschen vorschnell? Hattest du nicht etwas von Beweisen gesagt? Weshalb soll er auf der *Aventura* gewesen sein?«

Kate deutete auf das Foto, das keiner von ihnen beachtet hatte. »Schau es dir an.«

Walker legte seinen Kopf schräg. »Der kommt mir bekannt vor«, sagte er schließlich langsam.

»Weil du ihn schon gesehen hast.« Kate wurde ungeduldig.

»Am Pier!« Miller sah auf. »Er war auf einem der Überwachungsvideos vom Hafen. Ich habe ihn für einen Obdachlosen gehalten.«

»Ich auch.« Kate nickte grimmig. »Wir alle. Wir haben uns so sehr auf Hobbs konzentriert, dass uns alles andere entgangen ist. Er war am Hafen. Er muss unbemerkt auf die *Aventura* geschlichen sein. Und wir haben es beim Betrachten des Videos ebenfalls nicht bemerkt.«

»Wie hätten wir das denn bemerken sollen?« DeGaris setzte seine Brille auf und betrachtete das Foto.

»Weißt du noch, die Aussage deiner Wichtigtuerin vor zwei Jahren?«, fragte Kate. »Der Landstreicher?«

»Du glaubst doch nicht etwa …«

»Doch.« Kieran Wrights abgehalftertem Aussehen nach konnte man ihn gut und gerne für obdachlos halten, zumal abends im Dunkeln.

Erneut legte Kate etwas vor ihn auf den Tisch, diesmal einen Notizzettel mit einer Adresse. »Das Haus gehört Kierans Großmutter.«

»Das ist auf Jersey.«

»Und rate mal, wo genau auf Jersey? Eine Telefonzelle befindet sich gegenüber. Die Telefonzelle, von der zweimal Anrufe auf dem Anschluss der Hamons eingingen.«

Sie ließ diese Worte wirken, dann straffte sie die Schultern. Jetzt kam der schwierige Teil. »Wir müssen dahin. Ich glaube, Ava ist dort versteckt.«

Jetzt kam Leben in ihre drei Kollegen.

»Was?«

»Das ist nicht dein Ernst!«

»Wie kommst du denn auf die Idee?«, riefen sie gleichzeitig.

»Der Pfarrer.« Kate erzählte ihnen von dem Anruf, den sie erhalten hatte. »Stephanie ist losgelaufen«, schloss sie. »Der Reverend sagte, sie wollte zu *ihm*. Jemand sei in Gefahr. Wohin will sie so dringend? Sie ist krank und geschwächt. Was ist wichtiger, als gesund zu werden?«

DeGaris runzelte die Stirn, aber Miller nickte. »Ihr Kind.«

»Woher weiß sie, dass Ava dort ist?«, fragte Walker.

Darüber hatte Kate auch schon nachgedacht. »Der Brief«, vermutete sie. »Der Brief war nur der Anfang. Dann kam der Anruf.«

»Aus der Telefonzelle gegenüber«, murmelte DeGaris wie zu sich selbst. »Ava könnte wirklich noch leben?«

»Ich glaube … ja«, antwortete Kate fest. »Aber selbst, wenn es nicht so ist. Wenn Ava nicht entführt wurde, sich nicht dort aufhält – dann glaubt Stephanie zumindest, dass sie dort ist«, erklärte Kate. »Und sie ist seit heute früh verschwunden. Mit dem großen Jagdmesser des Reverends.«

Für einen Augenblick herrschte Stille. Dann nickte auch DeGaris. »Wir nehmen ein Schnellboot.« Er steckte seine Dienstwaffe ein und nahm sein Handy vom Schreibtisch. »Ich informiere die Kollegen auf Jersey. Wir brauchen Unterstützung.«

27. Kapitel

St. Mary, Jersey

Das Schnellboot der Küstenwache brachte sie mit Höchstgeschwindigkeit nach Jersey. Dicht gedrängt standen sie zu viert nebeneinander, trotz der Brüstung spritzte ihnen immer wieder Gischt ins Gesicht, und DeGaris rauchte, obwohl Kate ihm deshalb unwirsche Blicke zuwarf.

»Ava lebt«, wiederholte Miller fassungslos und lieh sich DeGaris' Zigarette für einen Zug.

Der Lärm des Motors dröhnte, und die Stimmung war angespannt. In den ersten Minuten redete keiner von ihnen, sie hatten sich nur schweigend ihre schusssicheren Westen übergezogen. Sie wussten nicht, was sie auf Jersey erwarten würde.

»Du glaubst wirklich, dass das Kind noch am Leben ist?«, fragte Walker schließlich. Seit sie den Hafen verlassen hatten, war er blasser als üblich, und er umklammerte die Reling so fest, dass seine Knöchel weiß hervortraten.

»Immer den Horizont fixieren«, riet Miller ihm, bevor Kate seine Frage beantwortete: »Emily ist das Mädchen gegen ihren Willen weggenommen worden. Sie war zu jung und unerfahren, um gleich dagegen vorzugehen, um sich offiziell zu beschweren. Vielleicht hatte sie auch Angst vor ihren Eltern. Ich glaube, Emily hat recht schnell begonnen, nach ihrer Tochter zu suchen. Und dafür war der sechste

…s Merkmal. Vielleicht ist sie im Netz fündig ge…
…er wer weiß, vielleicht hat auch jemand in einer
…sagentur den Mund nicht halten können.« So et-
…i unter den besten Kollegen vor. »Wie auch immer:
…, Ava gefunden. Und dann ist sie hergezogen. Wahr-
…nlich wollte sie einfach nur in ihrer Nähe sein, an Avas
…n teilhaben. Aber dann …« Sie hielt einen Moment
…ie, um sich zu sammeln, strich sich die Haare aus dem
…esicht, die augenblicklich vom Wind zurückgepeitscht
…wurden. »Sie hat Ava entführt.«

»Was?«

»Ich bin mir sicher, dass Ava noch lebt. Der Brief, Stephanies Segeltörn. Stephanie wollte zu Ava. Jemand hat ihr
Tipps gegeben, gesagt, wo sie Ava finden kann, und dort
wollte sie hin.« Der Anruf neulich, aus Jersey. Es fügte sich
alles zusammen.

»Und die Entführung hatte Emily von Anfang an geplant?«, schrie DeGaris gegen den Motor an.

»Ich weiß es nicht. Vielleicht ist sie auch erst später auf
die Idee gekommen. Sie hatte noch Kontakt zu Kieran, er
hat sie geliebt, das wissen wir. Er hatte seine Strafe abgebüßt,
als Emily nach Guernsey zog. In den letzten Jahren hatte er
keine eigene Wohnung, wahrscheinlich lebte er bei seiner
Großmutter. Durch sie gab es auch die Möglichkeit, Ava
zu verstecken. Der Plan war perfekt: Emily lernte Ava immer besser kennen, sodass sie sich sicher sein konnte, dass
das Mädchen ihr vertraute. Sie würde nicht schreien,
wenn Emily sie aus ihrem Bett nahm, es würde nur einige Minuten dauern – Minuten, in denen sie sich beim
Abendessen entschuldigte, vielleicht gab sie vor, auf die
Toilette zu gehen oder in der Küche nach dem Essen zu
sehen.«

Der Hafen von Jersey kam in Sicht, es war nicht mehr

weit, und der Kapitän drosselte das Tempo. Der Motorenlärm wurde erträglicher.

»Wir haben die Baynes natürlich überprüft, routinemäßig«, sagte DeGaris nachdenklich. »Aber uns ist nie in den Sinn gekommen, dass die Nachbarn etwas mit der Entführung zu tun haben könnten.«

»Natürlich nicht, es war das perfekte Alibi. Niemand wusste von Kieran. Nur weil Emily ihm Ava draußen sofort übergeben konnte, ist sie nicht aufgeflogen. Vielleicht waren ihre Wangen gerötet, als sie zurückkam, aber das mochte man auf den Wein geschoben haben.«

»Hätten wir doch den verdächtig aussehenden Obdachlosen näher unter die Lupe genommen!«, sagte DeGaris bitter.

»Nein!«, warf Kate heftig ein. »Ihr musstet tausend Spuren nachgehen, tausend Verdächtigungen. Es gab keine Chance, den Obdachlosen zu finden, keine.«

»Wir hätten es zumindest versuchen können.« Auch Miller schien sich Vorwürfe zu machen.

Kate blickte auf die Wellen, die um den Schiffsbug peitschten. Es roch nach Salz. »Es hätte nichts genutzt. Wir hätten auch diesmal keine Chance gehabt, wenn sich nicht jemand entschieden hätte, Ava ihren Adoptiveltern zurückzubringen. Der Brief war nur der Anfang. Jemand wusste, wo Stephanie ihre Tochter finden kann. Nur wer?«

Sie fuhren in den Hafen ein, wo ein Kollege der Polizei Jersey sie erwartete. Klein, mit breiten Schultern und buschigen Augenbrauen wirkte er bullig und wie jemand, mit dem man sich besser nicht anlegte. Er stellte sich als Chief Inspector Reynel vor. »Meine Leute sichern schon das Grundstück«, sagte er, während er Walker dabei half, aus dem schwankenden Boot auf den Pier zu steigen. Der Londoner seufzte dankbar auf, als er festen Boden betrat.

Der Hafen von St. Helier war deutlich moderner als der von St. Peter Port. Hohe Gebäudekomplexe ragten auf, dahinter wartete die Stadt, die mit ihren über dreißigtausend Einwohnern doch ein ganzes Stück größer war als die Hauptstadt Guernseys.

Reynel führte sie zu seinem Auto, das direkt am Hafen stand. Auf der kurzen Fahrt in den Norden der Insel, wo Kieran Wrights Großmutter Margaret in einem kleinen Häuschen in St. Mary wohnte, ließ er sich von DeGaris detailliert ins Bild setzen. Er hatte vorher nur kurze Fragen zu den wichtigsten Punkten gestellt, um dann den Einsatz zu organisieren – die Kollegen aus Guernsey brauchten Hilfe, da fackelte er nicht lange. Auch wenn die Konkurrenz zwischen den beiden Bailiwicks legendär war: Auf Guernsey nannte man die Einwohner Jerseys nicht sehr schmeichelhaft les crapauds, die Kröten, aber auch die Polizei von Guernsey hätte bei Bedarf sofort und ohne zu zögern den Kollegen aus Jersey unter die Arme gegriffen.

Bald erreichten sie St. Mary, ein dünn besiedeltes Gebiet an der Nordküste. Im Zentrum des Dorfes befanden sich eine Kirche, eine Schule, ein Pub und einige Häuser. Im Wagen herrschte Stille, jeder hing seinen Gedanken nach. Walker starrte auf die schmale Straße vor ihnen. Miller reichte ihm ein Kaugummi. Es ging weiter nach Norden, wo nur noch wenige Häuser standen, und Reynel parkte das Auto am Straßenrand. »Die kleine Ava«, murmelte er ungläubig.

Als sie ausstiegen, kamen zwei uniformierte Polizisten auf sie zu, beide mit ähnlich knappem Kurzhaarschnitt, beide blond und groß. Sie sahen aus wie Brüder.

»In der letzten Stunde ist keiner raus und keiner rein«, sagte der linke von ihnen, der ein Funkgerät in der Hand trug.

»Sind Sie gesehen worden?«, fragte Kate. Sie wussten nicht, wie die Situation im Haus war. Wenn Kieran gewarnt worden war, war alles möglich. »Wir gehen rein«, ordnete DeGaris an, bevor die beiden Jerseyer Kollegen antworten konnten. Er wandte sich an sein Team. »Langlois, Walker, ihr vorne. Miller und ich hintenrum. Los!«

Das kleine Cottage von Margaret Wright sah aus wie ein Hexenhaus: Über und über von Efeu und anderen Kletterranken bedeckt lag es inmitten eines wild wuchernden Gartens. Es hätte verzaubert wirken können, in diesem Augenblick aber flößte es Kate Angst ein. Sie selbst ging voran, Walker dicht hinter ihr, während DeGaris und Miller gebückt um die Ecke verschwanden. Reynel und seine Beamten blieben außerhalb des Sichtfeldes links und rechts der Gartenhecke auf Position.

Die entsicherte Pistole in beiden Händen lauschte Kate auf jedes noch so kleine Geräusch. Eine Amsel stieß ihren trillernden Ruf aus, in der Ferne fuhr ein Auto, in einem der Nachbarhäuser klapperte es, Geschirr war heruntergefallen. Kein Laut aus Margaret Wrights Haus. An der Tür hing ein selbst geflochtener Kranz aus Kräutern. Rosmarin, Salbei, Thymian. Hexenhaus. Nebenan wurde ein Fenster geöffnet. Die Sonne spiegelte sich bei der Bewegung und blendete Kate. Als Walker klopfen wollte, schüttelte sie den Kopf. Noch nicht. Erst ein Blick durchs Fenster. Vorsichtig schlich sie sich dicht an den Efeu gepresst an das Fenster heran, das etwa auf Brusthöhe lag. Sie riskierte einen schnellen Blick, dann, als nichts sich regte, einen etwas längeren. Eine alte Frau, wahrscheinlich Margaret Wright, saß zusammengesackt in einem schweren Sessel, von ihrer Hand tropfte Blut auf den Teppich. Schwer verletzt oder schon tot: Allein war Margaret Wright offenbar nicht. Auf dem Boden neben ihr lagen eine Katze aus Plüsch und zwei Legosteine. Ava. Kate, die hoffte, dass es dem Kind gut ging, gab ihrem Kollegen ein Zeichen. Sie mussten mit äußerster Vorsicht, aber schnell vorgehen. Walker gab keinen Laut von sich, aber seine Körperhaltung veränderte sich. Es wurde ernst. Margarets Verletzung und die absolute Stille, die herrschte, verstärkten die Spannung. Was, wenn sie zu spät kamen?

Kate deutete mit der Hand zum Eingang und schloss wieder zu Walker auf, der nun an die Haustür klopfte. Seine Waffe im Anschlag rief er: »Hallo?«

Nichts rührte sich. Walker klopfte erneut, klingelte, rief: »Hallo?«

Ein Geräusch hinter der Tür. Zu schnell für eine alte Frau. Kate sah Walker an, der nickte. Offensichtlich dachte er dasselbe. Kieran.

Mit der Hand fuhr Walker an dem alten Türrahmen entlang, er war morsch, die Tür selbst schien nicht dick zu sein. Wieder trafen sich ihre Blicke, wieder nickte Walker. Sie hatten keine Zeit, Margaret war verletzt oder sogar schon tot, Ava in Gefahr, Stephanie auf dem Weg oder sogar schon da. Mit einem gezielten Tritt brach Walker das Schloss aus seiner Verankerung, und die Tür sprang auf. Die Waffe in der Hand betrat Kate den dunklen Flur. Es roch muffig, nach altem Holz und feuchter Wäsche. Rechts war eine kleine Küche, Walker sicherte den Raum, gab ihr ein Zeichen: leer. Links das Wohnzimmer. Durch die mit Efeu überwachsenen Fenster fiel nur wenig Licht herein. Neben dem Sessel, in dem Margaret reglos saß, stand eine Couch, davor ein Glastisch. Eine feine Silberkette lag darauf, mit einem Medaillon, und Kate dachte an Baynes' Aussage: Emilys Schmuckstück, das sie immer getragen hatte. Bis zu ihrem Tod.

Teppichboden schluckte Kates und Walkers Schritte, als sie mit gezogenen Waffen eintraten. Eine Tür führte rechts von der Sitzgruppe in einen weiteren Raum, wahrscheinlich das Schlafzimmer. Noch immer war alles still; die Reglosigkeit in diesem Haus ließ Kates Haut kribbeln. Ihre Nerven waren zum Zerreißen gespannt.

Die Waffe in der linken Hand schlich Kate zum Sessel. Walker blieb stehen, behielt die Schlafzimmertür im Auge. Aus der Nähe konnte Kate das blaue Auge der alten Frau sehen, es war zugeschwollen. Die Wunde an der Hand schien von einem scharfen Gegenstand zu stammen. Kate beugte sich weiter nach vorne, lauschte vergeblich nach Atemzügen, hielt gleichzeitig die Hand an Margarets Hals, spürte ein leichtes Pochen unter der faltigen Haut. Die alte Frau lebte. Immerhin das.

Kate wollte sich gerade zu Walker umdrehen, als plötzlich ein Wimmern aus dem Schlafzimmer kam. Sie fuhr herum.

»Guernsey Police, kommen Sie mit erhobenen Händen heraus«, rief Walker.

Erneut ein Wimmern.

Kates Handflächen schwitzten, sie umklammerte die Waffe fester. Überdeutlich spürte sie Walkers beschleunigten Atem, ihr eigenes klopfendes Herz und den Teppich, der unter ihrem Schritt nachgab.

Die Tür sprang auf, nur einen Spalt. Kate kniff die Augen zusammen, ihr Finger lag auf dem Abzug, sie tauschte mit ihrem Kollegen einen kurzen Blick. Langsam, ganz langsam öffnete sich die Tür. Dann stand ein Kind da, einen alten Teddybär in der Hand. Sie hatte dunkle Zöpfe, blaue Augen, und war ihrer leiblichen Mutter sehr ähnlich. Die Kleine schluchzte.

»Hey.« Kate steckte ihre Waffe zurück ins Holster, ging

auf sie zu und kniete sich auf den Boden. Das Blut rauschte in ihren Ohren. War Kieran im Schlafzimmer?

Walker, der offensichtlich dasselbe dachte, hielt die Waffe immer noch in der Hand. Misstrauisch behielt er die Tür im Blick.

»Na du? Magst du herkommen zu mir?«, fragte Kate freundlich, streckte eine Hand aus und konnte doch die Augen nicht vom Raum hinter Ava abwenden. Sie mussten das Mädchen schützen, mussten das Kind um jeden Preis schützen. DeGaris würde es sich nie verzeihen, Ava zum zweiten Mal im Stich gelassen zu haben. Die Kleine ging zwei vorsichtige Schritte, blieb in der Tür stehen und drückte den Teddybär an ihre Brust. Dem Stofftier fehlte ein Auge.

»Sollen wir uns um deinen Teddy kümmern?«, fragte Kate beinahe atemlos. Sie mussten schneller sein. *Das Kind muss in Sicherheit gebracht werden*, dachte sie frenetisch.

Und dann war es zu spät.

»Waffen runter!« Kieran tauchte hinter Ava in der Schlafzimmertür auf. Er hielt eine Frau gepackt, ihren Kopf mit dem linken Arm gegen seine Brust gepresst, mit rechts drückte er eine Pistole gegen ihre Schläfe. Stephanie Hamon. Ängstlicher Blick, aber wild entschlossen hatte sie die Zähne fest aufeinandergepresst. Sie war eingefallen, dürr, die Haare stumpf, und es fiel Kate schwer, die tadellos gestylte Architektin aus den Fernsehinterviews wiederzuerkennen.

»Keiner bewegt sich!«, schrie Kieran. Sein Blick irrte in der Gegend umher, sein linker Unterarm drückte auf Stephanies Kehlkopf. Aus ihrem Gesicht sprach jetzt nackte Panik. Ava stolperte einige Schritte ins Wohnzimmer hinein, stieß gegen den Couchtisch und begann still zu weinen.

»Kieran«, sagte Kate und hob ganz langsam ihre Hände. Aus dem Augenwinkel konnte sie sehen, wie Walker in Zeitlupe seine Waffe auf den Boden vor sich legte. »Meine Waffe ist im Holster«, informierte sie Kieran. »Ich tue, was du sagst.« Die linke Hand ausgestreckt, fasste sie mit der rechten nach ihrer Pistole, bevor sie sie ebenfalls auf den Boden legte.

»Ich geh nicht wieder in den Knast«, schrie der junge Mann. Seine Stimme überschlug sich. »Nie wieder. Das habe ich ihr auch gesagt.« Er warf einen hasserfüllten Blick auf die alte Frau.

»Wollte sie das denn?«, fragte Kate. »Wollte Ihre Großmutter Sie ins Gefängnis schicken?«

»Sie hat sie hierhergeholt. Diese … diese …« Er verstärkte den Druck auf Stephanies Kehlkopf. Sie wimmerte leise. »Ich geh nicht zurück«, stieß er wild hervor. »Ich geh nicht zurück!«

»Ihre Großmutter hat den Brief geschrieben, ja?«, fragte Kate. »Den Brief, dass Ava noch lebt?« Das Mädchen hatte sich neben dem Couchtisch ganz klein gemacht. Es zitterte am ganzen Körper, drückte den Teddy fest an sich. »Emily wollte … Emily … wir haben es doch zusammen getan!«, schrie er. »Weshalb wollte sie plötzlich nicht mehr?«

»Emily wollte den Hamons von Ava erzählen?«

»Ava ist unser Baby, sie gehört uns! Sie haben uns Ava weggenommen. Wir wollten das nicht.« Sein Blick blieb an seiner Tochter hängen.

Seine Aufmerksamkeit von dem Kind ablenken, dachte Kate instinktiv. »Sie konnten nichts dagegen tun«, sagte Kate mitfühlend. »Sie waren im Gefängnis. Was hätten Sie machen sollen?«

»Emily war nicht stark genug allein. Da haben sie sie uns

weggenommen.« Tränen liefen ihm übers Gesicht, aber er hielt Stephanie Hamon und die Waffe immer noch fest umklammert.

»Aber Sie haben sich Ihre Tochter zurückgeholt«, sagte Kate.

Walker bewegte sich leicht. Wollte er zu Ava? War das klug in diesem Moment?

Kieran nickte. »Emily wusste, dass Ava mit ihr gehen würde. Dass sie nicht schreien, nicht weinen würde. Sie hat gesagt, sie sieht nach dem Essen. Mehr als fünf Minuten haben wir nicht gebraucht. Sie hatte ja einen Schlüssel, zum Blumengießen. Es war so leicht. Niemand hat uns gesehen.«

Doch, dachte Kate reumütig, *eine Zeugin hat euch gesehen, eine alte Frau, der niemand geglaubt hat.* Aus dem Augenwinkel bemerkte sie, wie Ava rückwärts hinter die Couch kroch. Walker hielt in seiner Bewegung inne.

»Aber wir mussten sie verstecken. Wir konnten keine richtige Familie sein.« Kieran fuhr sich mit der Hand, die die Pistole hielt, durch die Haare. Er gestikulierte immer unkontrollierter. Seine Pupillen waren stark erweitert. Wahrscheinlich stand er unter Drogen. »Ich habe sie angefleht, wegzugehen mit mir. Irgendwohin, wo wir ein neues Leben anfangen können, wo uns niemand kennt. Uns nicht und Ava nicht.« Stephanie Hamons Augenlider flatterten, ihr Körper hing schlaff herunter. Hoffentlich bekam sie noch genügend Luft.

»Sie wollte nicht?«, fragte Kate und versuchte, einfühlsam zu klingen.

»Immer eine neue Ausrede. Sie hatte sich noch nicht genug Geld zusammengespart. Ich sollte clean werden! Sie war höchstens mal zwei Tage hier, oft nur einen Nachmittag, damit er keinen Verdacht schöpft. Er!« Kieran spie aus. »Ihn bloß nicht verärgern, weil er das Geld hatte. Und ich?

Ich bin nicht gut genug?« Er hatte sich in Rage geredet, sein Brustkorb hob und senkte sich schnell.

»Hat sie das gesagt? Dass Sie nicht gut genug sind?«

»Sie wollte alles zugeben. Sie wollte Ava zurückbringen und alles gestehen und ich … ich …« Er brach schluchzend ab. »Ava!« Sein Blick irrte umher, auf der Suche nach seiner Tochter. Ein unterdrückter Laut folgte, hinter dem Sofa, und Kates Herz krampfte sich zusammen.

»Ich kann nicht zurück ins Gefängnis.« Kieran drückte die Pistole fest an Stephanies Kopf.

»Kieran«, sprach Kate leise auf ihn ein. »Lassen Sie sie los, Kieran. Sie können doch nicht mit ihr gemeinsam fliehen. Wenn Sie sie loslassen, werde ich Sie nicht aufhalten, wenn Sie gehen.«

Er schüttelte wild den Kopf. »Sie wollen mir doch nicht helfen! Niemand will mir helfen. Mir und Emily nicht. Eingesperrt haben sie sie, in die Klapse gebracht! Weil sie ihr Kind zurückhaben wollte. Wer hat uns da geholfen, hm? Wer?«

»Das war unrecht«, sagte Kate, auch wenn sie nicht wusste, wovon er sprach. Dennoch meinte sie ihre Worte ernst. Man hätte diese beiden jungen Menschen in ihrer schwierigen Situation nicht allein lassen dürfen. Nicht mit einer Familie, die so handelte wie die von Emily. »Kieran. Lassen Sie Stephanie los.«

»Sie können mir nicht helfen!« Rotz lief ihm aus der Nase, und er wischte ihn mit der Hand, die die Pistole hielt, weg. Stephanies Augen waren geweitet vor Angst, aber sie stand noch.

»Es tut mir so leid, Ava, es tut mir alles so leid«, schluchzte er.

Plötzlich ein Knarzen des Sessels. Die alte Frau stöhnte. »Kieran.«

Was der Auslöser war, konnte Kate später nicht sagen. Aber der Sekundenbruchteil, in dem ihr Blick automatisch von dem jungen Mann zu seiner Großmutter huschte, reichte. Er riss die Pistole in die Höhe, stieß Stephanie von sich und bevor Kate, bevor irgendjemand reagieren konnte, setzte er sie sich an die Schläfe und drückte ab.

28. Kapitel

Fermain Bay, Guernsey

Sie hatten den Fall gelöst. Und sie hatten Ava gerettet. Aber drei Menschen waren gestorben, Greg Hamon, Emily Baynes und Kieran Wright. Stephanie Hamon lag im Krankenhaus, und auch Margaret Wright befand sich in der Obhut der Ärzte. Was nun auf sie zukommen würde, war kein Kinderspiel. Sie würde sich einigen unangenehmen Fragen stellen müssen.

Diesbezüglich war es letztlich auch ein Aus-der-Verantwortung-Ziehen gewesen, als Kieran abgedrückt hatte.

Die Kriminaltechniker würden seine DNS mit dem Blut von der *Aventura* und den Hautschüppchen unter Emilys Fingernägeln vergleichen und eine Übereinstimmung feststellen, davon war Rivers überzeugt. Die Abschürfungen, die Kieran an seinen Unterarmen davongetragen hatte, die Stichwunde an seinen Rippen sprachen Bände: Emily hatte sich gewehrt, seine Unterarme gekratzt, auf der *Aventura* war er von Greg Hamon verletzt worden, bevor er diesen erstochen hatte – vielleicht sogar mit dem gleichen Messer, mit dem Greg auf ihn losgegangen war. Stephanie hatte sich durch einen Sprung von Bord retten können, sie war geschwommen, bis die Kräfte sie verlassen hatten. Ein vorbeitreibendes Stück Holz, an das sie sich hatte klammern können, war ihre Rettung gewesen. Soweit hatten sie sich aus Stephanies und Margarets Berichten sowie dem, was ihre Ermittlungen ergeben hatten, zusammengereimt, was passiert sein musste. Kieran hatte von Emilys Plan erfahren, die Hamons über Avas Aufenthaltsort zu informieren. Nachdem Emily nicht wieder aufgetaucht war, hatte Margaret diesen Plan weiterverfolgt, schließlich hatte Kieran herausbekommen, was seine Großmutter Stephanie Hamon in einem anonymen Telefonat geraten hatte: Sie solle mit einem Segelboot anlanden, in der Nacht zum Sonntag, Margaret würde Ava zum Strand bringen. Kieran, der zu diesem Zeitpunkt schon nichts mehr zu verlieren gehabt hatte, hatte den Hamons am Hafen in St. Peter-Port aufgelauert. Zwei Menschen waren seinetwegen gestorben, bevor er sich schließlich selbst das Leben nahm.

Kieran Wright also, Emilys Jugendliebe. Emily *hatte* eine Affäre gehabt, soweit hatte David Baynes richtiggelegen. Aber seine Frau hatte nicht mit Greg Hamon geschlafen. Gemeinsam mit Kieran hatte sie ihre eigene, biologische Tochter entführt, die sie einst gegen ihren Willen in eine Babyklappe hatte geben müssen – der Schmerz darüber hatte sie tatsächlich in tiefe Depressionen gestürzt, und sie hatte mehrere Wochen in einer Jugendpsychiatrie verbracht.

Nachdem Emily Ava entführt, sich ihr Kind zurückgeholt hatte, hatte sie anfangs vermutlich nur so lange ausharren wollen, bis die Polizei den Fall nicht mehr aktiv verfolgte, um niemanden auf ihre Spur zu bringen. Die Unmengen von Presseterminen, die die Hamons bei der Suche nach ihrer Tochter gegeben hatten, hatten jedoch verhindert, dass Gras über die Sache wuchs, Emily hatte also länger und länger ausharren, Kieran länger und länger auf ein normales Leben vertrösten müssen. Er hingegen war immer ungeduldiger geworden.

Kate hatte sich gefragt, was Emily schließlich dazu bewogen hatte, Stephanie Hamon die Wahrheit sagen zu wollen. Die Antwort erhielt sie, als sie Ava ins Krankenhaus gebracht hatten, DeGaris und sie, und die Tür von Stephanie Hamons Zimmer geöffnet hatten. Da hatte Ava »Mama« gesagt. Es war ungewöhnlich, dass sie sich in diesem Alter über so einen langen Zeitraum erinnerte. Aber Emily, die der Kleinen nach ihrer Mutter am nächsten stand, hatte es wohl immer gespürt. Immer gespürt, dass Ava Stephanie vermisste. Und letztendlich hatte sie das Beste für ihre Tochter gewollt.

Auf dem Handy, das Miller in Emilys Spind gefunden hatte, befand sich keine einzige Nachricht, und die zahlreichen Anrufe waren ausschließlich an eine Nummer gegangen: Margarets Anschluss. Emily hatte das Handy nur angeschafft, um auch während ihrer Abwesenheit mit ihrer Tochter telefonieren zu können.

Kates Telefon klingelte, und sie nahm den Anruf mit einem Schmunzeln an, als sie die Nummer erkannte.

»Was für eine Wahnsinns-Story«, kreischte Holly ihr ins Ohr. DeGaris hatte also Wort gehalten: Holly war die Erste gewesen, die alle Hintergründe erfuhr. Und er hatte sie offenbar gleich angerufen, nachdem er Kate und Walker in den Feierabend geschickt hatte.

Kate lauschte, wie ihre Cousine ihr haarklein erzählte, was passiert war, auch wenn sie selbst dabei gewesen war. Es tat gut, nach den Ereignissen des Tages Hollys vertraute Stimme zu hören. Bei aller Konkurrenz, die sie hatten, waren sie doch Familie.

»Mum kocht morgen wieder«, sagte Kate. »Hast du Lust zu kommen?«

»Ein Insider-Porträt über die Polizistin, die den großen Coup gelandet hat? Dazu Fisch von Grandpa und Aunt Heidis Essen? Aber natürlich habe ich Lust zu kommen.«

Kate lachte. »Ich freu mich«, sagte sie. »Aber jetzt muss ich Schluss machen.«

»Hast du noch was vor?«

Als sie den Sandstrand betrat, streifte Kate ihre Schuhe von den Füßen. »Ich muss heute noch das Meer beobachten.«

*

Mit einem leisen Plätschern rollten die Wellen am Strand aus, genau vor seinen nackten Füßen. Eine leichte Brise strich ihm um die Nase, und am Himmel schrien Möwen. Er genoss die friedliche Abendstimmung, und als er Kate über den Strand kommen sah, freute er sich umso mehr. An ihrem Schritt, leicht und federnd, die Schultern gerade und entspannt, erkannte er, dass sie den Fall gelöst hatte. Er kannte das Gefühl. Auch wenn man Opfer zu beklagen hatte, hatte man einen kleinen Sieg errungen. Die Anspannung würde nur für kurze Zeit verschwinden, mit dem nächsten Fall, der nächsten Leiche würde sie wiederkommen. Aber für heute hatte auch sie Ruhe gefunden.

»Herzlichen Glückwunsch«, sagte er lächelnd, als sie sich neben ihn in den Sand setzte.

Sie fragte ihn nicht, woher er es wusste, vermutlich dachte sie, die Neuigkeiten hätten sich schon verbreitet. Dario wusste wahrscheinlich tatsächlich schon Bescheid.

Sie seufzte zufrieden, als sie die Beine ausstreckte. »Das Kind lebt«, sagte sie glücklich.

»Und die Mutter?«

»Auch. Du hattest es von Anfang an gesagt«, sinnierte sie und strich sich eine Haarsträhne aus dem Gesicht. »Es ist immer besser, die Lebenden zu retten, als die Toten zu bergen«, zitierte sie seine Worte aus einer ihrer ersten Begegnungen. Er lächelte.

Die Wellen schwappten an den Strand, sie fuhr mit den Fingern durch den Sand und hielt ihm ihre Hand hin. »Schau doch mal, was für eine wunderschöne Muschel.«

Nicolas betrachtete die perlmuttglänzende zartrosa Schale auf ihrer Handfläche.

»Wenn ein Fremdkörper zwischen das Mantelgewebe und die Schale eindringt, umhüllt die Muschel den Fremdkörper mit Perlmutt«, murmelte sie.

»Und so entstehen aus Verletzungen wunderbare Schmuckstücke«, sagte er, fasste ihre Hand und schloss sie sanft um die Muschel. Sie drehte sich zu ihm, blickte ihm in die Augen, offen und abwartend. Nicolas strich ihr eine dunkle Strähne aus der Stirn, seine Hand fuhr sanft über ihre Wange. Er hatte Lust, sie zu küssen.

*Madame la Commissaire Marie Mercier löst
ihren ersten Fall im Périgord*

Julie Dubois
TRÜFFELGOLD
Ein Périgord-Krimi

368 Seiten
ISBN 978-3-7857-2743-0

Die Pariser Kommissarin Marie Mercier hat einen Bauernhof
im malerischen Saint-André-du-Périgord geerbt und nimmt
eine Auszeit. Doch der mysteriöse Todesfall eines Bikers aus
Bordeaux trübt bald die Idylle. Der zuständige Kommissar Michel
Leblanc vermutet Mord aus Eifersucht, hatte das Opfer doch eine
Liaison mit der vielbegehrten Dorfschönheit Hélène. Marie weiß
aus geheimer Quelle, dass das nicht sein kann. Und Leblanc ahnt,
dass er mit ihr noch sein blaues Wunder erleben wird …

Lübbe

Türkisblaues Meer. Zartduftende Aprikosen-
haine. Sanfte Strände. Doch die Idylle trügt
...

Margherita Giovanni
ADRIA MORTALE -
BITTERSÜSSER TOD
Kriminalroman

384 Seiten
ISBN 978-3-7857-2738-6

Sommer 1958. Für die deutschen Touristinnen Sonja und Elke
ist es das große Abenteuer: Mit ihrem Roller fahren die jungen
Frauen nach Italien in den Urlaub. In einem kleinen Dorf an der
Adriaküste steigen sie in der Pension von Federica Pellegrini
ab. Ein paar Tage später wird der Lehrer des Ortes tot aufgefun-
den, mit dem Elke zuvor geflirtet hat. Die beiden fürchten, unter
Mordverdacht zu geraten. Zum Glück nimmt Federica sich des
Falles an und ermittelt auf eigene Faust. Sehr zum Missfallen von
Commissario Garibaldi, der anreist, um herauszufinden, wer den
Mann aus dem Weg räumen wollte. Und Garibaldi ist nicht der
Einzige, dem Federica auf die Füße tritt ...

Lübbe